로지의 움직이는 찻집

Rosie's Travelling Tea Shop

로지의 움직이는 찻집

레베카 레이즌 소설 | 이은선 옮김

황금시간

《로지의 움직이는 찻집》에 쏟아진 찬사들

지루할 겨를이 없고 재밌고 낭만적이며 가슴이 따뜻해지는 작품이다. 배를 잡고 웃다보면 어느새 마지막 장이 나온다.

- Chicks, Rogues and Scandals / 블로거

주변 환경과 어른으로 살아가는 것에 지쳐 소설을 읽으며 쉬고 싶었을 때 이 책을 발견했다. 읽으면서 기분이 좋아졌고 행복했다. 구성과 캐릭터, 설정까지 모든 게 마음에 들었다. 힘을 주고 지혜를 보여주는 문장들에 밑줄을 쳐가며 읽었다.

- C. Peterson / 영국 amazon 독자

비 오는 날 차 한 잔을 곁에 두고 이 책을 읽었다. 로지의 인생을 따라가는 일이 더할 나위 없이 즐거웠고 덕분에 마음이 가벼워졌다.

- jet / 영국 amazon 독자

영국을 배경으로 한 이 소설에 등장하는 모든 것이 멋지다. 캠핑 라이프와 디지털 노마드, 베이커리와 오래된 책들, 로맨스와 우정. 이 책은 번아웃을 겪고 있는 당신에게 좋은 치료제가 될 것이다.

- Jenny / Goodreads 리뷰어

로지의 영국 여행은 자신을 발견하는 여정이다. 스스로에 대한 회의감에 빠져 있던 그녀가 움직이는 찻집과 함께 페스티벌 장소를 따라 여행하면서 변화해가는 모습을 보는 것이 즐겁다. 레베카 레이즌의 소설은 따뜻하고 유머러스하면서도 생각할 거리를 안겨준다.

- Rachel Gilbey / Goodreads 리뷰어

이 즐거운 소설은 우리 모두 공감할 수 있는 이야기다. 때로 삶은 우리를 예상치 못한 곳으로 몰고 가고, 우리는 극복하려 애쓰지만 실패하곤 한다. 그러고는 뭐가 어디서부터 잘못됐는지 궁금해한다. 누군가는 계속 같은 방법으로 애쓰겠지만 다른 누군가는 그걸 변화의 계기로 받아들인다. 의심과 걱정을 안은 채 새로운 시도를 하고, 서서히 시야가 밝아오면서 마침내 고통에서 벗어나는 날을 맞는다. 이게 바로 이 소설이 말하는 바다.

- Happy Camper / 영국 amazon 독자

로지의 이야기는 현실적이어서 공감할 부분이 많다. 기본적으로 그녀가 외로운 사람이라는 것, 캠핑카가 고장 나서 수리 비용을 걱정한다는 것, 온라인 사기에 휘말린다는 것. 책을 읽는 동안 고개를 끄덕이면서 "그렇지"라고 말하는 나를 발견했다. 로지는 실수를 연발하지만 여행을 하면서 진실한 친구를 사귀고 교훈을 얻으며 자존감을 되찾는다. 넘어지더라도 기회를 만들어 다시 일어서고 앞으로 나아간다. 그녀는 낯선 곳에서 사랑과 웃음을 찾았지만 스스로도 우뚝 설 수 있는 사람이라는 것을 알 수 있다. 사랑과 우정, 자기발견과 성장에 관한 훌륭한 소설이다.

- Mackey / Goodreads 리뷰어

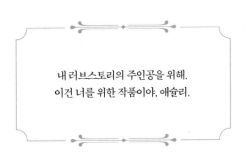

내 러브스토리의 주인공을 위해.
이건 너를 위한 작품이야, 애슐리.

1

"당신은 즉흥적이지 못한 게 문제야, 로지⋯⋯."

내가 분명 잘못 들었겠지. 피곤하면 안 그래도 머릿속이 흐리멍덩해지는데 스무 시간 동안 서 있다가 온 다음이라 그의 말이 몽롱하게 들린다. 그가 무슨 말을 하려는 건지 해석하려고 애를 쓴다.

2월 2일 토요일 새벽 2시가 막 지났으니 그 말은 곧 내가 정식으로 서른두 살이 됐다는 뜻이다. 일정대로라면 지금쯤 꿈나라로 갔어야 하지만, 캘럼이 올해만큼은 내 생일을 기억하고 있길 바라며 같이 먹을 솔티드 캐러멜 타르트를 즉흥적으로 만드느라 늦게 퇴근한 길이다.

그는 원래 디테일에 약한 남자라―우리는 그런 점에서 극과 극이다―잊었다고 해도 속에 담아두지 않으려고 하지만,

이것이 말다툼의 서곡이 아니라 근사한 깜짝 선물의 예고편이길 바라는 마음이 없지 않다.

"미안하지만 캘럼, 뭐라고?" 애써 명랑한 말투를 유지하며, 캘럼이 얘기 좀 하자고 했을 때 찬장 뒤편에서 찾은 싸구려 레드 와인을 조금 넉넉히 마신다. 예쁘게 포장된 상자가 있길 바라며 내 옆 테이블을 몰래 훔쳐보지만 쌓여 있는 요리책 말고는 아무것도 없다. 사실 선물을 꼭 받아야 하는 것도 아니지 않을까? 사랑은 다른 방식으로 표현될 수도 있다. 자고 일어나면 그가 맛있는 아침을 차려줄지도…….

눈이 스르르 감긴다. 자정이 한참 지났고 발은 욱신거리고 뼛속까지 피곤하다. 침대가 아주 달콤하게 나를 유혹한다. '이리 와서 누워, 로지.' 달고 꾸덕꾸덕한 생일 타르트도 잠의 유혹을 떨치는 데 별로 도움이 되지 않는다. 하지만 집중해야 한다. 그가 할 말이 있는 눈치인데…….

"지금 자는 거야?" 징징거리는 그의 말투에 화들짝 깨어난다. "로지, 제발 부탁인데 필요 이상으로 힘들게 만들지 말아줘." 마치 내가 일부러 둔감한 척한다는 투다.

뭘 힘들게 만든다는 거지? 내가 뭘 못 들은 걸까? 안개가 걷히길 바라며 고개를 젓는다. '내가 즉흥적이지 않다고? 그게 무슨 뜻이지?' 어쩌면 그는 바하마로 떠나는 비행기 티켓 두 장을 꺼내야 하는 시점을 앞두고 긴장했을지 모른다. 생일 축하해, 로지, 이제 짐을 싸야 할 시간이야!

그가 바보 대하듯 지친 한숨을 길게 토하자, 정확히 다섯 시간 후에 생선가게에 도착해야 하는 이 시각에 그가 수수께 끼 같은 말을 늘어놓다니 이상하다는 생각이 들었다.

"저기……." 그는 점점 숱이 적어지는 빨간 머리를 한 손으로 쓸어 넘긴다. "이제 끝났다는 건 우리 둘 다 알 거라고 보는데, 아닌가?"

"끝났다고?" 입이 떡 벌어졌다. 내가 도대체 얼마 동안 깜빡 졸았던 걸까? "뭐가…… 우리가?" 믿기지 않아 하는 내 반응에 공기가 무거워진다. 이건 전혀 생일 축하처럼 느껴지지 않는다. 축하와는 멀어도 한참 멀다.

"응, 우리가." 그가 내 눈을 피하며 단언한다.

"끝난 이유는 내가……." 나는 손가락으로 허공에 따옴표를 그린다. "……즉흥적이지 못하기 때문이고?" 이 사람이 요리용 셰리주를 한 병 다 마셨나?

남편은 계속 내 쪽을 쳐다보지 않는다.

"당신은 너무 고리타분해. 일어나서 잘 때까지 군대식으로 정확하게 하루 계획을 짜고 모든 일과에 시간 제한이 있잖아. 놀 거리나 장난은 들어갈 자리가 없고 당신이 미리 스케줄을 잡지 않은 날에는 섹스도 금물이지."

그러니까 내가 계획적이라 그렇다고? 미쉐린 별을 받은 런던의 유명 레스토랑 에포크에서 수셰프로 일하려면 그게 필수고, 다른 레스토랑(아쉽게도 미쉐린 별은 받지 못한 곳이지만)에서 정확히 같은 일을 하는 그라면 분명 알고 있을 것이다. 내가 미리 스케줄을 정하지 않으면 우리는 아예 서로 얼굴도 보지 못할 거다! 그리고 나는 매일 매시간 처리해야하는 어마어마한 분량의 일을 감당할 재간이 없을 것이다. 이건 부담이 많다는 말로도 부족한 상황이다.

"나는…… 나는……." 뭐라고 대꾸하면 좋을지 모르겠다.

"이것 봐." 그는 다루기 힘든 애 대하듯 나를 노려본다. "당신은 심지어 신경조차 쓰지 않잖아! 화분도 그렇게 무심하지는 않겠다! 가끔 보면 당신, 냉랭하기가 꼭 파충류 같을 때가 있어, 로지."

그의 비난에 나는 뺨을 한 대 얻어맞은 듯 휘청거린다. "너무하잖아, 캘럼. 아니, 무슨 말을 그렇게 해?" 솔직히 나는 애정을 요란하게 표현하는 성격이 아니다. 내 애정을 확인하고 싶은 사람은 내가 공들여 준비한 음식을 먹어보면 된다. 나는 요리를 통해 내 마음을 표현한다.

퍼뜩 깨달음이 찾아온다. "다른 사람이 생겼구나?"

양심은 있는지 그가 얼굴을 붉힌다.

아득한 절망이 나를 덮치고 속이 뒤틀린다. 어떻게 이럴 수 있을까?

"응?" 나는 다시 그를 다그친다. 무차별 팩트 폭격을 날리고 있는 장본인으로서 적어도 이…… 이 파탄난 관계에서 자신이 차지하는 지분을 인정해야 하지 않겠는가. 상처로 심장이 으스러진다. 내가 지금 악몽을 꾸고 있는 거면 좋겠다.

"음, 맞아, 생겼어. 하지만 놀랄 일은 아니지 않아? 우리는 한밤중에 서로 스치고 지나가는 선박이나 다름없잖아. 당신이 좀 더……."

"즉흥적이라는 단어 꺼내기만 해."

"……좀 덜 고리타분하기만 했어도 좋았을 텐데." 그는 용케 씩 웃는다. 씩 웃다니. 내 심장을 짓밟아놓고 전혀 아무렇지 않게 생각하는 이 남자가 내가 아는 사람이 맞나?

그는 민망한 듯 얼굴을 점점 붉히며 머뭇머뭇 얘기를 계속한다. "그냥…… 당신은 너무 빤해, 로지. 당신의 미래, 아니 우리의 미래가 빤히 보여. 최후의 백만분의 1초까지 다 계획돼 있어서! 당신은 언제까지고 수셰프일 테고 언제까지고 해가 떠서 해가 지는 순간까지 하루의 스케줄을 정해놓을 테지. 모든 사람과 살짝 거리를 둘 테고. 내가 떠나도 당신은 계속 백 퍼센트 같은 궤도를 그릴 거야." 그는 내게 실망한 사람처럼 고개를 젓지만 말투는 부드러워졌다. "미안해, 로지, 정말 미안해. 하지만 우리 사이가 끝난 게 느껴져. 당신은 독신을 고집하며 템스강 이편에서 제일 가성비 좋은 허브 텃밭을 가꾸겠지. 하지만 나는 당신이 그러지 않았으면 좋겠어. 당신의 세상에 불을 지르는 사람을 만났으면 좋겠어, 진심으로. 하지만 그 사람이 나는 아니야, 로지."

도대체 뭐 하자는 걸까? 나를 차는 걸로도 모자라 내 독신 생활까지 설계해주는 건가? 친구라고는 사철쑥밖에 없는 외로운 인생을 살라고 저주하는 건가? 흥, 누구 맘대로? 내 비록 잠은 부족할지 몰라도 허당은 아니다. 그를 향한 사랑이 여전히 불끈거리지만 다른 여자가 떠오르자 결심이 굳어진다.

그는 한숨을 쉬며 나를 향해 연민의 미소를 짓는다. "이런 말 하기 싫지만, 로지. 당신은 장인어른을 닮아가고 있어. 무서워서……."

"나가." 나는 말한다. 그는 괴물이다.

"뭐라고?"

냉랭하기가 꼭 파충류 같다고? "나가라고!" 나는 있는 힘껏 고함을 질렀다.

"하지만 누가 뭘 가질지 그것부터 먼저 정리해야 하지 않을까?"

"나가. 진심이야, 캘럼." 그에게 나를 함부로 대하는 재미까지 허락하지는 않을 것이다.

"좋아. 하지만 이 아파트는 내가 가질게. 당신은……."

"나가!" 고함 소리가 어찌나 큰지 나조차 놀랄 정도다. 내 머리에서 김 나는 거 보여줘? "지금 당장!"

그가 소파에서 벌떡 일어나 현관으로 달려가는데, '간단한 대화'의 결과를 미리 알고 싸놓은 조그만 가방이 눈에 보인다. 그는 죄지은 눈빛으로 어깨너머로 한 번 흘끗하고는 요란하게 문이 닫히는 소리와 함께 떠난다. 그렇게 사라져버린다.

내가 그렇게 쉽게 떨쳐버릴 수 있는 사람인 걸까.

소파에 누워서 쿠션을 부둥켜안고 고통이 가라앉길 기다린다. 어쩌다 모든 게 이렇게 어긋나버린 걸까? 그의 삶에 다른 사람이 있다니. 언제 다른 사람과 연애할 짬이 있었을까?

물론 내가 일 때문이 아니면 외출을 잘 하지 않는 건 맞지만 그건 오로지 나가서 놀 시간이 없기 때문이다! 내가 아빠를 닮아가고 있다니 정말일까? 그럴 리 없다. 내가 그런 비교에 얼마나 민감한지 알고 캘럼이 그걸 무기로 동원하고 있는 거다.

그의 말 한마디, 한마디가 비수처럼 꽂히고 의구심이 스멀스멀 밀려든다. 내가 즉흥적이지 못하다고? 너무 빤하다고?

솔직히 요즘 들어 어딘가에 갇힌 느낌이고, 다른 모든 것은 물론 내 메뉴에마저 권태가 스미긴 했다. 오늘의 메뉴 말고는 별다른 차이 없이 오늘과 다음 날의 경계가 흐릿하다.

물론 직업적인 측면에서 순항하고 있지만 요즘 들어서는 그마저도 열정이 식었다. 눈곱만 한 허브를 핀셋으로 옮기는 거라면 이제 지긋지긋하다. 손톱만 한 음식을 접시에 담아서 입이 떡 벌어지는 가격에 파는 것도. 주방에서 계속 아옹다옹하는 것도. 그 소음, 호통, 뒷담화. 파란 하늘과 저녁놀을 절대 보지 못하는 것도. 적당한 시간에 눈을 멀쩡히 뜨고 소파에 남편과 나란히 앉아 있지 못하는 것도.

이게 내 잘못일까? 내가 파충류일까? 내가 일정한 순서와 체계를 좋아하는 이유는 그래야 내가 지금 어디쯤 있는지 알 수 있기 때문이다. 모든 것이 통제와 정리의 대상이다. 어수선하거나 지저분하거나 엉망진창인 것은 아무것도 없고, 내 삶의 어떤 부분도 내 통제권에서 벗어날 가능성은 없다. 그런 식으로 삶을 어떤 틀 안에 두는 것은 내 어린 시절의 유물이다. 이제 내 결혼생활이 그 희생양이 된 걸까?

하지만 그는 기쁠 때나 슬플 때나 나를 사랑하겠다고 약속하지 않았던가.

그가 정신 차리길 바라야 할까? 아니면 돌아오라고 매달려야 할까?

한숨을 쉬며 한 손을 심장 위에 얹고 아픔을 달래보려 한다. 나는 그를 두 번 다시 믿지 못할 것이다. 나는 예전부터 원칙주의자였고 바람을 피운 사람은, 음…… 용서하지 못하겠다.

하지만 젠장, 우리 삶은 모두 계획이 세워져 있었다. 첫째는 2021년에 가질 예정이었다. 둘째는 2023년에. 그런데 자기 아이들을 두고 그렇게 태평스럽게 떠나버리다니! 나는 미래의 내 가족을 위해 일도 포기할 사람인데 그걸 몰랐단 말인가! 내가 그토록 열심히 지킨 일조차 기쁘게 포기했을 텐데!

그런데 이런 대접을 받다니!

소문이 요식업계 전반으로 산불처럼 번질 것이다. 원하지도 않은 추문에 내 이름이 오르내릴 것이다. 나는 지금의 이 자리에 오기까지 15년이 걸렸고 그러는 동안 사회생활이나 여가 시간이나 진정한 친구와도 같은 것들을 희생해야 했다. 하지만 그건 전부 더 큰 그림, 우리 인생이라는 태피스트리를 위해서였다.

그 모든 걸 떠올리자 눈시울이 따끔거린다.

나는 고래고래 소리를 지르며 '다른 여자'를 두고 자학하거나 억지로 몸을 일으켜 정성스럽게 만든 생일 타르트를 벽에 집어 던지거나 눈물을 쏟아가며 한 방에 다 먹어 치우는 식의 영화나 드라마에 나옴 직한 짓을 벌이려다 마음을 접는다. 대신 단잠에 빠졌다가 다음 날 황당한 시각에 비명을 질러대는 알람 소리에 눈을 떴는데, 그 순간 런던을 떠나야겠

다는 생각이 나를 덮친다. 내 나이 서른둘, 이것이 다시 태어
나는 계기가 될 수도 있다.

즉흥적이지 못하다고? 파충류 같다고? 독신으로 지낼 거
라고? 아빠를 닮았다고?

내가 본때를 보여주겠어.

2

빌링스 게이트 마켓에서는 해산물의 짠내가 거의 느껴지지 않는다. 나는 생선가게로 달려가 주문을 쏟아내는데, 딴데 정신이 팔려서 평소처럼 잡담을 나눌 여력이 없다. 콘월이쪽에서 가장 신선한 해산물을 취급하는 존은 내 초조한 분위기를 알아차린다.

"왜 그래요, 로지? 오늘은 뭔가 다르네." 그는 어디가 다른지 집어내려는 듯 나를 한번 훑어본다.

"아." 나는 시끄러운 속을 달랜다. "차를 못 마셨어요." 다양한 기분에 따라 직접 차를 블렌딩해서 마시는 것. 내가 사랑하는 또 다른 일이다. 정신을 차리고 싶을 때, 긴장을 풀고 싶을 때, 그리고 그 중간의 모든 상황. 내가 만약 일을 그만두더라도 대안이 있으니 그건 바로…… 찻집이다!

존은 고개를 갸우뚱한다. "하지만 차를 마실 필요가 없어 보여요, 로지. 얼굴이 환한데요." 그는 어깨를 으쓱한다. "이 친구하고는 정반대로." 그는 흐리멍덩한 눈으로 나를 올려다 보는 죽은 도다리를 가리키며 특유의 웃음을 터뜨리지만, 나는 죽은 바다 생물과 비교됐다는 데 살짝 움찔한다. 그는 내가 주문한 품목을 포장하고 얼음을 넣어서 에포크로 곧바로 배달해주겠다고 한다.

내 얼굴이 환하다고?

일주일 치 주문을 확인하러 정육점으로 가는 길에 문득 생각이 난다. 밤새 뒤척였는데 얼굴은 붓고 눈은 빨갛고 머리는 산발이라야 하지 않나? 그런데 나답지 않게 대담하고 용감한, 전혀 뜻밖의 일을 앞두고 있다는 데서 터질 듯한 에너지를 느끼고 있다. 그게 어떤 일이 될지 아직 잘 모르겠지만, 욕망은 부글거리고 나는 엄청난 변화를 도모할 작정이다. *꺄 아악.*

바위 같은 로지라 절대 바뀔 리 없다고?

내가 고리타분하지 않다는 것을 세상에 증명해 보일 거다. 다람쥐 쳇바퀴에서 탈출할 거다. 그의 예상과 정반대의 일을 저질러 캘럼까지 놀라게 할 거다. 얼른 실행에 옮기지 않으면 두 번 다시 기회가 없을 거다.

빤하다는 것에는 불이익이 따르고 지금은 내가 예상을 뒤

흔들어야 하는 시점이다. 말하자면 새로운 세상 속으로 뛰어들어야 하는 시점이다.

하지만 그게 정확히 뭐가 될지는 아직 알 수가 없는데…….

한때 내 애간장을 녹였던 빨간 머리의 귀여운 남편이 떠오르자 숨통이 조여와 얼른 머릿속에서 지워버린다. 걸어가며 '무너지지 말자, 정신 똑바로 차리자' 주문을 반복하고, 울부짖는 건 나중에 아무도 없는 데서 하면 된다고 다짐한다.

버러 마켓의 정육점에 이어 프랑스 빵집과 마지막으로 신선식품 납품업체까지 들른 다음에야 모든 일이 끝나고 점심 준비를 시작할 태세가 갖추어진다.

에포크에 도착하니 점장이 김이 모락모락 나는 에스프레소를 앞에 두고 건드리지도 않은 채 계산기를 두드리고 있다. 나는 전부터 샐리를 좋아했다. 그녀는 콧대 높고 재미있는 글래스고 출신으로 줄담배를 피우고 업무 능력이 탁월하다.

"커피 줄까?" 그녀가 서류를 만지작거리며 건성으로 묻는다.

"그리고 수다도 필요해요." 나는 핸드백을 벤치에 던지고 같은 테이블에 가서 앉는다.

"어째 불길하네." 그녀는 나를 잽싸게 쳐다보고 얼른 커피 머신 앞으로 간다. 기계가 그녀의 손에 대고 침을 뱉고 칙칙거린다.

두통의 조짐이 느껴진다. 내가 엄청난 실수를 목전에 두고 있는 걸까? 아주 오래전부터 변화를 갈망해왔긴 하지만 그게 나를 속여온 거짓말이었는지 분간이 잘 되지 않는다. 캘럼에게 등 떠밀리듯 내린 결정이긴 하지만 성급한 결정은 아니겠지?

불안이 나를 물어뜯지만 겉으로는 침착하고 부산한 척 스카프를 풀며 레스토랑을 눈에 담는다. 내가 홀에 나와 있는 건 흔한 일이 아니다. 에포크에서 맨 처음 일을 시작했을 때는 인테리어가 아르누보 스타일이었지만 여러 차례 변화를 거쳐 지금은 인더스트리얼 시크다. 런던에서 잘나가는 레스토랑이 되려면 반드시 시류와 함께 움직여야 한다. 그래야 유입 고객이 유출 고객이 되지 않는다.

주방도 다를 게 없다. 나는 항상 요식업계의 새로운 돌풍이 될 메뉴, 고객을 흥분시키고 언론에 소개되고 앞으로 6개월 동안 예약 만석의 견인차가 되어줄 메뉴를 찾는다.

뭐가 됐든 내가 시도해보지 않은 건 없다. 분자요리, 감각요리, 다중감각요리. 모두 아주 화려하고 몸과 정신과 마음이 즐거워지는 성찬이지만 가끔은 아무 장식 없이 푸짐한 힐링 푸드를 만들고 싶을 때도 있다. 배를 채우고 가슴을 따뜻하게 데우는 현실적이고 정직한 음식 말이다. 아아, 하지만 에포크처럼 미쉐린 별을 받은 업소에서는 절대 있을 수 없는 일이다.

샐리가 돌아와 내 조그만 잔을 내려놓는다. "자, 얘기해봐." 그녀가 나를 빤히 쳐다본다. 내가 사랑하는 것이 바로 그녀의 이런 군더더기 없는 성격이다. 그녀는 돌려서 말을 하는 법이 없기 때문에 나에 대해서 어떻게 생각하는지 항상 알 수 있다. 그녀 앞에서 예의를 갖추면 평생의 친구를 얻을 수 있지만 밉보이면 런던에서는 다시 취직할 생각을 접어야 한다. 샐리는 호랑이 담배 피우던 시절부터 이 바닥에서 일을 했기 때문에 모르는 사람이 없다. 우리가 잘 지내는 이유는 그녀가 요리밖에 모르는 바보라는 내 실체를 인정하기 때문이다. 그리고 내가 만드는 두 번 구운 수플레 치즈케이크를 아주 좋아하기 때문이다.

"정식으로 사직서를 제출하려고요." 나는 확신이 넘치는 내 목소리에 놀라워한다. 이런 말투라니, 내가 지금 무슨 짓을 저지르는지 똑똑히 알고 있다고 나조차 거의 속아 넘어가겠다! 이게 도대체 무슨 일일까?

사직서를 제출한다고?

머리가 조만간 입과 속도를 맞춰주기만을 바랄 따름이다.

샐리는 입술을 오므리고 고개를 끄덕인다. "그게 남편이라는 작자가 저지른 파렴치한 짓에 대한 무조건적인 반사는 아니고?"

"벌써 소식 들었어요?" 아무리 런던 요식업계라도 그 정도면 역대급이다.

그녀는 어깨를 으쓱하며 대수롭지 않게 간주하려 한다. "이 바닥이 어떤지 알잖아. 전부터 그에 대한 소문이 돌았지만 나는 근거가 없다고 생각했기 때문에 아무 말도 하지 않았지."

도대체 언제부터 시작된 관계일까? 내가 일하는 동안 그 둘은 정신없고 격정적이며 '스케줄과 상관없는' 잠자리를 즐겼을까? 심장이 발작이라도 일으키려는 듯 아프게 쿵쾅거린다. 나는 이를 악물고 버틸 것이다. 그는 그럴 만한 가치가 없는 인간이다. 쥐새끼. 돼지새끼. 바람이나 피우는 못돼먹은 남편. 하지만 아, 이다지도 아플 줄이야.

"그래서 누구예요?" 물어보긴 싫지만 그가 나 대신 누굴 선택했는지 알아야겠다.

이 식당은 철저한 금연 구역이고 화재경보기가 워낙 많이 설치돼 있어서 울렸다 하면 런던 소방대 절반이 몇 분 만에 출동하고도 남을 테지만, 그래도 샐리는 핸드백에서 담배를 한 대 꺼내 불을 붙인다.

그녀가 대답을 하지 않자 나는 다그친다. "괜찮아요, 샐리. 진짜예요."

그녀는 혀를 차고 말한다. "그 비쩍 마른 인간 목을 잡아서 비틀고 싶네! 그 인간 때문에 자기가 지금까지 고생한 걸 생각하면 말이야."

나는 추억을 헤매고 다니는 성격이 아니다. 과거를 곱씹어서 좋을 일이 뭐가 있을까? 샐리는 원래 캘럼을 별로 좋아하지 않았다. 그가 내게 숟가락을 얹고 있다고 생각했다. 내가 보기에도 한동안은 그게 사실이었다. 그리고 한번은 결혼하기 전, 만난 지 얼마 되지 않았을 때 그가 내 일자리를 몰래 빼앗으려고 한 적이 있었고 샐리는 그 일을 잊지 않았다. 나는 지금 이 순간까지 잊고 있었다. 남편감 선택이라는 분야에서는 전반적으로 내 판단력이 달리는 게 분명하다. 그 당시에는 내 눈이 하트 모양이었고 온 세상이 경이로웠다.

"누구예요?" 나는 재촉한다.

"클로이." 그녀는 말하고 떨떠름하게 한숨을 토한다.

나는 고개를 젓는다. "왜 항상 라인 셰프일까요? 지긋지긋하지도 않은지. 게다가 K로 시작하는 클로이라니." 나는 눈매가 이국적인 그 여우를 업계 파티에서 만난 적 있었고 그녀는 실제로 자기소개를 하며 'K로 시작하는 클로이'라고 했다. 누가 그런 식으로 자기소개를 할까? 정답은 카다시안 집안의 사람들과 남편 도둑이다.

그 말인즉 내 남편이 실질적으로나 비유상으로나 자기 아래에서 열심히 땀을 흘린 여자와 바람을 피웠다는 뜻이다. 그 생각이 들자 입맛이 써서 쏩쓸한 커피로 씻어내린다.

샐리는 내가 울음을 터뜨리거나 눈물을 한 방울 떨어뜨리거나 아랫입술을 떨거나 그 외에 기타 등등, 내가 로봇이 아니라는 증거를 보여주길 기다리는 사람처럼 내 쪽으로 몸을 숙이고 나를 살피지만, 나는 정신력을 총동원해 평정심을 유지하며 그는 그렇게 난리 법석을 떨 만한 가치가 없는 인물이라고 속으로 계속 되뇐다. 나는 젠장, 프로다. 직장에서는 절대 눈물을 보이지 않을 것이다. 이런 식으로 감정을 통제하다 보니 남들 눈에 내가 무심하고 차갑고 서먹해 보이는 모양이지만 사실은 오히려 백 퍼센트 보호 본능이다.

내 안에서 심장이 뒤틀리고 오그라든다. 이 아픔으로 평생지워지지 않을 상처가 생길지 모른다. 내 심장이 정말 쪼그라들어서 그가 예언한 것처럼 외로운 독신녀로 늙을까? 섹스로 실연의 상처를 달래야 할까? 아니다, 나는 욕정이 아니라 사랑을 찾을 테다.

클로이라고 들은 것이 내 결심을 굳히는 데 결정적인 역할을 한다. 지금 런던은 내게 너무 해로운 공간이다. 너무나 오랫동안 사랑했던 도시지만 거리를 좀 두어야겠다.

샐리가 애정 어린 손길로 내 팔을 어루만진다. "수군거림은 가라앉을 거야. 자기는 계속 일에 집중하면서 폭풍이 지나갈 때까지 버티면 돼. 그 요사꾼 때문에 커리어를 포기하지 마. 제발. 나는 자기보다 더 열심히 일하는 사람을 본 적이 없어. 지금까지 쏟은 노력이 아깝잖아."

나는 잠깐 내 감정을 분석해보고 결국 이렇게 얘기한다. "그 사람 때문만은 아니에요, 샐리. 모든 게 복합적이에요. 얼마 전부터 인생이 나를 그냥 스쳐 지나가고 있는 듯한 찜찜한 느낌이 있었어요. 나는 열일곱 살 때부터 여기서 고군분투하고 있어요. 지금이 내 인생의 전성기인데 제대로 눈에 담지 않으면 그냥 흘려보내고 말 거예요. 캘럼이 기폭제가 됐을지는 몰라도 그게 전부는 아니에요. 이건 홧김에 내린 결정도, 오로지 그이 때문에 내린 결정도 아니라고 장담할 수 있어요." 나는 내 입에서 이런 말들이 쏟아져 나오는 동안 거짓말이 아니라는 것을 느낄 수 있다. 불행하게 지낸 지 한참 됐는데 계속 과로, 피곤한 삶, 힘든 일상 탓으로 돌리고 있었다.

"저기, 4주 동안 말미를 두는 거지, 그치?"

나는 고개를 끄덕인다.

"그 시간 동안 잘 생각해봐. 그러니까 정말 열심히 고민해봐. 당장 후임 면접을 시작하기보다 자기가 고민하는 한 달 동안 자크 혼자 요새를 지켜도 되니까."

자크는 연예인 버금가는 수석 셰프로, 이도 저도 아닌 상테로 내 결정을 기다리는 것을 좋아하지 않을 것이다. 그는 무시무시한 상사다. 사실 내가 그의 일을 대신하는 덕분에 그는 으스대며 홀을 누비다 주방으로 돌아와 으르렁거리며 주문을 전하고 욕을 퍼부을 수 있다. 그의 지위가 오르는 동안 나도 그의 뒤에서 열심히 승진했고 우리는 마지못해 서로를 존중 비슷하게 하는 사이로 발전했다. 그는 자존심이 하늘을 찌르지만 메뉴에 관한 한 내게 전권을 허락했고, 그가 모든 공을 가로채긴 해도 나는 주방에서 완벽한 자유를 누린다.

"고마워요, 샐리. 진심으로요. 하지만 결심이 상당히 굳었으니까 면접 시작해도 돼요." 아닌 척해봐야 소용없다. 수셰프가 있어야 레스토랑이 매끄럽게 돌아갈 테고, 내가 자크하고는 아주 친하지 않을지 몰라도 다른 직원들과는 사이가 좋기 때문에 나의 부재로 인해 생기는 추가적인 부담을 그들에게 전가하기는 싫다.

샐리와 숨 막힐 정도의 포옹을 나눈 뒤 주방으로 가서 신선식품을 이리저리 뒤집으며 오늘의 메뉴를 준비한다. 주방 직원들이 내 표정을 살피지 않았으면 좋겠지만 그들은 일어나자마자 나와 캘럼의 소문을 알리는 문자 메시지를 접했을 것이다.

요식업계가 원래 그렇다.

3

이상하리만치 조용한 일요일 근무를 마치고 평소보다 일찍 퇴근해 내가 제정신인지 아닌지 고민하는 시간을 갖는다. 그렇게 즉흥적으로 일을 때려치우는 사람이 세상에 어디 있을까?

휴대전화가 끊임없이 울리며 이런 문자가 온다.

자기야, 그 자식이 정말 그런 거 아니지? 답장 부탁해. 키미.

키미가 누군지 알아내느라 머릿속을 헤집지만 소득이 없다. 캘럼의 동료인 걸로 어렴풋이 기억되는 리로이는 이런 문자를 보냈다.

일 그만두는 거예요? 그러면 자크한테 나 좀 추천해줄 수 있어요?

나머지도 비슷하다. 다들 내부 정보를 원한다. 내 슬픔을 잠재울 수 있게 돕겠다거나 먹는 걸로 잊을 수 있게 케이크를 들고 오겠다는 사람은 없다. 그들 모두가 셰프라 더 가슴이 아프다.

다들 가십거리 아니면 내 일자리를 원한다. 남의 불행을 이용하는 자들.

나는 거기에 대해 너무 깊이 고민하지는 않는다. 그냥 매시간 정각에 한 번씩 떠올린다고 할까? 그럼에도 내가 잘하는 게 하나 있다면 계획을 세우는 것이다. 새로운 인생 시나리오. 하지 말아야 하는 일과 같은 것들. 나는 여러 가지 가능성을 적어보다가─하늘이 무너지는 경우가 나오기 직전에 멈춘다─사표가 수리됐을 때 무엇을 해야 할지, 어디로 가야 할지 전혀 모르다니 내 평생 처음 있는 일이라는 사실을 깨닫는다.

겁이 난다. 하지만 왠지 모르게 홀가분하다.

왕족과 결혼하거나 복권에 당첨되지 않는 이상 에포크의 수셰프 자리를 포기할 사람은 없을 테고, 내가 그 사실을 음미하며 즐거워하는 이유도 바로 그 때문이다. 어느 누구도,

남편(이제는 전남편이라고 해야 할까?)은 물론이고 이 세상 어느 누구도 내가 이런 반응을 보일 줄 상상하지 못했을 것이다.

주방에서는 내가 심지어 지금보다 더 오랫동안 일에 매달릴 거라고, 마치 광신도처럼 목을 매다시피 할 거라고, 세 명분의 일을 하는 식으로 복수심을 불태우다 외로운 할망구가 돼서 발버둥 치고 비명을 지르며 주방에서 끌려 나올 거라고 수군거렸다. 예상했던 반응이었다.

와인을 마시면 생각을 정리하는 데 도움이 되기 때문에 진한 시라즈 와인을 음미하며 계속 홀짝인다. 샐리가 이런 말과 함께 퇴근하는 내 손에 쥐어준 선물이다. *내일 휴일 잘 보내. 하지만 잘 생각해보고……*.

어찌된 일인지 모르겠지만 병이 바닥을 보이기에 집에 있던 싸구려 와인 한 병을 더 딴다. 좋은 아이디어를 얻거나 시야를 넓히는 데 도움이 될 만한 실마리를 찾을 수 있길 바라며 다양한 블로그를 훑는다. 산들바람에 몸을 맡기라거나 인생을 개조하라는 식으로 희망을 심어주는 블로그들 말이다.

와인을 홀짝이며 대대적인 변신을 꾀한 사람들, 모든 것을 걸고 모험을 벌인 사람들의 이야기를 끝도 없이 읽는다. 아이들을 학교에서 끄집어내 길 위에서의 삶을 시작한 가족. 주걱을 집어 던지고 고삐를 틀어쥐고 자기만의 기준에 따라 삶을 살아가는 독신녀(지금의 내가 아닌가!). 팝업 푸드 트럭을 운영하는 사람들. 도기 공방으로 변신한 캠핑카. 조그만 자기 집에서 공연하는 음악가. 바닷가에서 작품을 만들어 팔며 태양을 따라다니는 수공예 작가. 나는 고개를 젓는다. 바깥으로 눈을 돌려보면 멋진 삶을 사는 사람들이 이렇게 많은데…….

내가 그중 한 명이 될 수 있을까? 아마 불가능할 것이다.

그래도 캠핑카가 얼마나 하는지 알아본들 문제는 없지 않을까? 사겠다는 게 아니라 그냥 보기만 하려는 거다. 모험을 저지르고 전혀 새로운 삶의 방식을 꿈꾼다 하더라도 과연 가능할지 알아보려면 몇 달은 걸릴 것이다. 그리고 지금 사는 아파트도 어떻게 할지 생각해야 한다. 내 물건들. 돈. 생각해보면 나는 옴짝달싹 못하는 신세 아닌가? 우리 인간은 올가미로 변하기 십상인 삶을 구축하고 있다는 생각이 든다. 와인을 벌컥벌컥 마시며 내가 처한 이 어지러운 상황을 어떤 식으로 해결하면 좋을지 고민한다.

다음 날 나는 깨질 듯한 두통과 함께 눈을 뜬다. 머리가 초인종 소리와 더불어 스타카토로 지끈거린다. 딱 하루 쉬는 날인데 내가 가장 애지중지하는 늦잠 자는 시간이 어그러졌다. 나 때문에, 간밤에 어마어마하게 해치운 와인 때문에, 시계를 확인해보니 이제 겨우 8시밖에 안 됐는데 이 시각에 남의 집을 찾아가도 된다고 생각하는 어떤 인간 때문에. 이 정도면 범법 행위 아닌가. 나는 빈속에 레드 와인을 그렇게 마신 나 자신을 속으로 저주한다. 하지만 나 혼자 먹자고 뭘 만드는 건 음, 익숙지가 않다.

초인종 소리가 계속 이어지고 문득 깨달음이 찾아온다. 캘럼이 정신을 차리고 자신의 판단 착오를 깨달은 게 아닐까? 그는 벌어진 앞니를 보이며 특유의 미안해하는 미소를 지을 테고, 자기가 저지른 실수 뒤로 숨느라 너무 길게 기른 빨간 머리로 한쪽 눈을 덮고 있을 것이다. 그러면 나는 그대로 몸을 돌려서 왔던 길로 되돌아가라고 일침을 가하는 쾌감을 맛볼 수 있겠지!

침대에서 벌떡 몸을 일으키자 온 세상이 빙그르르 돈다. 젠장, 간밤에 도대체 얼마나 마신 거야? 이러다 술로 인생을 허비하고 빈 와인 병을 마이크 삼아 즉석에서 콘서트를 여는 그런 한심한 종자로 전락하는 건 아니겠지? 기억 하나가 스멀스멀 떠오른다. 내가 창문에 비친 나를 상대로 솜씨를 과시하며 밤새 노래판을 벌였던가? 생각해보면 섬뜩하긴 하지만 초인종 소리 때문에 숙취가 더 심해지고 있기 때문에 얼른 문을 열어야겠다.

나는 한 손으로 벽을 짚고 몸을 지탱하며 이라도 닦았으면, 진통제라도 있으면 얼마나 좋을까 생각한다. 으윽. 나는 잽싸게 머리를 매만지고 얼굴을 찡그리며 문을 연다.

캘럼이 아니다.

문득 내가 브래지어도 없이 손바닥만 한 러닝셔츠에 앞이 늘어질 정도로 큰 캘럼의 추레한 트레이닝복 바지를 입고 있다는 데 생각이 미친다. 그러니까 부적절한 차림새로 서 있단 말이다. 나는 함박웃음으로 불편한 기색을 가릴 수 있길 바라며 오른쪽의 코트 걸이를 향해 미친 듯이 손을 내밀고, 손가락이 마침내 재킷에 닿자 얼른 재킷을 걸치며 이 사람이 누굴지 궁금해한다.

"죄송해요." 나는 말한다. "손님이 오실 줄 몰랐네요."

나이 지긋한 남자의 얼굴 위로 당혹스러워하는 표정이 번진다. 그는 낡은 더플 재킷에 면바지를 입었고 다정한 미소를 짓고 있다. 어째 런던 사람 같지가 않다. 그렇다고 하기에는 인상이 너무 부드럽고 서글서글하며 손자를 끔찍이 아끼는 할아버지처럼 천진한 표정을 짓고 있다. "음." 그가 목덜미를 긁으며 말한다. "일찍 오면 웃돈을 얹어주겠다고 했잖아요."

이런 망할. 웃돈? 이 남자 제비족인가? 그런 일을 하기에는 조금 나이가 많아 보이는데. 내가 그런 쪽으로 경험이 있는 건 아니지만. 간밤에 그게 해결책이라고 생각할 정도로 취했었나? 제정신이 아니로구나!

"죄송해요. 아, 하루 종일 너무 정신이 없었다 보니……."
망할, 이제 겨우 아침 8시잖아. "제 말은 어젯밤이요……." 나
는 기침을 크게 한다. "……간밤에요. 아니, 뭘 하느라 그랬다
는 건 아니고요." 아무 얘기도 하지 마!

그는 고개를 끄덕이지만 걱정하는 눈빛이다. "아, 네. 음,
가서 녀석을 한번 보시겠어요?"

안도감이 밀려든다. 녀석? 내가 강아지를 샀나? 아니면 너
무 오랫동안 보호소에서 지내느라 사랑해줄 사람이 필요한
열 살짜리 사냥개일지도 모른다. 2021년에 아이를 갖겠다는
계획은 지워버리고 캘럼보다 더 다정하게 나를 안아줄 털북
숭이를 입양한 거다. 앞뒤가 맞는다. 세상에 입양자가 필요
한 동물이 얼마나 많은가. 나는 이렇듯 멀리 내다본 나 자신
이 대견해서 속으로 궁둥이를 토닥여준다.

"아, 좋죠." 나는 말하며 재킷을 더욱 단단히 여미고 다른
손으로는 커다란 바지를 붙잡는다. 명심할 것: 이처럼 과감
한 변화를 시도하는 시기에는 자기 잠옷을 입자.

나는 반려동물이 생기면 얼마나 완벽할까 생각하며 비틀
비틀 그를 따라 계단을 내려간다. 스누피가 밤이면 내 품을
파고들어 가장 좋은 친구가 되어주고 가장 믿음직한…….

"여기요." 그가 가리키지만 아무것도 나를 향해 달려들지

않는다. 길가에 세워진 진분홍색의 큼지막한 캠핑카가 내 시야를 막고 있다. 이쪽 끝에서 저쪽 끝까지 도로에 주차된 차를 훑으며 창밖을 내다보는 북슬북슬한 얼굴과 유리창에 김을 뿜어내는 축축한 코를 찾았지만 동물이라고는 한 마리도 보이지 않는다.

이게 뭔지 물으려는 찰나 그가 열쇠 뭉치를 내게 건넨다. "카드 승인이 떨어졌으니 손님 거예요. 내가 보여드릴게요."

카드 승인.

뭐라고?

내가 도대체 무슨 짓을 저지른 거야!

내 돈을 훔쳐 간 사기꾼이 분홍색 캠핑카 문을 열자 조그만 주방과 인형의 집만 한 싱크대와 전기 핫플레이트와 오븐이 갖추어진 손바닥만 한 집이 공개된다. 폐소공포증이 온몸을 관통한다. 하도 작아서 그 안에서 누가 살 수 있을지 상상조차 되지 않는다. 하지만 허공에 감도는 희미한 시나몬 슈가 냄새가 느껴지자 마지막으로 이 주방을 쓴 사람이 힐링 푸드를 만들기라도 했던 듯 나도 모르게 미소가 지어진다.

"이쪽이 식당이에요." 그는 자부심이 느껴지는 목소리로 양쪽에 푹신한 벤치가 딸린 접이식 널빤지를 가리키는데, 벤치 뚜껑을 열자 깊은 수납공간이 드러난다. 모든 게 두 가지 용도를 갖춘 것 같다.

식당 옆에는 위에 분홍색 수납공간이 딸린 1인용 소파가 있다. 나는 저 끝에 침실이 있는 걸 보고 슬쩍 들여다본다. 침대에 고급 리넨이 깔려 있고 한복판에는 장미색 쿠션이 사랑스럽게 놓여 있다. 그걸 보고 왠지 모르게 마음이 끌린다.

아른아른한 꽃무늬 시폰 커튼이 주거 공간과 침실 공간을 나눈다. 화장실은 하도 좁아서 게걸음으로 걸어야 하지만 깔끔하고 티끌 하나 없이 깨끗하다. 당연히 타일은 분홍색이다. 색깔 맞춤의 필요성이 이해가 되면서 이 색이 서서히 마음에 들기 시작한다. 불필요한 부분은 전혀 없고 모든 것에 존재 이유가 있다. 싸구려 같지 않고 누군가가 길고 느린 여행에 맞춰 정성스럽게, 예쁘고 편안하게 꾸민 듯 아늑하다.

하지만 나는 충동적으로 일을 저지르는 성격이 아니다. 그런 내가 캠핑카를 샀을 리가 없는데…… 한겨울에나 느낄 수 있음 직한 한기가 머리끝에서 발끝까지 나를 관통한다.

"죄송하지만…… 승인된 액수가 얼마인가요?"

그는 미간을 찌푸린다. "우리가 합의한 대로 5천 파운드였고 오전 8시까지 여기로 가져다주면 5백 파운드를 더 주겠다고 했잖아요. 밤새 몰고 왔어요."

이런 쏭, 씨부엉, 제길슨.

이런 걸 가지고 도대체 뭘 할 수 있을까? 이 안에서 살아야 하나? 도로 주행에 알맞기는 할까? 내가 이렇게 큼지막하고 길고 거대한 녀석을 운전할 수 있을까? 게다가 도대체 어디로 들어가서 앉으란 말인가! 으윽. 내가 이 남자와 통화했다는 걸 무슨 수로 입증할 수 있을까? 그는 인터넷 스토커나 해커일 수 있었다. 정말이지 이건 나답지 않다.

머릿속에서 비명 소리가 사방으로 메아리친다.

"캘럼 일은 안타깝게 생각해요." 그가 말한다. "하지만 잘하고 있는 거예요. 좋을 거 하나 없는 대도시를 등지고 뻥 뚫린 도로로 나서는 것. 거기서 당신을 찾을 수 있을 거예요, 로지."

맙소사. 내가 이 진분홍색 흉물을 산 게 맞았다. 술을 끊든지 해야지, 원.

"네, 뭐, 제가 한참 동안 길을 잃고 헤매긴 했어요." 나는 공포를 삼킨다. "그러니까 저를 찾는 게 진정한 뜻밖의 선물이 될 수 있어요."

그는 숨겨진 수납공간과 연비, 허가증, 주차, 기타 등등에 대해 찬사를 늘어놓지만 나는 숨을 고르기 어려운 관계로 귀를 닫는다. 5천5백 파운드라니! 내가 모아놓은 돈의 전액에 가깝다. 카드값을 갚아야 할 텐데. 이걸 팔아야 할 텐데. 그리고 또……

"트레일러는 아주 간단하게 연결할 수 있고 그 안에 테이블, 의자, 심지어 추운 날 쓸 수 있는 조그만 화로도 있어요.

손님들은 따뜻한 코코아 들고 그 근처에 모여 있는 걸 좋아할 거예요."

"손님들이요?"

그는 아까처럼 내가 정신이 이상해지지 않았는지 걱정하는 듯한 표정을 짓는다. 나는 정신이 이상해진 게 맞다. "네, 차를 파는 트럭 손님들 말이에요, 기억 안 나요?"

"음……"

"마이크로 허브가 보이는 그런 음식이 아니라 정성스럽게 준비한 푸짐한 힐링 푸드를 만들고 싶다고 했잖아요. 직접 블렌딩한 고급 차를 따끈한 주전자에 같이 서빙하고 일요일에는 크림 티. 아가씨 이름이 로지 맞죠, 그렇죠?" 불안해하느라 그의 얼굴에 주름살이 생긴다.

"네, 네, 로지 맞아요. 그리고 맞아요, 차를 파는 트럭, 당연히 기억하죠. 오늘 아직 차를 못 마셔서 그래요, 그뿐이에요." 지금 이런 상황에서 마음을 가라앉히는 효과가 있는 차를 직접 블렌딩해서 마시면 꿀맛일 것이다. 마시멜로 리프, 카모마일 그리고 민트의 조합으로 고치지 못할 것은 거의 없다. 시라즈에 취해서 내린 일생일대의 엄청난 결단은 예외겠지만. 그걸 고칠 수 있는 조합은 아직 만들지 못했다.

캠핑카를 다시 한번 흘끗 쳐다보았을 때 흐릿한 아이디어가 형태를 갖추기 시작한다. 차를 파는 트럭이 잘될 수도 있었다. 나의 근원으로 돌아가 엄청난 분량의 쿠키와 애플 크럼블과 럼을 넣은 레이어 케이크를 만들고 싶어 하지 않았던가? 집에서 만든 잼과 두툼하고 부드러운 크림을 듬뿍 곁들인 스콘. 콩이나 큼지막한 접시에 담긴 따뜻한 스튜나 진하고 소박한 수프처럼 먹으면 안에서부터 따뜻해지는 영양 만점의 음식. 아니면 계피를 넣은 쌀죽, 추운 겨울날 밤에 배를 든든히 채우고 체온을 유지해주는 그런 음식.

여기에 내가 직접 블렌딩한 특이한 차를 곁들이면……. 어쩌면 술 취한 나에게는 계획이 있었고 나는 어떤 계획이었는지 기억만 환기하면 되는 것일지 몰랐다. 로지의 움직이는 찻집.

"그럼……." 남자가 가방에서 서류를 꺼낸다. "이걸 작성하면 포피는 당신 거예요."

"캠핑카 이름이 포피예요?" 나는 침대 위에 보란 듯이 놓여 있던 분홍색 쿠션을 떠올리지만 별다른 감흥은 없다.

그가 웃음을 터뜨리자 볼이 빨개진다. "아내가 지은 이름이에요. 아내가 병에 걸리기 전까지 둘이서 한동안 포피를 몰고 다녔어요."

"지금은 좀 괜찮아지셨길 바라요." 나는 이 말을 내뱉자마자 알아차리지만 다시 주워 담기에는 이미 늦었다.

그는 주머니에 손을 넣고 어두워진 눈빛으로 말한다. "안타깝게도 저세상 사람이 됐어요. 하지만 로지, 당신처럼 엉뚱했어요……."

엉뚱하다고? 그보다 더 심한 말도 들은 적 있긴 하지만.

"아마 아주 기뻐할 거예요. 포피가 이렇게……." 그는 얼굴을 붉히며 뭔지 모를 소리를 웅얼거리다 정신 차리고 이렇게 얘기한다. "……믿음직한 분의 손에 맡겨져서."

나는 그가 말을 더듬었던 것을 용서한다. 함께했던 여행의 기억이 결부된 포피를 내게 넘기려면 나도 조금 불안했을 것이다.

딱해라. 실상을 알고 나니 주름살에서 상실의 슬픔이 보인다. "부인께서 고인이 되셨다니 정말 안타까워요. 제가 포피를 잘 돌볼게요." 신기하게도 이 어르신과 유대감이 느껴진다. 포피와도 그렇다. 마치 그의 아내가 생각의 실마리를 남긴 것 같다. 마음이 시키는 대로 해요!

"둘이서 같이 여기저기 많이 다닐게요." 이를 테면 이걸 몰고 '정신 나간 내 마음의 도시'를 향해 돌진하는 거다. 인구는 한 명.

그의 표정이 부드러워진다. 그는 촉촉해진 눈가를 훔친다. "로지, 이 아이를 넘길게요. 인생이 얼마나 쏜살같은지 몰라요. 방랑 생활을 하다 보면 힘든 일투성이겠지만 이 세상의 어느 머나먼 모퉁이에서 만날 소박한 즐거움은 그 어느 것하고도 비교할 수가 없을 거예요. 몸 조심하고 모든 가능성에 마음의 문을 열어두어요…….”

　알 것 같은 느낌에 등골이 간질거리고 미소가 서서히 내 얼굴 위로 번진다. 누가 나더러 즉흥적이지가 않대? 포피와 나는 이미 오래전에 실행에 옮겼어야 할 장대한 여정을 떠날 것이다. 하지만…… 무슨 수로 비용을 충당한다? 그리고 어디로 가야 할까?

4

2, 3주 후 나는 현기증이 날 정도로 긴 시간 동안 에포크에서 일을 한 뒤에 아무리 겁이 나더라도 일찍 떠나는 것이 상책이겠다는 사실을 깨닫는다. 소문에 입방아가 난무하고 뒤에서 계속 수군대는 소리가 들리다 보니 일터가 악몽이라 탈출하고 싶다.

　하지만 먼저 계획부터 세워야 한다. 포피가 있으니 이제 그 아이를 가지고 뭘 할지, 그것만 정하면 된다. 나는 퇴근해서 솔트 앤드 비니거 감자칩이라는 영양 만점의 건강한 메뉴로 식사를 마친 뒤 노트북을 켜고 잠깐 자료 조사를 한다.

　솔직히 고백하자면 먼저 클로이 파커의 페이스북으로 직행해 그녀가 상태 메시지를 업데이트해놓은 것을 확인한다. '클로이 파커에게 만나는 사람이 생겼어요.' 그녀는 이 게시글에 캘럼을 태그해놓았고 둘이 합쳐서 72개의 댓글이 달렸다. 나는 궁금한 것을 참지 못하고 그 72개가 모두 축하 인사는 아니길 바라며 클릭해서 열어본다.

그가 사실상 유부남이라는 사실을 모두 잊은 걸까? 심장에 비수가 꽂히는 느낌이지만 나는 "와우"라는 무의미한 댓글에서부터 "축하해, 두 사람. 드디어 공표해서 다행이야!"라는 좀 더 비통한 댓글에 이르기까지 일일이 읽어본다.

우울한 밤, 고요한 이 시각에 나만 빼고 모두 알고 있었다는 사실이 너무 고통스러워서 눈물조차 제대로 삼킬 수가 없다. 우리 두 사람을 모두 알고 지낸 지인들도 알고 있었으면서 누구 하나 내게 알릴 생각조차 하지 않았다. 오히려 행복한 커플의 앞날을 축복했으니…… 나는 어떻게 살아온 걸까?

캘럼의 페이지로 넘어가보니 둘이서 클로즈업으로 찍은 셀카가 보이고 그들의 반짝이는 눈과 함박웃음이 화면을 가득 메운다. 나는 얼른 페이스북을 닫고 두 번 다시 그들의 페이지를 찾지 말자고 다짐한다. 별로 좋은 생각이 아니었다. 내가 모두에게 하찮은 존재로 전락한 듯 기분이 한없이 처진다.

이런 기분을 느끼는 이유가 이제 떠나면 미쉐린 별점을 받은 레스토랑의 수셰프 로지 루이스라는 후광이 사라지기 때문일까? 그게 아니라 좀 더 솔직히 고백하자면 내가 원래 요리 말고는 아무것도 할 줄 모르며 어딜 가든 겉도는 아웃사이더였기 때문일까? 나는 지금까지 그런 생각을 머릿속에서 떨쳐버리려고 애를 쓰며 버둥버둥 살아왔다.

나는 멍하니 스크롤을 내리며 기분 전환이 될 만한 것을 찾는다. 재미있는 고양이 영상이 잠깐 효력을 발휘하지만, 털북숭이 친구와 아주 파릇파릇한 허브 텃밭과 함께인 나의 미래가 그려지자 얼른 다른 페이지로 넘어간다. 몇 시간 뒤에 어떤 웹사이트가 내 눈에 들어온다.

캠핑카에서 사는 사람들: 길 위에서 꿈꾸던 삶을 이루다

나는 생판 모르는 사람들이 올린 이국적인 사진을 보고 감탄하며 사이트를 이리저리 구경하다가 커뮤니티 게시판을 발견하고 가입을 신청한다. 가만히 숨어서 그들의 실시간 대화를 구경할 작정이었는데 가입 승인이 떨어지자마자 다른 회원이 보낸 메시지가 뜨는 바람에 그럴 기회를 놓친다.

안녕하세요, 로지! 나는 게시판 관리를 맡고 있는 샬럿이에요. 궁금한 게 있으면 언제든 물어보세요.

헐, 누군가와 말을 섞기 전에 슬그머니 들어가서 게시물을 읽을 생각이었는데!

고마워요, 샬럿. 일단 게시물부터 정독해볼게요.

그녀는 엄지척 이모티콘을 보낸다. 나는 채팅창을 닫고 이후 얼마 동안 각양각색의 포스트와 노마드족의 넘쳐나는 충고를 이해해보려고 열심히 애를 쓴다.

내가 감히 이렇게 체계 없는 삶을 살 수 있을까?

생각만 해도 거의 두드러기가 날 지경이다. 모든 날이 다를 테니 1분 1초까지 계획하고 모든 변수를 감안하던 습관을 버려야 할 것이다. 내가 과연 그렇게 대담한 결단을 내릴 수 있을까?

노트북 덮개를 탁 닫는다. 회의가 든다. 하지만 그들의 프로필 사진이 머릿속에서 떠날 줄 모른다. 어떤 사진은 배경이 섬과 짙푸른 바다고 또 다른 사진은 울퉁불퉁한 산이나 숲이나 파릇파릇한 벌판이지만 한 가지 공통점이 있다. 그들을 통째로 집어삼키고도 남을 듯한 함박웃음이다. 셀카용 가짜 미소, SNS에 올라온 뻣뻣한 억지 미소가 아니라 이 생판 모르는 사람들은 무지개 끝에서 황금 단지를 찾기라도 한 듯 진정한 즐거움을 발산하고 있다.

내가 원하는 게 그거다. 즐거움을 느끼는 것. 하지만 즐거워하는 성향으로 태어나는 사람이 있는가 하면 불안해하는 성향으로 태어나는 사람도 있는 걸까? 그렇다면 일종의 실험이 될 것이다. 과거의 나를 벗어던지고 그 아래에 어떤 사람이 숨어 있는지 알아보는 것. 나는 술을 끊기로 다짐했음에도 불구하고 화이트 와인을 한 잔 따르고 어디로 갈지, 뭘 팔면 그런 라이프스타일을 유지할 수 있을지, 가장 중요하게는 첫걸음을 내디딜 수 있도록 어떤 식으로 나를 개조하면 좋을지 고민한다.

다시 로그인해 채팅 버튼을 클릭하고 샬럿의 이름을 찾아서 입력한다.

샬럿, 팝업 스타일의 푸드 트럭으로 여행 경비를 충분히 마련할 수 있을까요? 아니면 대부분 저축이라는 안전망이 갖추어져 있나요?

너무 절박하게 느껴져서 민망하긴 하지만 더는 고민하지 않고 메시지를 보낸다. 계획 전문가인 내가 어쩌다 모아놓은 돈도 별로 없을까? 포피를 사고 났더니 가진 돈이 거의 바닥났다. 런던에서 드는 생활비를 감안하면 저축을 하고 싶어도 남는 돈이 별로 없다.

샬럿이 답장을 쓰는 동안 말줄임표가 이어지고 드디어.

　사람들마다 다르고 어떤 라이프스타일을 추구하는가에 따라
다르겠지만 대체로 팝업 스타일의 푸드 트럭은 장사가 아주
잘돼요. 인간은 누구나 먹고살아야 하니까요. 여러 축제나 마
켓에서 일반인들을 상대하기도 하지만 다른 노마드족도 손님
이 되니까 그게 당신의 전문 분야라면 뭘 기다려요?

　흠, 일리가 있다. 인간은 누구나 먹고살아야 하며 어느 누
가 잼과 크림을 곁들인 스콘과 방금 전에 끓인 이색적인 차
를 마다하겠는가. 처음에는 간단한 메뉴로 시작해서 추이
를 살펴도 된다. 포피를 언제까지고 길가에 세워둘 수만은
없다.

　고마워요, 샬럿. 그러게요, 뭘 기다리는 걸까요? 고민해볼
게요.

　며칠 뒤에 계획이 대강 세워졌고 겁이 나긴 하지만 왠지
모르게 맞는 방향인 것처럼 느껴진다. 하지만 정보가 좀 더
필요하기에 다시 커뮤니티 게시판에 접속해 샬럿을 찾는다.
채팅창에 그녀의 이름이 없지만 아무나 붙잡고 그녀의 소재

를 물어볼 겨를도 없이 다른 사람이 메시지를 보내온다.

안녕하세요, 로지! 나는 올리버예요. 캠사에 접속한 걸 환영해
요. 지금 어디예요?

아니, 그걸 왜 궁금해하는 거지? 아무한테나 내가 지금 어
디 있는지 가르쳐줄 수는 없지 않나? 익명을 고수하는 데에
는 다 이유가 있다. 내가 왜 본명을 썼을까? 아마추어 같으니
라고!

아니면 사람들과 거리를 두는 내 성격이 문제일까? 모든
걸 항상 감추고 공개하지 않는 것이? 그래서 천천히, 하지만
확실하게 내 인생에서 왕따가 됐을까? 그래도 이 남자가 누
군줄 알고! 생판 모르는 사람, 더군다나 화면에 뜬 이름을 믿
을 수는 없다. 나는 대답은 하되 신중을 기하기로 한다. 사실
내가 얼마나 가슴앓이를 하는지 알면서도 전부 침묵을 지키
는 내 현실 속의 지인들보다 그가 더 나쁠 것도 없다.

안녕하세요, 올리버. 저는 아직 여행을 시작하지 않았어요. 말
하자면, 아직 시동을 거는 중이에요. 샬럿을 찾고 있는데 혹시
여기 있나요?

나는 게시판 맨 위로 스크롤을 올려서 가장 최근에 올라온 게시글을 읽어본다. 이곳은 트레일러 하우스나 캠핑카를 타고 여행하는 데 충고나 도움이 필요한 사람은 누구든 이용할 수 있는 온라인 커뮤니티다. Born2Travel은 제일 괜찮은 여행자 보험이 뭐냐고 묻고, WanderlustWendall은 웨일스 접경 근처의 국립공원 감독관과 어떤 식으로 실랑이를 벌였는지 설명한다. 그들은 정말 활기차고 행복해 보인다. 심지어 WanderlustWendall은 50파운드의 벌금을 냈는데도 교훈을 얻었다며 다른 사람들은 똑같은 실수를 저지르지 않도록 기꺼이 노하우를 공유한다. TravelBug1978은 5:2 간헐적 단식이 돈을 절약하는 데 어떤 식으로 도움이 되는지 논하고 NomadyNight는 그 말에 콧방귀를 뀐다.

샬럿은 몇 주 동안 자리를 비울 거예요. 피크 디스트릭트에서 자전거 여행 가이드를 맡고 있어서 인터넷 접속을 못 해요.

다들 이렇게 모험을 좋아하나? 나는 몇 주는커녕 하루 종일 자전거를 타는 것도 상상이 되지 않는다. 그 손바닥만 한 안장에 계속 앉아 있으면 부상 같은 게 생기지 않을까?

네, 고마워요.

나는 샬럿에게 겁이 난다고 솔직하게 토로할 마음의 준비를 하느라 참고 있었던 숨을 토한다.

별말씀을요. 그래서 언제 떠날 생각이에요?

조잘거리며 모든 꿈과 희망을 공유하고 싶지만 나는 그런 성격이 아니다. 그리고 왠지 모르겠지만 샬럿과 채팅할 때가 더 편했던 것이 아무래도 여자라서 그런 모양이다. 혼자 여행하는 다른 여자들을 보면 나도 할 수 있겠다는 희망이 생겼다.

조만간요.

달리 뭐라고 말할 수 있을까? 여기서 저기로 옮겨 다니지는 않더라도 트레일러 주차장으로나마 포피를 몰고 가서 죽을 때까지 거기 숨어 있다가…… 아니다, 아니다! 나는 노력하고 적응할 거다, 젠장. 샬럿이 지금 허벅지 근육을 불태워 가며 자전거를 타고 언덕을 오르내리고 있다면 올리버에게 궁금했던 걸 물어보면 된다.

어떤 식으로 운을 떼면 좋을지 고민하는데 그가 묻는다.

블로그 하세요?

다른 사람의 블로그를 읽는 건 좋아하지만 내가 글을 올린 적은 없다. 나의 창의력이 발휘되는 곳은 주방일 뿐 다른 데서는 꿈도 꾸지 않는다.

아뇨, 안 해요. 미안해요.

다른 사람이 사이트에 들어왔다. 그가 그 사람들을 맞이하는 동안 나는 눈이 번쩍 뜨이는 제목이 달린 놀라운 게시글을 읽을 수 있을 것이다. '나는 어떻게 회사를 그만두고 하루 15파운드로 이보다 더 행복할 수 없는 삶을 살고 있는가', '상실 이후에 도로에서 만난 삶' 혹은 '나의 팝업 칵테일 트럭과 그것으로 여행 경비 마련하기.' 사연이 무궁무진하고 내가 지금까지 한 번도 염두에 둔 적 없는 삶의 방식도 무궁무진하다. 이것이 나의 다음 행동 방침이라는 것을 몸에서 알아차리기라도 하는 듯 오싹한 소름이 돋는다. 다짐했던 것처럼 포피를 몰고 여행하며 내가 찾는 게 정확히 뭔지 깨달을 때까지 버틸 수 있을 만큼 돈도 벌고……

미안해할 것 없어요! 캠사 사람들은 대개 여행 이야기를 블로 그에 올려요. 온라인 다이어리에 기록을 남기는 거죠. 마음이 통하는 사람들끼리 근황을 파악하기 좋은 방법이기도 하고요.

나는 그의 논리를 곰곰이 생각해본다. 나의 행선지를 기록으로 남기면 좋을 것이다. 하지만 나는 나 자신을 안다. 나는 독자에 더 가깝다. 나만의 온라인 다이어리는 쓸 수도 있겠지만.

당신은 블로그를 하나요, 올리버?

그의 블로그를 보면 이 '캠핑카에서 사는 사람들'이 어떻게 살아가는지, 그는 어떤 사람인지 파악할 수 있을지 모른다.

네, 제 블로그 주소는 olivertravels.co.uk예요. 사진작가라 주로 사진을 올려요. 시간 있으면 한번 둘러봐요.

나는 링크를 클릭한다. 와우. 사진들이 정말 어마어마하다. 눈부신 설경. 그리고 파릇파릇하게 우거진 벌판. 나는 '소개'란으로 들어가 프로필을 읽는다. 그의 프로필 사진을 보고 모든 동작을 멈춘다. 입이 떡 벌어질 정도로 미남이다. 처음에는 평범했다가 이목구비가 자리를 잡으면서 어느 날 갑자기 '심쿵남'으로 돌변한 스타일이다. 머리칼은 갈색으로 곱실거리고 눈빛은 맑고 믿음직하며 입술은 로맨스를 부르는 완벽하고 달콤한 미소를 짓고 있다. 나는 내게 말을 건 남자의 얼굴을 확인한 뒤 그에 대한 의심을 조금 거두고 좀 더 대화에 열의를 보이려다 이게 얼마나 얄팍한 반응인지 깨닫는다. 연쇄살인범처럼 생기지 않긴 했지만 아무도 알 수 없는 일이지 않은가!

사진이 끝내주네요.

내 손이 키보드 위에서 맴돈다. 여기에 살을 좀 더 붙여야 할까? 빼야 할까? 나는 이런 종류의 상호작용에 영 소질이 없는데 그에게 오해를 불러일으키고 싶지는 않다.

고마워요. 덕분에 계속 여행을 다닐 수 있어서 고마운 마음이에요.

나는 그의 블로그를 좀 더 둘러보며 어디에 사는지, 이런 식으로 생활한 지 얼마나 됐는지 알아보려고 한다. 그가 말한 대로 글은 별로 없고 주로 사진이다. 다른 정보나 여행 경로나 그의 소재를 파악하는 단서가 될 만한 것은 보이지 않는다. 가는 곳마다 돈을 받고 사진을 찍어주다가 장소를 옮기는 모양이다. 일정한 거주지가 없는 삶이라니 덜컥 겁이 나지만 또 한편으로는 낭만이 느껴진다. 완벽한 자유가 느껴진다.

　당신은 지금 어디 있어요?

　예의상 물어보는 거다. 올리버가 좀 괜찮아 보여서가 아니라.

　아일랜드요…….

　나는 예전부터 아일랜드에 가보고 싶었다. 새롭고 낯선 삶이 시작되면 갈 수 있을지 모른다. 정말이지 이 캠핑카에서 사는 사람들처럼 소유를 버리고 좀 더 단순하게 살지 못하는 이유가 뭘까?
　둘이서 좀 더 이런저런 얘기를 주고받다가 올리버가 저렴한 생필품을 쌓아놓고 거의 공짜로 지내며 마음이 잘 맞는 노마드족을 만날 수 있는 여러 캠핑장을 알려준다. 나는 나중에 알아보려고 이름을 적어놓는다.

그의 말을 들어보면 모든 게 캠핑카를 준비하고 기름을 채우는 것만큼 간단하고 쉽게 느껴진다.

조만간 다시 채팅하기로 약속하고 마침내 로그아웃했을 때 나는 어색해서 죽을 것 같은데도 불구하고 열린 마음으로 서글서글하게 대한 나 자신을 상상 속에서 토닥여준다.

몇 시간 동안 혼자 조사를 해보니 브리스틀이 맨 처음 여행지로 가장 적합해 보인다. 포피에 쌓인 먼지를 털어낼 수 있을 만한 거리지만 그다지 멀지는 않아서 겁이 나면 당장 핸들을 돌릴 수 있겠다.

에포크에서 사표가 수리되면 짐을 싸 들고 이 지긋지긋한 데서 벗어나 바람에 몸을 맡길 테다.

나를 봐, 친구를 사귀며 즉흥적으로 살고 있잖아. 나는 손이 떨리지만 김이 모락모락 나는 찻잔을 감싸 쥐는 것으로 즐겁게 무시한다. 마음을 차분하게 가라앉히고 잠이 잘 오게 하는 시계꽃 차가 담겨 있다. 어지러운 내 머릿속을 달래는 데 딱이다…….

얼마 지나지 않아 내 사표 수리 기간이 끝나고 일터와 헤어져야 하는 때가 찾아온다. 내 커리어, 내 안전망과 작별해야 하는 때이기도 하다. 에포크 직원들에게 작별 인사를 하는데 샐리와 포옹할 때는 눈물이 맺혔다. 지난 15년 동안 새

소리를 들으며 일어나 아침부터 런던을 미친 듯이 들쑤시고 다녔는데 이제 그러지 않아도 된다니 상상이 되지 않는다. 저녁 서빙을 마치고 천근만근인 몸과 무지근하게 욱신거리는 머리를 달래며 퇴근하지 않아도 된다니. 에포크 수셰프가 아니면 나는 뭐가 될 수 있을까?

문득 닻을 잃은 느낌이다. 내가 주변에 견고하게 쌓은 벽이 무너져가는 느낌이다.

집으로 돌아가 짐을 싸기 시작한다. 이혼 합의서에서 정한 유예기간이 몇 주밖에 안 되기 때문이다. 이혼 자체가 완전히 성립되려면 천년만년 걸리겠지만 우리는 조건을 제시하기 시작했고 나는 마음이 아프긴 해도 약속을 지킬 작정이다. 4월 전에 런던에서 떠날 작정이다. 캘럼은 합의금을 제시하며 더 일찍 떠나주길 바랐지만 나는 꿈쩍하지 않았다. 그들은 사랑의 보금자리를 꾸리고 싶어도 기다려야 할 것이다. 나는 앞으로 몇 주에 걸쳐 계획을 세우고, 어떻게 될지 모르는 앞으로의 생활에 적응하는 기간이 필요하다.

기운을 차릴 수 있길 바라며 따뜻한 산딸기와 백리향 차를 끓인다. 차를 우리는 동안 노트북을 켜고 올리버에게 이메일을 보내 조언을 청하기로 한다.

안녕하세요, 올리버 씨.

여행을 떠날 작정이면 어디로 가는 게 좋을까요? 초보자에게 좋은 코스 같은 게 있나요 아니면 그냥 모든 게 유동적인가요? 팝업 스타일의 이동식 찻집을 생각 중인데…….

시간 내줘서 고마워요.

로지

이메일을 보낸 다음 차를 홀짝이며 가차 없이 퍼붓는 3월의 빗줄기를 한참 동안 물끄러미 창밖으로 내다본다. 코번트 가든을 산책하고, 하이드 파크를 서성이고, 지난 몇 년 동안 반짝 등장했지만 가보지 못했던 여러 음식점을 섭렵하며 지금 이 시기를 즐겨야 하건만 가까운 막스 앤드 스펜서에 가서 깨작이며 먹을 반조리 식품을 잔뜩 사 올 때 말고는 바깥 출입을 하지 않고 있다.

나 혼자 먹자고 음식을 만들고픈 마음이 생기질 않는데—그럴 만한 가치가 없어 보인다—생각해보니 입맛이 떨어진 게 평생 처음인 것 같다. 모든 음식이 밍밍하게 느껴지는 것이 일시적인 현상이길 바랄 뿐이다. 좀비처럼 텔레비전 앞에 죽치고 앉아 있고, 와인을 사야 하는 때가 아니고서는 집 밖으로 나설 기운조차 없다. 캘럼의 비난이 메아리처럼 울린다. 당신은 장인어른을 닮아가고 있어. 그건 아니다. 잠깐 나를 위한 휴식 시간을 갖고 있는 것일 뿐이다.

이메일을 체크해보니 놀랍게도 올리버가 벌써 답장을 보냈다.

안녕하세요, 로지 씨.

어딜 가고 싶은지, 기간은 어느 정도로 생각하는지에 따라 달라요. 5월에 열리는 헤이 페스티벌이 찾는 인원과 기간 면에서 가장 좋아요. 기간은 열흘이고 여름 여행을 앞두고 돈을 벌기에 제격이에요. 거기가 괜찮겠다 싶으면 브리스틀에서 필요한 물품을 비축하고 미리 캠핑을 해도 돼요. 웨일스 접경하고 가까우니까.

내가 염두에 두고 있었던 바로 그곳을 추천하다니 징조처럼 느껴진다.

페스티벌을 찾아다니는 노마드족이 거기서 많이들 만나고 같이 길을 떠날 여행 파트너를 찾아요. 한번 고민해봐요. 코스를 골라서 그대로 따라가도 돼요(추천 코스를 파일로 첨부했어요). 그 코스를 따라가다 보면 장터도 있고 마켓도 있고 페스티벌로 한데 묶이는 온갖 것이 있어서 할 일이 많아요. 당신의 계획이 어느 쪽인가에 따라 할 일이 없을 수도 있고요.
다른 궁금한 점 있으면 언제든 물어봐요. 우선은 첨부 파일을 확인하고요.

올리버

첨부 파일을 클릭해보니 웨일스의 정보와 함께, 어떤 상품을 팔거나 어떤 여행을 계획하는가에 따라 선택할 수 있는 다양한 코스가 소개되어 있다. 문학을 좋아하는 사람들을 위한 코스도 있고, 산악 등반을 좋아하는 운동 애호가들을 위한 일정표도 있고(나는 아니다), 내 눈길을 사로잡는 것도 하나 있다. 음식·페스티벌 코스다. 나는 이후 몇 시간 동안 새롭고 근사한 삶을 상상하며 내게 그런 삶을 살 만한 용기가 있을지 고민한다.

홍차색인 에이번 고지 위의 현수교 사진을 맞닥뜨렸을 때 거기만큼은 무슨 일이 있어도 가지 말자고 다짐한다. 노마드족은 분명 짜릿한 인생을 좋아할 것이다. 나는 모험 혐오자라 야생화를 꺾고, 든든한 평지에서 빵이나 잔뜩 굽는 게 좋다.

차를 들고 창가로 다가간다. 빗줄기가 창문을 강타하고 잿빛 하늘이 무거운 한숨처럼 머리 위에서 맴돈다. 나는 그것을 일종의 징조로 받아들인다. 이제 여기에 나를 위한 것은 없고 내 삶에서 유일하게 괜찮은 부분이 있다면 포피와 그 끝도 없는 분홍색뿐이다. 그 생각을 하면 미소가 지어진다.

이제 짐을 싸고, 팔 수 있는 건 팔고, 그 나머지는 기증할 때다. 들고 갈 수 있는 게 얼마 되지 않는다는 자체에 자유가 있다. 다행히 나는 아주 깔끔하게 살았기 때문에 둘 것, 팔 것, 기증할 것, 합의서에 따라 캘럼에게 남길 것을 구분하는 데 오랜 시간이 걸리지 않는다.

다시 한번 포피를 구석구석 세차하고 모든 장비가 갖추어졌는지 확인해야겠다.

안녕하세요, 올리버 씨.

조언 고마워요. 브리스틀이 딱인 것 같네요. 당신이 보내준 링크를 클릭해보았는데, 수많은 다른 사람들처럼 정해진 코스를 따라간다는 발상이 정말 마음에 들어요. 내가 어디로 가고 있는지만이라도 잠정적으로 알 수 있을 테니 나로서는 그것만으로도 충분해요.

정말 고마워요.

로지

만우절을 여행 첫날로 잡다니 화를 자초하는 걸까? 바보들이 밀려들지 않을까? 나는 거실 창문에 이마를 대고 가엾은 포피 위로 쏟아지는 빗줄기를 바라본다. 앞 유리에 부옇게 김이 서렸고 와이퍼는 자려고 감은 눈처럼 반쯤 접혔다. 화창한 봄 날씨는 어디로 갔는지 모르겠지만 내 기분과는 딱 맞아떨어진다.

　흠뻑 젖은 몸으로 퍼붓는 비를 맞고 있는 포피가 왠지 모르게 숙연해 보인다. 무생물에 애정을 느끼는 것이 정신병의 첫 번째 증상이라는 걸 알지만 나는 저 아이가 좋다. 저 아이가 나를 여기서 끄집어내, 바라건대 더 밝고 훌륭한 곳으로 데려가줄 것 같으니까.

　이 회오리바람이 불어닥친 이래 캘럼은 연락 한번 없었고 찾아오지도 않았다. 모든 합의가 변호사를 통해 이루어졌다. 변호사. 눈빛이 죽어 있는 근엄하고 칙칙한 인간들. 그들이 서로 입장이 다른 우리 사건을 최대한 간결하게 처리하고 있다. 이 모든 과정에서 삭막함이 느껴지고 인생이 이처럼 통렬하도록 빠르게 달라질 수 있다는 데 놀라움을 금할 수가 없다.

아파트 지분만큼 돈을 받기로 했지만 아직 대출이 남았기 때문에 몇 푼 되지는 않는다. 새로운 모험을 앞두고 오늘까지 시간적인 여유를 누릴 수 있다.

한때 행복했던 보금자리를 둘러보자 해묵은 감정이 다시금 나를 할퀸다. 어떻게 그는 쓰레기라도 되는 양 나를 그렇게 금세, 아무렇지 않게 버릴 수 있었을까? 나도 사람들을 밀어내는 사회성 없는 외톨이로 지내고 싶지 않지만 그럴 만한 시간도 의향도 없었다 보니 친구들을 사귀는 데 애를 먹고 있다.

이 외로움에 귀가 먹먹해진다.

떠나면 지평이 넓어지고, 많이 부족했던 인생 경험이 생기고, 이 세상에서 내가 있을 자리를 찾을 수 있을 것이다. 나는 내가 몰락한 이유를 안다. 지금까지는 회피하고 싶은 마음이 모든 것을 이겼지만 더는 그렇게 지낼 수 없다.

캘럼과 7년 동안 함께 살았던 사우스 런던의 조그만 아파트에서 마지막 상자를 집어드는데, 또다시 심장이 오그라든다.

나는 목이 메는 것을 느끼며 문을 닫고, 내가 나가자마자 곧바로 들어올 후임에 대해—나보다 젊고 생기발랄한 클로이에 대해—최대한 생각하지 않으려고 한다.

포피 쪽으로 걸어가는 동안 연체동물처럼 금방이라도 쓰러질 것 같지만 나를 붙잡아줄 사람은 아무도 없을 것이다.

이번 주 금요일에는 15년 만에 처음으로 가장 바쁜 3일을 맞이할 준비를 하며 에포크를 지키지 않아도 된다. 기분이 너무 이상하고 낯설어서 다리가 살짝 후들거릴 수밖에 없다.

"준비됐니, 포피?" 내 목소리가 갈라진다. 나는 캠핑카 옆면을 두드린 다음 상자를 안에 넣고 운전석에 올라탔다가 그대로 얼어붙는다. 런던을 떠나다니, 내가 아는 이 모든 걸 두고 가다니 지금 뭐 하는 짓일까?

내가 긴장증 환자처럼 어찌나 한참 동안 앉아 있었던지 한 동네에 사는 존스 부인이 찡그린 얼굴로 차창을 두드리며 긴급 출동 차량을 기다리느냐고 묻는다.

밀려드는 민망함에 얼굴이 화끈거린다. 나는 고개를 젓고 말한다. "아, 아니에요, 그런 거 아니에요. 저는 그냥……." 무너진 가슴 때문에 죽을 수도 있을까 생각하며 용기를 그러모으고 있어요. "출발하려고 마음의 준비를 하는 중이에요."

존스 부인은 특유의 거만한 모습으로 고개를 젓는다. 그녀는 전부터 나를 못마땅하게 여겼다. 내가 활동하는 시간대, 재활용품을 쌓아놓는 습관, 우편함을 잠그는 것, 그 외에 헷갈리는 자질구레한 모든 것 때문이다. 하지만 오랜 시간 지내는 동안 그녀가 남들에게도 그렇게 조금은 비판적이고 상당히 호들갑스럽다는 사실을 알게 됐다.

"그럼 얼른 출발해요!" 그녀가 재촉한다. "우리 딸이 오는 중인데 여기다 차 세우게. 아이를 낳았거든요."

나는 한숨이 나오려는 것을 참는다. 요즘은 너도나도 아이를 낳는다. 어쩌면 클로이도 아이를 낳고 존스 부인과 친해져 둘이서 아이를 어르며 혀 짧은 소리를 낼지 모른다. 그런 생각은 하지 않는 게 좋겠다.

"알겠어요." 나는 시동을 걸며 존스 부인 쪽에서 클로이에게 접근할지 궁금해한다. 그 둘은 같이 내 뒷담화에 열을 올릴지 모른다. 그녀는 내게도 접근을 시도했지만 실패했다. 나는 4호에 사는 독신 남자가 '총으로 쏘아대는 그 염병할 비디오 게임'을 한밤중에 하거나 말거나 신경 쓰지 않는다. 그리고 6호에 사는 20대가 '밤일하는 여자처럼 똥꼬까지 올라오는 저질 부츠'를 신거나 말거나 신경 쓰지 않는다. 그들이 어떻게 살건 나와는 아무 상관 없다. 어쩌면 그녀는 그 악명 높은 월요일 저녁 모임에 클로이와 캘럼을 초대해 같이 식사를 하며 내가 없어져서 잘됐다고 희희낙락할지 모른다. 눈물 때문에 눈이 따끔거리고 폭발할 것 같은 기분이 든다. 얼른 탈출해야겠다.

하지만 상상이 걷잡을 수 없이 날개를 펴고 이런 식으로 나를 씹는 존스 부인의 모습이 그려진다. "로지는 이상한 여자예요. 숨기고 싶은 거라도 있는지 항상 사람들을 피해 도망쳐 다니잖아요."

존스 부인은 그립지 않을 것 같다.

나는 심호흡을 하고 출발해 하마터면 치일 뻔한 보행자의 휘둥그레 뜬 눈과 경적을 무시해가며 차량 행렬과 씨름한다. 앞으로 몇 시간 동안 더 이래야 할까?

손마디가 하얘지도록 운전대를 꽉 잡고 포피를 몬다. 아니, 덜덜거리면서 간다. 런던은 가장 괜찮은 시간대에 도보로 이동하기도 힘든 곳인데 포피를 몰고 가려니 죽을 맛이다. 1차 접선지가 브리스틀의 캠핑장이라 살아서 거기까지 가는 데 초점을 맞추기로 한다.

나는 결의를 불태우며 집중 모드에 돌입하고 스테레오 볼륨을 높이는 것으로 귓전을 두드리는 내 심장 박동 소리를 잠재운다. 사람들과 마찬가지로 포피에게도 특이한 습성이 있다. 불만이 생기면 야단이라도 치는 듯 굉음을 내고 내가 우왕좌왕하는 것을 감지하면 왼쪽으로 휙 하니 방향을 튼다.

우리는 하나씩 배워가며 서로에 대해 조금씩 알아나가야 한다. 이게 도대체 무슨 짓일까 하는 습관과도 같은 생각 때문에 내가 잠깐 공포에 사로잡힌 순간, 그녀는 잠깐 내 이성이 마비된 동안 자기가 우리 둘을 책임져야 한다는 것을 알기라도 하는 듯 일직선으로 내달린다. 잠시 후에 내가 리듬을 찾자 이번에는 격려하는 듯 연기를 내뿜고 비명을 지른다.

런던이여, 안녕. 환영한다…… 전혀 새롭고 짜릿한 인생아! 나는 볼륨을 높인다. 내 얼굴 위로 서서히 미소가 번진다. 내가 해냈다, 내가 정말로 해냈다. 자부심 같은 것이 슬금슬금 나를 감싼다.

6

다섯 시간 뒤에, 예정한 시간을 훌쩍 지나 브리스틀의 캠핑장에 도착했을 때 나는 브레이크를 밟으려다 실수로 액셀러레이터를 밟는 바람에 빨간 머리의 미녀를 향해 폭주한다. 하마터면 치일 뻔한 그녀는 경악한 표정을 짓는다.

내가 브레이크를 세게 밟자 포피의 꽁무니가 미친 듯이 흔들리고, 하늘로 솟구친 자갈이 아무것도 몰랐던 딱한 여자에게로 탄환처럼 쏟아지고, 그녀의 가녀린 몸에서 피육, 피육, 피육 하는 소리가 반사되지만 이내 그녀는 먼지 장막 속으로 사라진다. 나는 비명을 지르며 멈추어 선다. 고무 타는 냄새가 허공을 찌른다. 내가 그녀를 쳤을까? 나는 장난감 병정처럼 뻣뻣한 몸을 이끌고 차에서 내리는데, 높이를 잘못 짐작하는 바람에 철퍼덕하는 소리와 함께 진창 바로 위로 넘어진다. 몸을 뒤집어서 똑바로 눕는데 뼈가 으드득거린다. 내 몸은 사후강직 1단계에 돌입했을지 몰라도 이상하게 날아갈 것 같다.

무사히 도착했어!

포피도 무사하다! 런던은 먼 옛날 얘기고 드디어 상쾌한 공기를 마실 수 있게 됐는데 그러다 생각이 난다…… 그 아가씨! 먼지가 가라앉자 그 자리에 얼어붙은 채 입을 벙긋거리지만 아무 말도 하지 못하는 그녀가 보인다. 자갈에 허파나 다른 곳을 맞은 게 아니라 먼지를 마셔서 그런 것이기를 바랄 따름이다. 내가 도와달라고 외치려는 찰나, 그녀가 간신히 내뱉는다. "등장 한번 요란하게 하시네요!"

나는 계속 똑바로 누워 있지만 뺨 위로 구릿빛 머리칼을 늘어뜨린 그녀의 얼굴을 올려다보는 동안 안도감이 물밀듯 밀려온다. 나 때문에 하마터면 죽을 뻔했는데도 그녀는 아주 침착해 보인다. 뭐, 정확히 얘기하자면 포피 때문에 하마터면 죽을 뻔했다고 해야겠지만. 망할, 주차와 하차 연습 좀 해야겠다.

내가 아무 말도 하지 않자 그녀가 묻는다. "괜찮아요?" 말투에서 걱정하는 기미가 묻어난다. 워낙 출중한 외모를 타고났기에 치장을 할 필요가 없는, 자연스러운 미모의 소유자다. 마스카라를 바르지 않아도 윤기가 흐르는 까만색 속눈썹이 반짝이는 적갈색 눈을 감싸고 있다. 새빨간 머리칼이 은은한 햇빛을 받고 번쩍이자 대조적으로 나는 초라하게 느껴진다.

내가 대답하지 않고 너무 한참 뜸을 들이는 바람에 도움을 청할 사람을 찾느라 그녀의 시선이 이리저리 움직인다. 나는 그런 눈빛을 자주 접한다.

"아주…… 훌륭해요." 나는 그럴듯한 미소로 복잡한 심정을 감출 수 있길 바라며 이렇게 대답한다. 여긴 어딜까, 내가 어쩌자고 시라즈 와인에 취해서 캠핑카를 샀을까, 이 진흙을 무슨 수로 씻어낼까, 이런 생각을 하느라 심란하다.

하지만 당황할 필요가 없다. 개선할 점들, 차로 치면 안 되는 사람들, 그런 것들을 주의 사항으로 적어놓으면 된다.

그녀는 완벽하게 대칭을 이루는 숱 많은 눈썹을 찡그린다. 어쩌면 눈썹이 저렇게 독자적인 우편번호가 필요할 정도로 풍성할 수 있을까? 나는 어떻게 하면 풍성함을 더할 수 있는지 궁금해하며 조심스럽게 내 눈썹을 더듬는다. 음식점 주방에 갇혀 지내는 동안 고민할 겨를조차 없었던 바깥세상의 일들이 무궁무진하다.

"아주 훌륭해 보이지는 않는데요, 솔직히." 내 눈썹이 얼마나 광택이 부족한지 알아차린 걸까, 젠장. "정글이나 뭐 그런 데서 방금 탈출한 사람 같아요." 그녀는 씩 웃는다.

나는 오랜만에 처음으로 폭소를 터뜨리지만 그녀의 표정으로 보건대 의도했던 것 이상으로 미친 사람처럼 웃은 모양이다. 정글이라니. 딱 알맞은 단어다. "맞아요. 얼마 전까지 런던에 있었거든요. 도시형 정글이죠."

이 얼마나 비현실적인 상황인지 실감이 나면서…… 예전의 생활, 예전의 나와 완전히 단절된 느낌이고 기분이 이상하기는 하지만 미칠 듯이 기쁘기도 하다. 지금 이 순간부터 나는 뭐든 마음먹은 대로 될 수 있다!

그녀가 나를 일으켜 세우려고 손을 내민다. 나는 부동자세로 포피 안에 한참 동안 갇혀 있었던 다리에서 힘이 풀리지 않길 기도한다. "먼저 씻는 게 좋겠어요."

나는 그녀를 따라 화장실로 가다가 거울에 비친 내 모습을 보고 화들짝 놀란다. 그녀가 내 눈썹이나 얼굴의 그 어떤 부분도 판단할 재간이 없었겠다 싶은 것이, 진창과 또 뭔지 모를 것을 뒤집어쓰고 딱딱하게 굳어서 그 아래에 뭐가 있는지 보이지가 않는다. 맙소사! 나는 방금 전까지 머드 레슬링을 하다 온 선수처럼 보이고 머리칼은 거의 오는 내내 잡아 뜯어서 그런지 이리 삐죽, 저리 삐죽이다.

"험한 데서 잤어요?" 그녀가 걱정하는 표정으로 묻는다.

"아뇨. 아우, 그런 거 아니에요. 진흙 때문에 그래요. 이 캠핑장에 있는 진창이 저거 하난데 내가 그걸 찾아내다니 놀랍지 않아요?" 나는 최대한 깨끗하게 씻고 그녀와 함께 다시 밖으로 나간다. 포피가 희한하기 짝이 없는 쇳소리를 냈기에 출처를 확인하려고 얼른 한번 훑어본다.

"타이어다!" 앞 타이어에서 바람이 서서히 빠져나가 포피가 지친 것처럼 오른쪽으로 기우뚱하다. "괜찮아." 나는 어느 누구보다 나 자신을 안심시키기 위해 중얼거린다. "내가 얼른……." 하지만 생각해보니 나는 이날 이때껏 타이어를 교체해본 적이 없고 어떻게 하면 되는지 전혀 모른다.

망할, 타이어 가는 법도 모르면서 시골을 여행하는 사람이 세상에 어디 있을까? 내가 그런 부분을 간과하다니 믿기지가 않는다. 실수까지도 계획적이고 사전 대책의 여왕인 내가.

"당황할 것 없어요." 여자가 말한다. "내가 도와줄게요. 스페어타이어 있죠?"

맙소사. "분명 있을 거예요. 캠핑카를 점검하는 걸 깜빡했나 봐요."

"내가 기계적인 부분에 대해서 몇 가지 팁을 알려줄 수 있어요. 오일 교체를 비롯해서 어쩌고저쩌고, 돈을 아낄 수 있는 방면으로 뭐든 잘하거든요. 그나저나 나는 아리아예요." 그녀가 말하며 손을 내미는데, 시련을 겪고 시커매진 내 손과 비교할 때 그렇게 사랑스러울 수가 없다.

"고마워라. 난 로지예요." 우리는 서로 악수하고 그녀는 나라는 존재가 그녀의 하루를 밝게 비추기라도 하는 듯 함박웃음을 짓는다.

"여긴 어떻게 알고 왔어요?"

"'캠핑카에서 사는 사람들'이라는 온라인 커뮤니티에 우연히 들어갔다가 올리버라는 남자와 채팅을 하게 됐는데 출발지로 여기를 추천하더라고요. 웨일스하고 가까워서 생필품 쟁이고 이런 생활에 적응하기 좋다면서."

내가 아주 정신이 나갔지.

몸이 이상한 데가 쑤신다. 알고 보니 운전도 바쁜 주방을 지휘하는 것만큼이나 힘든 일이었다. 종류만 다를 뿐.

"만나서 기뻐요." 그녀가 새하얀 이를 반짝이며 말한다.

"나도요." 이렇게 말하고는 진심이라는 걸 깨닫는다.

"그 '캠핑카에서 사는 사람들'이라는 온라인 커뮤니티 좋아요. 정보가 많아요, 지도며 마켓이며 축제며 그런 것들. 도와주려는 사람도 많고요."

나는 고개를 끄덕이며 격한 감정을 달랜다. 꼭 바닥에 뚫린 문 속으로 떨어져 평행 우주로 건너온 느낌이다. 체크무늬 셔츠가 필수 준비물인 것 같다. 수염을 기른 멋쟁이들이 모닥불 주변에 앉아 있는 가운데 검은 머리의 미녀가 기타를 치며 오랫동안 기억에 남을 만한 노래를 부르고 있다. 테이블 위에는 트럼프 몇 장이 놓여 있고, 차양에는 빨래가 걸려 있고, 또 다른 사람들은 캠핑카에 짐을 실으며 떠날 준비를 하느라 분주하다. 내가 지나가자 몇 명이 손을 흔들기에 나도 머뭇거리며 미소로 화답한다.

나는 그들과 다르다. 벌써 그렇다는 게 느껴진다. 그들은 세상사에 통달한 분위기를 풍긴다. 천진한 표정과 지금까지 보아온 그 모든 것으로 반짝거리는 현명한 눈빛에서 자신의 모습에 만족하는 사람들 특유의 기품이 느껴진다. 하지만 나도 이 라이프 스타일 속으로 빠져들어 그들 모두의 편안하고 나른한 미소에서 풍기는 여유를 찾고 말 테다.

아리아가 나를 몽상에서 깨운다. "내가 커피 한잔 끓여줄게요. 같이 얘기 나눠요."

그녀가 조그만 캠핑카 문을 열고 깜빡이는 촛불이 비추는 내부를 드러내자 나는 헉 소리를 낸다. 그녀의 캠핑카는 애서가의 낙원이다. 금방이라도 무너질 듯한 책꽂이들이 캠핑카의 옆면을 따라 이어지고, 마구잡이로 쌓인 책들이 책꽂이를 이 끝에서 저 끝까지 채우고 있다. 바닥에는 끈으로 묶은 고릿적 로맨스 소설 책 뭉치가 등바구니에 담겨 있다. 모든 틈새가 소설, 양초, 쿠션 아니면 러그로 넘쳐나고 방금 내린 커피 향이 허공에 감돈다.

이것이 대다수의 사람에게는 해탈의 경지처럼 느껴지겠

지만 내게는 불안을 유발한다. 이런 식의 난장판은 하나같이 처음에는 천진하게 시작된다. 여기에 몇 개, 또 저기에 몇 개. 그러다 온 사방으로 번진다.

"이동식 서점을 하세요?" 이렇게 말하자마자 속으로 내 이마를 친다.

"해피 엔딩을 꿈꾸는 작은 책방이에요. 로맨스 소설 전문이고요. 책 귀신 인사드리옵니다." 그녀가 절을 하자 나도 모르게 웃음이 터진다.

"책 귀신이라니 어감이 좋네요."

어두침침한 공간은 싱싱한 야생화 다발과 향초 냄새로 가득하다. 여기에 지나간 시간을 암시하는 묵은 책의 퀴퀴한 냄새가 더해졌다. 나는 오래돼서 쭈글쭈글하고 등받이가 높은 가죽 의자가 캠핑카 옆쪽에 찌그러져 있는 걸 보고 아리아가 하루의 거의 대부분을 거기서 보내리라고 짐작한다.

주름 장식이 달린 다홍색 벨벳 쿠션이 쌓여 있고 갈고리에는 오돌토돌한 양털 담요가 걸려 있다. 해피 엔딩을 꿈꾸는 작은 책방에서 소일하는 것이 도처의 책벌레들에게 얼마나 매력적으로 느껴질지 알겠지만 나는 걱정스러운 부분을 또하나 발견하고 그걸 얘기해야 하나 말아야 하나 고민한다.

나는 대개 사소한 팩트 폭격을 했다가 역풍을 맞는 편이지만 이번은 사실상 생사가 걸린 문제기에 솔직해지기로 결심하고 조신스럽게 얘기를 꺼낼 방법을 모색한다.

나는 헛기침을 한다. "촛불을 이렇게 켜놓고 자리를 비워도 돼요?" 나는 최대한 서글서글하게 묻지만 내심 하고 싶은 말은 이거다. "아무렇게나 널브러져 있는 책이 이렇게 많은데 촛불을 켜놓고 자리를 비우면 되겠어요?" 아리아가 진흙탕에서 나를 구하는 동안 그녀의 전 재산이 잿더미로 변할 수도 있었으니 나로서는 경고할 의무가 있다. 좋은 친구라면 그래야 한다.

그녀가 폭소를 터뜨리자 나는 그렇게 가녀린 몸에서 어떻게 그런 소리가 나나 싶어서 화들짝 놀란다. "그게 다 로맨틱한 분위기에 일조하는 소품이에요! 내가 자리를 비웠을 때 찾아온 사람들이 편하게 있다 갔으면 좋겠거든요. 위안을 느끼면서. 묵은 책 냄새와 향초 냄새보다 더 효과가 좋은 게 뭐가 있겠어요?"

내 눈썹이 저 위로 솟구친다. "당신이 자리를 비웠을 때 사람들이 여길 들락거려도 상관없어요?" 누가 소지품을 뒤지면 어쩌려고? 일기장을 읽거나. 침대에 누워 있거나 책이라도 훔치면?

"그럼요! 책을 빌려 가면 쪽지를 남기고 뭘 사 가면 저기 저 통에 돈을 넣어요." 아리아는 잠그지도 않은 은은한 파스텔 그린 색의 금고를 가리킨다. 그걸 잠그지도 않았다는 걸

아는 이유는 바닷속에서 거의 일평생을 보낸 듯 녹이 슬어 입을 벌린 맹꽁이자물쇠가 그 옆에 놓여 있기 때문이다. 모르는 사람들이 당연히 그걸 악용하지 않을까?

"하지만……." 나는 말문이 막힌다.

"앉아요." 그녀가 말한다. "차를 끓일게요."

내가 쭈글쭈글한 가죽 의자로 다가가 그 너덜너덜한 품에 몸을 맡기자 의자가 한숨을 쉰다. 나는 청소하고 떨어진 책을 제대로 꽂고 담요를 개키고 싶지만 꾹 참는다. 조바심 내지 마, 로지.

"그러니까." 나는 어깨를 펴며 말한다. "여기서 지내는 사람들은 다들 그렇게 음…… 설렁설렁해요?" 여차하면 런던으로 돌아가면 된다. 아직 늦지 않았다. 예전 직장으로 복귀하고, 단칸 셋방에서 지내며 우스갯소리처럼 마약 소굴에서 산다고 하고, 처음부터 다시 시작하고, 구조견을 입양하고, 양복용 솔을 사서 옷에 묻은 개털을 떼어내고, 개를 산책시키려면 엄청 걸어야 할 테니 비싼 운동화를 장만하고. 나는 침을 흘리는 프렌치 마스티프에게 끌려다니는 내 모습과 말 그대로 다람쥐 쳇바퀴처럼 돌아갈 내 삶을 상상해본다. 거기에 무슨 재미가 있을까? 안 된다, 마음을 굳게 먹고 반짝이는 전혀 새로운 삶에 발동이 걸리는 순간을 기다려야 한다. 나는 어떻게든 평범한 삶에서 탈출하고 싶다.

뭐든 쉽게 달라지는 건 없지 않을까? 삶과 꿈과 희망이 쏟아진 구슬처럼 산산이 흩뿌려지면 누구든 이런 심정을 느낄 것이다!

그녀는 사방을 쩌렁쩌렁 울려가며 또다시 천둥 같은 폭소를 터뜨린다. "다들 그렇게 설렁설렁한 건 아니에요. 왜요, 로지, 불안해요?"

"조금요." 나는 콧잔등을 찡그리며 말한다.

"괜찮아요, 정말로요." 그녀는 말한다. "이런 식으로 살아도 지금까지 문제된 적 한 번도 없어요. 대부분 정직하고 책 한두 권 잃어버린들 내가 누리는 자유에 비하면 아무것도 아니니까요. 책을 빌려줬다가 돌려받지 못한들 무슨 상관이겠어요? 내키는 대로 돌아다닐 수 있고 하루가 끝나면 다음 여행에 쓸 수 있는 돈도 몇 푼 생기는걸요."

나는 과연 아리아처럼 살 수 있을지 의심스럽다. 아마 신경쇠약증에 걸릴 거다. 하지만 우리 둘이 하는 사업은 전혀 달라서 나는 자리를 지키고 있어야 한다. 차가 저절로 끓여질 리 없지 않은가. 그러니까 그녀와 똑같이 살아야 이 생활에 동화될 수 있는 건 아니지 않을까? 나는 아무나 내 캠핑카를 헤집고 다니지 못하게 테이블과 의자를 밖에 설치할 테다.

"뭣 때문에 짐을 싸서 떠나게 됐어요?" 그녀는 유리로 된 찻주전자에 물을 따르며 화제를 바꾼다.

"아." 나는 시선을 떨어뜨린다. "특별한 계기가 있었던 건 아니에요. 그냥 변화를 줄 시점이 됐다는 생각이 들었을 뿐." 버림받고 치욕스럽게 도망친 무법자로 비치고 싶은 사람이 어디 있을까? 적어도 나는 아니다.

그녀는 더 이상 캐묻지 않지만 궁금해하는 눈빛이다. 뭔가를 안다는 듯이 나를 쳐다보는 눈빛에서 아리아에게도 사연이 있음을 직감한다. 동병상련인 걸까? 하지만 그녀는 그냥 모르는 체하고 우리 둘 사이에 쌓인 책더미 위에 찻주전자를 내려놓더니 찬장을 뒤지다 마침내 서로 짝이 안 맞는 머그를 끄집어낸다. 한 머그에는 이런 문구가 적혀 있다. '책벌레가 최고지.' 바닐라와 재스민을 섞은 향긋한 차를 어디서 구한 거냐고 물으려는데 그녀가 내 말허리를 자른다.

"대충이나마 세워놓은 계획이 있어요? 아니면 그날 그날, 되는 대로 살 거예요?" 그녀가 머리 위에 달린 찬장에서 먼지 덮인 비스킷 통을 끄집어내며 웅얼웅얼 묻는다.

차가 우러난 것을 보고 잔에 따르자 재스민 향이 온 사방을 채운다. 얼른 내 팝업 스토어에 쓸 새로운 조합을 만들어보고 싶어서 좀이 쑤신다. 싱싱한 꽃다발의 아찔한 향이나 알싸하고 고소한 냄새는 어떨까. 나는 다시 현실로 돌아와 대답한다. "정확한 일정표는 없지만 축제 코스를 따라 가볼까 해요. 차가 잘 팔릴 것 같아서요."

아리아는 눈을 반짝인다. "찻집을 열 거예요?"

"로지의 움직이는 찻집! 예전처럼 옛날식 힐링 푸드랑 직접 블렌딩한 차를 큼지막한 찻주전자에 담아서 함께 팔고 싶어서요. 얼른 시작하고 싶어서 죽겠어요. 포피의 손바닥만 한 주방으로 감당이 됐으면 좋겠는데." 새로운 생활과 모습과 감정에 적응이 잘 되지 않지만 주방이라는 행복한 공간에서 내가 사랑하는 일을 하면 잡념이 사라지고 불안을 잠재울 수 있을 것이다.

"케이크와 차로 해결되지 않는 건 여행으로 해결하면 되죠." 아리아의 얼굴에 그늘이 진다. 워낙 희미해서 웬만한 사람은 알아차릴 수 없었겠지만 마치 자신조차 설득할 수 없는 말을 하는 느낌이다. 나는 그 기분을 잘 알기 때문에 내 눈에는 그 그늘이 보인다. 문득 찻잔 속을 들여다보는 그녀의 어깨에 살짝 힘이 들어간다. 왜 그러느냐고 물으면 선을 넘는 게 돼서 이제 막 싹이 트려는 우정이 망가질 듯한 예감이 든다. 무슨 말이든 생각나는 대로 내뱉으면 안 된다. 내가 비싼 대가를 치러가며 터득한 진리다.

"그러게요." 나는 아리아가 대답을 기다리고 있다는 것을 깨닫고 이렇게 맞장구친다. "여행은…… 가능성이 무궁무진하죠."

"혼자 떠나면 첫 번째 장거리 여행이 엄청나게 부담스러울 수도 있어요." 그녀는 머그 너머로 나를 쳐다보며 말한다.

한밤중에 포피가 고장 난 순간 머리카락에 페티시가 있는 탈옥범이 도로에 등장해 하얀색에 가까운 내 금발을 잘라갈 수도 있다. 스콘을 굽고 인근 농장에서 갓 만든 크림까지 사 왔지만 손님이 한 명도 없을 수 있다. 강도를 당할 수도 있다. 기름을 도둑맞을 수도 있다. 빈대에 물어뜯길 수도 있다. 몇 주 동안 살아 있는 인간과 대화를 한 마디도 나누지 못할 수 도 있다.

나는 오븐을 켜놓고 와서 런던으로 돌아가야겠다고 선 포하기에 아직 늦지 않았는지 손목시계를 흘끗 확인하지 만…… 안 된다! 명심할 것: 실제 범죄를 다룬 책은 당분간 읽지 말자.

"주제넘은 소리일 수도 있지만." 아리아가 눈을 덮은 머리카락을 불어 날리며 말했다. "우리 둘이 뭉치면 어때요? 24시간 붙어 지내자는 게 아니라 책과 차는 천상의 조합이라 세트로 다니면 잘 될것 같은데."

올리버가 말하길 브리스틀은 만남의 공간이고 뭉쳐 다니면 안전하다고 했다. 행복의 물결이 나를 휩쓸고 지나간다. 내가 길바닥에서 자고 다니는 사람처럼 시커멓고 지저분하며 진흙을 뒤집어쓴 모습으로 우왕좌왕 등장했음에도 아리아가 그 모든 걸 무시하고 나에게 호감을 보이다니.

친구가 생긴 건가, 이렇게 쉽게? 아리아의 동기가 의심스러워지기 시작한다. 그녀는 나를 만난 지 기껏해야 5분밖에 안 된다. 뭔가 문제가 있는 여자인 게 분명하다. 하지만 무슨 문제일까? 경찰을 피해서 도망 다니고 있나? 그녀가 범죄자 같아 보이지는 않는다. 어쩌면 정체를 감추고 다니는 유명인일지 모른다. 아니면 이 많은 사람 사이에서 외로움을 느끼고 있을까? 그런 거라면 나도 이해할 수 있다. 끈 떨어진 연 같은 나의 심정을 감지한 걸까? 겉으로는 인기가 많아 보이고 그녀와 비슷한 부류에게 둘러싸여 있지만 그녀도 조금은 난감한 것이다. 그늘이 진 그녀의 눈빛을 보면 알 수 있다.

"뭉치자고요?" 나는 묻는다.

"생각해봐요." 미래의 우리 모습을 상상하는 듯 아리아의 시선이 나를 스치고 지나간다. "우리 둘이서 축제 코스를 따라가는 거예요. 나란히 가게를 설치하고. 밴 앞에 손님용 테이블과 의자를 한데 설치하는 것도 좋지만 가장 좋은 건 심심할 때 노닥거릴 사람이 옆에 있다는 거죠. 먼 길을 같이 갈 사람이 있다는 것도 그렇고."

나쁠 게 없다. 그리고 내가 독립적인 성격이라고 믿고 싶지만 아무도 없는 한밤중에 포피를 운전할 생각을 하면 겁이 난다.

"괜찮을 수도 있겠네요." 나는 애써 쿨한 척한다. "당신은 코스를 정해놓고 다니지 않아요?" 나는 묻는다. "스케줄을 짜놓지도 않고요?" 어디로 가는지, 목적지가 어딘지는 알고 싶다. 축제 코스가 정해진 날짜도 있고 일정도 있고 체계적으로 딱 떨어지는 시스템이라 좋다.

아리아는 웃음을 터뜨린다. "나는 직감에 의존하는 스타일이라서요. 지금까지 어디든 끌리는 데로 이동하며 지내왔는데 축제 코스를 따르더라도 구경할 게 많으니까 사업적인 차원에서 그 일정을 고수해도 좋아요. 모험을 벌일 때만 코스에서 이탈하기로 하고요."

모험? "그래요……." 어쩌다 한 번씩 코스를 이탈하는 정도는 괜찮지 않을까? 예전에는 분 단위로 계획을 세우며 살았지만 결과적으로는 잘 안 되지 않았던가.

"한번 해봐요." 나는 생각이 바뀌기 전에 대답한다.

우리가 정반대인 것만큼은 분명하지만 정반대는 서로 끌린다고 하지 않던가. 아리아는 동작이 크고 명랑하며, 밖에 옹기종기 모여 있는 노마드족 앞을 지나갈 때 손을 흔들고 인사를 건넨 사람들의 숫자를 보면 인기가 많다. 나도 그런 사람이 되고 싶다. 항상 방관자로 지내지 말고 사람들과 쉽게 어울리는 그런 능력을 가지고 싶다. 신나는 경험과 새로운 목표를 찾고 인생의 어깨를 붙잡고 마구 흔들고 싶다!

"잘됐다." 그녀는 웃으며 말한다. "그리고 지금 당신이 어떤 심정일지 알아요, 로지. 처음에는 다들 조금 주눅이 들어요. 남들이 만들어놓은 궤도에서 벗어나 정처 없이 길을 나서고 매주 다른 하늘 아래에서 잠을 청하려면. 하지만 좋아하게 될 거예요. 그러다 결국에는 숨겨진 곳, 발자국도 없는 그런 곳을 찾아다니며 현실이 다시는 나를 찾지 않길 바라게 될 거예요."

"알겠어요, 배워야 할 게 많겠네요." 아무 발자국도 없는 곳이라니 내 기준에서는 조금 쓸쓸하게 느껴지지만 아리아가 있을 것이다(뭉쳐 다니면 안전하다지 않은가). 그렇긴 해도 우리가 쌍둥이처럼 붙어 지내지는 않을 것이다. 기본적으로 같이 여행하며 나란히 매장을 열어 팝업 스토어를 홍보하는 것에 불과하다.

"하다 보면 다 배우게 되어 있어요. 우리에게 필요한 건 모험을 벌일 수 있게 돈을 넉넉히 버는 것, 그뿐이에요."

"모험이라는 게 정확히 뭔데요?" 스카이다이빙을 하거나 낙하산을 타고 뛰어내리는 내 모습이 그려지자 공포로 심장이 철렁 내려앉는다. 나는 두 발로 땅을 딛고 있는 쪽을 좋아한다.

"이것저것 많죠."

"나는 사실……."

그녀가 한 손을 든다. "야외 활동이요, 로지. 달리기, 등산, 세상 어디보다 아름다운 곳에서 수영하기. 근사한 레스토랑 아니면 손바닥만 한 가게에서 식사하기. 관광지에서 바가지 쓰기, 허허벌판의 나무에서 열매 따 먹기. 이 모든 게 다 얼마나 재밌겠어요! 하지만 그전에 먼저 적응 기간을 거쳐야 해요."

나는 탈출할 생각만 했지, 탐험에 대해서는 별로 생각한 적이 없다. 어떤 구경을 하게 될까? 인생을 바꾸어놓을 만한 저녁놀, 은하수, 거꾸로 흐르는 물. 꿈이 아닌지 확인하느라 나를 꼬집어본다.

"월요일에 웨일스로 출발할까요?" 나는 그 정도면 지도를 연구하고, 온라인 커뮤니티에 들어가 올리버에게 자문을 구하고, 캠핑카를 모든 면에서 점검했는지 다시 한번 체크할 수 있겠다는 계산 아래 이렇게 묻는다.

"좋아요. 헤이 축제가 다음 달이고 그 중간에 우리가 매대를 설치할 수 있는 다른 지역 축제도 있을 거예요."

나의 장점은 향긋한 차와 푸짐한 음식을 사랑하며 그걸 만들면서 완벽한 희열을 느낀다는 것이다. 내가 영혼을 쏟아서 구운 빵과 과자를 어느 누가 거부할 수 있을까? 아직 가보지 못한 곳을 연상시키는 알싸하고 고소한 차 한 모금을 어느 누가 거부할 수 있을까? 이건 내 인생을 바꾸는 경험이 될 수 있다.

게다가 이제 여행 친구까지 생겼지 않은가. 그 자제만으로도 대단한 수확이다.

"그럼 웨일스로 해요." 내가 가본 적 없는 곳.

이 새로운 세상은 어떤 곳일까? 사라졌던 내 안의 어떤 부분이 기대감으로 꿈틀거린다.

잠시 후 나는 침대에 앉아서 내가 놓친 부분이 없는지 다시 한번 확인하려고 올리버에게 이메일을 보낸다. 무슨 생각이 떠오를 때마다 아리아를 괴롭히고 싶지는 않았기에 몇 가지 궁금증은 친절한 올리버를 통해 해결할 수 있을 것이다. 거의 곧바로 그의 답장이 도착했다는 알림이 울린다.

안녕하세요, 로지.

내가 보기에는 모든 준비를 완료한 것 같네요. 어디서 '짠' 하고 팝업 스토어를 열기 전에 자치 단체에 다시 한번 체크하는 것만 잊지 말아요. 식품을 판매하는 것이기 때문에 허가와 보건증이 필요한 경우도 있거든요. 문제가 생기면 알려줘요, 내가 적어도 올바른 방향을 가르쳐줄 수는 있을 테니까. 여행 잘해요.

올리버

서류를 만드는 데 생각했던 것보다 시간이 훨씬 많이 걸리지만 스프레드시트의 용도가 이런 거겠지? 나는 '짠' 하고 등장할 수 있는 웨일스 일대의 축제와 장소를 목록으로 만들고 필요한 때 즉각적으로 꺼내 볼 수 있게 엑셀 스프레드시트에 관련 정보를 모두 입력한다. 올리버에게 고맙다는 이메일을 보내고 캘럼은 지금 뭘 하고 있을지 궁금해하며 침대로 쓰러진다. 나를 보고 싶어 하고 있을까? 나는 그를 생각하며 잠을 청한다.

일요일이 되자 내가 아는 선에서 모든 준비가 끝난다. 벽에 지도를 붙여놓고 알록달록한 압정으로 경로를 표시했다. 날씨로 인한 지체와 차량 고장을 감안했고, 한 곳에서 다른 곳으로 이동할 때 싱싱한 농산물과 식재료를 공수할 수 있는 곳도 알아놓았다. 차량 관리에 대해 알려주는 유튜브 영상을 수도 없이 본 결과 포피가 고장 나더라도 기본적인 사항만큼은 알 수 있겠다는 자신감을 얻었다. 아리아에게 오일 교환법을 배우고 그 대가로 프라이팬이 숯덩이로 변하기 전에 불을 끌 수 있게 기본적인 요리를 가르쳐주었는데, 그건 아마다른 어떤 것보다도 목숨을 부지하는 데 필요한 조치일 것이다. 내 평생 뭘 그렇게 많이 태워 먹는 사람은 처음이다!

나는 강하고 유능해진 느낌이고 정신없는 와중에도 신나

게 좀 더 많은 기술을 배우고 있다.

다음 날 일찍 출발하기로 되어 있어서 기대감으로 가슴이 콩닥거린다.

하지만 이번에는 준비 완료다. 엔진 오일도 있고 펑크 난 타이어도 때워서 다시 넣었고 포피의 휠 얼라인먼트도 했다. 예비용 카 잭, 여분의 연료, 오일, 물 그리고 공구함도 있다. 알고 보니 아리아가 진저리 나는 법률적인 부분의 귀재라 별다른 어려움 없이 온라인으로 온갖 허가와 보험을 신청 완료했다. 지방 자치 단체의 승인을 받으려면 골치가 아프지만 어떻게 하면 신속하게 효과적으로 신청서를 작성하고, 어느 곳이 원칙과 규제가 빡빡해서 퇴짜 맞을 가능성이 높아 피하는 편이 좋은지 아리아가 잘 안다.

포피에 필요한 물품을 구입하느라 타격을 입은 계좌 잔고를 확인하는데 이메일 알림이 울린다. 열어보니 올리버가 메일을 보냈다.

그가 온라인 커뮤니티에 가입하거나 무슨 신청을 하라는 건 아닐지 잠깐 걱정스러워진다. 그랬다가는 잔고에 구멍이 날 것이다. 나는 자질구레한 궁금증이 생길 때마다 아리아를 괴롭힐 수가 없어서 그에게 계속 도움을 받고 있다. 그러니까 그가 경제적인 보상을 바라더라도 무리는 아니다.

안녕하세요, 로지.

브리스틀에서 잘 지내고 있는지 확인하려고 연락해요. 요즘 들어 일이 바쁘네요. 주말 동안 결혼식 촬영을 두 건 하고 사진을 편집하는 중인데, 가장 시간이 많이 드는 작업이라서요.

나는 그의 영업 멘트가 등장하길 기다린다. 오늘 가입 신청하면 가입비를 50퍼센트 할인받을 수 있어요! 계속 읽어 내려간다.

이 작업이 끝나면 란베리스 길을 따라 스노든 정상까지 올라가보려고 해요. 예전부터 하고 싶었던 일이거든요. 잃어버린 낙원을 찾아가는 길이라고 할까요. 캠핑카에 너무 오래 갇혀 있으면 밀실 공포증이 생기기 때문에 이런 식으로 숨통을 터야 해요.

여행 잘해요.

올리버

영업 멘트는 없다. 지금 당장 가입하라고 하지도 않는다. 이런저런 프로그램에 참가 신청을 하라고 하지도 않는다. 어쩌면 올리버는 그냥 다른 사람들의 여행에 관심이 있는 걸지 모른다. 그런데 울퉁불퉁한 노두 꼭대기에 올라가 가장 높은 데서 세상을 바라보고 싶어 하는 수많은 노마드족들의 심리는 뭘까? 어쩌면 나는 너무 오랫동안 주방 안에서 왔다 갔다 했는지 모른다. 내가 생각하는 최고의 휴식은 소파에 누워 지면과 나란히 있는 것이다. 나는 옆구리 살을 집으며(셰프라는 직업의 부작용이다!) 걷기 운동에 동참해야 하는 거 아닌가 생각한다.

란베리스 길, 스노든을 검색창에 입력하자 열의가 식는다. 해발 1천 미터까지 14.6킬로미터를 가는 왕복 여섯 시간짜리 코스. 이 정도면 내 기준에서는 에베레스트나 다름없다. 그렇게 힘든 산행을 시도하는 내 모습은 상상이 되지 않는다.

안녕하세요, 올리버

아직 브리스틀 구경을 많이 못했지만(철물점만 가봤어요!) 아리아가 나중에 한번 놀러 가자고 하더라고요. 여행 계획을 세우고 거기에 수반되는 것들을 준비하느라 정신이 없네요. 아리아한테 도움을 많이 받고 있어요. 우리는 월요일에 웨일스로 떠나요. 내가 이러고 있다니 믿기지가 않지만 이제 시작이에요!

등산 잘해요. 듣자 하니 엄청난 코스 같네요.

로지

나는 이메일을 보내고 책상으로 쓰는 손바닥만 한 공간을 정리한 다음 아리아를 찾아 나선다. 그녀는 캠핑카 문을 활짝 열어놓고, 그걸로 주문이라도 소환하려는 사람처럼 마시다 만 찻잔을 주변에 동그랗게 쌓아놓고, 평소처럼 발을 올리고 책에 코를 박고 앉아 있다. 스토브에서 냄비에 담긴 베이크드 빈이 부글부글 끓고 있기에 내가 들어가 젓는데, 바닥에 이미 눌어붙은 것을 보고 놀라지는 않는다.

"서식지에 틀어박힌 책벌레네요." 나는 말한다. 그런 식으로 책에 푹 빠질 수 있다니 부러울 따름이다. 나는 책을 너무 오래 읽고 있으면 좀 더 건설적인 일을 해야 할 것 같은 생각에 이상하게 죄책감이 든다. 그래서 결국에는 책을 치우고 청소하고 정리하는데, 아리아는 하루 종일 책 속에 파묻혀 있을 수도 있다. 나는 어떤 방해도 핑계도 없이 오로지 책만을 위한 시간을 마련하자고 다짐한다.

아리아는 하품을 하며 나른하게 기지개를 켜더니 책을 내려놓는다.

"이 책벌레는 바람 좀 쐬어야겠어요. 클리프턴 빌리지에 갈래요?"

"저…… 점심은 어쩌고요?" 한데 엉긴 덩어리를 보고 구미가 당기지 않지만 아리아는 그런 데 신경 쓰지 않는 눈치다.

"내가 또 태웠죠?"

"네."

그녀는 웃음을 터뜨린다. "그냥 나가요, 우리."

나는 미니 서점의 조수석에 앉고 아리아의 캠핑카도 포피만큼 트림 소리를 내고 연기를 내뿜는다는 데서 위안을 느낀다. 이 오래된 캠핑카들은 모두 나름의 기벽이 있고 거기에 담긴 뜻을 해석하는 것이 관건일지 모른다.

칙칙폭폭 달리는 동안 나는 느긋하게 좌석에 몸을 묻고 지나가는 세상을 구경한다. 런던에서 보았던 풍경과 전혀 다르다. 우리 둘 사이에 정적이 내려앉고 나는 무의미한 말로 그걸 채울지 아니면 그냥 내버려둘지 고민한다. 아리아는 어느쪽이 됐건 신경 쓰지 않는 타입으로 보이기에 나는 횡설수설 늘어놓기보다 잠자코 경치를 감상한다. 고개를 들었을 때 오색찬란한 빛이 하늘을 수놓은 것을 보고 숨이 멎었다.

"저것 좀 봐요!" 나는 하늘 위에 우아하게 떠 있는 열기구 부대를 가리킨다.

"예쁘죠?" 아리아가 말한다. "8월에 진짜 열기구 축제가 열리는 거 알아요? 여기 이 브리스틀에서 열기구를 날리려고 전 세계에서 찾아와요. 수백 명이."

"우와, 날아다니는 기압계로 하늘이 뒤덮이겠네요."

그녀는 피식 웃는다. "여기서 보면 그렇게 보이죠? 아, 로지, 한번 타봐야 해요. 바구니에서 풍선 안쪽을 올려다보면 불꽃이 날름거리는 알록달록한 만화경을 들여다보는 기분이 들거든요. 진짜 끝내줘요."

"지상에서 구경하는 걸로 만족할게요. 내가 목숨과 팔다리를 걸고 열기구를 타는 일은 절대 없을 거예요."

그녀는 낄낄대며 웃는다. "로지, 모험심이 하늘을 찌르는 성격은 아니네요?"

"정반대예요."

"바뀔 거예요, 내가 장담해요."

나는 절대 그럴 일 없다는 뜻이 담긴 눈빛으로 그녀를 흘끗 노려본다.

클리프턴 빌리지에 다다르자 아리아가 주차장에 차를 댄다. 피시 앤드 칩스의 알싸한 냄새가 곧바로 나를 공격한다.

"다 먹고 살자고 하는 일 아니겠어요?" 그녀는 한쪽 눈썹을 추어올린다.

"내 마음을 사로잡는 방법을 아네요?"

우리는 맥주를 넣어서 반죽한 피시 앤드 칩스를 주문해 우적우적 먹어치우며 삶아서 민트를 넣고 으깬 완두콩을 메뉴에 넣을지 말지를 놓고 살짝 옥신각신한다. "하지만 으깬 완두콩을 어떻게 넣지 않을 수가 있어요?" 나는 당혹스러워하며 묻는다.

그녀는 씩 웃는다. "나는 뼛속까지 영국인이지만 사실 으깬 완두콩을 좋아하지 않아요. 이유식이 연상되거든요! 그리고 피시 앤드 칩스하고 어울리지 않는다고 생각해요, 절대."

내 입이 떡 벌어진다. "이 문제는 좀 고민해봐야겠는데요. 내가 알기로 그건 반역죄라 당신이랑 친구가 될 수 있을지 모르겠어요."

"천천히 생각해요. 내가 가리는 음식은 그거 하나예요."

"그럼 완두콩 이리 줘요."

아리아는 우거지상을 쓰며 문제의 음식을 건넨다.

"이거 먹고 다리 건너 가볼래요? 지하 납골당이 엄청 근사하다고 들었는데. 한번 구경해요."

"그래요."

30분 뒤에 나는 다리를 가까이서 보았을 때 올리버가 보낸 바로 이 다리의 사진을 떠올리며 고민에 잠긴다. 현수교라고 하지 않았던가. "내 눈이 이상한 거예요, 아니면 저 다리가 실제로 흔들리는 거예요?" 맙소사, 다리가 너무 높게 느껴지고 까마득한 아래에서 시커먼 강물이 위험하리만치 빠른 속도로 흐른다. 당연히 나는 지금까지 다리를 숱하게 건넜지만 이렇게 엄청난 규모의 다리를 걸어서 건넌 적은 없다.

아리아의 기관총 같은 웃음소리에 나는 화들짝 놀란다. "맞아요, 다리 바닥이 움직이고 막 그래요! 가끔 돌풍이 너무 심하게 불면 차량을 통제해야 할 때도 있어요."

"누가 들으면 그게 좋은 일인 줄 알겠어요."

"좋은 일이죠! 꼭 살아 있는 것 같잖아요, 할 말이 있는 것처럼 구부러지고 바람에 휘청거리니 말이에요."

"아마 '절대 가까이 오지 마'라고 외치고 있을 거예요."

핑계를 댈 겨를도 없이 그녀가 내 손을 잡고 앞으로 끌고 가는 바람에 나는 그렇게 다리 위 보도에 선다. 차량이 쌩하니 지나가자 바닥이 움직이는 것이 느껴진다. 너무 높아서 숨이 막힌다.

"이제 당신, 터프한 런던 사람이 됐어요!" 바람이 우리 얼굴을 때리는 가운데 아리아가 큰 소리로 외친다. "살아 있는 기분이 느껴지지 않아요?"

"음, 맞아요, 눈앞으로 닥친 죽음을 상상했더니……." 하지만 내 말은 강풍에 실려 날아가버린다. "여기서 멀쩡히 살아 숨 쉬며, 내 주변에서 삶아서 으깬 완두콩을 좋아하지 않는 최초의 영국인과 미친 모험 길에 나선 바로 지금 이 순간이 고마워지네요!"

"당신이 같이 와줘서 정말 기뻐요, 로지." 아리아는 웃음을 터뜨리고 잠깐 멈추었다가 불안한 투로 다시 말문을 연다. "며칠 전만 해도 이 다리를 건너는 게 이번이 마지막이겠다는 어이없는 생각을 하고 있었거든요." 그녀는 시선을 돌린다. "델마와 루이스처럼 뛰어내리거나 그러겠다는 게 아니라 그냥 작별 인사하고 짐 싸서 부모님이 있는 집으로 돌아갈까 했어요. 이 캠핑카 생활을 접으려고. 9시 출근 5시 퇴근의 지루한 일상으로 돌아가려고."

내가 깜짝 놀란 표정을 지었는지 그녀는 어깨를 으쓱하고 나를 향해 희미한 미소를 지으며 하던 얘기를 계속한다. "일이 잘 안 풀려서 징조를 보여달라고, 이 생활을 계속해도 된다는 확신을 달라고 우주와 흥정 비슷한 걸 했어요. 그런데 바로 그 순간 당신이 주차장으로 들이닥쳐서 나를 치려고 들더니 문을 열고 진창 위로 넘어졌어요. 나는 당신이 내 삶 속으로 뛰어 들어온 이유가 있을 거라는 걸 한눈에 알아차렸어요."

나는 할 말을 잃었다가 간신히 묻는다. "정말로 캠핑카 생활을 영영 접을 생각이었어요?" 9시에 출근해 5시에 퇴근하는 아리아의 모습은 상상이 되지 않는다. 그녀는 그렇게 평범하고 질서정연한 삶을 살기에는 너무 부평초 같고 너무 남들과 다르다.

"네, 안 믿기죠?"

"그런데 왜요?" 어쩌다 그런 고민을 하게 됐을까? 아리아도 감당하지 못하는 캠핑카 생활을 내가 과연 감당할 수 있을까?

아리아는 내 팔꿈치를 잡고 턱을 내 팔에 대며 나를 끌고 간다. 긴 한숨을 토하고는 이렇게 얘기한다. "햇빛이 사라진 듯한 느낌이었거든요. 끝없이 이어지는 어둠 속을 걷는 것 같았어요. 당신이 여기에 있는 이유가 뭔지 고민해본 적 있어요, 로지? 바로 지금, 바로 여기에 대해. 지금 이 순간에 대해."

나도 불과 몇 분 전에 했던 생각이다. 불현듯 아리아 덕분에 겁이 나긴 하지만 평소 생활 반경에서 이렇게 멀리 벗어나 즐거운 시간을 보낼 수 있었다는 생각이 든다. "인생의 의미, 뭐 이런 거 말이에요?" 나는 묻는다.

아리아는 고개를 끄덕인다.

"아리아, 나보다 그런 질문에 대답할 자격이 없는 사람도 없을 거예요. 내 인생이 런던에서 무너졌고 나는 거의 매일, 매초 지금 이게 뭐 하는 짓인가 그러고 있어요. 극도의 공포와 경악 사이를 오가며 가끔 히스테리도 한바탕 일으키고요. 하지만 배짱 있고 에너지 넘치는 당신 덕분에 내가 눈을 뜰 수 있었어요. 당신이 얼마나 훌륭한 사람인지, 내가 얼마나 당신 같은 사람이 되고 싶은지 말로 표현할 방법이 있으면 좋겠지만 내가 말주변이 없거든요. 나는 사실 요리 말고는 잘하는 게 없어요."

"자신을 너무 과소평가하는 거 아니에요, 로지? 당신은 내가 당신을 가장 필요로 하던 시점에 짠 하고 등장했어요. 그리고 이제 봐요, 짐을 싸서 암울하고 지루한 일상이 기다리는 집으로 돌아가려고 했던 내가 당신과 같이 이 다리를 건너고 있잖아요. 애초에 왜 그러는 게 좋겠다고 생각했는지 모르겠다니까요?" 길을 잃은 눈물 한 줄기가 그녀의 뺨을 타고 흐르고, 나는 그녀에게 숨겨진 사연이 있음을 직감한다. 숨겨진 사연이 한두 가지가 아님을 직감한다. 하지만 꼬치꼬치 캐묻지는 않는다. 이유가 뭐가 됐건 간에 이번 한 번만큼은 내가 있어야 하는 곳에 있는 느낌이다. 그게 여기 이 아리아 곁인지는 모르겠지만. 나는 빠르게 흐르는 저 아래의 강물을 바라보며 그녀의 손을 꼭 잡는다. "그러니까 떠나지 않는 거죠?"

"우주가 나만의 로지를 보내주었는데 왈가왈부할 수 있겠어요?"

7

우리는 대열을 이뤄 캠핑장에서 출발한다. 두 명도 대열이라고 할 수 있을지 잘 모르겠지만. 아리아가 미니 서점을 겸하는 캠핑카로 앞장서고 내가 뒤따른다. 포피는 서두르지 말라고 경고라도 하는 듯 어쩌다 한 번씩 연기를 내뿜고 딸꾹질을 한다. 나는 심호흡을 하며 긴장할 것 없다고, 경치를 즐기라고, 세상과 하나됨을 만끽하라고 되뇌지만 이렇게 큰 차를 모는 것이 아직 적응이 되지 않기 때문에 운전대 앞에서 뻣뻣하게 굳은 몸으로 열심히 집중한다.

포피를 좀 더 수월하게 운전하는 날이 오긴 할까? 미래의 내 모습을 그려본다. 바람에 옆으로 나부끼는 머리칼, 눈 앞에 펼쳐진 도로, 프리즘처럼 햇빛을 반사하는 선글라스 그리고 나는 높은 하늘을 향해 포크송을 지저귀는데…….

하지만 현실 속의 나는 딴생각을 하면 긴장을 풀 수 있지 않을까 하는 마음에 턱에 힘을 주며 억지로 새로운 메뉴를 떠올린다. 계속 그 생각을 하다 보니 마침내 5월 말이면 헤이 문학 축제가 열리는 본거지이자 '책 마을'로 불리는 헤이온 와이에 도착했다.

우리는 열흘짜리 축제가 시작되기 전까지 아리아가 다양한 행사와 마켓이 열린다고 찾아놓은 근처 마을에서 팝업 매대를 운영하며 여유롭게 이 일대를 탐사할 계획이다. 나는 아리아 옆에 포피를 세우고 폴짝 뛰어내렸는데, 이번에는 구정물 웅덩이 위로 넘어지지 않았다. 봄이 왔다는 기별이 대자연에 아직 전달되지 않았는지 비가 억수같이 쏟아지지는 않지만 햇살이 화창하지도 않다.

자부심이 슬금슬금 내 온몸 위로 번진다. 아직도 가끔 집으로 돌아갈까 하는 생각이 들지만 마침내 이 순간을 즐기는 법을 터득하고 있다. 이래도 되나 싶을 정도로 빠져들고 있다. 지금 이게 뭐 하는 짓인지도 잘 모르겠고 애매모호한 환상을 좇으며 아무렇게나 살려고 으리으리한 일자리를 때려치웠다는 후회가 들 때도 있지만 지금 같은 풍경을 바라보노라면 이런 생각이 든다. 뭐 어때? 꼭 그렇게 한 치의 오차도 없이 철저한 계획 아래 살 필요는 없잖아. 내가 문을 쾅 하고 닫으면 자기를 두고 가지 말라고 외치기라도 하는 듯 씽씽대는 포피의 소리에 재미있어하며 살아도 되잖아.

눈 앞에 펼쳐진 새로운 장관을 감탄하며 바라본다. 파릇파릇한 풀밭과 초막집과 허물어져가는 돌담을 뒤덮은 선명한 색상의 예쁜 꽃으로 이루어진 헤이온와이보다 더 아름다운 곳이 세상에 있을까. 동화가 현실에서 구현된 것 같다.

"이걸 꼭 봐야 해요." 아리아가 따라오라고 손짓한다. 그녀를 따라 잘 보이지 않는 오솔길을 걸어가자 큼지막한 돌담 뒤로 반쯤 몸을 숨긴 쌍둥이 오두막집이 등장한다. 돌담 위로 창문만 아래를 내려다보는 눈처럼 고개를 내밀고 있는데, 가장 특이한 부분은 따로 있다. 담벼락 앞쪽에 하드커버가 빽빽하게 꽂힌 기우뚱한 나무 책꽂이와 '권당 1파운드'라고 적힌 팻말이 있다. 책들은 비바람으로 색이 바라고 뒤틀렸지만 더러 거꾸로 꽂힌 채 산들바람에 책장을 펄럭이며 외국어를 속삭이듯 지나가는 사람들을 유혹하는데, 나는 아니지만 아리아라면 그들의 암호를 해독할 수 있을 것이다. 황홀한 표정으로 눈을 동그랗게 뜨고 쳐다보는 동안 그녀의 얼굴이 달라진다.

지나가는 사람 아무라도 손 내밀면 닿을 곳에 책이 꽂혀 있다니 그야말로 낭만적이다. 바로 여기, 아무도 모르는 오솔길가에 책벌레의 천국이 있다.

"몇 권 사야겠어요." 품목당 몇 개씩만 보유하기로 원칙을 세워놓았지만 왠지 모르게 나도 한 권 골라야 할 것 같다. 이 녀석들은 특별하지 않으냐고, 언제든 몇 권 아리아에게 기증하면 된다고 스스로와 타협한다.

"몇 권이요? 전부 사야죠! 정말이지 근사하지 않아요?" 그녀는 첫 번째 책꽂이 앞으로 다가가 한때 암청색이었을 하드커버를—지금은 시간의 흐름에 따라 너덜너덜해지고 색이 바랬다—끄집어내 크게 한 번 코를 킁킁거리고는 방금 인생의 의미를 찾은 사람처럼 눈을 반짝이며 나를 돌아본다. "세상에 이보다 좋은 냄새는 없어요. 그 어떤 향수보다 그 어떤 꽃보다 좋아요. 지나간 삶의 냄새, 단어의 무게……."

"나는 지금까지 책을 그런 식으로 생각해본 적이 없네요." 물론 책은 우리를 다른 공간으로 이동시켜주고 아무도 없을 때 곁을 지켜주지만, 나는 지금껏 중고 책이 이 사람에게서 저 사람에게로 옮겨질 때마다 조그만 요술을 부려가며 나름의 의미 있는 삶을 살았을 거라는 식으로 상상해본 적은 없었다.

왼쪽 오두막집에서 비틀거리며 등장한 노파가 지팡이에 몸을 싣고 천천히 다가온다. 아리아에게서 동질감을 느꼈는지 이렇게 말한다. "아, 이 하트 사냥꾼 시리즈를 찾아내셨구려. 언제쯤 새로운 주인을 만날까 했더니. 로맨스물은 왼쪽이에요."

"저한테 다 넘기세요." 아리아는 그녀를 보며 얼굴을 환히 빛낸다.

"축제는 아직 시작 전인데 좀 일찍 왔네요." 노파는 아리아가 봉지를 건네는 족족 그 안에 책을 담으며 탄식한다. 우리가 그걸 사러 온 줄 어떻게 알았을까?

내 생각을 읽기라도 한 듯 그녀가 말한다. "같은 책벌레끼리는 냄새로 알 수 있죠." 그녀는 불그스름한 자기 코를 두드린다. "특유의 냄새가 있거든요, 몰라요?"

얼굴은 주름 종이처럼 쭈글쭈글하고 이마에는 주름이 진 노파지만 수수께끼를 내자 갑자기 젊어진 것처럼 보인다. "어떤 냄새인데요?" 나는 궁금해하며 묻는다.

"테킬라!" 그녀는 키득거린다.

"테킬라요?" 농담인지 아니면 헛소리인지 알 길이 없지만 나는 덩달아 웃음을 터뜨리고 아리아에게로 슬쩍 한 발짝 다가가 코를 킁킁거린다. 숙성이 덜 된 테킬라는 용설란 비슷한 향을 풍기는데, 이제 보니 노파의 말이 맞다. 아리아에게서 조금 달짝지근하고 감귤과도 살짝 비슷하며 잊힌 희망과 사라진 꿈과 많이 닮은 냄새가 난다.

"맞죠?" 노파는 한쪽 눈썹을 추켜세운다.

"그러네요." 나는 말한다.

책벌레들은 다들 이렇게…… 신비로운가? 그 둘은 눈빛만으로 소통하는 듯이 보인다. 아리아가 책꽂이를 따라 움직이며 눈에 들어온 책을 집어서 건네는 동안 여기서 눈썹을 추켜세우고 저기서 고개를 살짝 갸우뚱하는 식이다.

"그 정도면 되겠어요." 아리아가 마지막 소설을 건네며 말한다. 그녀는 핸드백에서 동전 지갑을 꺼내 노파에게 현금을 건넨다.

"고마워요, 아가씨들. 며칠 뒤에 먹을거리 축제가 열리니까 거기서 매대를 열어봐요. 위치가 어딘가 하면……." 그녀는 옆 마을로 가는 길을 설명하고 허가를 받으려면 뭐가 필요한지 알려준다. "내년 이맘때에 또 만나요." 그녀는 다 안다는 듯이 이렇게 얘기한다.

그녀에게 손을 흔들고 가는데 아리아가 내게 책을 한 권 건넨다. 《로미오와 줄리엣》이다.

"진짜 나 주는 거예요?"

아리아는 가슴에 손을 얹고 말한다. "비운의 연인들 이야기는 볼 때마다 심금을 울려요."

"고전이죠. 《로미오와 줄리엣》에서 영감을 얻은 차를 만들어볼까 봐요. 사랑의 묘약으로."

"낭만적이겠다! 그 둘이 같이 도망칠 수 있었다면 얼마나 좋았을까요!" 나는 목메어하는 그녀를 보고 셰익스피어의 작품을 정말 좋아하는가 보다, 하고 생각한다. 로미오와 살짝 사랑에 빠진 건 아닐까? 책벌레들은 가장 최근에 읽은 작품의 주인공에 홀딱 반하고 그들이 소설 속 인물이라는 데 절망하는 경우가 많지 않은가.

"《로미오와 줄리엣》판 사랑의 묘약이라니 딱이네요." 나는 아주 훌륭한 생각이 머리를 스치고 지나가자 손가락으로 딱 소리를 낸다. "모든 문학작품에서 영감을 얻은 차를 선보이면 어떨까요? 모험을 좋아하는 사람들에게는 《이상한 나라의 앨리스》, 비운의 연인들에게는 《로미오와 줄리엣》, 우정을 위해서는 《작은 아씨들》. 또 뭐가 있을까⋯⋯."

"맙소사, 로지, 그렇게 훌륭한 아이디어는 내 평생 처음이에요!"

"우리 둘이 합작하면 더 좋겠어요. 당신이 거기에 알맞은 책을 팔면 손님을 이쪽에서 저쪽으로 안내할 수 있지 않겠어요?"

"천재 아니에요?" 신이 나서 아리아의 얼굴이 환해진다. "뭐가 필요한지 목록을 만들고 작업을 시작하기로 해요. 그런 다음 내가 연관 있는 책을 주문하면 되니까. 마케팅의 귀재네요!"

우리는 온갖 아이디어를 떠올리며 포피를 세워놓은 곳으로 돌아간다. "패키지랑 브랜드는 어떻게 하죠? 친환경 티백을 쓰고 단순하고 소박하게 손 글씨로 라벨을 적어서 달까요?"

"항상 단순한 방향으로 가기로 해요, 로지."

우리는 어떤 차를 만들지, 거기에 완벽하게 어울리는 책은 무엇일지 오후 내내 머리를 모았다.

그날 저녁에 나는 올리버가 보낸 메일을 보고 아리아에게 맨 처음 이 생활을 시작했을 때 캠핑카에서 사는 사람들 커뮤니티에서 계속 챙겨주는 관리자가 있었느냐고 물었다. 올리버는 대개 하루가 끝나갈 무렵 어떻게 지내고 있는지 가볍게 물어보는 메일을 벌써 여러 통 보내왔다.

아리아는 눈썹을 추켜세운다. "없었는데. 전혀, 절대, 한 명도. 그 사람이 왜 메일을 보내는 것 같아요?"

"심심한가봐요."

그녀는 고개를 모로 꼬고 무슨 뜻인지 알 수 없는 묘한 표정으로 나를 쳐다본다.

"왜요?" 나는 묻는다.

그녀는 헛기침을 한다. "올리버가 타이어 공기압이나 기타 등등의 핑곗거리를 확인하려는 게 아니라 우리 로지에게 관심이 조금 있을 가능성이 크다고 보는데요……."

나는 머리 꼭대기까지 벌겋게 붉히며 말허리를 자른다. "그건 절대 아니에요, 아리아! 그리고 나는 그가 문제가 있는 사람은 아닌지 그게 더 걱정이에요. 어쩌면……."

"……어쩌면 그는 당신에게 호감이 있어서 포피한테서 나는 온갖 소리에 관심이 있는 척 당신에게 접근하려는 것일 수도 있죠. 왜 그렇게 자기 자신을 과소평가해요, 로지? 보면 항상 그러더라."

"전혀 아닌데요."

아리아가 고개를 젓자 윤기 나는 숱 많은 머리칼이 춤을 춘다. "맞아요. 이 남자가 당신한테 반했을지 모른다고 인정하기보다 도끼 살인마, 강도, 탈옥범, 이런 황당한 시나리오를 상상하잖아요. 아니면 우리처럼 그냥 외로운 노마드족이라고 하거나."

나는 그녀를 보며 어색한 미소를 지어 보인다. "그러니까 도끼 살인마가 아니라고 생각해요?"

그녀는 한숨을 쉬며 쿠션을 내게 던진다. "그렇다니까. 하지만 당신이 계속 그딴 식으로 나오면 내가 도끼 살인마로 돌변할 수도 있어요."

"으헉! 하지만 올리버는 인터넷상의 어떤 이름에 불과해요, 그에게 나도 마찬가지고요. 이메일 몇 통 주고받은 사람에게는 일말의 감정도 느낄 수 없는 거 아니에요?"

"또 그런다, 당신은 생각이 너무 많아요." 그녀는 나를 보며 씩 웃는다.

"저기요, 척척박사님." 나는 말한다. "나는 사이버 공간에

시 만난 사람에게 반할 수도 있다는 걸 받아들이기가 힘들
따름이에요. 너무 절박하거나 한심해 보이거나 적어도 안전
하지가 않잖아요."

"안전하지가 않다고요? 요즘 시대에는 다들 그렇게 만나
요! 해보기 전에는 모르는 법이라고요."

나는 혀를 찬다.

"나도 온라인에서 만난 남자랑 사귄 적이 있는데 칼을 휘
두르는 정신병자는 아니었어요. 절대로."

"그 남자랑 어떻게 됐는데요?"

그녀는 콧잔등을 찡그린다. "딱하게도 키스를 너무 못하더
라고요. 아니, 아예 젬병이었어요!"

"그게 무슨 소리예요? 입술이 달려 있었을 거 아니에요?
어떻게 사람이 키스를 하지 못할 수가 있지?"

"입술도 예뻤고 웃는 얼굴도 섹시했는데 키스를 얼마나 지
저분하게 하던지, 으웩. 나를 통째로 삼킬 기세였어요. 정이
확 떨어지더라고요."

"그래서 그 남자랑 헤어졌어요?"

그녀는 고개를 끄덕인다. "온라인상으로요."

"헤어지자는 이메일을 보냈어요?"

"페이스북 메시지요."

내 입이 떡 벌어진다. "너무했다!"

아리아는 웃음을 터뜨린다. "나도 알아요. 하지만 그 남자 얼굴을 볼 수가 없었어요. 아무튼 백만 년 전 얘기에요. 그 뒤로 나는 어른스러워졌고요." 그녀는 짐짓 진지한 표정을 짓는다.

"그럼요, 어련했을까."

"당신은요, 로지? 끔찍했던 데이트에 얽힌 사연 없어요?"

나는 과거의 남자친구들을 되짚어보다가 젊고 맹목적이었던 시절이 떠오르자 움찔한다. "음, 예전에 고등학생 때 어떤 아이를 만난 적이 있었는데 입 냄새가 지독했어요. 둘 중 하나를 선택하라면 언제든 키스를 지저분하게 하는 쪽을 선택하겠어요."

"말도 안 돼!" 그녀는 입을 가리고 웃음을 터뜨린다. "그래서 어떻게 했어요?"

"악수를 했죠."

아리아는 완벽하게 다듬어진 눈썹 사이를 찡그린다. "에?"

이제 와 생각해보니 요절복통할 일이다. "키스 대신 악수를 하고 철저하게 플라토닉한 관계를 유지했어요."

그녀는 요란하게 웃음을 터뜨린다. "아, 로지, 정말 끝장이다. 그래서 어떻게 됐어요?"

"당연히 헤어졌죠. 이후로 그 아이는 학기 내내 이 여자, 저 여자 전전하다가 어느 날부터 박하사탕을 먹으면서 등교하기 시작했고 그 뒤로는 박하사탕을 항상 물고 다녔어요. 누군지는 모르겠지만 딱한 진실을 전한 사람이 있었나봐요."

"그 친구, 그 뒤로 누굴 오래 만난 적 있어요? 불쌍해라."

"모르겠어요, 내가 그 동네를 떠났거든요. 셰프라는 화려한 직업을 위해 런던으로. 그 말인즉 4년 동안 미장 플라스(요리에 필요한 모든 준비물을 제자리에 두는 것—옮긴이)를 맡다가 드디어 앙트레 가니시 보조를 맡을 수 있게 됐다는 뜻이죠."

"대부분의 경우보다 승진하기까지 시간이 오래 걸린 것 같네요."

나는 고개를 끄덕인다. "요식업계가 그래요. 서열이 확실하고 첫째도 인내, 둘째도 인내예요." 내가 포기한 모든 것이 떠오르자 뱃속이 요동친다. 사다리를 오르기는커녕 맨 아래 칸도 안 될 만큼 낮은 위치에서 시작해 15년 동안 에포크에서 일을 했건만.

"그리고 지금은 여기서 이렇게 주도적으로 생활해나가고 있잖아요."

아리아는 나를 공포에서 끄집어내려면 어떤 말을 해야 하는지 아는 눈치다.

"맞아요." 나는 그녀에게 얼핏 미소를 지어 보인다. "내가 대장이죠……."

8

몇 주가 지나고 헤이 축제 주간이 찾아왔다. 트레일러와 캠핑카로 빼곡히 채워진 벌판을 내다보자 평소에 겁을 먹었을 때 나타나는 조짐이 스멀스멀 밀려온다. 나를 사람들과 어느 정도 거리를 두게 만드는 예의 그 공포. 내가 엉뚱한 소리를 하거나 엉뚱한 반응을 보일지 모른다는 불안. 나는 긴장하면 거의 로봇이나 다름없어지기 때문에 웃음거리가 될 거다. 전원이 차단돼 먹통이 되든지 그보다 더 한심하게는 되지도 않은 말을 생각나는 대로 내뱉을 거다. 이 축제를 따라다니는 순례자들에게 내몰리면 어떻게 해야 할까?

오늘까지 몇 주 동안 우리는 소규모 장터나 벼룩시장이나 교회 행사에서 팝업 스토어를 운영했지만 이렇게 오랜 기간 이 정도 규모로 이 정도 인원을 상대한 적은 없었다. 나는 만일의 경우를 상상하느라 옥죄어오는 심장을 달래며 매무새를 정리하고, 요즘은 왠지 모르게 내가 항상 먼지를 뒤집어쓰고 있다는 데 놀라워한다.

"가요, 로지!" 아리아의 예쁘장한 얼굴이 내 옆에서 튀어나온다. "할 일이 많다고요!"

그녀의 미소는 전염성이 강하다. 그녀를 따라 벌판으로 나서자 불협화음이 나를 맞는다. 웃음소리, 수다 소리, 문이 쾅 닫히는 소리, 테이블과 의자를 들고 악기를 두드리고 마이크 사운드 체크하는 사람들. 완벽하고 절대적인 아수라장이다. 축제 노점상들이 장비를 꺼내고 매대를 설치하고 커피잔을 들고 다른 캠핑족을 찾아간다.

"엄청 시끄럽고 번잡하고 사방이 사람들 천지네요!"

아리아는 웃기는 친구 다 보겠다는 듯 고개를 젓는다. "내일 대중에 공개되면 더 시끄러워질 거예요. 뮤직 페스티벌이 시작되면 시끄럽다는 게 뭔지 알게 될 테고요."

"쏭."

그녀는 고개를 모로 꼰다. "쏭?"

"그래요, 쏭."

"당신은 고든 램지(입이 험하기로 유명한 스코틀랜드 출신의 셰프—옮긴이)가 아니네요!" 그녀가 킬킬거리고 말한다. "다른 캠사 회원들 세팅이 끝나면 오늘 저녁에 그 사람들을 상대로 장사를 좀 해야 해요. 그러니까 얼른 준비 시작해요. 도움이 필요하면 부르고요. 문학작품에서 영감을 얻은 차를 진열하는 거 잊지 말아요. 책벌레들 사이에서 인기 많을 게 분명하니까 지금 노점상들한테 홍보해요. 소문이 삽시간에 번질 거예요."

나는 고개를 끄덕인다. "알았어요. 지금 바로 시작할게요, 할 일이 많으니까." 포피 안에서 베이킹을 할 생각을 하자 흥분이 가라앉는다. 나는 이제 마음의 준비가 됐고 일단 베이킹이 시작되면 모든 걱정이 사라질 것이다.

늦은 오후 무렵이 되자 상황이 좀 더 긍정적으로 느껴진다. 포피의 조그만 주방 안에서 나는 중심을 잘 잡고 있다. 요리를 할 때 나는 내가 될 수 있고, 거기에 마음과 영혼을 실으며 나를 최대한 표현할 수 있다.

파르페에 쓸 아이스크림이 교반기 안에서 돌아간다. 바닐라빈 아이스크림, 머랭, 휘핑크림, 싱싱한 과일과 견과류를 넣고 맨 위에 빠지면 섭섭한 체리를 얹어서 옛날식 선데를 만들려고 한다. 아니, 어느 누가 이걸 거부할 수 있을까? 눈앞에서 어린 시절이 재현되는데.

드디어 내 방식대로 일을 하고 있다! 미래의 고객들은 이 찾아가는 찻집에서 배를 두드리며 나갈 수 있을 것이다. 눈곱만 한 한 입 거리가 나오는 일은 없을 것이다! 마이크로허

브는 보이지도 않을 것이다.

오븐에서는 스콘이 구워지고 레인지에서는 블루베리 잼이 보글거리는 동안 나는 스카치 에그(삶은 달걀을 다진 고기로 싸서 빵가루를 묻힌 뒤 튀긴 것—옮긴이)를 만든다. 영국인이라는 나의 뿌리에 경의를 표하는, 내가 지금까지 아주 오랫동안 만들어왔던 최신 프랑스 고급 요리와는 180도 다른, 내가 좋아하는 옛날 음식을 만들고 있자니 행복감이 밀려와 나를 감싼다.

플레이팅에 쓰는 족집게는 잊고 두 손을 쓰는 기분을 만끽한다. 너무 많이 만드는 건 아닌지 걱정이 되긴 하지만 얼마나 필요할지 가늠이 잘 되지 않는다. 그리고 음식을 허비하는 건 싫지만 이걸 팔아서 금고를 채울 수 있는 기회를 놓치고 싶진 않다.

만드는 양이 늘었지만 순조롭게 진행된다. 나는 포피의 손바닥만 한 주방 안에서 성배를 찾았고 그녀의 경미한 기벽도 내 집중력을 방해하지 못한다. 그래서 오븐은 조금 천천히 달구어지고 스토브 화구는 아주 오래됐지만…… 그래도 상관없다. 냉장고에는 자리가 별로 없고 수납은 부족하며 앉을 공간도 부족하지만 내가 감당하지 못할 부분은 없다.

주방에서 소리 지르는 사람 없이, 토마토처럼 시뻘게진 얼굴로 고함을 질러대는 자크 없이 나 혼자 천천히 여유를 부릴 수 있어서 좋다. 포피와 나, 단둘이라 좋다. 포피에게 말을 걸어가며 일을 하는 것이 정신병의 또 다른 징조만은 아니길 바랄 따름이다!

작업이 끝나자 설거지를 하고, 그 이면의 발상에 뿌듯해하며《로미오와 줄리엣》판 사랑의 묘약을 다시 한 묶음 블렌딩한다.

카드에는 손 글씨로 이렇게 적혀 있다. '금단의 열매, 장미와 가시, 위대한 사랑.'

실제로는 장미꽃잎, 딸기, 산딸기, 계피의 조합이다. 말린 이파리인데도 온 세상이 햇살이고 장미꽃이고 꿀보다 더 달콤하게 느껴지는, 새로운 사랑이 맨 처음 시작될 때처럼 천상의 향을 풍긴다.

그러자 캘럼이 생각난다. 맨 처음 데이트를 했을 때 모든 게 얼마나 자연스러웠는지, 평생 처음으로 내 안의 특별한 무언가를 알아봐준 사람이 생겼다는 데 놀라서 몇 달 동안이나 얼굴에 미소가 가실 줄 몰랐는지.

"똑, 똑." 아리아가 얼굴을 환히 빛내며 들어온다. "맙소사, 로지, 이거 무슨 냄새예요? 달짝지근하고 버터에다, 진짜 끝내준다."

"당밀 타르트예요. 먹어봐요. 저기 도마 위에 칼 있고 머리 위 찬장에 접시 있어요. 냉장고 열어보면 비커에 크림도 들어 있으니까 마음대로 꺼내 먹어요. 먹어보고 어떤지 얘기해줘요. 케이크점 수준은 아닐 거예요. 워낙 심플해서 에포크에서 내가 오랫동안 보아온 그 우아한 디저트하고는 전혀 다르지만 정직하고 소박해요. 좋은 음식은 그래야 하는 거 아닐까요? 내 희망사항일지 모르지만."

"희망사항이라니 그게 무슨 소리예요? 나는 당신을 진흙탕에서 맞닥뜨린 날을 영원히 고맙게 여길 거예요." 아리아는 하느님께 감사 기도라도 드리는 듯 두 손을 위로 들고 천장을 쳐다본다.

그녀는 타르트를 한 조각 먹다가 갑자기 멈추더니 바깥의 무언가를 보고 눈을 동그랗게 뜬다.

"우와, 로지, 오늘의 첫 번째 손님이 등장한 것 같은데 이야아, 한번 봐요. 계속 소문으로 들은 놀라의 아들인가 보다. 제이슨 모모아의 쌍둥이라고 해도 믿겠어요!"

"제이슨…… 누구요?" 나는 지난 며칠 동안 아리아에게 소개받은 사람들을 떠올리느라 머릿속을 헤집지만 제이슨 모모아라는 사람은 만난 기억이 없다.

아리아의 얼굴이 벌게진다. 사실상 짙은 갈색이 된다. "이 지구상에서 32년을 사는 동안 제이슨 모모아라는 이름의 신과 눈을 맞춘 적이 없단 말이에요? 그 사람은 배우예요. 엄청 섹시하고 가무잡잡하고 매섭게 생긴 근육질의 배우. 저기 저 인종들과 비슷한."

"아, 아리아. 나는 시간이 없어서 영화나 드라마를 본 적이 없어요!"

"흠, 우리끼리 노는 시간에 〈왕좌의 게임〉 정주행을 해야 겠네. 우리 순진한 아가씨, 교육을 좀 받으셔야겠어요!" 그 남자가 다가와 메뉴판을 읽는 동안 그녀가 들으라는 듯이 속삭인다.

'교육'이라는 단어는 금세 잊히고 공포가 자리 잡는다. 제대로 된 축제에서 처음으로 맞이하는 진짜 손님이다. 실수하면 안 된다. 스스럼없고 상냥하며 무엇보다 로봇 같지 않아야 한다.

음식점 뒤편은 익숙하지만 지금은 전면과 후면과 그 중간의 모든 곳을 커버해야 한다! 할 수 있다. 하지만 다른 모두를 흉내 내지는 말자!

나는 이가 보이도록 활짝 웃으며 접이식 카운터로 다가간다. "안녕하세요. 뭘로 드릴까요?" 나는 서빙이라는 이 일의 귀재인 양 고개를 귀엽게 갸웃한다. 음식점 뒤편에서 투명인간으로 지내던 때와 어찌나 다른지!

그는 미간을 찌푸린다.

왜 그러는지 나로서는 알 도리가 없다.

나는 속으로 나를 이리저리 체크한다. 옷, 문제없고, 앞치마, 문제없고.

침묵이 이어진다. 아리아도 기대감에 숨을 참고 있는지 그녀의 숨소리마저 들리지 않는다.

내가 괜찮으냐고 물으려는 찰나 그가 겉모습과 다르게 저음의 부드러운 목소리로 말한다. "여기 내 자리예요. 보아하니 한참 동안 진을 치고 있었던 모양인데." 그는 우리 테이블과 의자를 가리킨다. 이제 보니 아리아가 이제 막 꺾은 데이지꽃을 예쁜 꽃병에 담아서 테이블을 장식해놓았다. A자 모양의 팻말에 우리가 어떤 걸 파는지 적혀 있다. 전기를 연결했고 걸려서 넘어지는 사람이 없도록 케이블을 테이프로 감아놓았다.

"죄송하지만 성함이……?"

"맥스요."

"맥스 씨……."

"그냥 맥스라고 해요." 그에게서 미국식 억양이 살짝 느껴진다. 그럴 수밖에. 그냥 평범한 남자일 리 없었다. 내 등골을 간질이는 남자에게는 뭔가가 있다. 그는 울룩불룩한 근육질이고 온몸이 탱탱하며 피부는 구릿빛이고 왠지 모르게 위력적이다. 눈에 확 들어오는 남자다. 존재감이 있다. 내가 나쁜남자에 끌리는 스타일이었다면 그가 딱이었을 것이다. 하지만 그는 내 스타일이 아니지 않느냐고 속으로 되뇐다.

"맥스, 무슨 착오가 생긴 모양이지만 우리는 이 자리를 배정받았어요. 잘못 아신 거 아닐까요? 이제 괜찮으시면…….”

나의 대처를 보라!

그가 팔짱을 끼자 이두박근이 실제로 튀어나온다. 고양이 같은 그의 눈에서 불똥이 튀고, 매섭고 원시적이며 거친 타입을 좋아하는 여자라면 그에게 사족을 못 쓰겠다. 그는 평생을 사자처럼 당당하게 언덕을 달리며 살 수도 있는 타입처럼 보인다. 나에게는 아무래도 런던의 남자들이 익숙한 것 같다. 양복을 입고 다니는 중역 스타일의…… 맥스와는 다른 부류 말이다.

“여긴 내 자리예요.”

“아니에요.”

“맞아요.”

당차게 받아치기는 했지만 나는 의구심이 들기 시작한다. 내가 자리를 잘못 알았나? 나는 아리아를 흘끗 쳐다보지만 그녀는 가볍게 어깨를 으쓱할 뿐, 그를 대놓고 빤히 쳐다보며 당밀 타르트를 포크로 찍어서 입으로 옮긴다.

“제가 서류를 확인할게요.” 나는 사무실이라고 부르는 공간으로 달려가지만 사실은 조그만 접이식 선반 앞에 의자가 놓인 공간이다. 포피 내부에는 공간이 귀하다. 나는 마침내 축제 참가 허가서를 찾아 번호를 확인한다. 망할. 내가 자리를 잘못 알았지만 멀지는 않다.

나는 아까 그 자리로 달려가―쏜살같이 네 걸음 만에 갔다―그가 사방으로 울룩불룩한 근육을 뽐내며 계속 팔짱을 끼고 있는지 확인한다. 그는 사실상 산 같은 인간이다. 나는 당황한다. 그는 동물적인 매력을 풍기고, 오븐이 돌아가고 레인지 위에는 냄비가 얹혀 있으니 갑자기 너무 더워져서…… 나는 공기를 통하게 하려고 셔츠를 펄럭인다.

"당신 말이 맞았어요." 나는 애써 권위를 풍긴다. "제 자리는 아리아의 서점 저편이네요. 하지만 큰 문제는 아니죠? 당신이 저쪽으로 가고 제가 여기 있어도 되죠?"

그가 한쪽 어깨를 들자 나는 그제야 그의 땋은 머리가 얼마나 긴지 알아차린다. 뿌리는 거무스름하지만 야외에서 보내는 시간이 많은지 끝은 황금색이다. 그는 사자와 다름없다. 똑같이 포효도 할 것만 같다.

"제가 고맙다는 뜻에서 스포티드 딕(말린 과일을 넣어서 만드는 영국식 푸딩. 문자 그대로 해석하면 '얼룩덜룩한 성기'라는 뜻이다―옮긴이)을 대접하고 싶은데요." 나는 그가 언짢아하지 않길 바라며 이렇게 말한다.

"뭐라고요?" 그의 눈빛을 보면 내가 이 문제를 잘못 처리하고 있음을 알 수 있다. 내가 그 정도로 커뮤니케이션에 젬병인가? 내가 화해의 상징이라는 올리브 가지를 내밀었더니 그는 내가 독극물이라도 권한 것처럼 뒷걸음질 치고 있다.

인간들은 너무 복잡하다.

"스포티드 딕이요. 큼지막하고 맛있게……."

내가 말문을 맺기도 전에 그는 폭소를 터뜨리더니 고개를 저으며 어슬렁어슬렁 사라진다.

아리아 쪽으로 고개를 돌렸더니 그녀가 몸을 반으로 접은 채 눈물을 쏟고 있다. 영문을 모르겠다. "왜요?" 나는 당혹스러워하며 묻는다.

"아, 나 진짜……." 그녀는 정신을 수습하려고 애를 쓴다. "아, 나 진짜……."

하루 종일 이러고 있게 생겼다.

"웃겨 죽는 줄 알았잖아요, 로지! 그 남자 표정 봤어요?" 그녀는 웃으며 데굴데굴 구르는데 나로서는 이유를 모르겠다.

그러다 퍼뜩 깨달음이 찾아온다. "으악. 미국인이라 스포티드 딕이 푸딩이라는 걸 모르겠다, 그죠?"

아리아가 웃음을 참으려고 무진장 애를 썼다는 것만큼은 나도 인정하는 바이지만 결국에는 요란하게 폭소를 터뜨렸고 그 소리가 캠핑카 주변을 쩌렁쩌렁하게 울린다.

"그렇죠!"

"어쩌면 좋아요? 움직이는 찻집에서 그…… 뭐랄까…… 부적절한 메뉴를 팔고 있다고 소문이 나면 안 되는데!"

"그럴 리 없어요." 아리아는 다시 케이크를 먹기 시작한다.

"하지만······." 아리아에게 어떤 식으로 설명하면 좋을까? 몇 주 동안 같이 지내며 파악했다시피 그녀는 어떤 그룹과도 잘 어울려 금세 친해지고 뒤끝이 없는 성격이다. 스포티드 딕을 먹겠느냐고 한 사람이 그녀였다면 맥스도 그냥 아무렇지 않게 받아들였을지 모른다. "나를 이상한 사람으로 오해하지 않게 가서 설명을 해야 할까봐요."

"그게 아니라 그가 훈남이라 그런 건 아니고요?"

내 입이 벌어졌다가 닫히고 나는 할 말을 잃는다. 이건 황당하기 짝이 없는 대화다. 내 인생이 이렇게나 멀리, 이렇게나 급속도로 궤도에서 이탈하다니. "그가 어떤 사람에게는 훈남일지 몰라도 나는 그런 타입에 관심 없어요."

올리버의 프로필 사진이 머릿속을 스치고 지나간다. 맥스와 비교하면 그가 정말이지 안전하게 느껴진다. 정말이지 평범하게 느껴진다. 마지막으로 보낸 이메일에서 그는 옆집 아이 같은 미소를 지으며 의기양양하게 여러 산 정상에서 찍은 자기 사진을 첨부했다. 반면에 맥스는 몸집이 거대한 슈퍼히어로 타입이라 현실 세계에서는 너무 생뚱맞게 느껴진다.

그나저나 내가 왜 지금 두 남자를 비교하고 있을까! 연애를 할 마음이 있긴 하지만 맥스와는 아니다. 내 다음번 상대는 든든하고 믿음직한 인물이 되어야 하는데, 외모로 판단하면 안 되겠지만 맥스는 그런 부류가 아닌 듯하다. 그렇다, 내가 그를 평가하는 건 맞지만 오로지 금이 간 자존심을 지켜야 하기 때문이다.

나는 구슬리는 말투를 동원해본다. "당신이 스포티드 딕을 몇 개 들고 가서 설명해주면 안 될까요? 그 참에 연락처도 주고받을 수 있을지 모르잖아요." 나는 상냥한 목소리로 묻는다.

아리아는 구릿빛 머리칼을 흔든다. "싫어요, 나는 그 사람한테 관심 없어요." 그녀는 말한다. "하지만 두 사람 사이에서 불꽃이 튀기는 걸 봤다고 장담할 수 있어요. 그는 분명 우리하고 같은 축제 코스를 밟고 있을 거예요. 그러니까 앞으로 자주 마주치게 될 거예요!"

"혹시 또 술 마시고 있었어요?" 아리아는 기분이 내킬 때마다 술을 홀짝이는데 그럴 만도 하다. 캠핑카에서 사는 사람들은 수시로 둘러앉아 싸구려 와인을 마시며 카드 게임을 한다. 실제 사회에서와는 다르게 시간을 따지지 않는다. 모두 저마다 다른 시각에 활동하기 때문에 정해진 루틴이 없다는 것이 루틴이다. 그들은 점심에 와인을 마시고 잠자리에 들기 전에 차를 마실 것이다. 그래도 상관없다.

"안 마셨어요. 하지만 로지, 정말로 그 사람한테 아무 감정 못 느꼈어요?"

"절대요." 나는 새침하게 말하고 팔짱을 낀다.

그녀는 한쪽 눈썹을 추켜세운다. "런던에 남자가 있어요?"

"있었어요."

"그런데……?" 아리아에게 이 비참한 사연을 시시콜콜 설명할 필요가 있을까? 둘이 별빛 아래에서 인생과 거기에 얽힌 온갖 복잡한 것들을 주제로 숱하게 대화를 나누었지만 지금까지 이건 공개한 적이 없다.

"끝났어요."

"왜요?"

"평범한 이유로요. 당신은 어떤데요, 아리아?" 질문에 질문으로 대답하는 것. 이것이 나의 새로운 작전이다.

"뭐가요?"

나는 실눈을 뜬다. 그녀도 모든 질문에 질문으로 대답하려는 걸까?

"당신은 애인이 있느냐고요."

그녀가 요란하게 폭소를 터뜨린다. "애인이요?"

"있어요?" 나는 그녀가 내게 쓴 적 있는 눈싸움 작전을 구사한다.

"아뇨. 그리고 찾을 생각도 없어요." 한 겹 들추면 상처가 숨어 있기라도 한 듯 왠지 모르게 아픔이 느껴지는 말투다.

수수한 금반지가 끼워진 그녀의 왼쪽 네 번째 손가락에 내 시선이 닿는다. 내가 왜 지금껏 그걸 보지 못했을까? 그녀는 남자를 피해 도망을 다니고 있는 걸까? 증인 보호 프로그램 대상일까? 아니다. 그런 경우라면 분명 반지를 뺐겠지? 남자들의 접근을 막으려는 수단일까? 나는 갑작스럽게 굳은 그녀의 어깨를 보고 이것이 금단의 화제라는 것을 감지하고 그걸 알아차린 나를 속으로 칭찬한다. 나는 원래 남들이 하는 말을 귀담아듣지 않고 항상 다음에 해야 하는 일을 생각하기 때문에 눈치 없이 말실수를 하는 증상이 심각하다. 하지만 이제는 속도를 늦추고 관심을 기울이는 법을 터득하고 있다.

내가 좋은 친구처럼 한 걸음 다가가야 하는 시점인 걸까? 런던에서 가장 친하게 지낸 친구가 타이 바질이었기 때문에 잘 모르겠다. 심야에 나누는 대화를 밑거름 삼아 녀석이 얼마나 잘 자랐던가! "음, 왜요? 당신은 젊고 눈부시고 자유로운 영혼이잖아요. 뭣 때문에 찾을 생각이 없어요?"

"이미 겪을 대로 겪었고 좌표까지 찍었거든요. 앞으로는 죽을 때까지 로맨스 소설의 멋진 주인공들과 더불어 지낼 거예요." 아리아는 활짝 미소를 짓지만 오히려 괴로워 보인다. 프라이버시를 지키고 싶은 걸까? 그런 거라면 알겠다. 나에게 털어놓은들 무슨 도움이 되겠는가. 그저 예전 감정만 되살아날 뿐인데. 감정은 잘 단속해서 치워버리는 게 상책이다. 어쩌면 지저분한 이혼을 경험했을 수도 있고, 그런 거라면 나도 공감할 수 있다. 내 경우는 차갑고 냉정한 과정을 거

쳤지만 최종 결론은 마찬가지다. 독신 생활.

"알겠어요." 내 미래는 내가 직접 결정하기로 마음먹는다. "내가 직접 스포티드 딕을 들고 가서 잘 먹는지 어쩌는지 볼게요."

아리아의 웃음소리가 밖에까지 나를 따라온다.

나는 이런저런 디저트가 담긴 통을 들고 걸어가며 속으로 주문을 왼다. 흥분하지 말고, 당황하지 말고, 여력이 되면 위트 있게. 그의 캠핑카에 도착하고 보니 그가 뭘 들어 올리느라 허리를 숙이고 있다. 덕분에 점퍼가 올라가 등이 드러났고 나는 당장 얼어붙는다. 아무것도 모르는 속살이 번뜩이는 것이 왠지 모르게 선정적이다. 그가 몸을 움직이자 거기에 맞춰 근육이 꿈틀거리고 나는 거기에 넋을 잃는다.

내가 무슨 생각을 할 겨를도 없이 그가 고개를 돌렸다가 빤히 쳐다보고 있는 나를 발견한다. "나 그쪽 쳐다보고 있었던 거 아니에요." 헐!

"그래요?" 그는 한쪽 눈썹을 추켜세우고, 나는 그대로 몸을 돌려 도망치고 싶은 것을 참느라 기를 쓴다. 나는 그와 같은 타입을 안다. 눈빛을 반짝이는 걸로 보건대 모든 여자가 그에게는 손쉬운 먹잇감이다. 흥, 나는 아니다. 보아하니 제멋대로 왔다가 제멋대로 떠나는 타입인 것 같은데 나는 거기에 맞장구를 쳐줄 생각이 없다.

이 남자, 이 진정한 터프가이는 바람둥이라고 온몸에 쓰여 있고, 자기 것이 될 리 없는 상대에게 마음을 빼앗길 여자들이 안쓰러워진다. 나를 주제넘다고 해도 어쩔 수 없지만 그는 어느 한곳에 정착할 타입으로 보이지 않는다.

그가 나를 노려보자 나는 순간 머릿속 생각을 혼잣말처럼 중얼거렸나 싶어 의아해진다. 처음 있는 일도 아니다. "저기." 나는 헛기침을 한다. "하도 빨리 사라지는 바람에 당신 자리를 차지한 것에 대해 사과의 선물을 전하지도 못해서요. 당밀 타르트하고 음, 스포티드……."

그가 두툼한 손을 드는데, 이제 보니 어떤 부족의 상징 같은 문신이 팔을 구불구불 뒤덮고 있다. 이야말로 궁극의 나쁜 남자가 아닌가. "고맙지만 사양할게요. 나는 정제당을 먹지 않거든요."

"네?" 정제당을 먹지 않는 나쁜 남자는 이 세상에 없는데! "왜요?"

"이유가 정말 궁금해요?" 그는 고양이 같은 눈을 번뜩인다. 도대체 어떻게 하면 눈을 그런 식으로 번뜩일 수 있을까? 내 눈은 절대 그러지 못할 것이다. 내 눈은 그냥 짙은 파란색이지만 맥스의 눈처럼 반짝이기보다 칙칙한 편이다. 이건 정말이지 불공평하다.

"음, 네, 당신이 먹는 걸 제한하는 이유가 궁금하긴 하지만 알 것 같기도 해요. 몸이 신전이라 그렇죠? 하지만 산다는 건…….”

그는 좀 전처럼 폭소를 터뜨리며 고개를 젓고, 내가 미처 하지 못한 말들은 내 입 속에서 얼어붙는다.

“설탕은 몸에 좋을 게 하나도 없어요.”

“왜 없어요! 먹으면 행복해지니까 그게 좋은 거죠. 초콜릿 시럽이 줄줄 흐르는 팬케이크 한 접시를 먹으면…….”

“나는 가공된 탄수화물도 먹지 않아요. 먹으면 그것도 몸 속에서 당으로 바뀌거든요.”

내 입이 떡 벌어진다. “이러다 폭찹도 건강에 안 좋다고 하겠네요!”

“뭐, 모든 축산물이 그렇죠. 나는 채식주의자예요.” 그가 말하자 내 심장이 말 그대로 멎는다. 셰프에게 ‘채식주의자’는 문제가 있는 단어다. 복잡하고 정말 골치 아픈 단어다.

“채식주의자요?” 나는 움찔한다.

채식주의자라니! 저렇게 미개인처럼 생겨놓고서! 나는 모닥불 앞에서 숯불에 구운 칠면조 다리를 뜯거나 가죽 벨트에서 꺼낸 칼로 큼지막한 티본스테이크를 찍어 번들거리는 기름으로 입술을 칠해가며 입 안에 넣는 그의 모습을 상상해보는데…….

“채식주의자요.” 그가 못을 박는다.

이건 신성 모독이다! "동물을 보호하기 위해서요?"

"그것도 그렇고 지구와 환경도요."

맙소사. "하지만 고기가 그립지 않아요? 유제품은요?"

"전혀요. 그렇게 놀랄 것 없어요. 시도해보기 전에는 모를 일이에요."

왜 요즘 들어 다들 내 앞에서 그 대사를 읊어대는 걸까? 그래도 나는 채식주의자가 되는 상상만으로도 얼굴이 핼쑥해진다. 나는 셰프로서 돈은 물론이고 직업에 대한 애정 때문에라도 그럴 수가 없다. "아뇨, 아뇨, 나는 아니에요. 크림 같은 까망베르 치즈를 못 먹거나 파스타 위에 파마산치즈를 수북이 뿌리지 못하느니 차라리 죽는 게 낫겠어요. 정말로요. 그리고 우유도. 나는 어쩌다 한 번씩 먹는 밀크셰이크를 무진장 좋아하거든요. 먹으면 마음이 편안해지면서……."

"캐슈 치즈도 있고 아몬드 우유도 있고 대안은 얼마든지……."

나는 한 손을 들어 보인다. "캐슈 치즈는 치즈가 아니죠."

그는 자기가 더 잘 안다는 듯 한쪽 눈썹을 추켜세운다. "먹어봤어요?"

나는 방어적으로 팔짱을 끼려다 그가 독극물로 간주하는 푸딩이 담긴 통을 들고 있기 때문에 그럴 수 없다는 것을 깨닫는다. "안 먹어봤다는 걸 알면서 그러시네요."

"맨 먼저 아몬드 밀크 스무디부터 시도해보면 어떨까요? 그걸 마시면 당신 몸이 고마워할 거예요, 내 말 믿어요."

"그걸 마시면 내 몸이 고마워할 거라고요? 그게 무슨 뜻이에요?" 그러니까 내가 남들보다 조금 볼륨이 있다는 건가? 뚱뚱하다고 놀리는 건가?

그의 눈썹이 일자가 된다. "좀 더 기운이 넘치고 생기가 넘치고……."

"나는 전지방 우유로도 충분히 행복해요. 당신은 당신의 그, 그…… 체형을 고수하고……." 혐오스럽다는 단어를 덧붙여야 하겠지만. "……나는 내 체형을 고수하기로 하죠." 그는 최면을 걸려는 듯 레이저 같은 눈빛으로 나를 노려본다. 채식주의자라는 남자를 위해 무슨 수로 요리를 할 수 있을까? 바삭하고 끈적한 삼겹살 구이도 못 만들 테고 로즈마리와 타임을 넣고 천천히 삶은 양고기도 못 만들 테고…….

"당신 지금 혼잣말을 중얼거리고 있는 거 알아요?"

망할.

그는 항복하는 척 두 손을 들지만 계속 재밌다는 듯이 미소를 짓고 있어서 내 부아를 돋운다. "생각이 바뀌면 찾아와요." 그는 자기 캠핑카를 가리키지만 햇빛을 가리다시피 하고 있어서 내가 그의 큼지막한 간판을 보지 못한 것도 무리는 아니다. '린, 그린 앤드 클린 카페.' 맥스는 모순덩어리다.

"고맙지만 사양할게요. 좋은 하루 보내세요." 빙그르르 몸을 돌려서 다시 포피 쪽으로 걸음을 옮기는데 갑자기 몸이 휘청거린다.

"왜 그래요?" 사다리에 발이 걸려 주방으로 거꾸러지는 나를 향해 아리아가 묻는다.

"그 남자 말이에요! 세상에…… 세상에……."

"세상에 뭐요?"

나는 심호흡을 하고 더듬거리며 그 단어를 크게 토해낸다. "채식주의자라지 뭐예요?"

아리아는 고개를 뒤로 젖히고 웃음을 터뜨린다. "우와, 대반전! 그런 몸으로 어떻게 채소만 먹고 살 수 있지?" 그녀는 고개를 저으며 일어나 찻주전자를 불 위에 얹는다.

"모르겠어요." 나는 정말로 알 수가 없다. "그리고…… 그리고……."

"또 뭐요?"

"정제당을 먹지 않는대요! 가공 탄수화물도!"

아리아는 탄성을 터뜨린다. "설탕을 먹지 않는다고요? 안 먹어도 충분히 달달해서 그런가 보다." 그녀는 한 손가락을 턱에 갖다 댄다. "아니, 달달하다기보다 톡 쏘는 면이 있네요." 그러고는 눈썹을 꿈틀거린다.

"이해가 안 돼요."

"왜 그렇게 신경을 써요?" 아리아는 당장 심리학자 같은 투로 묻는다. "이렇게 흥분하는 거 처음 봐요."

나는 아둔한 사람 대하듯 고개를 젓는다. "어떻게 그런 식으로 먹는 걸 제한해가며 살 수 있는지 이해가 안 되거든요! 대답해봐요, 끔찍한 우박 폭풍이 내린 날 버스를 놓치고 물에 빠진 생쥐 꼴로 부들부들 떨며 집으로 들어갔을 때 오일과 마늘과 파마산치즈를 잔뜩 넣은 김이 모락모락 나는 파스타 속에 얼굴을 담그다시피 하는 것보다 더 좋은 게 뭐가 있는지. 평생 그런 행복을 포기하고 산다니 생각만 해도 가슴이 아플 지경이에요. 게다가……."

그녀는 손바닥을 들어 보인다. "알아요, 알아요. 하지만 내 말은 그가 설탕을 먹지 않는 채식주의자라는 데 당신이 왜 그렇게 안달하느냐 이거죠." 그녀의 눈썹이 꿈틀거리며 뚱뚱한 애벌레 춤을 춘다.

"뭐." 나는 갑자기 당황한다. "내가 방금 얘기한 그런 이유 때문이죠."

왜 그렇게 신경이 쓰일까? 웨이터가 손님 네 명이 메뉴 열 개짜리 맛보기 코스를 먹으러 왔는데 그중 두 명이 채식주의자라고 선포하면서 "미리 알려주지 않아서 곤란한가요?"라고 물으면 가슴이 철렁 내려앉던 시절의 잔재일까?

아마도 그럴 것이다.

"베샤멜소스를 잔뜩 넣은 라자냐나 짭짤하고 포슬포슬한 키슈 로렌(파이 껍질에 치즈·베이컨·양파 따위를 넣고 단맛이 없는 커스터드를 쳐서 구운 것—옮긴이)이 힐링 푸드라고 불리는 데에는 다 이유가 있잖아요! 기분을 바꿔주고 하루를 환하게 밝히니까요. 프로스팅을 추가한 머드 케이크, 다크 초콜릿과 오렌지 가나슈, 이런 게 있으면 상심한 마음을 달랠 수 있어요. 그 사람은 그걸 어떻게 모를 수가 있죠?"

아리아는 씩 웃으며 말한다. "당신은 그에게 몰캉몰캉한 크렘 브륄레를 먹이고 그 치명적인 입술에 묻은 바닐라를 핥을 작정이었는데 그게 다 물 건너간 얘기가 됐기 때문에 이러는 거죠?"

나는 헉 소리를 낸다. "미친 거 아니에요? 정상인이라고 하기에는 너무 완벽한 것 같더라니." 세상에 그의 입술에 묻은 바닐라를 핥다니! 포근한 날씨이긴 하지만 나는 견딜 수 없을 정도로 더워진다.

그녀의 숟가락이 접시와 부딪치며 달그락거린다. "당신 표정을 봐요! 맥스가 섹시하다고, 그런 식으로 상상한 적이 있다고 그냥 인정해요."

나는 고개를 젓는다. "그런 식이라니! 아리아, 도대체 몇 살이에요?" 이런 상황이 갑자기 배꼽 빠지도록 우습게 느껴져서 어깨를 들썩여가며 아리아와 함께 깔깔대고 웃는데, 오랫동안 느껴본 적 없는 행복감으로 몸에서 열이 난다. 장난치고 놀리며 진정한 우정을 쌓아갈 때 느껴지는 기분이다.

하지만 맥스에 관한 한 아리아는 완전히 헛다리를 짚었다. 그에게 눈이 가고 마주치면 머리끝에서 발끝까지 따끔거리기는 하지만(간질거리는 게 아니라 따끔거린다) 내 이상형은 올리버에 가깝다. 시적이고 조용하며 생각이 많고 사람들 속에서 도드라지기보다 잘 녹아 들어가는 사람. 아리아와 그 온갖 헛소리 때문에 정신이 사납다.

아리아가 뭐라고 반박할 겨를도 없이 어떤 남자가 어슬렁어슬렁 다가오는데, 발목까지 오는 밝은 자주색 모직 재킷을 입었고 희끗희끗한 은발이 산들바람에 나부끼는 매력 넘치는 60대 여자를 뒤에 거느리고 있다.

"안녕하세요." 그는 이들 방랑객 모두가 통달한, 세상만사 느긋한 특유의 분위기로 천천히 고개를 끄덕이며 말한다. "우리 순례단에 합류한 걸 환영해요. 나는 스펜서고, 이쪽은 아내 놀라예요." 나는 그가 내민 손을 맞잡고 놀라는 그를 지나쳐 나를 포옹하려고 하는데, 나는 캠핑카 안에 있고 그녀는 밖에 있다 보니 쉽지가 않다. 그래도 그들에게서 부모 같은 따스함이 느껴진다. 그들은 인생이라 불리는 이 번잡스러운 일을 다 파악하기라도 한 듯 모든 몸놀림이 차분하기 그지없다.

"안녕하세요, 만나서 반갑습니다. 뭘 드릴까요?"

"파르페 두 개 줘요. 어렸을 때 먹은 이후로 처음이네. 그렇지, 놀라?" 그는 함박웃음을 짓고 있는 아내를 돌아본다.

"너무 오래돼서 얼마 만인지도 모르겠어."

"스콘도 드릴까요? 방금 구웠는데." 끼워 팔기. 이것이 세상의 이치 아닐까?

"강매를 하네요?" 놀라가 말하며 나를 보고 미소를 짓는다. 왠지 모르게 낯이 익은데 왜 그런지 모르겠다.

"앉으세요." 나는 말한다. "주문하신 것 가져다드릴게요."

잠시 후에 이들 부부는 이들이 유명인사라도 되는 듯 끌어안고 소리를 지르는 사람들에게 둘러싸인다. "저분들 누구예요?" 나는 직접 만든 아이스크림을 길쭉한 유리잔에 담고 으깬 머랭과 신선한 과일을 넣고, 새로 만든 크림을 얹고, 그걸 폭신한 침대 삼아 체리를 얹으며 아리아에게 속삭인다.

그녀는 얼굴을 다 덮을 듯이 미소를 지으며 숭배하는 투로 말한다. "저분들은 캠핑카계의 왕족이에요. 두 분 다 70대 후반인데 옛날 옛적부터 방랑 생활을 했어요. 이 운동을 실질적으로 창안했고 이보다 더 다정할 수가 없는 분들이에요."

"70대 후반? 우와, 그런데도 정정하시네요." 숱이 많은 은발과 세련된 보헤미안 스타일을 자랑하는 놀라가 특히 그렇다. 웃으면 얼굴에 별 모양으로 주름이 생기는 것도 매력을 더할 따름이다. 자신의 모습에 만족하는 사람들 특유의 자신감 넘치는 분위기를 풍기는데, 내가 부러워하는 동시에 목표로 삼고 있는 특징이다.

"그렇죠? 끽해야 예순 살로 보이죠? 저분들이 노마드족 사이에서 인기가 많은 건 뛰어난 인품 때문이기도 하지만 그 시절에 이런 라이프스타일의 유행을 주도한 분들이기 때문인 것도 있어요. 단순히 여행을 생활화한 것을 넘어 이런 행사가 유행하기 전부터 그들만의 축제를 만들었고 그 덕분에 방랑족으로 살아가기가 훨씬 쉬워졌거든요. 하지만 저분들은 이 나라에서 저 나라로 이동하며 왔다 갔다 하세요. 몇 년 동안 인도네시아에서 지내다 올해 귀국하셨죠. 그전에는 캐나다, 미국, 오스트레일리아……."

그들 부부에게서 뿜어져 나오는 펄떡거림이 공기 중에서 분명 느껴진다. "우와, 나는 포피를 몰고 다른 나라로 건너갈 생각은 한 적이 없는데."

아리아는 의자에 몸을 기대고 배 위에 손을 얹으며 눈을 감는다. 식곤증의 첫 증상이다. "맞아요, 그게 다음 단계예요. 물론 영국을 모두 끝냈을 때 말이죠. 프랑스에 갈 수도 있고, 이탈리아, 스페인……."

나는 스콘을 반으로 갈라서 아랫면에 잼을 바르고 위에는 크림을 얹지만, 소박한 카페에서부터 근사한 레스토랑에 이르기까지 온갖 음식점에서 다양한 요리를 맛보며 여러 나라를 여행하는 상상을 하느라 딴생각을 한다. 나는 전부터 식도락의 지평을 넓히고 싶었지만 그럴 만한 시간이 없었다.

쉬는 날이 생기더라도 콘월에 사는 캘럼의 부모님을 찾아갔다. 나는 무뚝뚝한 그들의 환심을 사려고 갖은 애를 썼지만 성공하지는 못했다. 그리고 다른 곳으로 놀러 가고 싶었어도 쉬는 날에 부모님을 만나고 싶어 하는 그를 바람직하게 여겼으니 어떻게 싫다고 할 수 있었겠는가.

나는 스콘을 접시에 담은 뒤 사이드보드의 화분에서 민트 잎을 따서 옆에 얹는다. "두 분이 여행 경비는 무슨 수로 마련할까요?"

내 쪽에서는 케이크를 보관하는 미니 냉장고를 뒤지는 아리아의 엉덩이만 보인다. 먹어 치우는 양이 그렇게 엄청난데 어쩌면 저렇게 늘씬할 수 있는지 나로서는 알 길이 없지만 열의 넘치는 시식 담당이 있어서 좋다.

"아." 그녀는 웅얼거린다. "온갖 특이한 물건들을 팔아요. 놀라가 직접 만든 드림캐처(깃털과 구슬 등으로 장식한 고리. 아메리카 원주민의 풍습으로 그걸 가지고 있으면 좋은 꿈을 꾸게 해준다고 한다─옮긴이), 깔개, 뭐 그런 걸. 둘 다 예술적인 감각이 있고 섬유에 조예가 깊어요. 인도네시아에서 수입한 바틱(밀랍을 이용해 염색하는 기법 또는 그렇게 염색한 천─옮긴이)을 보면 얼마나 끝내주는지 몰라요. 저분들도 땡전 한 푼 없어서 다음 번 끼니는 어떻게 때워야 할지 몰랐던 시절도 있었을 거예요. 하지만 우리 모두 그런 경험이 있을 테고 저분들을 보면, 진심으로 원한다면 이런 라이프스타일을 오래도록 고수할 수 있다는 걸 알 수 있죠."

이 얼마나 엄청난 러브스토리인가. 수십 년 동안 나란히 달리며 함께 일출을 맞이하고 끝없는 여행을 이어나가고 있다니. 사고팔고, 살고, 사랑하고. "그러게요, 우와. 1년 이상 이런 식으로 살겠다는 생각은 해본 적이 없었는데……. 저분들도 집이라고 부를 수 있는 곳을 그리워할까요?"

"아닐 거예요. 저분들한테는 캠핑카가 집이고 여행하느라 어디 세워두었을 때도 돌아갈 곳이 있다는 생각을 할 테니까요."

많은 생각을 하게 하지만 주차하는 곳이 바로 집이 될 수 있다는 건 이해가 된다. 나는 이미 포피에게 애착을 느끼고 있고, 이 방랑 생활을 끝내기로 한다 해도 그녀를 판다는 건 상상할 수 없다.

"아." 아리아가 여담인 양 가벼운 투로 말한다. "저 두 분이 맥스의 부모님이에요."

"이런 여우! 처음부터 다 알고 있었으면서!" 어쩐지! 놀라의 눈이 그렇게 고양이를 닮았고 스펜서는 70대인데도 머리칼이 양털처럼 사방으로 수북이 뻗쳐 있다. 진작 알아차렸어야 하는 건데! "하지만 저분들은 채식주의자 아니죠?"

아리아는 어깨를 으쓱한다. "아마도요."

신기하네. 나는 얼른 밖으로 나가 스콘과 선데를 서빙하고 그들의 남다른 삶에 대해 물으려고 그들이 다 먹을 때까지 기다린다.

"선데가 마치 하늘에서 내려준 양식 같네요." 놀라가 얼굴을 환히 빛내며 말한다.

"감사해요. 제가 우울할 때 찾는 디저트예요."

"왜 그런지 이유를 알겠어요."

"저기…… 아리아한테 들었는데 옛날 옛적부터 계속 여행 중이시라면서요."

그녀는 웃음을 터뜨린다. "그런 느낌이에요. 당신들 젊은 사람 눈에는 우리가 엄청 늙어 보이겠죠?"

아뿔싸. "그런 뜻에서 드린 말씀이……."

그녀는 내 말을 가로막는다. "우리는 내일모레 팔십이에요, 늙은 거 맞아요."

길 저편에서 누가 스펜서를 호출하자 그는 양해를 구하고 자리를 비운다.

"우리는 기억이 닿는 아주 먼 옛날부터 방랑 생활을 하는 중이고 이게 아닌 다른 생활방식은 생각만 해도 소름이 돋아요."

놀라의 억양은 분명 영국식이다. "두 분이 맥스의 부모님
인데 맥스는 미국 억양을 쓰고…… 미국에서 지낸 시간이 많
으신가봐요."

그녀는 머그 손잡이를 만지작거리며 잠깐 뜸을 들인다.
"맥스는 거기서 태어났기 때문에 이중 국적이에요. 스펜서가
미국인이거든요. 그래서 아드레날린 중독자인 우리 아들 맥
스는 미군이 자기 천직이라는 확신을 가지게 됐어요." 그녀
는 애처로운 한숨을 토한다. "우리 아들이 어쩌다 그게 좋겠
다는 생각을 하게 됐는지 나로서는 도무지 모를 일이죠." 그
녀의 말투는 씁쓸하지는 않지만 그래도 당혹스러움으로 가
득하다.

"왜요, 위험해서요?"

"뭐, 위험하기도 하지만 무장을 한다는 발상이 우리가 소
중히 여기는 모든 원칙에 위배되거든요. 무력이 아니라 언제
나 평화. 우리는 절대 무력을 장려한 적이 없어요. 그런데도
그 아이는 계속 입대를 고집했죠, 알고 보면 몸집만 거대한
순한 양인데도."

"단순히 총이 좋아서 그런 게 아니었겠죠."

놀라는 표정을 풀고 내 손을 토닥인다. "그 아이의 한편에
는 남을 보호하고 문제를 해결하는 접착제가 되고 싶어 하는

마음이 있는 것 같아요. 다른 방법, 장기적으로는 그보다 더 훌륭한 방법이 얼마든지 있지만 어미가 뭘 어쩔 수 있겠어요. 그냥 보내고 다치지만은 않길 계속 기도할 뿐. 고생을 해봐야 하는 때도 있으니까요. 나는 그렇다는 걸 알아요."

"하지만 이제는 돌아온 건지……?"

"맞아요. 드디어 우리 아들이 있어야 하는 자리로 돌아왔어요."

맥스가 그런 직업을 선택했다니 뜻밖이라는 생각이 든다. 동물과 지구를 보호하려고 채식을 고집하는 남자가 총을 들고 참전하다니 앞뒤가 맞지 않는다. 그리고 세상을 사랑하자는 삶의 방식 면에서 엄마를 빼다 박은 듯한데 부모님의 뜻을 저버렸다니 그것도 뜻밖이다.

"얼마나 복무했는데요?" 나는 묻는다.

"10년이요."

내 눈썹이 위로 솟구친다. "우와." 나는 할 말을 잃고 미군으로 복무한 맥스를 상상하지만 군인으로서의 모습이 받아들여지지 않는다. 운동선수처럼 몸이 좋긴 하지만 그런 부류의 사람 같아 보이지는 않는데, 역시 한 길 사람 속은 알 수 없는 건가…….

9

헤이온와이에서 내가 금세 터득한 바에 따르면 책벌레들
은 저자 서명이 있는 어떤 책을 입수하고 어떤 작가를 만났
는지, 그간의 전리품을 두고 수다를 떨며 차와 케이크를 사
려고 줄을 서는 것도 마다하지 않는 행복하고 인내심이 많은
종족이다.

당연한 얘기지만 그들은 아리아의 미니 서점에 열렬한 반
응을 보이며 담요 한 장 챙겨 들고, 한 손에 책을 든 채 그녀
의 캠핑카 안에 한참 동안 자리를 잡고 시간을 보낸다.

그들은 모두 아리아와 똑같아서 거기가 자연 서식지다. 그
들에게는 책과 담요와 차와 케이크만 있으면 된다.

소박한 기쁨이 인생의 전부라는 생각이 드는데, 사슴 같은
눈망울을 하고 잘 웃는 이 여자들에게는 그것이 책이다. 예

상했다시피 우리 둘은 그들의 욕구를 해소하는 완벽한 수단이라 나는 책벌레들에게 문학작품에서 영감을 얻은 차를 블렌딩하기 바쁘게 팔아치우고 거기에 어울리는 책을 볼 수 있게 아리아에게 보낸다.

마침내 줄이 끊기고 그날의 마지막 손님 차례가 왔다.

그 손님에게 과일 스콘을 테이크아웃 용기에 담아서 주고 미소로 작별 인사를 한다. 긴 하루 동안 격무를 소화하느라 다리가 욱신거리지만 에포크에서도 땜빵을 하며 정신없는 저녁 시간을 보내고 나면 발에 그야말로 감각이 없었다.

밖에서는 책벌레들이 우리 테이블에서 책을 읽고 있다. 그들도 잠깐 휴식이 필요한 모양이다. 지금 당장 자리를 모두 정리할 필요는 없다. 나는 차양을 내리고 '잠시 자리를 비웁니다' 팻말을 건 다음 올리버에게 답장을 쓰려고 노트북을 들고 침대 위에 드러눕는다.

올리버가 혼자 여행하느라 조금 외로움을 느끼고 있을지 모른다고, 그래서 내게 수시로 연락하는 거라고 한 아리아의 말에 대해 계속 곰곰이 생각하는 중이지만 온라인 커뮤니케이션이나마 없는 것보다는 낫다. 우리와 다르게 그는 축제 현장을 쫓아다니지 않기 때문에 혼자 사진을 편집하고 사업을 홍보하고 생업을 유지할 방편을 마련하며 보내는 날이 많다.

안녕하세요, 올리버

오늘 헤이온와이는 정말 정신이 없네요. 아주 기분 좋은 아수라장이에요. 하지만 축제 중간에 몇 주 동안 조용한 시간을 보내는 것이 심신의 건강에 필수인 이유를 이제는 알겠어요.

책벌레들은 정말이지 귀여워요. 책을 신생아처럼 다루는가 하면 차와 케이크를 사이에 두고 자기들이 좋아하는 작가, 긴장감 넘치는 스릴러, 좋아하는 장의 길이, 전자책과 종이책, 기타 등등을 주제로 몇 시간이고 수다를 떨어요.

한편으로는 나도 내 잔에 차를 따르고 아리아처럼 그들과 함께 앉아 있고 싶어요. 가끔은 그녀가 하는 '일'이 부러워요. 그런 식으로 살면 얼마나 좋을까요.

해외여행에 대해서 잘 알아요? 외국에서 팝업 스토어를 열려면 언어 장벽이 심각한 문제가 될까요? 연말에 다른 곳으로 넘어가는 건 어떨까 고민 중이에요……. 그때까지 이 일을 하고 있다면 말이죠. 나는 지금 살짝 앨리스가 된 심정이에요. 토끼 굴 속으로 떨어져 이 신기하고 새로운 세상에서 사는 법을 배워야 하는 것 같아요.

로지

잘 알지도 못하는 사람에게 이런 식으로 속을 털어놓는 내가 한편으로는 한심하게 느껴지지만, 또 한편으로는 그가 이해해줄 거라고 믿고 안심하는 마음도 있다. 그리고 가끔 속을 털어놓는 것이 그렇게 나쁜 일일까? 스스로도 노력해보겠다고 다짐하지 않았던가?

《로미오와 줄리엣》판 사랑의 묘약을 한 주전자 끓인다. 장미와 로맨스의 향이 공기 중에 스며든다. 스프레드시트를 열고 오늘의 매출과 지출을 입력하려는데 올리버의 답장이 도착한다. 어쩌면 그도 희부연 땅거미가 내린 곳에 앉아서 남들이 가지 않은 길에 대해 생각하고 있었을지 모른다.

로지에게

나는 방랑 생활을 한 지 1년 반이 됐어요. 당신에게는 긴 시간처럼 느껴질지 모르지만 내가 만나는 대부분의 캠핑카 생활자들 기준에서는 '신입'이에요. 나는 이런 생활을 수십 년째 유지 중인 순례자를 만난 적도 있고 세계 일주를 두 번 한 사람을 만난 적도 있어요. 다른 생활방식은 전혀 모르는 사람을 만난 적도 있고요. 온라인 커뮤니티는 사람들과 친해질 수 있는 훌륭한 창구고 나는 여력이 닿는 한 새로운 회원을 도우려고 해요. 그 첫걸음을 떼기가 얼마나 힘든지 알고 나도 여행을 하면서 배운 게 많으니까요.

새롭고 낯설고 너무나 풍요로운 이 생활방식에 일단 몸을 맡기면 전과는 다른 세상이 펼쳐져요. 두고 보면 알아요.

태양이 다음 날을 기약하고 주황색으로 하늘을 물들이며 저무는 동안 캠핑카에 앉아 있으면 살아 있는 기분, 전에 없던 활기로 충만해서 왜 이런 여행을 진작 시작하지 않았을까 싶어요. 예전 친구들에게 모조리 전화해, 하던 일을 내팽개치고 가방 하나 짊어지고 근교 생활을 떨쳐버리라고 하고 싶지만 그러지 않아요. 그냥 여기 이렇게 앉아서 이것이 내 실제 현실이라는 것을 기뻐하죠. 나는 정말 행운아라며.

나도 그런 기분을 느끼게 될까? 앞으로 여러 군데를 돌아다니고 야생 속으로 뛰어들고 그러다 보면? 축축한 흙을 밟고 바람에 머리칼을 나부끼다 보면? 그런 식의 적막은 내게 공포를 유발하지만 오로지 지금까지 시도해본 적 없기 때문이라면? 올리버에게 끌리는 내 마음이 느껴진다. 노마드족의 심장과 로맨틱한 영혼을 소유하고 있는 사람이니 그럴 만도 하다.

해외여행이라면 좀 알아보고 다시 연락할게요. 나는 관심이 없었던 분야라 커뮤니티에서 대화가 오가더라도 별로 관심을 기울인 적이 없거든요. 내가 한번 찾아볼게요.

올리버

축제 분위기가 무르익어가는 동안 문학작품에서 영감을 얻은 차도 날개 돋친 듯이 팔렸다. 내가 틈이 있을 때마다 차를 블렌딩할 수 있도록 아리아는 카드에 소개 문구를 적는 일을 맡았다. 내가 이상한 나라의 앨리스 블렌딩을 다시 한 묶음 만드는데 한 손님이 포피를 보고 비명을 지른다. 옆면에 두툼한 청록색 줄무늬가 그려진 분홍색 캠핑카에 이런 장점이 있을 줄 어느 누가 알았을까?

"바로 여기야." 그녀는 시끌벅적한 친구들에게 손짓한다. "차 맛있다는 소문 들었어요!" 그녀는 나를 올려다보며 얼굴을 환히 빛낸다. "다 팔리고 없는 건 아니죠?"

"마침 좀 전에 한 묶음 만들었어요!" 나는 황홀한 듯 나를 대놓고 쳐다보는 그들을 향해 얼굴을 붉힌다. 헤이 축제에서 문학작품에 영감을 얻은 차를 선보인 것은 천재적인 발상이었다! "먼저 시음을 하시겠어요?"

"네!" 나는 와인 시음하듯 그들 모두에게 차를 한 잔씩 따라주고 앞으로 이런 식으로 홍보를 하면 좋겠다는 생각을 했다. 디저트와 함께 하는 차 시음, 달달이와 차의 환상적인 조합.

"저는 '이상한 나라의 앨리스'로 주세요." 빨간색 페도라를 쓴 여자가 말한다. 내가 티백을 건네자 그녀는 라벨에 적힌 문구를 친구들에게 읽어준다. "나를 마셔요."(토끼 굴로 떨어진 앨리스가 '나를 마셔요'라는 쪽지가 달린 병 속의 음료를 마시고 몸이 작아진 다—옮긴이) 그녀는 키득거린다. "진짜 완벽하다."

"이거랑 세트예요." 나는 말하며 알록달록한 마카롱이 가득 든 조그만 봉지를 건넨다.

"나를 먹어요(앨리스가 그다음에는 '나를 먹어요'라는 쪽지가 달린 케이크를 먹고 몸이 커진다—옮긴이)." 그녀는 문구를 읽는다.

두말하면 잔소리지만 그 책에서 내가 가장 좋아하는 두 문장이고 차와 비스킷에 이보다 더 잘 맞을 수가 없다. "해피 엔딩을 꿈꾸는 작은 책방의 아리아는 《이상한 나라의 앨리스》와 여러 리메이크 작품을⋯⋯."

헤이온와이의 애서가들이 차 자체를 좋아하는 건지 문학적인 측면에서 좋아하는 건지 모르겠지만 어느 쪽이 됐건 좋은 징조다. 고급 와인이라도 되는 듯이 각 블렌딩을 두고 어떤 맛이 느껴지는지, 그 차와 어떤 책이 잘 어울리겠는지 토론하는 것을 듣는 재미가 좋다. 여자들은 계산을 하고 등 뒤로 손을 흔들고 쉴 새 없이 조잘대며 아리아의 캠핑카를 향해 쌩하니 걸음을 옮긴다.

그날 저녁에 놀러 온 아리아가 하얀 셰프 유니폼을 입은 남자를 데려왔다. "로지, 내가 셰프로 일하는 당신 친구를 만났어요! 와서 인사해요!"

당대 소설 작가들만 헤이온와이를 찾는 게 아니라 이를테면 자기가 쓴 요리책을 홍보하는 셰프와 같은 비소설 작가들도 이곳을 찾는다. 유명 셰프의 요리 프로그램이 전 세계적으로 선풍적인 인기를 끌다 보니 그들의 주가도 올랐다. 그들은 리얼리티 프로그램의 새로운 스타라서, 축제 때 산책이라도 하려고 나서면 따라다니는 팬들이 제법 많다.

그의 정체를 알아차린 순간 내 속이 뒤집힌다. 캘럼의 상사이자 브로도라는 유명한 이탈리안 레스토랑의 사장이다. 그의 불그스름한 얼굴과 마주하자 반가우면서도 씁쓸하다. 내가 맨 처음 런던 생활을 시작했을 무렵 그는 든든한 버팀목이었고 자크 때문에 비참해질 때면 찾아가는 사람이었다. 그는 캘럼의 불륜을 알면서도 내게 일언반구도 없었기에 캘럼이 내 곁을 떠난 후에 그의 얼굴을 마주할 수가 없었다. 하지만 이해는 한다. 그런 소식을 전하는 책무를 맡고 싶은 사람이 세상에 어디 있을까.

"마리오." 나는 인사를 건넨다. "잘 지냈어요?"

"그럼, 그럼. 매장이 아주 근사하네." 그는 뒤꿈치를 들고 두리번거린다.

"고맙습니다." 내 좁은 포피를 둘러보며 그는 무슨 생각을 하고 있을까? 그는 분명 내가 체면을 살리려고, 숨으려고 도망쳤다고 생각하고 있을 것이다. 하지만 그게 무슨 상관일까? 죄를 지은 사람은 내가 아니고, 생각해보니 내가 모든 걸

버리고 도피한 건 맞지만 덕분에 더 강해졌고 오랫동안 느끼지 못했던 생동감을 느끼고 있다.

그는 나와 눈을 맞추지 못하고 바닥을 들여다본다. "로지……." 그는 한 손으로 희끗희끗한 머리칼을 쓸어넘긴다. "내가 얘기하려고 했어, 정말이야. 하지만 어떤 식으로 말을 꺼내면 좋을지 모르겠더라고. 내가 그 친구한테 알아듣게 얘기하려고 했는데……."

나는 손을 들어 보인다. "괜찮아요, 마리오." 나는 그 모든 과거와 설움과 상처를 거부한다. "사장님 잘못도 아니고 거기에 대해 미안해할 필요도 없어요." 얘기해놓고 보니 진심이다.

그의 뺨이 벌게지고 나는 그가 뭔가 숨기고 있는지 궁금해지지만 캐묻지 않는다.

"차 한잔 드릴까요?" 나는 묻는다. 캘럼에 대해 물어봐야 하나? 그러면 그가 솔직하게 대답해줄까?

"아, 괜찮아, 로지. 한 시간 뒤에 요리책 홍보 요리 실연이 있어서 그거 준비해야 하거든. 여기 있는 자네 친구가 내 서명본을 자네가 받고 싶어 할지 모른다고 해서." 그는 민망해서 목소리를 높인다.

"아, 그럼요, 좋죠."

그는 불덩이라도 되는 듯이 책을 내게 건네고 다시 말한다. "이제 그만 가봐야겠네. 이 사업…… 잘되길 바라, 로지. 런던은 별다른 일 없어, 그것만큼은 분명해." 그는 나를 꼭 끌어안고 덧붙인다. "내가 알기로 그 친구는 자기가 실수를 저질렀다는 걸 알아. 이제 와 후회해봐야 엎질러진 물이지만."

그게 무슨 뜻일까? 아무튼 내 입장에서는 엎질러진 물인 게 맞다. 내 쪽에서 화해를 청할 일은 없다.

그의 등 뒤에서 문이 닫히자 아리아가 나를 돌아본다. "저게 다 무슨 소리예요? 그 친구라니 누구예요?"

"저 사람은 조만간 내 전남편이 될 인간의 상사예요."

그녀는 두 손으로 얼굴을 감싼다. "그 많은 사람 중에 하필이면 저 사람을 골라서 끌고 오다니! 런던에서 음식점을 한다기에 당신이 아는 사람일 수도 있겠다는 생각은 했지만 그쪽 방면일 줄은 전혀 몰랐어요. 미안해요, 로지."

"그럴 것 없어요. 괜찮아요, 정말로."

나는 《브로도》라는 제목의 요리책을 대충 넘겨본다. 이른바 가문의 비법으로 가득 채운 요즘 식의 화려한 하드커버다. 메뉴마다 거기에 얽힌 스토리와 소소하고 재미난 일화가 있다. 요리책치고 상당히 훈훈하고 공감대를 자극한다.

하지만 몇 페이지 넘기자 마리오가 도망친 이유가 밝혀진다. 클로이가 판나 코타(크림, 우유, 설탕을 한데 뒤섞어서 젤라틴과 함께 시원하게 먹는 이탈리아의 후식─옮긴이)를 떠서 캘럼의 입에 넣어주는 사진과 그들이 하는 일, 그들이 마리오의 지도 아래 브로도의 성공에 어떤 식으로 이바지했는지가 두 페이지에 걸쳐 소개되어 있다.

나는 큰 소리로 읽는다. "이것 좀 들어봐요. '욕망 한 꼬집에 황홀을 들이붓고 열정을 끼얹고 여기에 사랑과 존경을 가미하면 연인을 만날 수 있다!' 으웩, 저질스러워!" 나는 더 읽지 않고 책장을 탁 닫는다. 나는 에포크에서 뼈 빠지게 일하고 있었을 때 그들은 이 깜찍한 사진을 찍으며 눈이 맞은 걸까?

아리아는 침울한 표정이다. 내 손에서 책을 빼앗는다. "내가 가서 돌려줄게요……."

"그럴 것 없어요, 정말이에요. 마리오 가문의 비법을 참고하면 도움이 될 거예요. 당신이 그냥 그 두 사람이 나온 페이지를 뜯어줄래요?" 나는 애써 미소를 짓지만 안에서는 심장이 또다시 와르르 무너진다.

"내가 절대 티 안 나게 살살 뜯을게요. 진토닉 한 잔 만들어줄까요? 오로지 의학적인 용도로요."

"아니에요, 괜찮아요." 나는 말한다. "시간 있을 때 냉장고 정리를 해야 해서요. 그리고 일찍 잘까봐요. 케이크를 만들려면 꼭두새벽에 일어나야 하거든요."

나는 스트레스가 많으면 청소를 한다. 내가 아직은 상황을 컨트롤할 수 있다는 걸 확인하기 위해 청소를 하고 또 한다. 나는 능력이 있는 사람이라는 걸, 나는 아빠와 다르다는 걸, 나는 무너지지 않는다는 걸 확인하기 위해. 잡동사니가 없게, 쓰레기가 없게.

아리아는 고개를 끄덕인다. 애처로워하는 표정으로 보건대 내 말을 안 믿는 눈치지만 나를 혼자 내버려두어야 한다는 것 정도는 안다.

결혼 생활을 정리하는 것은 상실을 달래는 과정과 같아서 계속 되살아나 나를 괴롭힌다. 나도 이제 그만 잊어야겠는데 어떻게 하면 그럴 수 있을까?

두 시간 동안 폭풍 청소를 한 다음 노트북을 들고 침대 속으로 들어가 이메일을 확인해 보니 올리버가 포피를 몰고 해외여행을 하는 데 필요한 정보를 보내놓았다. 그가 엄청 신경 써주고 있는데 이제 와 생각해보니 해외여행이라는 발상이 황당하게 느껴진다. 내가 뭘 믿고 그랬을까?

미쉐린 별점을 받은 음식점에서 팝업 푸드 트럭으로 자리를 옮긴 게 믿기지 않는다는 듯이 포피를 훑어보던 마리오의 충격받은 표정 때문이었을까?

하지만 내가 행복하기만 하면 남들 생각이 무슨 상관일까? 내 화려한 이력을 충동적으로 내버렸다는 두려움은 항상 따라다니겠지만 나는 에포크에서 최선을 다했다. 자크가 지휘봉을 포기하지 않는 한 더 이상 올라갈 자리도 없었는데, 그가 그걸 포기하는 일은 절대 없었을 것이다.

안녕하세요, 올리버.

정말 고마워요. 도움이 많이 됐어요. 하지만 이런 생활이 나한테 적합할지 잘 모르겠어요. 좀 더 어른스럽게 문제를 정면으로 돌파하지 않고 책무를 버리고 도망치다니 엄청난 실수를 저질렀다는 생각이 들 때도 있거든요. 떠남으로써 사태를 더 악화시키지는 않았는지 말이에요. 이런 생활을 얼마나 할 수 있을까요? 가뜩이나 나 같은 도시 생활자는……

내가 고마운 줄도 모르는 것처럼 들리겠지만 그건 정말 아니에요. 이렇게 지내다 보면 감정의 극적인 변화에 대해 곱씹는 시간이 많아져서 그럴지도요.

로지

나는 이불을 젖히고 수다나 떨려고 아리아의 캠핑카로 걸음을 옮긴다. 솔직하게 털어놓으면 이런 감정의 실타래를 풀 수 있게 그녀가 도움을 줄 수 있을지 모른다. 하지만 불이 꺼져 있는 것을 보고 오늘 밤은 잠으로 슬픔의 장막을 몰아내는 것이 좋을지 모르겠다고 생각하며 왔던 길을 되짚어간다.

10

로지,

괜찮아요? 웬 오지랖이냐고 생각할 수도 있겠지만 방랑 생활을 시작하고 처음 몇 달 동안 내가 얼마나 방황했는지, 충동적으로 이전 생활을 정리하고 훌쩍 떠나버리는 실수를 한 건 아닌지 거의 매시간 고민했던 생각이 나서요. 제발 걱정도 팔자라고 얘기해줘요! 하지만 그게 아니라 기댈 사람이 필요하다면 내가 가상의 현실 속에서나마 이렇게 있다는 걸 잊지 말아요. 우리 모두 그렇게 사무치게 후회한 순간들이 있었지만 내 말 믿어도 좋아요. 조만간 그 시기가 지나가고, 이것이 성장을 위해 필요한 과정이었다고 느끼는 순간이 올 거예요.

마음을 담아서,

올리버

물론 그의 말이 맞다. 듣자 하니 분연히 떨치고 일어난 사람이라면 누구든 거치는 적응 기간인 모양이다. 하지만 그의 이메일은 내가 의기소침해져 있다는 걸 아는 사람이 보낸 것처럼 좀 더 사적으로 느껴진다. 상대방의 기분과 감정을 이토록 쉽게 파악하는 남자는 낯선 데다가 이메일로도 그렇게 느낄 수 있다니 더욱 놀랍다.

올리는—나는 그를 올리라고 부르기 시작했다—내 기분을 물어봐주는 진중한 스타일의 명실상부한 '친근남'이다. 그걸 물어봐주었다는 것만으로도 내 눈에 이슬이 맺히기에 충분하다. 그냥 흉금을 털어놓고 그가 믿을 만한 사람이길 바라는 게 좋을까? 내 보호 본능에 위배되지만 모든 생각과 감정을 아주 철저하게 단속하는 것도 이제는 지긋지긋하다. 나는 절대 그런 사람이 아닌데 그것 때문에 전남편도 나를 파충류라고 불렀지 않은가.

안녕하세요, 올리버.

고마워요. 나도 불안할 때가 있어요. 조금 전까지 자유를 만끽하다가도 금세 스스로 강제한 징역살이가 끝나길 기다리는 심정이 돼요. 이게 다 마음의 상처와 결혼생활의 마지막 잔재를 피하느라 런던에서 도망치는 바람에 그렇게 된 거예요. 한심하죠?

나는 망설인다. 이걸 공개할 이유가 있을까? 아니, 마음의 상처가 없는 사람이 어디 있겠는가? 이혼한 커플이 어디 한 둘인가. 수백만 쌍이다. 내가 죽을병에 걸린 것도 아니지 않은가? 그래도 공개해. 나는 스스로에게 강권한다. 그가 네게 관심이 있다고 믿어봐.

이렇게 해서 나는 온라인상의 낯선 사람에게 내 사생활을 털어놓는다. 어차피 비밀도 아니다. 런던 사람 절반이 이 한심한 스토리를 알고 있다. 아는 사람이 한 명 더 추가된들 무슨 상관일까? 거기다 적어도 내 입장에서 이야기를 들어줄 사람인데.

오로지 그이 때문에 내 직업, 그 오랜 기간에 걸쳐 쌓은 이력을 버리는 실수를 저지른 건 아닌가 싶어 불안해요. 세상에 어떤 사람이 그런 짓을 저지르겠어요? 나는 원래 아주 질서정연하고 지나칠 정도로 체계적이며 꼼꼼한 성격인데 여기서는 그렇게 지낼 수가 없어요. 하루하루가 달라서 무슨 일이 벌어질지 알 수가 없으니까요. 젖소에게 케이크를 빼앗겼고(어쩌다 그랬는지는 묻지 말아요!) 포피 뒤에 달아놓은 스페어 타이어를 도둑맞았고 내가 만든 카놀리에서 눈물 맛이 난다고 손님에게 항의를 들었는데(듣고 보니 정말 그렇더라고요!) 그게 오로지 목요일 하루 동안 벌어진 일들이라…… 손가락을 튕기면 내 집, (바람피우기 전의) 내 남편, 내 삶, 내 아파트, 결혼 전으로 돌아갈 수 있다면 얼마나 좋을까 싶을 때도 있어요. 하지만 안타깝게도 인생은 그런 식으로 돌아가지 않죠!

당연히 전부 그렇게 나쁘기만 한 건 아니에요. 아리아라는 근사한 친구도 사귀었고 푸짐한 힐링 푸드를 요리하는 데서 오랫동안 느끼지 못했던 만족감에 젖어요. 새소리를 들으며 일어나는 것도, 태양이 하늘을 관능적인 핑크색으로 물들이며 산 너머로 지는 걸 야외에서 감상하는 것도 그렇고요.

내가 예전에는 변화를 회피했기 때문에 이런 내적인 혼란을 겪는 걸까요? 만약 그런 거라면 단단히 부여잡고 이 미친 모험의 끝이 어딘지 지켜볼래요, 어딘가 아름다운 곳이길 바라며…….

로지

나는 이성이 돌아오기 전에 한 손으로 전송 키를 누르고 다른 손으로는 큼지막한 잔에 레드 와인을 따른다.

로지에게

당신은 지금 내가 처음 몇 달 동안의 불안이라고 부르는 현상을 겪고 있어요. 이론상으로는 이런 생활방식이 아주 훌륭하게 느껴지지만 적응하려면 시간이 걸리죠. 하지만 장담하건대 조만간 아침에 눈을 떴을 때 눈부신 풍경이 눈앞에서 펼쳐지면 예전으로 절대 돌아가고 싶지 않을 거예요. 그렇게 분명한 깨달음이 순식간에 찾아올 거예요. 가는 길에 자신감이 생기면서 그동안의 어려움은 모두 잊힐 거예요.

뭐든 원하는 대로 될 수 있다는 게 이 생활의 장점이에요. 캠핑장 분위기가 마음에 들지 않으면 짐을 싸서 떠나면 돼요. 다른 나라로 건너가서 좀 더 많은 사람을 만나면 돼요. 조금씩 전진하며 놀라운 나라를 찾으면 돼요. 듣자 하니 가당치 않은 남자를 버리고 런던에서 탈출해 새롭게 시작하기로 한 건 잘한 일 같은데요.

그게 우리 둘의 공통점이네요. 나도 이혼을 하면서 떠났거든요. 거의 7년 동안의 결혼생활이 갑작스럽게 끝나는 바람에. 재미없는 이야기를 시시콜콜 늘어놓지는 않겠지만 아내가 바람을 피웠고 나는 그걸 용서할 수가 없었어요.

내 숨이 멎는다. 우리 둘의 공통점이 이렇게 많다니. 캘럼과 있었던 일에 그가 구구절절 공감하는 것도 무리가 아니었다. 내 심정이 어떤지 정확히 알고 있을 게 아닌가! 연민의 떨림이 내 몸을 관통한다.

분노와 혼란과 상실감을 달래며 떠났을 때 나도 그게 자동반

사적인 반응이라는 걸 알았지만 솔직히 내가 지금까지 한 일 중에 가장 잘한 일이었어요. 하고 싶은 말이 뭔가 하면, 당신도 지금 비슷한 심정일지 모르지만 나와 비슷하다면(내가 보기에는 비슷한 것 같아요) 오래 가지 않을 거예요. 조만간 전보다 자주 웃고 예전 생각은 덜하고 왜 진작 짐을 싸서 떠나지 않았을까 생각하게 될 거예요.

다음 행선지는 어디예요? 우리 동선이 겹칠지도 모르겠네요.

올리버

우리 동선이 겹친다고? 나는 노트북을 닫고 아리아를 찾아가 올리버의 이메일에 대해 의논하기로 마음먹는다. 벌써 만나자는 거야? 안 될 것도 없긴 하지만.

문 옆 갈고리에 걸어둔 모자를 집는다. 날이 따뜻해지고 있고 봄꽃의 향기가 허공을 물들인다.

노크하고 안으로 들어가 보니 아리아가 금색 액자를 품에 끌어안고 가죽 의자에 멍하니 앉아 있다. 울고 있었는지 눈이 살짝 부었다. 원래 아리아는 우스갯소리로 감정을 잘 감추는 편이지만 상심한 표정까지 감추지는 못한다.

"내가 얘기 들어줄까요?" 나는 가만히 묻는다.

"고마워요, 로지. 하지만 괜찮아요." 그녀는 말한다. "나가는 길에 불 좀 꺼줄래요?"

공기가 무겁고 우울하다. 나는 그녀에게 속내를 털어놓고 싶지만 그러기에는 그녀가 지금 너무 여려 보인다. 내가 혼자만의 시간을 방해한 것이 분명하기에 고개를 끄덕이고 미소를 짓고 거기서 나온다. 대낮에 가게 문을 닫다니 괜찮지 않다는 이보다 더 확실한 증거가 없지만 선을 넘고 싶지는 않다.

포피에게로 돌아가는데 친구 생각에 발걸음이 점점 무거워진다. 우리 둘 다 선택에 의해 나선 길이지만 덕분에 행복해지고 있을까? 흐릿한 햇살을 맞으며 서 있다 보니 우리는 다른 무엇보다 현실을 피해 숨어 있는 게 아닌가 하는 생각이 든다.

다음 날 노크 소리가 들린다. 시계를 흘끗 확인해 보니 이제 겨우 새벽 6시다. 잠이 오지 않아서 5시부터 깨어 있기는 했다. 끙 소리를 내며 이불을 젖히고 문을 열어 보니 맥스다. 피부가 그렇게 반짝이는 남자는 지금까지 본 적이 없다, 젠장.

"설탕 얻으러 왔어요?" 나는 참지 못하고 하품을 하며 농담을 한다.

"아뇨. 같이 암벽 등반할 파트너가 필요해서요." 그는 말한다. 나는 그가 폭소를 터뜨리길 기다리고 또 기다리지만 그는 학구적인 눈빛으로 나를 계속 바라볼 따름이다.

아이고, 머리야. "번지수를 잘못 찾아온 것 같은데요, 맥스. 당신 눈에는 내가 산을 탈 사람으로 보여요?"

"브레컨 비컨스 본 적 있어요?"

"어디요?"

"옷 갈아입어요. 밖에서 기다릴게요."

"맥스, 나는 정말⋯⋯." 하지만 그가 이미 자취를 감추었으니 나로서는 옷을 갈아입는 수밖에 없다. 브레컨 비컨스로 갈 때 다들 무슨 옷을 입을까? 등산로가 많고 험준하기로 유명한 넓은 국립공원이라는 건 알지만 나는 집순이에 가깝고 그럴 만한 이유가 있기 때문에 등산복이 없다. 그래도 최대한 편안한 옷으로 갈아입고 뭐라고 핑계를 대면 좋을지 고민한다. 다리에 쥐가 났다고 할까? 알레르기가 있다고 할까? 고소공포증이 있다고 할까? 문득 정상에 선 내 모습이 그려지고 사방이 빙글빙글 돈다. 뭐라고 핑계를 대면 좋을지 고민하는 건 그만두는 편이 좋겠다. 나는 한숨을 쉬며 가벼운 스카프를 집어 이슬이 내린 새벽으로 나선다.

"갑시다." 그가 내 손을 잡고 앞으로 당기며 말한다.

"맥스." 나는 딱딱하게 말한다. "나는 다른 노마드족들처럼 등산이나 익스트림 스포츠나 절벽 타기를 좋아하지 않아요. 당신이 나를 선택한 이유를 모르겠네요."

"캠핑카에 불이 켜져 있더라고요."

"그게 이유예요?" 나는 살짝 실망한다.

"네."

"당신이 올라가는 동안 내가 산기슭이나 뭐 그런 데서 로프를 잡고 있으면 되나요?" 로프를 놓치면 그가 내 발치에서 죽을 수도 있다.

그는 코웃음을 치며 장난하냐고 묻는 눈빛으로 나를 흘끗 쳐다본다. "내가 직접 하네스를 채워줄게요. 걱정할 일 없을 거예요."

순도 백 퍼센트의 공포가 숨통을 조이자 나는 헛기침을 한다. "나는 베이킹 체질이지 암벽 등반 체질이 아니에요! 떨어져서 죽을 수도 있다고요! 버클이 풀리면 어떡해요? 또……."

"어깨에서 힘 빼고 걱정은 접어둬요." 그는 씩 웃는다. 진짜로 씩 웃는다. "타요."

이걸 납치극으로 간주해도 되나? 나는 무거운 다리를 들어 그의 캠핑카에 올라타고 한참 동안 목석처럼 뻣뻣하게 앉아 있은 끝에 브레컨 비컨스에 도착한다.

서서히 고개를 내민 태양이 어찌나 선명한 노란색으로 산을 물들이는지 숨이 멎을 정도다. 세상을 적시는 빛이 이곳에서는 다르게 느껴진다. 공기 그 자체에 색이라도 입힌 것처럼 눈에 보일 듯하다. 화면으로는 절대 담지 못한다. 이런 장관은 두 눈으로 직접 확인해야 한다. 나는 그대로 넋을 잃는다. 맥스가 아니었다면 나는 여기까지 올 일이 없었을 테고, 치유의 능력이 있는 듯이 느껴지는 이 눈부신 햇살에 몸을 담그지도 못했을 것이다.

"우와."

"끝내주죠?" 그는 씩 웃는다. 새벽의 순수함 속에 달콤한 봄 내음이 우리 둘 사이에 맴돈다. 까무잡잡하게 탄 얼굴로 환하게 웃고 있는 맥스를 쳐다보는데 문득 황홀경을 느낀다.

시끄럽고 사람들이 많은 곳에서 벗어나 단둘이 있어 보니 그가 왠지 모르게 달리 다가온다. 사람들에게 둘러싸여 있을 때보다 여기가 더 편안한 듯 평화로운 분위기를 풍기기 때문일까. 그런 표정을 보니 안심이 되긴 하지만, 그래도 도랑가보다 더 높은 데로 올라가는 건 불안하다.

"맥스, 나는 무서워서 못 올라가겠어요."

"내가 같이 올라갈게요."

"떨어지면 어떻게 해요?"

"로지, 내가 절대 그런 일 없게 할게요. 그리고 만에 하나 그런 일이 벌어지더라도 내가 언제든 잡아줄게요." 심장이 두근거린다. 암벽 등반이 아니라 우리 삶 전반을 두고 하는 얘기라도 되는 듯 내가 너무 의미를 부여했기 때문이다. 공기와 고도 때문에 약간 정신이 몽롱해져서 그런 건지 모르겠지만 일순 그의 말을 믿고 싶어진다.

해묵은 공포가 내 속을 두드리지만 나는 정상까지 길게 이어지는 석회암을 올려다보며 이제 와서 돌아갈 수는 없음을 깨닫는다. 저 위는 얼마나 장관일지 알아내려면 맥스를 믿는 수밖에 없다. 평소 같으면 그를 심문하고 장비를 체크하고 올바른 등반법을 검색하겠지만 매사에 비관적이고 불안해하고 싶지 않다. 순간을 즐긴다는 것이 이런 것 아닐까?

"알았어요." 나는 뺨을 크게 부풀리고 모든 공포를 단숨에 토해버리려고 한다. "당신을 믿어요."

"여기서 기다려요." 맥스는 자기 트레일러로 총총히 달려가 장비가 가득 든 배낭을 꺼낸다. 좌우를 둘러보니 여기가 최고봉은 아니라 그나마 다행이다. 사실 주변 봉우리와 비교하면 낮은 편이다.

그가 내 손을 잡자 그에게서 뿜어져 나오는 에너지와 온기가 느껴진다. 그는 나를 이리저리 돌려가며 레그 하네스 비슷한 것 안으로 들어가게 한다. 그의 손끝이 허벅지 안쪽을 스치고 지나가는 순간 설명할 길 없는 갈망이 번개처럼 나를 관통하자 나는 아찔함을 애써 떨쳐버린다.

이것 봐, 내가 삶이라는 미친 짓 속으로 뛰어들고 있어!

"이걸 신어요." 그가 이렇게 말하며 새 신발을 건넨다.

"내가 패셔니스타는 아니지만." 나는 발 모양에 따라 형태가 달라지는 신발을 신으며 말한다. "내 평생 이렇게 못생긴 신발은 처음이네요."

그가 고개를 뒤로 젖히고 폭소를 터뜨리자 새하얀 이가 햇빛을 받고 반짝인다. "그래도 효과는 만점일 거예요."

나는 가격표를 뜯으며 그가 나를 위해 특별히 장만한 신발이라는 걸 알아차린다. 왜 그랬을까? 그러니까 내 캠핑카 불이 켜져 있어서 나를 고른 게 아니었나? 나는 그가 장비를 갖추는 동안 모든 게 단단히 잠겼는지 다시 한번 확인한다.

"분홍색 헬멧이 당신 거예요."

"우우, 뭘 이렇게까지." 나는 장난처럼 말하고 버클을 채운다.

"준비됐어요?" 그가 장갑 낀 내 손을 꼭 쥐며 묻는다.

"준비야 진작 됐죠." 나는 이렇게 대답하고 거짓말을 바람결에 날려 보낸다. 다리가 후들거리지만 힘이 들어서 후들거리기 전까지는 잘 감출 수 있을 것이다. 세상에, 이게 무슨 일이람? 심장이 하도 세게 쿵쾅거려서 이러다 멈추는 건 아닌가 싶다.

맥스가 자일을 타고 내려오는 법을 가르쳐주고 정신을 차려보니 내가 상상도 하지 못했던 암벽 등반을 하고 있다. 호흡이 가쁘고 다리에서는 힘이 풀리고 심장 뛰는 소리가 귓전을 때리지만 이런 해방감은 처음이다. 짜릿하기도 하고 무섭기도 하지만 무엇보다 속이 뻥 뚫리는 기분이다! 이끼가 긴 바위는 피하고 홈을 찾아서 디뎌가며 조금씩 위로 올라간다.

상쾌한 공기가 방향제처럼 나를 덮친다. 이런 외딴곳에 숨어 있는 온갖 매력 때문에 사람들이 아드레날린에 중독되는 걸까?

"야호!"

맥스가 나를 돌아보며 씩 웃는다. "좋아할 줄 알았어요."

경이로움이 내 모든 세포를 깨운다. 아니, 지금까지 모든 선택의 기준을 공포로 삼느라 이런 걸 놓치고 살아왔단 말인가!

새벽안개 때문에 올라가는 동안 얼굴에 이슬이 맺힌다. 미끄럽지 않게 장갑을 끼고 있어서 다행이다.

정상에 다다른 맥스가 나를 돕기 위해 몸을 돌리자 내 얼굴 위로 함박웃음이 번진다. 산꼭대기에서 발아래로 펼쳐지는 골짜기를 내려다보는데 마치 동화 속 한 장면 같다. 부옇고 듬성듬성한 구름 사이로 파릇파릇한 골짜기가 시선이 닿는 저 끝까지 이어진다. 맥스가 브레컨 비컨스의 여섯 개 큰 봉우리를 가리키자 나는 마침내 사람들이 풍경을 감상하려고 하이킹이나 암벽 등반을 하는 이유를 이해한다. 새로운 뭔가를 시도했다는 것과 옆구리를 찔러준 맥스와 여기 함께 있다는 것 때문에 온갖 감정이 북받쳐오른다. 나는 상쾌한 고지대의 공기를 몇 번 들이마신다.

"와우." 생각나는 말이 그것뿐이다. 무슨 말로도 풍경을 제대로 묘사할 수가 없다. 꼬박 5분이 지난 다음에야 시선을 옮길 수가 있다.

"아가씨." 맥스는 비음 섞인 옛날식 억양으로 이렇게 부르고 내 어깨에 고개를 얹는다. "아침 식사를 할 곳으로 안내해도 될까요?"

맥스와의 스킨십을 잠깐 만끽하고 고개를 돌려보니 그가 체크무늬 담요를 깔고 절벽을 따라 조그만 통을 일렬로 늘어놓았다.

"영광이에요." 나는 그가 내민 손을 잡으며 설정에 장단을 맞추고 그와 나란히 담요 위에 앉는다. 맥스 덕분에 모험에 눈을 뜰 수 있었으니 캐슈 치즈가 됐건 다른 채식주의 대체 음식이 됐건 기꺼이 먹을 작정이다.

맥스는 나를 보며 다시 달달하게 씩 웃는다. "내가 실례를 무릅쓰고 스뫼르고스보르드(스웨덴어로 다양한 음식으로 구성된 뷔페를 뜻한다—옮긴이)를 준비했어요. 왜냐하면……." 그는 비밀을 폭로하는 것처럼 목소리를 낮춘다. "우리 주변의 육식동물들이 얼마나 편식이 심한지 아니까요."

눈썹을 추켜세우고 화가 난 척하는 그의 얼굴을 보고 나는 요란하게 폭소를 터뜨린다. 나를 육식동물이라고 생각한 적은 없었건만. "육식동물이 당신의 노고에 경의를 표합니다. 이게 다 뭐예요?"

"이건……." 맥스 견과류를 넣은 뮤즐리 바처럼 생긴 것을 가리킨다. "훈제 퀴노아와 카카오로 만든 바예요. 에너지원으로 쓰이는 좋은 지방이 많고 단백질이 풍부해서 먹으면 포만감이 오래 가요."

"그렇군요." 나는 한 손가락을 들어 보인다. "그게 우리 둘의 차이점이에요. 나는 포만감이 오래 가는 걸 좋아하지 않거든요. 그러면 한참 기다려야 다시 뭘 먹을 수 있을 테니까. 나는 먹는 걸 좋아해요."

"나도 그렇기 때문에 무슨 말인지 이해해요."

"그리고 이건요?" 나는 묻는다. "보아하니 팬케이크인데 달걀이나 우유 없이 만든 건가요?" 하지만 무슨 수로 그럴 수 있을까? 진짜 팬케이크와 수상하리만치 똑같이 생겼다.

맥스는 덥수룩한 머리칼을 흔든다. "멈칫할 거 없어요. 두유하고 견과류 버터로 만든 거니까. 하지만 먼저 플레이팅을 할게요. 놀랄 준비하고 있어요." 그는 싱싱하고 탱글탱글한 딸기가 가득 담긴 통을 꺼내 팬케이크 위에 얹고 메이플 시럽으로 샤워를 시킨다.

"이제야 말이 통하는군요."

"이거 둘 다 싫으면 병아리콩, 캐슈 치즈, 시금치, 과카몰레를 넣어서 만든 랩도 있어요. 미리 얘기하자면 린, 그린 앤드 클린 카페에서 가장 잘 팔리는 메뉴인데……."

나는 미간을 찌푸리고 팬케이크를 한 조각 포크로 찍어서 입에 넣었다가 식도락가이자 자연의 섭리에 대해 보수적인 시각을 가지고 있는 나의 예상을 뒤엎는 폭신한 식감에 깜짝 놀란다. "와우."

"그 단어를 자주 쓰네요."

나는 얼굴을 찡그리며 미소를 짓고 그의 말이 맞다는 생각을 한다. "맛이 괜찮네요." 나는 번지려는 웃음을 애써 참는다. "비교적."

이번에는 그가 나를 노려볼 차례다. "카카오 바도 먹어봐요."

"알았어요." 입 안에서 풍미가 폭발한다. 견과류가 식감을 더하고 카카오가 워낙 진하고 초콜릿 같아서 먹고 먹고 또 먹고 싶어진다. 병아리콩을 넣은 랩의 차례가 되자 캐슈 치즈를 한 입 먹어보지 않으면 귀에 딱지가 앉을 때까지 먹어보라는 소리를 듣겠다는 생각이 든다.

나는 투지를 보여주기 위해 꼴사납게 한 입 크게 베어 물고, 내가 중요하게 여기는 유제품의 모든 원칙에 어긋나는 '치즈'를 먹었을 때 나타날 수밖에 없는 혐오 반응을 기다린다.

젠장.

"자, 말해봐요."

나는 맥스의 말을 무시하고 천천히 씹는다.

그가 손가락으로 내 갈비뼈를 찌른다. 내가 워낙 간지럼을 잘 타서 그건 무시할 수가 없다. 내가 웃어대다가 간신히 진정하자 그가 바짝 몸을 숙이고 속삭인다. "말해봐요."

나는 이를 악물지만, 그럼에도 불구하고 그 말이 쏟아져나온다. "와우. 됐어요? 와우, 와우, 와우!"

그는 담요 위로 드러누워 의기양양하게 양손을 들어 올린다. "임무 완수."

대체 재료로 이런 맛을 낼 수 있다니 솔직히 놀랍다. 나는 지금까지 버터, 우유, 설탕 그리고 밀가루가 진정한 요리의 기본이라고 믿어왔는데.

나는 그의 옆에 눕고 우리는 고개를 돌려 서로를 바라본다. 이렇게 자유롭고 행복했던 적이 언제였는지 기억이 나지 않는다. 그가 좀 더 내 쪽으로 다가오고 우리는 한참 동안 그렇게 누워 있다. 허공에서 찌릿찌릿하게 전기가 흐르고 나는 나 자신이 못 미더워서 아무 말도 하지 못한다. 기분이 좋은 동시에 불안하다.

평소 같으면 어색한 분위기를 어떻게든 없애려고 벌떡 일어나 꽁지가 빠져라 도망쳤겠지만 여기서는 내려가는 것 말고는 갈 데가 없고, 즉흥적으로 찾아온 이 순간 나는 오팔 같은 눈을 들여다보는 짜릿함과 심장이 전보다 더 빠르게 두근거리는 즐거움을 만끽한다.

순간을 놓치지 않는 것이 오늘의 키워드이기 때문에 나는 그의 표정에서 갈망을 읽고 조금 가까이 다가간다. 나는 그에게 입을 맞출 거다, 너무 복잡하게 생각하는 습관은 개나 주라지! 하지만 눈을 감은 순간 이보다 더 기괴할 수 없는 소리가 들리기에 홱 고개를 돌려보니 세상 귀여운 조랑말이 여기까지 어쩐 일인지 이해가 안 된다는 듯 우리를 보며 히힝거린다.

맥스가 앓는 소리를 낸다. "망할 웰시 마운틴 포니 같으니라고!"

"그래도 저 조막만 한 얼굴 좀 봐요!"

분위기가 깨어졌지만―맥스의 표정을 확인하지 않아도 알 수 있다―나는 웃어넘긴다. 조랑말은 관심을 달라고 칭얼거리며 열려 있는 음식 통에 대고 코를 비빈다. "얘도 채식주의자인가 봐요."

맥스는 폭소를 터뜨리고 조랑말을 한 번 토닥인다.

11

헤이 축제가 눈 깜빡할 새 끝나자 나는 정신없던 열흘 동안 무사히 버텼다는 기쁨과 축제가 끝났다는 슬픔 사이에서 오락가락한다. 옷을 갈아입는 동안 거울에 비친 내 모습은 전과 거의 비슷하지만―일자로 떨어지는 금발에 수수한 얼굴로 머뭇머뭇 미소를 짓고 있는 평범한 여자다―보호막을 한 겹 벗기고 조금 달라진 나, 조금 개선된 나를 드러내기라도 한 듯 기분은 다르다.

　일이 궤도를 이탈하더라도 내가 대처할 수 있다는 걸 아는 데서 오는 묘한 만족감이 느껴진다. 문제가 생기더라도―사람들과의 관계에서, 주문을 처리하다가 혹은 실언으로―이제는 웃어넘긴다. 나는 여전히 새 얼굴이고, 그렇기 때문에 어수룩한 구석이 있어도 다들 이해해준다. 이 노마드족은 마음이 넓어서 나 같은 별종을 떠받들다시피 한다. 그런 신선한 변화를 통해 나는 마음의 문을 열고 내가 어떤 사람인지 알아나간다.

맥스와 거의 입을 맞출 뻔했던 순간을 떠올리면 지금도 구름 위를 걷는 기분이지만, 내가 구름 위를 걷는 동안 아리아가 동굴에 틀어박혔기 때문에 그때의 기억을 애써 떨쳐버린다. 그녀는 액자를 끌어안고 있었던 그날 이후로 내 앞에서 거의 자취를 감추었다. 작은 책방 문은 열어놓지만 그 어디에서도 아리아는 보이지 않는다. 그렇게 생기 넘치고 활달하던 그녀의 이면에 꼭 끌어안고서 모두에게 비밀로 하고 싶어하는 애수가 있구나 싶지만 어떤 식으로 그 얘기를 꺼내면 좋을지 모르겠다.

아리아에게 약속한 대로 9시까지 짐을 싸고 출발 준비를 마쳐야 하는데, 나는 밖으로 나가 이른 아침의 봄 햇살을 마음껏 누린다. 놀라가 보이면 갑작스럽게 사라져버린 아리아에게 어떤 식으로 접근하면 좋을지 조언을 청하고 싶은 마음에 이리저리 두리번거린다.

놀라가 건너편 들판에서 야생화를 꺾고 있다. 나는 여든 살을 목전에 둔 사람이라기보다 우아한 숲의 님프를 닮은 노년의 여인을 향해 달려간다.

"안녕하세요, 놀라!" 나는 뛰어가느라 숨을 헐떡이며 인사를 건넨다. 암벽 등반 이후로 체력이 눈곱만큼이나마 좋아질 줄 알았건만 당장 변화가 생기지는 않는 모양이다(젠장!). 그런 점에서 다이어트와 비슷한데, 내가 다이어트를 시작조차 하지 않는 이유도 그 때문이다.

"로지." 그녀는 나를 보며 활짝 미소를 짓는다. "얼굴에 핏기가 도니까 보기 좋네요!"

나는 휘청거리며 들판을 가로지르느라 얼굴이 벌게졌을 것이다. 노마드족들과 함께 트레킹을 시작해야 하려나? 아니면 해가 뜨자마자 가장 가까이에 있는 물속으로 뛰어드는 수영팀에 합류해야 할까? 하지만 아닐지 모른다. 내 체질에 맞는 건 맨손체조가 아니라 안락함이다.

"어, 감사해요." 나는 말한다. 모든 생각이 머리 밖으로 날아 가버린다. 그녀의 버릇이 맥스를 연상시키는 부분이 너무 많아서 나는 꿀 먹은 벙어리가 된다.

"무슨 일이에요?"

"그게……." 나는 삐져나온 머리칼을 뒤로 넘겨서 꽂는다. "아리아 때문에요."

놀라는 고개를 끄덕이고, 나는 아리아의 입술에서 미소를, 눈에서 반짝임을 앗아간 비밀이 뭔지 그녀가 안다는 것을 감지한다. "늘 그렇듯 여기저기서 들리는 소문이 있어요." 그녀는 말한다. "듣자 하니 아리아가 힘든 시간을 보냈나봐요."

그녀는 여행계의 왕족으로서 캠핑장 내 모든 사람의 시시콜콜한 사연을 전부 알 수밖에 없다. 그들은 이리저리 이동하긴 해도 사실은 끈끈하게 엮인 공동체이고 클릭 한 번이면 친구가 맺어지는 소셜 미디어를 통해 유대감이 더욱 강화된다.

"저도 그런가 보다 하고 짐작은 했지만 무슨 일인지 얘기를 하지 않네요. 우리가 알고 지낸 지 얼마 되지 않았고 저도 속 얘기를 하지 않는 편이거든요. 무슨 일이냐고 캐물어야 할까요? 그러면 역효과가 날까요?"

놀라는 요가 수행자처럼 숨을 들이마시고 곰곰이 생각한다. 한참 만에 그녀가 말한다. "당신 같은 친구가 있다니 아리아는 운이 좋네요."

"아니에요." 나는 손사래를 친다. "아리아한테 친구가 얼마나 많다고요."

놀라는 무릎을 꿇고 앉아 풀밭에서 꽃을 한 송이 꺾는다. "아리아가 사람을 대하는 요령이 있고 사교적인 성격이라 사람들이 주변에 몰려들지 몰라도 겉으로 보이는 것과 실제는 다를 수 있죠. 아리아는 엄청난 배우예요. 두 사람이 딱 알맞은 시기에 서로의 삶으로 들어간 건 그럴 만한 이유가 있겠죠. 그녀에게는 슬픔과 기쁨을 함께 나눌 진정한 친구가 있으면 좋을 거예요. 로지, 당신 같은 친구 말이에요."

나는 그녀가 한 말을 곱씹으며 어떻게 그렇게 잘 아는지 궁금해한다. 나는 친구를 사귀었다가도 내 성격 때문에, 고도의 청결을 유지해야 직성이 풀리는 강박적인 성향 때문에 금세 멀어진다. 내가 아리아에게 필요한, 그런 친구가 아니면 그녀와도 멀어지는 건 아닌지 불안하다. "고마워요, 놀라. 고민을 좀 해볼게요. 우리는 이제 떠나요." 나는 놀라를 살짝 끌어안는다. 그녀에게서 파촐리 비슷한 향이 난다. "조만간 또 뵈어요. 저기…… 혹시 맥스 못 보셨죠?"

"봤어요. 30분 전에 떠났는데……."

나한테 인사도 하지 않고? 내가 키스를 하려고 다가가는 바람에 우리 우정에 금이 갔나? 나는 어지러운 머릿속을 달래며 황급히 포피로 돌아간다. 내가 실제로 그에게 키스를 하지는 않았지만 의도는 분명했는데, 짐을 싸서 손 한번 흔들지도 않고 떠나버리는 게 그의 반응이란 말인가.

세차하고 정리도 해야 하는데 늦었다. 한 전선에 진흙이 두껍게 덮여서 씻어내야 한다. 캠핑카 안쪽에는 고운 먼지가 쌓였고 다시 길을 나서기 전에 외부도 닦아야 한다. 해야 할 일이 있기에 비눗물로 양동이를 채우고 시작한다. 스트레스를 받을 때는 청소를. 사실 그게 유일한 자양강장제 아닐까?

몇 분 뒤에 아리아가 등장한다. "그거 나중에 하면 안 돼요?" 그녀는 조급하게 묻고 손목시계를 확인한다. 우리가 마지막으로 떠나는 그룹이라 벌판은 거의 인적이 사라졌고 노마드족과 애서가로 이루어진 명랑 집단이 없으니 섬뜩하게 고요하다. 이상하게 그 난장판과 소음이 그립다. 그녀는 얼른 길을 나서고 싶어 하는데, 평소에는 미적거리던 그녀의 태도가 갑작스럽게 달라진 이유를 나로서는 알 도리가 없다.

"네." 나는 말한다. "미안하지만 안 돼요. 먼지가 쌓이게 둘 수는 없어요."

"하지만 출발하면 포피가 다시 더러워질 테고 물기가 있으면 더 시커매질 텐데요! 흙탕물이 튀어서 줄줄 흘러내릴 테니 정말이지 헛수고예요, 로지. 왜 연연하는지 이유를 모르겠네."

나는 한숨을 참는다. "그럼 물기도 닦아야겠네요." 내가 긴장의 끈을 늦추면 그 뒤로 어떤 일이 벌어질지 어느 누가 알 수 있을까? 모든 걸 깨끗하고 질서 정연하게 관리해야 한다. "얼른 할게요."

그녀는 눈을 부라리고 고개를 절레절레 흔들며 자기 캠핑카로 돌아간다. 나는 얼른 포피를 세차한다. 스펀지를 담글 때마다 비눗물이 점점 까매지고 나는 점점 마음이 가벼워지지만 아리아는 이해하지 못하는 눈치를 보이며 심란해한다.

나는 그녀를 이해하고 넘어가는데 아리아는 왜 그러지 않는지 신경이 쓰인다. 내가 엉망진창인 그녀의 캠핑카에 앉아 있으면 청소하고 싶은 걸 참느라 얼마나 괴로운지 그녀는 모르는 모양이다. 뒤죽박죽으로 쓰러진 책들을 바로잡고 싶고, 그녀가 천하태평으로 종이 바로 옆에서 붙여놓은 촛불을 끄고 싶고. 나처럼 생겨 먹지 않은 사람은 문제가 있는 쪽이 나라고 생각할지 모르겠지만 내 생각은 다르다.

한 시간 뒤에 나는 아리아의 문을 두드린다. "출발할까요?"

"드디어." 그녀가 이해할 수 있게 내 쪽에서 설명을 해야겠지만 하도 오랫동안 보호해온 부분이라 실토하기가 부끄럽게 느껴진다. 누구에게나 마음의 응어리가 있지 않을까? 인상을 쓰고 있는 그녀를 보니 지금은 심오하고 의미 있는 것에 대해 고민할 때가 아니다.

12

우리는 침울하게 벌판을 나선다. 흙탕물이 포피의 양옆으로 튀기는 소리가 들리자 나는 움찔한다. 다음 목적지에 도착하자마자 다시 세차를 해야겠다. 지금으로서는 어쩔 도리가 없기에 터덜터덜 앞서가는 아리아의 꽁무니만 쫓는다.

 점심시간이 되자 그녀가 깜빡이를 켜고 숲속 공터로 들어간다. 나는 작은 책방 캠핑카 옆에 포피를 주차하고 일어나 기지개를 켠다. 나도 아리아처럼 건들건들 천하태평으로 운전하는 날이 올까? 삐걱거리고 끙끙대며 똑바른 자세에 다시 적응하려니 양철 나무꾼이 된 심정이다. 혈액 순환이 원활해지자 나는 얼른 점심을 준비한다. 갓 구운 사워도우에 신선한 햄과 스위스 치즈와 그 전날 아리아가 만드는 걸 도와준 머스터드 피클 렐리시를 넣어서 샌드위치를 만든다. 그

녀는 내게 배운 덕분에 요리 실력이 나아지기는 했지만 지금
도 내가 옆에서 다그치지 않으면 정신을 딴 데 팔기 일쑤다.

그녀가 차를 담은 보온병과 머그 두 개를 들고 겨드랑이에
피크닉용 담요를 끼운 채 포피의 문을 벌컥 연다. "미안해요,
로지. 요즘 내가 제정신이 아니긴 했어도 당신한테 화풀이를
하다니. 용서해줄래요?"

나로서는 사과하는 그녀가 고마울 따름이고 이로써 긴장
이 해소된다. "그럼요, 아리아. 하고 싶은 얘기가 있으면 언제
든 나한테 하면 되는 거 알죠?"

그녀는 희미하게 미소를 짓는다. "알아요."

샌드위치를 통에 담고 재킷을 챙겨 들고 밖으로 나선다.
그녀 말로는 가는 동안 풍경을 실컷 감상해야 한다고 하니,
나는 무작정 따라다닐 생각이다.

"케이크 깜빡했다!" 나는 쌩하니 다시 돌아가 다크 초콜릿
무스와 헤이즐넛 머랭 레이어 케이크를 두어 조각 챙긴다.
워낙 칼로리 폭탄이라 피크닉 장소까지 걸어가더라도 올 때
는 굴러서 와야 할 것이다.

"자." 내가 따라잡자 아리아가 말한다. "당신이 정식으로
참여한 첫 축제를 잘 끝냈네요, 그죠?"

나는 그녀가 한 걸음 걷는 동안 두 걸음을 옮겨야 보조를
맞출 수 있다. "네, 생각보다 잘 팔려서, 앞으로 만드는 양과

판매하는 양의 균형을 잘 맞춰서 음식물 쓰레기를 최소화하면 눈곱만큼이나마 수익을 낼 수 있겠어요. 그리고 블렌딩 티는…… 수요를 맞추지 못하겠어요!"

"내가 먹은 음식값은 봉투에 담아서 당신 캠핑카에 뒀어요."

아리아는 씩 웃으며 나오지도 않은 배를 두드린다. "한 푼도 아깝지 않았어요!"

"돈을 뭐 하러 내요, 아리아! 당신은 시식 담당이에요. 그리고 당신이 블렌딩 티 라벨을 4백만 장쯤 써줬으니 돈은 내가 줘야죠." 솔직히 나는 아리아가 없었다면 버티지 못했을 것이다. 그녀는 모든 메뉴마다 품평을 했을 뿐 아니라 줄이 너무 길다 싶으면 서빙을 돕고, 찻잎을 티백에 넣고 라벨을 적고, 내가 어쩌다 한 번씩 살짝 패닉을 일으키면 달래서 진정시키는 등 수많은 일을 담당했다. 그녀가 없었다면 나는 뒤도 안 돌아보고 런던으로 쌩하니 도망쳤을 것이다.

나는 브리스틀을 추천하며 여행 친구를 만들라고 한 올리에게 속으로 고맙다고 인사한다. 나처럼 내성적인 사람조차 이해가 되는 현명한 충고였다.

아리아는 손사래를 친다. "말도 안 되는 소리하지 말아요, 당연히 돈을 내야죠. 아무튼 사업적인 측면에서 한 얘기가 아니라 근사한 사람들도 만나고 그 순간을 대체로 재미있게 즐겼다는 점에서 성공적이었다고 한 거예요. 어떤 식으로인지 콕 집어서 말은 못 하겠지만 당신은 달라진 것 같아요."

"아, 맞아요. 나도 달라진 걸 느껴요. 처음처럼 불안하지 않아서 그런가? 아무 계획 없이 이런 생활을 덜컥 시작한 사람이 나 말고도 많다는 걸 아니까 좋아요. 이쪽 세계에서는 지나치게 꼼꼼한 성격이 손해라 조금씩 놓는 법을 배워나가는 중이에요."

아리아는 내 팔을 꼭 잡는다. "잘하고 있어요, 로지."

우리는 강물이 적갈색으로 콸콸 흐르는 강둑에 다다른다. 파릇파릇한 나뭇잎이 머리 위에서 덮개처럼 바람과 가느다란 봄비를 가려주는, 이보다 더 깜찍할 수 없는 천국이다.

"여긴 뭐예요?" 우리는 구불구불한 오솔길을 지나 오리나무 아래에서 걸음을 멈춘다. 아리아가 피크닉용 담요를 깔고 내가 들고 온 플라스틱 통을 건네받는다.

"매직 트리 숲이요. 이름 한번 끝내주죠?"

"그게 진짜 이름이에요?" 마법의 숲을 그린 그림 속으로 들어서기라도 한 듯 다양한 톤의 초록색으로 파릇파릇 생동감 넘치고 종알거리는 시냇물이 완벽한 반주를 넣고 있으니 신비롭고 환상적이기는 하다.

"네." 그녀는 놀라워하고 있을 게 분명한 내 표정을 보고 웃음을 터뜨린다. 아리아가 입버릇처럼 말하던 게 이거다.

이동하는 길에 마법 같은 조그만 공간을 찾는 것.

"그리고 이게 바로⋯⋯." 그녀는 바로 옆의 거목으로 다가가 부츠를 벗고 맨발로 부드럽고 축축한 풀을 밟는다. "이게 매직 트리예요." 그녀는 이렇게 말하고 당장 나무를 끌어안는다. "뭐 해요?" 그녀가 묻는다. "얼른 와서 끌어안고 나무의 마법으로 기운을 회복해요."

"그건 좀 오버 아니에요?" 나는 말한다. "엄청난 수종이라는 건 인정하지만 설마 그런 신기한 복원력이 있겠어요?"

아리아는 아무 대꾸도 하지 않고 팔을 좀 더 벌려 거대한 나무 몸통을 감싸고 껍질에 입을 맞춘다. "아, 그렇게 생각하면 오산이에요." 그녀는 눈을 반짝이며 말한다. "보이지는 않지만 지금 이 나무와 이 신비로운 숲이 나를 발끝에서부터 차근차근 치유해주고 있거든요. 이런 걸 어싱(earthing)이라고 해요."

또 시작이로군. "알았어요." 아리아는 괴짜 기질이 다분하지만 나는 그녀의 헛소리에 천천히 익숙해지고 있다. 그녀는 책벌레인 동시에 도깨비라 아무리 나처럼 고리타분한 사람이라도 그녀의 엉뚱한 매력에 넘어가지 않을 수 없다. 그래도 나는 그녀의 말을 계속 무시할 것처럼 군다.

"로지." 그녀가 언성을 높인다. "당장 와서 이 나무를 끌어안지 않으면 우산으로 때려줄 거예요."

"우산을 들고 오지도 않았잖아요."

그녀는 고개를 모로 꼰다.

"알았어요, 알았어." 나는 웃음을 터뜨린다.

나는 말도 안 된다는 걸 뻔히 알지만 신발을 벗고 움찔거려가며 질척질척한 이끼로 덮인 흙을 발가락으로 딛는다. 포피 안에서 샤워하기가 안 그래도 만만치 않은데 허리를 숙여서 발가락에 묻은 진흙을 씻어내야 한다면 전혀 다른 차원의 악몽이 될 것이다!

나는 건성으로 나무를 끌어안으며 점점 축축해지는 샌드위치와 이 말도 안 되는 의식이 언제 끝날지 생각한다.

"하는 시늉이라도 해봐요." 아리아가 애처로운 투로 말한다.

나는 웃음을 터뜨리고 고개를 저으며 팔을 좀 더 뻗어 그 빌어먹을 나무를 끌어안는다. 솔직히 이게 도대체 무슨 짓인가? 숲속에 우리 둘밖에 없어서 다행이다.

"이제 그쪽으로 몸을 기울이고 정 안 되겠으면 그걸 맥스라고 생각해요." 그녀는 키득거린다.

"덩치가 맥스랑 비슷하긴 하네요." 나는 맞장구치며, 나를 진짜 산에 오르게 하고 곁을 지키며 안정감을 선사했던 거칠고 강인한 매력의 산 사나이를 떠올렸다가 얼른 지워버린다. 그는 인사도 없이 떠났다. 마음 쓰지 않는 게 상책이다. 나는 반항하지 말고 아리아가 시키는 대로 해야 빨리 끝난다는 것을 알기에 나무 쪽으로 몸을 기울인다. 껍질에 이마를 대고 보드랍다는 데 놀라워한다. 오래지 않아 거의 축 늘어질 정도로 내 몸에서 긴장이 풀리고 머릿속에서 모든 잡념이 사라진다.

"맞죠?" 아리아가 의기양양하게 외친다. "효과가 있다니까요! 달라지는 게 느껴지죠?"

두말하면 잔소리지만, 그렇다고 시인할 수는 없다. "아뇨."

"거짓말쟁이!" 그녀가 외친다.

"환경운동가!"

"지구인!"

"뭐라고요?" 나는 나무를 놓고 허리를 접어서 깔깔대며 웃는다. 그녀는 끝판왕이다. 이렇게 특이한 친구가 있어 나를 익숙한 공간 밖으로 밀어내주니 감사하다.

"이제 매직 트리로 기운을 회복했으니까 당신이 만든 근사한 음식으로 마무리를 짓기로 해요."

우리는 매직 트리의 나무 덮개가 드리워진 강둑에서 화기애애하게 점심을 먹는다. 휴대전화에서 문자 알림음이 들리자 나는 화들짝 놀란다. 이렇게 오염되지 않은 자연환경 속에서 휴대전화를 쓴다는 것이 신성모독에 가깝게 느껴지지만 내 다음 행선지로 배달을 시작했다는 납품업자의 연락일수도 있기 때문에 나는 외투 주머니 깊숙한 곳에서 휴대전화를 꺼내 문자를 클릭했다가 당장 후회한다.

내 샌드위치가 바닥으로 떨어져 헤쳐진다. 나는 얼른 전화기를 주머니에 넣고 난장판을 치우고 샌드위치는 나중에 버릴 수 있게 통에 담는다. 어차피 입맛도 떨어졌다.

"뭐예요?" 아리아가 묻는다. "얼굴이 하얘졌어요."

나는 아리아 앞에서 무너지는 치욕스러운 모습을 보일 수 없다는 생각에 눈물을 삼킨다. 나는 감정을 지저분하게 터뜨리지 않는다. 남들 앞에서 울지도 않는다. 상처를 드러내는 것을 좋아하지도 않는다. 하지만 상처가 부글부글 끓어 넘치려고 한다. 왜 절대 끝이 없을까? 이건 영원히 돌아가는 회전목마고 나는 그 안에 갇혔다. "아, 그냥 고향 소식이에요. 일과…… 관련해서."

아리아는 상심한 내 마음을 고스란히 반영하는 눈빛으로 내 등을 쓰다듬는다. "일 문제 같지는 않은데요, 로지." 그녀의 목소리가 어찌나 따뜻하고 부드러운지 하마터면 나는 다시 와르르 무너질 뻔한다. "왜 절대 속내를 드러내지 않아요?" 그녀가 묻는다. "나한테 한 얘기는 다른 데로 샐 일도 없는데."

고등학교 때 똑같은 말을 한 아이가 생각난다. 나는 그러다 어떻게 됐는지 안다. 우리 아버지가 웃음거리로 전락했다. 나의 치부가 만천하에 공개됐다. 하지만 이번에는 다르지 않을까 싶다. 별일도 아니다. 우리는 누구나 예전에 마음을 다친 적이 있지 않은가.

"캘럼이 〈런던 헤럴드〉에 클로이의 임신 소식을 알렸대요." 나는 무릎을 가슴 쪽으로 끌어당긴다. 공처럼 몸을 동그랗게 말아서 사라져버리고 싶다. "우리 이혼 절차가 마무리되지도 않았는데 벌써 아이를 낳는다니!"

"아, 로지. 속상해서 어떡해요."

"잘 지내고 있다는 생각이 들 때마다 내가 어떤 걸 잃어버렸는지 기억을 환기하는 사건이 꼭 벌어져요."

"그 사람하고 헤어진 지 얼마나 됐어요?"

눈물에 지지 않으려고 참느라 목구멍이 화끈거린다. "그이는 내 생일, 그러니까 2월 2일에 내 곁을 떠나겠다고 선언했어요."

"맙소사, 생일에요? 세상에 누가 그런 짓을." 아리아는 우거지상을 짓는다. "그래서 런던을 떠난 거였군요."

나는 고개를 끄덕인다. 클로이가 토실토실한 여자아이를 안고 있고 내 남편이 옆에서 그 둘을 사랑이 담긴 눈빛으로 바라보는 광경을 상상하자 어떤 말이 튀어나올지 몰라서 차마 입을 열 수가 없다. 마리오는 나를 배려하는 차원에서 캘럼이 내 곁을 떠난 걸 후회하고 있다고 얘기한 게 분명하다. 그 둘은 잘 살아가고 있지 않은가.

"그 사람을 아직도 사랑해요?" 아리아의 말투에서 연민이 뚝뚝 묻어나고 대답하는 내 아랫입술이 떨린다.

"함께했던 시간은 사랑하지만 그런 짓을 저지른 인간을 사랑할 수는 없어요. 배를 얻어맞은 것처럼 지독하게 아픈 이유가 그래서 이해가 안 돼요. 그리고 그이는 딴 여자를 보며 눈에서 꿀을 뚝뚝 흘리고 있으니 정말 불공평하지 뭐예요. 내가 아닌 다른 여자를 보면서 그러고 있는데."

아리아는 부스럭부스럭 옆으로 다가와 두 팔로 나를 숨이 막히도록 끌어안는다. "불공평하죠."

눈물이 떨어지자 나는 고개를 숙인다. 얼굴에 자국이 남을까?

나는 주머니에서 휴대전화를 꺼내 샐리가 보낸 문자를 다시 한번 읽는다.

사랑하는 로지, 이 소식을 나한테서 제일 먼저 듣게 하고 싶은데 어떤 식으로 전하면 좋을지 알 수가 없네⋯⋯. 캘럼이 오늘자 〈런던 헤럴드〉에 클로이가 임신 중이라고 발표했어. 5개월 이래(원서에는 4개월이라고 되어 있지만 우리나라 셈법으로는·5개월이다―옮긴이). 정말 속상하다, 사랑하는 친구야. 샐리

"내가 아직 런던에 있었을 때, 아직 캘럼이랑 살고 있었을 때 생긴 아이예요."

"그는 어차피 당신을 차지할 자격이 없는 인간이에요, 로지. 하지만 나는 업보를 믿어요. 그러니까 그 인간이 덜 익은 닭고기를 먹으면 좋겠어요!" 아리아는 표독스럽게 내뱉는다. "진짜 진짜 덜 익은 닭고기를!"

이 모든 것에도 불구하고 나는 웃음이 터진다. "나도요."

"하지만 정말이지 로지, 그런 남자랑 헤어지길 잘했어요. 지금은 가슴이 찢어지게 아프겠지만 당신이 폭탄을 피했다는 거 알죠?"

나는 고개를 끄덕인다. 이론상으로는 납득이 되지만 심정 상으로는 얘기가 다르다. "네, 알아요. 나는 그냥 그이를 너무 사랑했어요, 온갖 시련과 고난에도. 그이를 사랑했고 그가 나를 똑같이 사랑하지 않는 줄은 꿈에도 몰랐어요. 그런데 그 모든 게 거짓말이었다니. 그이가 그녀를 만나고 내가 있는 집으로 들어왔다니. 구역질이 날 것 같아요. 그보다 더 심각하게는 사람 속은 절대 모를 일이라는 생각이 들어요. 전부 연극일 수 있고 그렇다 한들 무슨 수로 알 수가 있겠어요?"

"모두가 그런 건 아니에요." 아리아는 말한다. "사실 대부분의 남자는 그렇지가 않죠. 그 사람도 당신을 많이 사랑했을 거예요, 로지. 누군들 그러지 않을 수 있겠어요? 다만 그러다 잘못된 길을 선택했고 이제는 그걸 감수하며 살아야 해요. 하지만 당신은 그렇지가 않아요! 당신은 그에게서 깨끗이 벗어날 수 있어요. 그는 아이에게 발목이 붙들릴 테고, 그 여자는 아마 바람둥이는 영원한 바람둥이라는 걸 깨닫게 될 테지만, 당신은 아무런 족쇄도 차꼬도 없이 여기서 저기로 여행할 테고 또…… 맥스처럼 화끈한 종족이 당신의 키스를 기다리며 주변에서 서성일 거예요."

나는 장난스럽게 그녀의 팔을 때린다. "그를 들먹이지 않고는 못 배기겠다 이거죠?"

"쏘지 말아요." 그녀는 항복하는 뜻에서 두 손을 위로 든다. "내가 장담하지만 실연의 상처를 치료하는 가장 좋은 방법은 맥스처럼 매력 넘치는 '화끈남'의 품에 안기는 거라고 과학적으로 입증이 됐을 거예요. 아니 생각해봐요, 우어어."

나는 담요 위로 쓰러져 이 상황에, 흙탕물이 묻은 우리 발에, 머리 위의 나무가 매직 트리라는 어이없는 발상에 웃음을 터뜨리지만 배가 점점 불러오는 클로이를 상상하자 가슴 속에서 웃음소리가 꺼진다. 다른 여자가 내 침대에서 남편과 함께 잠을 청하고 그 안에서는 새 생명이 자라고 있다니. 클로이가 내 인생을 살고 있고 나는 이렇게 도망치고 있다.

나는 세상에 내놓을 게 뭐가 있을까? 앞으로 나를 다시 사랑할 사람이 있을까? 그는 심지어 나를 사랑했을까?

"예쁜 아가씨." 아리아가 내 손을 잡는다. "당신 머릿속에서 톱니바퀴가 돌아가는 소리가 들려요. 지금 자책하고 있죠? 이 일이 좋은 경험이 될 거예요. 쓰레기하고 결혼했다? 그럴 수 있어요. 아주 흔한 일이에요. 하지만 당신이 지금 여든 살이고 뭐 그런 것도 아니잖아요. 천생연분이 어딘가에 있을 거예요. 뛰쳐나가서 찾기만 하면 돼요. 하지만 당신이 어떤 것에 행복을 느끼는지 먼저 파악하고 그걸 왕창 갖추어 놓아야 해요."

나는 아리아의 말이 맞다는 것을 알기에 곰곰이 생각한다. 그 두 사람에 대해 곱씹은들 좋을 것 하나 없다. 내가 바꿀 수도 없고 돌이킬 수도 없다. "케이크, 케이크를 먹으면 행복해져요."

"그게 세계 8대 불가사의죠!"

"앞으로 머리끝부터 발끝까지 아는 사람이 생길지 궁금하지 않아요?"

"가장 훌륭하고 가장 충직한 당신의 여행 친구요." 아리아는 가슴에 손을 얹고 명랑하게 얘기한다. "비밀을 털어놓을 수도 있고 케이크라면 똑같이 사족을 못 쓰는 친구."

하지만 나는 아리아를 제대로 안다고 할 수 없지 않을까? 나는 이 기회를 놓치지 않는다. "결혼반지는 왜 끼고 있어요?"

아리아는 얼핏 슬픈 미소를 짓는다. "나도 마음이 아파본 적이 있거든요." 그녀는 말한다. "사는 게 가끔은 너무 잔인할 때도 있잖아요, 로지. 하지만 그러다가 이 나라의 외딴 구석에서 아침에 눈을 떴을 때 파란 하늘과 새하얀 솜털 같은 구름이 보이면 우리에게 시련이 있을지 몰라도 승리도 많다는 생각이 들어요. 그리고 고통이 잦아들고 또 하루가 밝을 때까지 한 발, 또 한 발 내디뎌야 한다는 생각도……."

"그 사람은 지금 어디 있어요?"

"떠났어요."

그래서 나와 맨 처음 만났을 때 그녀가 이런 생활을 접고 싶어 했을까? 그녀도 이상형을 떠나보냈기 때문에? 그도 노마드족이기 때문에 다시 마주칠까봐 불안할 것일지 모른다. 아리아의 슬픈 사연을 듣고 감당할 수 있을지, 다시 사랑을 믿을 수 있을지 잘 모르겠다. 그녀를 사랑했다가 떠나는 남자가 있었다면 나로서는 가망이 없는 셈이다. 구릿빛 머리칼을 반짝이며 금방이라도 환한 미소를 짓는 아리아는 사실상 살아 숨 쉬는 여신이다. 그녀를 떠난 남자가 있었다면 나처럼 평범한 인간에게 무슨 희망이 있겠는가.

둘이 상극이었을까? 나는 물으려 하지만 아리아는 대화가 끝났다는 듯 등을 돌린 채 벌써 자리를 정리하고 있다. 내 옆구리는 그렇게 찔러놓고 자기 얘기를 할 때는 조개처럼 입을 다물어버린다.

"그 남자는 어떻게 됐어요, 아리아?"

13

아리아의 입술은 계속 꾹 다물려 있지만 나는 놀라와 나눈 대화가 있기에 아리아에게 신뢰를 심어주는 것은 내가 하기 나름이라는 것을 안다. "사랑을 열렬히 응원하면서 자기는 거기에 연연하지 않는 이유가 뭐예요?"

내가 항상 연구 대상이 될 수는 없다.

아리아는 한숨을 쉰다. "당신을 도와주려고 이러는 거예요."

"나도 당신을 도와주려고 이러는 거예요. 금색 액자 속의 그 남자하고는 어떤 사연이 있었어요?"

그녀의 눈이 아주 살짝 동그래진다. "내 물건을 뒤졌어요?"

"아뇨, 당연히 아니죠. 하지만 내가 책방에 찾아갔을 때 당신이 그걸 끌어안고 있었고 울어서 눈이 부어 있었으니 특별한 물건이라는 걸 누가 봐도 알 수 있죠."

아리아는 의기소침해지고 죄책감이 나를 관통한다. 내가 또 기분 나쁘게 물어보는 말실수를 저질렀다.

"그렇게 가슴 아프게 보지 말아요, 로지. 괜찮아요, 그냥 아직 상처가 아물지 않아서 그래요." 그녀는 코를 훌쩍이고 돌돌 만 휴지를 주머니에서 꺼낸다.

"무슨 일이 있었는데요?"

그녀는 잠시 후에 침을 꿀꺽 삼키고 말한다. "떠났어요. 당신이 들어온 날이 2주기가 되던 날이었고요."

우리는 담요 위에 털썩 주저앉는다.

"차를 마셔야겠다." 여차할 때 내가 찾는 것이 차고, 지금이라고 예외일 리 없다. 나는 보온병을 꺼내 한 잔씩 따르고 아리아에게 잔을 건넨다.

"들으면 기분이 좋아지는 얘기가 아니에요, 로지."

"그래도 당신 얘기잖아요, 아리아. 그러니까 특별하죠."

아리아는 머그를 두 손으로 감싸고 시선을 차 위로 떨어뜨린다. "한 2년 반 전에 남편 TJ가 일찍 퇴근을 하더니 곧바로 침대에 드러누운 날이 있었어요. 나는 독감인가 보다 했어요. 닭고기 수프를 태워가면서도 끓여주었고 탈수가 되지 않게 잘 챙기고 그랬죠. 며칠 뒤에 그이는 다시 교단에 복귀했지만 여전히 몸이 안 좋았어요."

나는 고개를 끄덕이며 그녀의 이야기가 이어지길 기다

린다.

"그 피로감이 가시질 않았어요. 하지만 당신도 남자들이 어떤 식인지 알잖아요. 다리 한쪽은 잃어야 병원을 찾는 족속인걸. 내가 계속 다그쳤지만 그이는 현실을 직시하고 싶지 않은 듯했어요. 안 좋은 소식이라는 걸 이미 아는 듯했어요. 꼬박 한 달을 미루기에 내가 아주 난리를 치면서 병원으로 끌고 갔더니 거기서 전문의한테 보냈고, 그렇게 계속 꼬리에 꼬리를 물고 이어졌어요."

내가 마주 보고 앉아 차를 홀짝이는 동안 다양한 감정이 아리아의 얼굴을 스치고 지나간다. 후회, 회한, 슬픔……

"예후가 좋지 않았어요. 암이었거든요, 4기. 이미 다 퍼져서 병원 측에서는 화학 요법을 시도해보고 싶어 했지만 효과가 있을 것 같지는 않다고 했어요, 너무 많이 진행이 돼서."

아리아의 눈에 눈물이 고이고 내 눈에도 마찬가지로 눈물이 고인다. 어떻게 그런 말을 할 수 있을까? 한 사람의 생사가 달려 있는데. 하지만 나는 그녀를 방해하지 않으려고 아무 말도 하지 않는다.

"그이는 치료를 받지 않기로 결정했어요. 컨디션만 더 나빠지고 남은 삶의 질에 악영향을 미칠 테니까요. 그이가 예전부터 호수 지역을 구경하고 싶어 했기 때문에 캠핑카를 사서 떠났어요. 물론 그때는 작은 책방이 아니라 낡고 녹이 슨 캠핑카였지만 우리 안식처이자 피난처였어요. 내 사랑으로 그이를 감싸고 기적이 일어나길 기도했던 곳.

그이는 소원을 성취해서 아름다운 호수 지역을 구석구석 눈에 담았어요. 마법을 믿지 않더라도 거길 보고 나면 믿게 될 거예요, 로지. 그야말로 극락이고 그이에게는 잠깐이나마 만병통치약이었어요. 하지만 그것도 오래가지는 않았어요. 암세포가 계속 번지자 그이가 침대에서 일어나지도 못해서 집으로 돌아왔지만, 그이는 캠핑카를 떠나지 않겠다고 했어요. 우리는 캠핑카를 집 앞 진입로에 주차해놓고 호스피스 간호사가 도와주러 올 때까지 거기서 지냈어요.

나는 최선을 다해서 혼자 열심히 간병했어요. 진통제를 잘못 주지는 않았나, 내가 무능해서 그가 아픈 건 아닌가 노심초사하면서. 하지만 그이는 한 번도 투덜대지 않았고 벌벌 떠는 내 손을 주물러주면서 사랑한다고 했어요."

나는 이 이야기가 아리아의 로맨스 소설처럼 해피 엔딩으로 끝나지 않는다는 것을 알기에 울컥 치밀어 오르는 감정을 삼킨다.

"임종을 앞두고 있었을 때, 마지막 며칠 동안 그이는 내 어깨 너머의 누군가와 대화를 나누면서 '준비 거의 다 됐어요' 아니면 '하루만 더요' 이런 말을 했어요. 처음에는 모르핀과 혼용한 약물의 부작용인가 보다 생각했는데 나중에 알고 보니 자기를 데리러 온 자와 협상하는 거였어요. 그러다……
싸움에서 졌는데 통렬한 항복에 가까웠죠. 그이가 마지막으
로 남긴 말은……." 아리아의 목소리가 갈라지고 눈물이 뺨
을 타고 줄줄 흐른다. "그이가 마지막으로 남긴 말은 '다시 만
날 때까지만 헤어져 있자'였어요."

나는 다가가 아리아를 끌어안는다. 부들부들 떨고 있는 조
그만 어깨가 느껴진다. "그분은 환생을 믿었어요?"

"우리가 다음 생에서 만날 수 있다는 걸요." 그녀는 나를
보며 불안한 미소를 짓는다. "헛소리 같죠? 하지만 죽음에 맞
닥뜨리면 갑자기 믿음이 생겨요. 나는 그 말을 꼭 믿고 있고
어떤 날은 그게 유일한 버팀목이에요."

그녀는 침을 꿀꺽 삼키고 휴지로 눈을 토닥인다.

"나중에 다시 만날 수 있다고 믿는다니 멋져요. 어느 날, 다
른 생애, 다른 공간, 어쩌면 다른 나라 언어로."

그녀는 고개를 끄덕이고 휴지로 다시 눈을 두드린다. "그
이가 나를 기다리고 있어요. 내가 그이를 기다리듯. 내가 그
이 아닌 다른 사람을 사랑하게 될 가능성은 없어요."

나는 튀어나오려는 첫 번째 말을 참는다. 평생 혼자 지내
겠다는 것이 과연 적절한 선택일까? "그분도 그래주길 바랄
까요, 아리아?"

그녀는 어깨를 으쓱한다. "아뇨. 그이는 내가 사랑하는 사

람이 생겨서 결혼하고 아이를 낳길 바랐어요. 하지만 절대 그럴 수가 없어요. 백만 년이 지나도 그이를 대체할 만한 사람은 없을 거예요."

시간이 흐르면 생각이 바뀔까? 추억이 흐려지고 상처가 아물어서 과거를 정리할 마음이 준비될까? 하지만 나는 아리아의 동기를 이해한다. 그녀는 여전히 남편을 사랑하고 앞으로도 그럴 것이다. 그리고 당분간은, 어쩌면 절대로 그를 완벽하게 대체할 만한 남자는 없을 것이다. "그분은 당신이 외롭게 지내는 걸 바라지 않을 거예요, 아리아."

아리아는 혀를 찬다. "나한테는 로맨스 소설도 있고 당신도 있고 이 어마어마한 모험도 있고 온 사방에 노마드족 친구들도 있잖아요. 그거면 충분해요."

일생일대의 사랑을 떠나보낸 지 2년밖에 안 됐으니 어떻게든 버텨보는 것 말고는 아무것도 할 수 없는 시기이기는 하다.

"TJ가 당신은 여행을 계속해주길 바랐어요?"

아리아는 다시 차를 따른다. 차야말로 심오하고 의미심장한 자양강장제이고 우리 영국인들에게는 삶의 온갖 난관에 대처하는 수단이기도 하다.

"네, 호수 지역에 잠깐 다녀온 것이 모든 면에 있어서 힘이 됐거든요. 하지만 그이가 떠난 뒤에 어쩌면 좋을지, 뭘 하면

좋을지 알 수 없었을 때 어느 날 축제를 따라다니는 노마드
족을 우연히 만나서 그들이 어디에 다녀왔고 다음 행선지는
어디인지 들은 적이 있었어요. 그때 나도 그들처럼 살면 되
겠다는 생각이 들더라고요. 어떤 곳에도 뿌리내리지 않고 여
기저기 옮겨다니며 자유롭게. 진부한 위로를 하는 사람도 없
이, 내 과거를 아는 사람도 없이. 이렇게 해서 작은 책방이 탄
생했고 나는 이게 선택지 중에서 최선이었다고 생각해요. 구
르는 돌에는 어쩌고저쩌고하는 말도 있고…….”

아리아는 말을 하다가 멈추는데, 나는 그녀의 방랑 생활이
말처럼 그렇게 속 편하지 않았다는 걸 안다.

“하지만 당연히 상심을 따돌릴 수는 없는 법이라 그림자
처럼 항상 내 뒤에서 어른거려요. 당신을 만난 날, 나는 꼬리
를 내리고 집으로 돌아갈 게 아니라 길 위에 머물러야겠다는
걸 당장 알아차릴 수 있을 만큼 근사하고 어마어마한 징조를
보여달라고 기도했어요. 그 기도를 아직 끝내지도 못했을 때
당신이 나를 칠 기세로 달려오더니 진흙 위에 앞으로 넘어지
더라고요. 바로 그 순간 웃으며 이렇게 말하는 TJ가 그려졌
어요. ‘이게 징조야, 계속 자유로운 영혼으로 살아!’ 그런데
어쩐지 말이 되더라고요! 그이가 아니면 누가 당신을 보냈겠
어요? 내가 가장 필요로 하던 순간에 이렇게 특이하고 아름
다운 존재가 어딘가에서 불쑥 등장하다니.”

내 팔에 소름이 돋는다. "그분이 나를 당신에게 보냈다고 생각해요?"

내가 알지도 못하는 죽은 남자가? 하지만 내가 떠올려야 하는 뭔가가 손끝 바로 옆에 있기라도 한 듯 기시감에 가까운 묘한 기분이 느껴진다. 내가 TJ를 만난 적이 있었나? 그럴 리 없다. 죽음과 환생 어쩌고 하는 얘기 때문에 내가 넋이 나갔다. 하지만 딱 1초 동안 내가 퍼즐의 빠진 한 조각이고 누군가의 삶에 없어서는 안 되는 존재라고 믿고 싶어진다.

"당신은 아니라고 생각해요?" 아리아는 미심쩍어하는 투로 묻는다.

"글쎄요……." 내 인생이 알 수 없는 이유로 궤도를 이탈하긴 했지만 어처구니없는 발상으로 느껴진다. "아주 불가능하지는 않겠죠." 나는 머뭇머뭇 대답하지만 어째 맞는 말 같다. 앨리스의 표현을 빌자면 갈수록 기기묘묘해지고 있다.

"로지, 모르겠어요? 당신도 행복한 삶을 살지 못했잖아요. 아주 멋지게 잘 살고 있다고 오랫동안 자신을 속였지만 사실은 공허했잖아요. 당신도 내게 누누이 강조했다시피. 그리고 내 경우에는 포기하려던 찰나였는데 우리 둘이 만난 거예요. 운명일 수도 있고 천운일 수도 있고 좀 더 현실성 있게 말하자면 당신이 내 인생에 등장한 건 TJ의 선물이에요. 내게 절실히 필요했던."

"당신은 내가 선물이라고 생각해요?"

"이보다 좋을 수 없는 선물이죠."

나는 칭찬에 할 말을 잃고 얼굴을 붉힌다.

한동안 정적이 흐르지만 나는 아리아가 나에게조차 과거 얘기를 꺼리는 이유가 여전히 궁금하다. "이 일을 아무한테도 얘기하지 않는 이유가 뭐예요, 아리아?"

아리아는 한 박자 숨을 고르고 대답한다. "그래야 그이가 다시 지붕에서 별을 보고 있다고, 내가 다음 장을 다 읽자마자 돌아올 거라고 믿을 수 있으니까요……."

14

우리는 관광객 모드로 한가롭게 며칠 동안 이동해 글래스
턴베리에 도착한다. 나는 원뿔 모양의 천막이 벌판 이 끝에
서부터 저 끝까지 깔끔하게 줄을 맞춰 이어지는 것을 보고
놀라워한다. 마치 어른들을 위한 대규모 캠프 같다! 구름 같
은 인파에서 열기가 뿜어져 나온다. 여기서 떼돈을 벌 수도
있겠기에 얼른 준비에 착수한다. 먼저 포피를 전기에 연결하
고 전선에 테이프를 감고 아리아의 캠핑카에도 똑같은 과정
을 반복한다. 슬쩍 맥스를 찾아보지만 어디에도 보이지 않고
나는 신경 쓰지 않으려고 한다. 내가 그 남자로 인해 딱 1초
동안 로맨스를 다시 믿게 됐다 한들 그 역시 그랬을 거라고
단정 지을 수는 없다.

햇살이 반짝이고 날씨가 좋지만 점심시간에 비가 온다

는 예보가 있기 때문에 나는 대형 테이블 파라솔을 찾아 나선다.

"혼자 테이블 설치할 수 있겠어요?" 아리아가 미간을 찌푸리고서 외친다. "시내 우체국에 갈 일이 생겨서요."

"그래요." 나는 말한다. "깡통에 돈 너무 많이 담아두지 말아요, 알았죠?"

아리아는 눈을 부라린다. 봉투에 넣은 지폐를 금고에 넣어두지 말고, 양초를 켜놓고 자리를 비우면 캠핑카가 잿더미가 될 수 있으며, 돌려받을 가망도 없는데 책을 빌려주면 되겠느냐는 내 잔소리가 지긋지긋한 것이다.

그녀에게는 수납의 문제가 있다. 우리 둘 다 캠핑카가 워낙 작은데 아리아의 캠핑카는 터지기 직전이다. 내가 잡동사니 정리를 도와주려고 해도 그녀가 관심을 보이지 않는다. 먼지를 뒤집어쓴 그 많은 토끼 인형들은 건강에 해롭지 않을까? 하지만 그녀는 그런 하찮은 일로 걱정하다니 정상이 아니라는 듯 예의 그 사람 맥 빠지는 웃음을 터뜨리고 만다.

아리아는 작은 책방을 알리는 입간판을—많이 낡고 투박한 칠판인데 허름하니 근사한 매력이 있다—설치하고 달려와 나를 끌어안는다. 늘 그렇듯 그녀에게는 퀴퀴한 책 냄새와 바닐라 향기가 난다. "얼른 다녀올게요."

아리아가 처음 본 사람의 오토바이를 얻어 타고 떠나자마자 나는 몰래 그녀의 캠핑카에 들어가 금고를 안 보이는 데로 치운다. 촛불을 모조리 끄고 떨어진 쿠션을 제자리에 돌려놓고 담요를 접고 여기저기서 나뒹구는 몇 개의 찻잔을 얼른 씻는다. 내가 맡고 있을 때 해피 엔딩 서점에 도둑이 들거나 불이 나는 일은 없어야 한다! 책장의 먼지를 털 시간이 있긴 하지만 그랬다가는 바닥을 쓸어야 할 테고 그건 선을 넘는 것이 될 수도 있다.

다시 밖으로 나가보니 트레일러 하우스와 캠핑카들이 매연을 내뿜으며 속속들이 벌판으로 진입하고 있다. 나는 야외 공간을 마련해놓고 여름 보슬비가 정말로 내린다면 손님을 유인할 수 있게 석쇠 화로에 불을 붙여보려고 한다. 예전에 실패한 적이 있어서 불 피우는 법을 유튜브 영상으로 찾아보았으니 탁탁거리며 불이 지펴질 때까지 포기하지 않을 것이다.

"도와줄까요?" 어깨 너머에서 허스키한 저음이 들린다.

소리가 들리는 쪽으로 고개를 돌리자 눈앞이 시커매진다. 그가 실제로 그렇게 햇빛을 가릴 만큼 덩치가 크다. 맥스다.

"아뇨, 괜찮아요." 나는 말한다. 좋아서 심장이 펄떡거리지만 호기롭게 숨긴다. 웨일스에서 작별 인사도 없었던 사람 아닌가. 냉랭하게 대해야 한다.

"비켜요, 내가 할게요."

나는 발끈한다. "내가 여자라 불도 피우지 못할 거라고 단정 짓는 거예요?"

맥스는 특유의 우수에 젖은 미소를 지으며 졌다는 듯이 두 손을 든다. "여자라 그런 게 아니고 당연한 예의를 갖추는 차원에서 그냥 제안하는 거예요." 그가 어찌나 한참 동안 빤히 쳐다보는지 나는 살갗이 따끔거려서 고개를 돌린다. 이렇게 남성스럽고 이렇게…… 야외에 어울리니 지금까지 숱한 여자들의 가슴에 불을 질렀을 것이다. 번쩍 안아서 안전한 곳으로 데려다줄 것 같지 않은가 말이다.

안전한 곳?

내가 요즘 와인을 너무 많이 마셨거나 너무 늦게 잔 게 분명하다. 안전한 곳이라니! 이게 무슨 로맨스 소설에다 맥스가 허세 심한 주인공도 아니고!

"나 혼자서 할 수 있어요."

"알겠어요. 오늘 내 메뉴에 베리 스월 치즈케이크가 있는데."

나는 비웃는다. "크림치즈 없이 만든 치즈케이크요? 글쎄요. 캐슈넛을 물에 불린 다음 열심히 주무른다고 치즈케이크가 되는 건 아니에요, 맥스! 이미 끝낸 얘기잖아요!"

맥스는 고개를 갸웃한다. "아, 그런가요?"

"이건 모욕이에요! 케이크를 향한 범죄라고요. 이건……."

그는 팔짱을 끼며 내 말허리를 자른다. "먹어봤어요?"

또 시작인가. 나는 무언으로 응수한다. 미끼를 물지 않을 것이다.

"네?"

빌어먹을 장작불은 붙지 않고 그는 온 사방의 빛을 막고 있고 나는 머리가 잘 돌아가지 않는다.

"뭐가요?" 내가 지금 바쁜 게 그의 눈에는 보이지 않는 걸까? 그에게 설탕과 버터와 이 세상의 온갖 좋을 것을 쓰지 않음으로써 누리지 못하는 삶의 낙이 얼마나 큰지 가르칠 시간이 없다. 그가 훈제 퀴노아와 카카오로 만든 바가 괜찮기는 했지만 거기에 설탕과 버터와 다크 초콜릿을 섞었더라면 얼마나 더 맛있었을지 생각해보라!

"먹어봐야 하지 않겠느냐 이거죠. 당신도 베리 치즈케이크를 만들고 나도 하나 만들어서 그걸 투표에 붙이면 어때요?"

호기심이 동하자 나는 그를 보며 어렴풋이 미소를 짓는다. "투표요?"

"손님들에게 뭐가 더 맛있는지 투표를 해달라고 하고 누가 더 많이 파는지 보자고요."

내 미소가 사라진다. 인구의 절반이 맥스를 보려고 그의 캠핑카 앞을 지나간다. 왔다 갔다 하다가 저물어가는 태양을 등지고 있는 그의 실루엣이 보이면 눈을 동그랗게 뜨고 입을 살짝 벌리고 그 자리에서 미적거리는 사람들을 나도 본 적 있다. 수많은 여자가 그런 식으로 주변에서 방방거리면 집중이 되지 않는다. 다들 할 일도 없고 재밌게 즐길 축제도 없나? 하지만 나에게는 비밀 병기가 있으니…… 설탕과 버터와 크림치즈다. 오리지널을 똑같이 복제해 그만큼 맛있게 만들 방법은 절대 없지 않을까?

"좋아요." 마침내 나는 말한다. "베리 치즈케이크를 만들 테니까 당신도 짝퉁 버전을 만들어서 누가 이기나 보죠."

"이긴 사람은 뭘 받게 되는데요?"

나는 씩 웃는다. "이긴 사람이 진 사람에게 저녁 만들어주기. 진짜 설탕을 써서!"

"어서 와, 당뇨야." 맥스가 중얼거린다.

나는 눈을 찌푸린다. "질 것 같다고 시인하는 거예요?"

그는 비웃음을 터뜨린다. "그럴 리가요. 동물성 지방하고는 작별하고 코코넛 오일과 인사할 준비나 해요."

"코코넛도 감각을 느낄 거라는 생각은 해본 적 없죠?"

그의 입술이 벌어진다. "없는데요. 코코넛도 감각을 느끼면 익었을 때 나무에서 떨어질 리 없지 않겠어요?"

"식물도 죽을 때가 되면 비명을 지르는 거 알아요? 진짜예요, 기사로 읽은 적 있어요. 샐러드보다 케이크를 먹어야 하는 또 하나의 이유죠."

그는 재미있어하며 실눈을 뜬다. "지금 일부러 내 시간 잡아먹는 거예요?"

"나보다 시간이 더 많이 필요한가봐요?"

그의 눈빛이 다시 이글거린다. "아뇨. 우리⋯⋯." 그는 손목시계를 확인한다. "12시까지 케이크를 테이블에 준비하기로 하죠? 지금 시작하면 네 시간이 남은 셈인데."

"투표는 1시에 끝내고요?"

"좋아요." 그는 동의하고 우리는 합의하는 뜻에서 악수를 한다. 내 손이 곰 발바닥 같은 그의 손안으로 사라지는데 거기서 아주 묘한 찌릿함이 느껴진다. 하지만 후회할 시간은 없다. 나는 빌어먹을 장작불은 잊고 화로를 발로 차서 옆으로 쓰러뜨리고, 준비를 시작하기 위해 포피 안으로 달려 들어간다.

잠시 후에 탁탁거리는 소리가 들리기에 목을 길게 빼고 창밖을 내다보니 화로가 똑바로 서 있고 불길이 이글거린다.

저 남자 정말!

15

몇 시간 뒤에 돌아온 아리아가 여름용 스카프를 풀며 포피 안으로 들이닥친다. 그녀는 내가 어쩌고 있는지 살피러 온 척하지만 실은 점심으로 먹을 게 없는지 알아내려는 것이 목적이다. 나로서는 처음 보는 사람에게 오토바이를 얻어 타고 어딘지 모를 곳으로 떠난 그녀가 무사히 돌아온 것이 반가울 따름이다.

"보온통 안에 코니시 페이스트리 있어요. 꺼내서 토마토 렐리시랑 같이 먹어요."

"유후." 아리아는 손을 마주 대고 비빈다. "점심 생각이 없었는데 그렇게 권하시니."

나는 씩 웃는다. "그런 거예요?"

그녀는 사슴 같은 눈망울을 내 쪽으로 돌린다. "아, 그럼요."

"거짓말."

아리아는 예의 그 기관총 소리를 내며 킬킬거린다. "맞아요."

나는 세 번째 치즈케이크 반죽을 틀에 따르며 아리아에게 어쩌다, 어떤 대결을 치르게 됐는지 설명한다. "진짜요?" 그녀가 말한다. "당신이 이길 거예요, 식은 죽 먹기로!"

나는 긴장감에 눈앞이 캄캄해지자 숨을 토한다. "어우, 진짜 그랬으면 좋겠다! 클래식한 치즈케이크를 뭘로 이길 수 있겠어요. 흉내 낸들 다 포장만 그럴듯하겠지. 특히 캐슈 '치즈'로 만든 건. 이 치즈케이크 당신 냉장고에 보관해도 돼요? 여기 냉장고는 다 차서요."

"물론이죠." 그녀는 말한다. "거기 뒀다는 걸 당신이 잊어버리지만 않으면 돼요. 그랬다가는 내가 엄청난 야식의 유혹을 이기지 못할 테니까……" 아리아의 캠핑카로 건너가 냉장고에 케이크를 넣는 동안 아리아의 웃음소리가 내 꽁무니를 쫓아온다.

얼른 포피 쪽으로 돌아가는 길에 보니 벌써 사람들이 줄을 서 있다. 맥스가 소문을 낸 모양이다. 다행히 다들 아직 편을 정하지 않고 그와 나의 캠핑카 사이 공간에서 한 무더기로 움직이고 있다.

아리아가 코니시 패스트리를 깨끗하게 먹어 치우고 바닐라 아이스크림으로 입가심을 한다.

"떨린다! 밖에 벌써 사람들이 제법 있어요."

아리아는 나를 향해 숟가락을 흔든다. "당신의 매력을 발산해요, 로지. 깊숙이 파고 들어가서 내가 알고 또 사랑하는 그 재미있고 다정한 아가씨를 끄집어내요. 안 그러면 승산이 없어요!"

12시가 가까워지자 나는 지금까지 상상할 수 없었던 일을 한다. 포피에서 나와 점점 빨개지는 얼굴을 달래며 기다리는 사람들에게 내 작품을 홍보한다. 이번 대결에 대해 설명하고 미쉐린 별을 받은 음식점에서 일한 전문 셰프라고 내 전력을 소개한다. 그걸 듣고 그들이 어리둥절한 표정을 짓자 작전을 바꿔서, 이 축제에 처음 참석한 초짜인데 내가 보기에 문제가 많은 원칙을 고집하는 사람과 내기를 벌여서 이기고 싶다고 설명하자 반응이 훨씬 좋다.

손목시계를 흘끗 확인한다. 이제 5분밖에 남지 않은 걸 보고 나는 얼른 포피로 돌아가 앞치마를 걸친다. "준비됐어요, 맥스?" 내가 큰소리로 외치고 내다보니 맥스가 '도전을 받아들이겠노라'고 선언하는 거나 다름없는 의기양양한 표정으로 나를 마주 본다.

그가 윙크를 보내자 나는 오히려 정신이 번쩍 든다. "오세요, 오셔서 달콤하고 벨벳처럼 부드러운 산딸기 리플 치즈케이크 한 조각 드세요. 앞으로 다시는 못 볼 맛이에요!"

맥스는 그것밖에 못 하느냐고 묻는 듯 한쪽 눈썹을 추켜세운다. "축제에 오신 분들, 여기 주목! 내가 만든 산딸기 리플 치즈케이크 한 조각 드셔보세요. 혈관을 막는 재료 없이, 죄책감 없이 먹을 수 있는 케이크예요!"

"모든 게 적당해야 좋은 거죠!" 나는 고래고래 소리 지른다. "가까운 농장에서 만든 유기농 크림치즈를 넣었어요!"

"윤리적으로 공급받은 재료를 썼어요!" 맥스가 외친다.

"수익은 이 지역 아동 자선 단체에 기부합니다!" 나는 고함을 지른다.

"수익은 전액 PETA(동물 권리 보호에 앞장서는 국제단체—옮긴이)에 기부합니다!"

아리아가 접이식 계산대 앞으로 나와 뭘 우적우적 씹으며 테니스 경기를 관람하듯 고개를 좌우로 움직인다. 드디어! 손님이 한 명 등장하자 나는 맥스에게 어떠냐고 으스대는 미소를 짓는다. 남자는 창문 앞으로 다가와 담배 때문에 누래진 이를 드러내며 씩 웃는다. "맥스가 아가씨가 만든 치즈케이크는 설탕 범벅이라 먹으면 심장마비를 일으킬 수도 있다기에 그렇게 죽는 것도 아주 괜찮겠다 싶어서요."

내가 이게 농담인지 아니면 정말 설탕을 먹고 죽을 작정이라는 건지 고민하는 동안 남자는 새들이 사방으로 날아 가버릴 만큼 큰소리로 껄껄대며 웃는다.

나는 치즈케이크를 큼지막하게 한 조각 자르고 새로 만든 휘핑크림을 한 덩이 얹어서 건넨다. "설탕은 신이 내린 달콤이에요. 저 사람 말은 듣지 마세요." 나는 미소를 지으며 말한다. "상자에 투표하는 거 있지 마시고요."

맥스가 한 테이블에 조그맣게 투표 시스템을 마련해놓았다. 파란색 종이가 그, 분홍색이 나다. 소문이 번지자 손님이 늘어난다. 아리아가 서빙을 도우며 특유의 유머 감각과 기차 화통을 삶아 먹은 웃음소리로 만인의 환심을 산다. 우리 케이크는 금세 다 나가고 맥스는 아직 손님들이 길을 따라 구불구불 이어진다.

"시간 다 됐어요!" 나는 시계를 확인하고 선언한다. 내가 이길 수 있을 만큼 충분히 실력을 발휘했을까? 알 수가 없다.

"투표 집계할 시간이에요!" 내가 아리아에게 손짓하자 그녀는 고개를 끄덕이고 앞으로 나간다. 맥스도 성큼성큼 건너오고, 나는 앞치마를 똘똘 뭉쳐서 버리고 집계를 구경하러 밖으로 달려 나간다.

"당신이 이겼다고 생각하는군요." 맥스가 말한다.

"어쩌면요." 나는 씩 웃는다. 이런 식으로 공개 시식을 진행한 건 처음이다. 밖에 나가서 호객 행위를 한 것도, 소리를 질러가며 지지를 호소한 것도 처음이다. 런던에서의 예전 생활과 너무 동떨어진 상황이라 기대감에 머리가 빙빙 돈다.

"여러분, 승자가 결정됐습니다!" 아리아가 일어나 손짓으로 사람들을 불러 모은다. 내 쪽에서는 그녀의 표정이 보이지 않는다. 그녀가 나를 등지고 말한다. "진짜 치즈로 산딸기 리플 치즈케이크를 만든 로지는 37표." 그녀는 맥스를 놀린다. "그리고 맥스는 36표! 그러니까 로지가 새로운 치즈케이크 챔피언으로 등극했네요! 우리 모두 로지를 축하해주기로 해요!"

우레와 같은 박수갈채가 터지고 나는 뺨이 벌게지는 것을 느낀다. 맥스는 사람 좋은 미소를 지으며 악수하자고 손을 내민다. "사랑과 전쟁에서는 모든 것이 정당화된다고 하죠." 그가 특유의 허스키한 목소리로 말한다.

"우리 전쟁 중인 거예요, 맥스?"

그는 한쪽 어깨를 들어 보인다. "뭐, 우리가 사랑 중이지는 않잖아요?"

"절대 아니죠!" 나는 파르르 한다.

맥스가 미소를 짓는다. 악수를 하자 그가 포옹하려고 나를 끌어당겨 숨이 막힌다. 그에게서는 내가 짐작했던 대로 후추, 흙, 자연의 냄새가 난다. 나는 고개를 흔들어 다시 지금 이 순간으로, 현실로 돌아온다.

"그래서, 메뉴가 뭔가요?"

"묻지 말아요." 나는 말하고 좋은 아이디어를 찾다가 고기, 밀가루, 달걀, 버터, 크림을 쓰지 않고 상을 차리려면 얼마나 힘들지 깨닫는다. 어쩌다 내가 이게 좋은 아이디어라고 생각했을까?

"축제 마치고 짐을 다 싼 다음 월요일 저녁을 같이 먹으면 어때요?"

그러면 문을 닫지 않고 저녁에도 계속 찾아오는 손님을 맞을 수 있으니 좋은 생각이다.

"네, 좋아요."

나는 바닥을 발로 차고 그는 주머니에 손을 끼운다. 분위기가 왠지 모르게 달라진 것처럼 느껴지는 이유는 내 승리 때문일까 아니면 맥스의 훌륭한 스포츠맨 정신 때문일까. 어느 쪽이 됐건 할 말이 잘 생각나지 않아서 나는 우리 둘 사이에 거리를 만들 핑곗거리를 찾는다.

"어머, 어떡해. 믹서를…… 돌린 채로 나왔네요. 이제 들어가봐야겠어요."

"잘 가요, 로지."

맙소사, 저 남자는 인간들을 상대로 어떤 능력을 발휘하는 걸까? 심장이 두 배로 빠르게 뛰어서 쓰러지지 않게 버티는 것 말고는 아무것도 할 수가 없다.

아리아가 자리를 지키는 동안 나는 갑작스럽게 머릿속을 덮은 안개를 애써 걷어낸다. 우리 둘 중 한 명이라도 조금이나마 정신을 차리고 있으니 얼마나 다행인가! 왜 이렇게 시끄러운지 보러 온 사람들 덕분에 줄이 길어진다. 그들을 상대하느라 아리아의 얼굴이 벌겋다.

나도 웃으며 서빙을 거든다. 최대한 빨리 파르페를 만들고 스콘 위에 잼과 크림을 얹고 와플 콘에 바닐라빈 아이스크림을 듬뿍 넣는다.

줄이 사라지자 우리는 잠깐 숨을 돌리기로 하고 '5시에 영업 재개합니다' 팻말을 건다. 이성과 감성 차를 마시며 흥분을 가라앉히고 맥박을 진정시켜야겠다.

"당신이 내기에서 대중을 완전히 압도했어요!" 아리아가 말한다. "데이트하는 날 엄청 재밌겠다!" 그녀는 찻주전자를 꺼내 물을 끓인다.

"데이트 아니에요."

"데이트 맞죠!"

"아니라니까요!"

"흠, 그런데 왜 부상을 그걸로 정했어요?"

왜 그랬을까? 맞다! "그 사람이 케일 주스인가 뭔가를 마신다고 하도 잘난 척을 하기에……."

"내가 보기에는 당신이 무의식적으로 데이트를 바랐던 것 같은데요."

"아니, 아리아, 지금 나를 시집보내고 싶어서 그 정도로 안 달하는 거예요?"

아리아가 폭소를 터뜨린다. "아니에요. 하지만 눈에 보이는 대로 얘기하는 성격이라."

나는 아리아에게 배운 대로 요란하게 눈을 부라린다.

"나의 친구여, 캘럼은 과거의 남자고 인생은 계속 이어진다는 걸 시인하려면 연애라는 상상을 즐길 필요가 있어요."

나는 한숨을 쉰다. "알아요, 알아요. 나도 원래 그럴 생각이었어요. 캘럼이 나더러 시시콜콜 까다로운 사람이라 평생 혼자 살 거라고 예언했거든요. 하지만 봐요, 나는 지금 이렇게 철저하게 무계획적으로 살고 있잖아요." 나는 이동 경로를 표시해 주유소에는 노란색 핀, 병원에는 빨간색 핀을 꽂아놓고 예상 이동 시간과 거리, 타이어 공기압을 적어놓은 포스터 보드를 죄인처럼 흘끗 쳐다본다. 거기에는 그뿐 아니라 날마다 해야 하는 일과 그것을 하루 중 정확히 언제 해야 하는지까지 적혀 있다. "아무튼." 나는 얼른 하던 얘기를 계속한다. "이렇게 바쁘다 보니 사랑에 대해 고민할 시간도 없고 사랑, 그 자체에 좀 두려움이 생겼어요. 아니, 싱글 생활이 인간에게 닥칠 수 있는 최악의 일은 아니지 않아요?"

아리아는 고개를 모로 꼬고, 나는 뱉은 말을 주워 담고 싶어진다. 아리아는 싱글의 나라로 유배를 자청한 사람이 아닌가. 하지만 그렇기 때문에 이해하지 않을까? 그리고 이런 식으로 살면 무슨 수로 사랑을 유지할 수 있을까? 여러 사람이 우리 일상을 드나들고 항상 새로운 얼굴이 등장하는 데다 무수한 작별이 이루어지는데.

아리아는 혀를 차며 말한다. "맥스하고 데이트를 앞두고 불안해하는 걸 보니 당신은 아무리 감추려고 애를 써도 감정이 지글대고 있는 게 분명하다는 생각을 하게 되네요."

나는 코웃음을 친다. "지글대는 건 내가 먹으려고 요리하는 육즙 줄줄 흐르는 큼지막한 스테이크뿐일 거예요. 그 사람 몫은……." 뭐였더라? "퀴노아가 될 테고요."

그녀는 세상사에 지쳐버린 한숨을 쉰다. "당신 둘은 브리짓하고 마크 같아요. 아니면……."

"누구요?"

"브리짓 존스와 마크 다시요. 좋아요, 당신이 브리짓처럼 칠칠찮은 엉망진창은 아니고 당신과 맥스는 정반대지만, 브리짓과 마크처럼 완벽한 한 쌍이라는 점에서는 같아요."

"아리아, 책 속에 등장하는 커플은 허구잖아요!"

"뭐, 그렇긴 하지만 출처가 있지 않겠어요?"

"세상만사가 로맨틱 코미디로 연결되는 건 아니에요."

아리아가 검지를 들어 보인다. "연결되는 거 맞아요. 두고 보면 알 거예요. 큐피드의 화살에 맞으면 어쩔 도리가 없다는 걸. 스칼릿하고 렛을 봐도 서로 정반대지만 천생연분이잖아요."

"이번에는 《바람과 함께 사라지다》예요? 진심이에요?"

"그 사람하고 결혼하라는 게 아니에요. 그냥 자전거에 다시 올라타라는 거지."

"지금 하룻밤 즐기라는 거예요?" 나는 충격을 받은 척한다. 아니, 사실 조금 충격을 받긴 했다.

"네, 그것도 많이요!"

"누가 로맨스 소설 마니아 아니랄까봐."

"인정."

나는 쭈뼛거리며, 키스 직전까지 갔다가 그보다 더 귀여울 수 없는 조랑말이 그보다 더 안 좋을 수밖에 없는 타이밍에 등장해 훼방을 놓았다고 실토한다.

"키스 직전까지 가놓고 그걸 이제야 얘기하는 거예요?"

"아니, 그 사람이 아니라 내 쪽에서 키스 직전까지 갔고 이후로 그가 정말 아무 말도 하지 않았거든요. 사실상 사라졌다가 아무 일도 없었다는 듯이 이제 와서 다시 등장했어요. 그리고 솔직히 그가 나한테 어울리는 사람인지도 모르겠어요. 우리 둘이 워낙 달라서."

"세상에 너무 다른 건 없다고 생각해요."

"그는 내 타입이 아니에요."

그녀는 잠자코 기다린다.

"진짜예요."

그녀는 눈썹을 한데 모을 뿐 계속 침묵을 지킨다.

"내 타입이면 그렇다고 얘기했을 거예요." 나는 거짓말을 한다.

마침내 그녀가 물러선다. "좋아요. 그럼 맥스가 아니면 누구요? 당신 눈에 들어온 사람이 분명 있을 텐데."

"음, 올리가 있죠." 나는 안전한 사람을 찾는다. 이 자리에 없어서 아리아가 어떻게든 나와 엮으려고 하지 못할 사람을 찾는다. "이메일상의 이름에 불과하긴 하지만. 그래도 만일 선택을 해야 한다면 그가 좀 더 믿을 수 있고 나를 절대 속이지 않을 친근남 타입에 더 가까워요."

"그 온라인 커뮤니티 회원이요?"

"음, 네. 하지만 당신이 내 약혼식 계획을 짜기 전에 미리 밝히자면 나도 잘 모르겠어요. 그냥 시적이고 매력적인 구석이 있거든요. 남을 배려할 줄 알고 공감 능력이 뛰어나고요. 괜찮은 사람 같아요."

"딱이네요."

나는 웃으며 손사래를 친다. "SNS 연애의 문제점에 대해 경고한 사람이 당신 아니었어요?" 아리아가 실제 현실에 적

용하는 로맨스 소설 속의 교훈은 들을 때마다 신기하다.

"SNS 연애도 괜찮아요. 내가 의구심을 갖는 건 지속성일 뿐이죠."

나는 그저 고개만 저을 따름이다. "나는 그 남자를 잘 알지도 못해요. 가끔 그를 좀 더 알고 싶다는 생각이 어렴풋이 들뿐, 그게 다예요. 그 사람이 지금까지 나한테 개인적인 얘기를 많이 했고 방랑 생활에 대해 포장하거나 숨기는 것 없이 솔직하게 공개했기 때문에 일종의 유대감이 느껴지긴 하지만, 그가 그냥 모든 사람에게 그렇게 잘해주는 것일 수도 있어요."

"과연 그럴까요, 아리아? 서로 사진 교환한 적 없어요?"

"페이스북에서 서로 친구예요." 나는 원칙을 깨고 그를 SNS 친구로 수락했다. 내가 내 계정을 계속 비공개로 유지했던 데에는 이유가 있다. 첫째, 연예 기자들이 자크 셰프에 대한 내부 정보를 알아내려고 나를 끈질기게 괴롭혀왔고 둘째, 잘 알지도 못하는 사람들에게 사생활을 침해 당하기 싫었다. 하지만 올리버를 친구로 수락했을 때 벌어질 수 있는 최악의 사태가 뭘까? 나와 캘럼이 콘월에서 찍은 사진을 보는 거? 접시에 담긴 시식용 음식 사진 백만 장을 보는 거? 그런 사진이 문제가 될 정도로 내가 그렇게 특별한 존재는 아니지 않은가? 나도 올리버의 프로필을 샅샅이 뒤졌지만 그의 얼굴을 가까이서 찍은 몇 장 말고는 온통 그가 찍은 매혹적인 사진들로 채워져 있었다.

"그럼 그가 당신한테 관심이 있는 거예요."

"왜요?"

"당신은 정말 눈부시게 아름다워요, 로지. 자기는 그런 줄 전혀 모르지만. 그 사람은 당신을 우연히 맞닥뜨리는 순간을 손꼽아 기다리고 있을 거예요."

나는 깔깔대고 웃는다. "아, 왜 그래요." 아리아 옆에 있으면 나는 워낙 평범해서 눈에 띄지도 않는다.

"진짜예요." 그녀는 고개를 젓는다. "그 사람에 대해 좀 더 알고 싶어요?"

"음, 네, 아마도요. 그는 현실적으로, 안정적으로 멋있거든요. 하지만 이게 다 말도 안 되는 일이긴 해요. 컴퓨터 화면 속의 이름을 두고 애정을 키울 수는 없는 거 아니겠어요? 요 만한……." 나는 손가락으로 조그만 사각형을 만든다. "사진 하나를 두고 말이에요."

그녀는 사방에 쩌렁쩌렁 울리도록 코웃음을 친다. "이것 보세요, 그게 요즘 추세예요! 요즘 사람들은 첫눈에 반하지 않고 첫 스냅챗에 반한다고요. 특히 유랑족은 사람들에게 둘러싸여 지낼지 몰라도 대개는 새로운 장소, 전에 다른 데서 만났던 사람들이 있는 곳으로 이동하는 동안 지나치게 많은 시간을 혼자 보내잖아요. 이런 생활방식에서 가장 중요한 게 소통인데, 인터넷보다 더 좋은 방법이 어디 있겠어요?"

나는 고개를 젓는다. "그래도 좀…… 절박해 보이잖아요."

"그 남자랑 결혼하겠다는 게 아니라 가능성을 열어두고 친구처럼 시작하려는 거잖아요."

"그 사람도 결별 후에 여행을 시작했다는 얘기를 하긴 했어요."

"그것 봐요." 아리아는 그것이 확실한 증거라도 된다는 투다. "지금 그에게 이메일을 보내봐요. 떠오르는 모든 생각을 필터링하지 말고 그냥 자연스럽게."

"음." 확신이 서지 않는다. 나는 포피의 벤치를 정리하고 빵 부스러기를 훔치고 개수대를 비눗물로 채운다. "일일이 재고 따지지 말고 후딱 이메일을 보내볼게요. 하지만 그걸로 끝이에요." 어쩌면 보내지 않을 수도 있다. 보낼 수도 있고. 그가 나를 스토커인 줄 알면 어쩐다? 아니면…….

"파국의 시나리오 쓰기 시작하지 말아요." 그녀는 경고하고 나를 옆으로 밀치더니 개수대에 손을 담그고 케이크 통을 씻어 건조대에 쌓기 시작한다. "당신이 느끼는 걸 자유롭게 얘기해봐요. 이메일로는 그러기가 훨씬 쉽잖아요! 생각 바뀌기 전에 얼른요."

나는 그녀를 얼른 안아주고 포피 뒤편으로 가서 노트북을 켠다.

안녕하세요, 올리.

너무 스스럼없나? 나는 지우고 올리버라고 입력했다가 지
우고 올리라고 입력했다가 내가 벌써 재고 따지고 있다는 걸
깨닫는다.

이메일 고맙고 답장 늦어서 미안해요. 어떻게 보면 격동의 시
간을 보내고 있거든요. 예전 직장동료가 문자를 보냈더라고
요, 전 남편과 내 후임이 아이를 가졌다고. 원래 나는 개인적
인 얘기를 아무한테도 하지 않는 편이고, 이렇게 상처가 되고
굴욕적인 얘기는 특히 그런데, 아리아가 속내를 털어놓는 것
이 과거를 정리하는 길이라고 강조하더라고요. 무슨 수로 우
리 그룹에서 가장 인기 있는 아가씨의 말에 토를 달 수 있겠
어요?
사실 나도 시간이 지나면 그의 배신 때문에 잠을 설치거나 머
릿속이 어지러워지지 않을 거라는 걸 알지만 아직은 그런 단
계가 아니네요. 아마도 그를 진심으로 사랑했기 때문이겠죠.
당신도 나와 같은 이유에서 여행을 시작했다니 안타까워요.
상처를 주는 것이 사람을 채찍질하는 방편이기도 하겠다는 생

각이 드는데…….

 아이고. 아리아가 이 도입부를 읽었다면 지우라고 했을 것이다. 남의 과거에 대해 시시콜콜 듣고 싶은 사람이 어디 있을까. 아리아는 내가 그와 재미있게 시시덕거리길 바라겠지만……. 가능성을 열어두고 친구처럼 시작하려면 먼저 솔직해야 한다. 올리는 이해할 테고, 같은 경험을 했으니 공감할지 모른다.

 지금 어디 있어요? 사진 작업은 잘 돼가고 있나요? 우리는 글래스턴베리에 있는데 여기 분위기가 정말 좋아요. 사람들로 북적거려요. 아리아가 하늘이 내린 선물처럼 사람들이 줄을 설 때마다 와서 도와줘요. 그녀가 없다면 내가 과연 버틸 수 있을까 싶어요. 당밀 타르트 한 조각이라면 모를까, 그것 말고는 아무 대가를 바라지 않는 친구가 생긴 데 대해 행운의 여신에게 감사하고 있어요.
 예전에는 세상을 피해 주방과 요리의 장막 안으로 숨었지만 여기서는 그럴 수가 없어요. 나는 밖으로 드러나 있고 배우느라 허덕이고는 있지만 언덕을 절반쯤 올라온 기분이에요. 이게 무슨 말인지 당신은 알지 모르겠지만.
 그러니까 올리, 혹시라도 우리의 동선이 겹친다면 커피 한잔

하면서 대화를 나누고 싶어요. 당신도 길 위에서 만난 또 다른 친구가 되어주면 좋겠어요.

로지

나는 망설이다가 너무 복잡하게 생각하지 말자고 다짐한다. 전송. 메일은 올리에게로 날아간다. 10분 뒤에 수신함이 반짝이며 이메일이 도착했음을 알린다.

로지,

인터넷이 됐다 안 됐다 해서 연결이 됐을 때 인사 전하고 싶었어요. 조만간 온전한 답장을 보낼 테지만 우리의 동선이 겹친다는 것이 내게는 마법처럼 느껴지네요.

올리

마법 같다고? 어쩌면 나는 조그만 마법을 찾아 나선 길일지 모르고, 올리는 급속도로 미소를 짓게 만드는 또 다른 이유가 되어가고 있다.

이번에는 내가 문 두드리는 소리가 들리기도 전에 그를 감지한다. 이 화창한 아침에 새 소리가 들리기 전부터 일어난 사람은 맥스와 나뿐이다.

"오늘의 계획은 뭐예요, 맥스? 비행기에서 뛰어내리기, 급류 래프팅이에요?"

"어떻게 알았어요?"

"으악, 안 돼요, 맥스. 농담이었어요!"

맥스는 폭소를 터뜨린다. "나도 농담이었어요. 사람들 몰리기 전에 글래스턴베리 대수도원에 구경 갑시다."

"왜요?"

"왜 싫은데요?"

"당신은 친구 없어요?"

"우리는 이웃이잖아요, 그래서 같이 가자는 건데."

물론 맥스를 만나면 심장이 두 배로 빨리 뛰긴 하지만 내가 무슨 수로 그의 옆에서 긴장을 풀 수 있겠는가? 그의 관심을 바라는 아리따운 미녀 군단이 수시로 그를 에워싸니 누구라도 쳐다볼 수밖에 없다. 캘럼에게 당한 뒤로 내 자신감이 전례 없이 바닥을 때린 상태라 무엇보다 여자들 사이에서 너무 인기가 많은 맥스 같은 남자에게 도박을 걸 생각은 없다. 말 그대로 그에게 몸을 던지다시피 하는 천상의 여신들에 비하면 나는 평범하기 짝이 없다. 너무 불안하고 너무 위험부담이 크다.

내가 도대체 무슨 생각을 하고 있는 걸까? 맥스는 친구로서, 이웃으로서, 이 꼭두새벽에 깨어 있는 유일한 사람이기 때문에 나를 좋아하는 것이다.

20분 뒤에 우리가 수도원에 도착하자 쭈글쭈글한 얼굴에 회색 모자를 쓴 남자가 문을 열어준다. 그는 맥스를 잘 아는 눈치인데, 천천히 둘러보라며 놀라와 스펜서와 다른 노마드족의 안부를 묻는다. 이 남자도 글래스턴베리 수도원 관리인으로 정착하기 전에 그들의 일원이었을까?

맥스는 고맙다고 인사하고 우리는 이슬이 내린 아침 속으로 나선다. 그림 형제의 동화에 나옴 직한 진한 안개가 폐허 위로 낮게 드리워져 있다. 안개를 가르고 터벅터벅 걸어가 보니 정면의 절반이 뻥 뚫려 있다. 어째 얼굴의 일부가 사라져버린 것 같아서 왠지 모르게 심란해진다. 폐허의 안쪽에서는 담쟁이덩굴이 돌 사이로 뻗어나갔다. 사방이 고요하다. 새 소리도 벌 소리도 들리지 않고, 예전에 살던 사람들이 버리고 간 수도원을 대자연이 차지한 듯 이보다 더 낭만적일 수 없는 고적만 흐른다. 하지만 풀은 군대식으로 각을 딱 맞춰서 깎여 있다. 멋대로 자라 유적의 일부를 보이지 않게 보호하도록 내버려두었더라면 더 좋았겠다는 생각이 든다. 그래도 어느 쪽이 됐건 아름답다. 투명한 햇살 아래라 더욱 그렇다.

"놀라워요." 나는 말한다.

"아서 왕의 전설 들어본 적 있어요?" 맥스가 눈썹을 추켜

세우고 묻는다.

"그럼요, 당연하죠. 하지만 전부 옛날이야기 아니에요?"

맥스는 코웃음 친다. "옛날이야기라니!" 그는 아서 왕과 개인적으로 알고 지내던 사이라도 되는 듯 기분 나빠한다. "그는 중세시대의 전설이자 엄청난 권력자였고 기네비어 왕비와 함께 여기 묻혔다고 해요." 맥스는 역사적 사실이 새겨진 조그만 석판 말고는 특별할 게 없는 네모반듯한 풀밭을 가리킨다.

"여기 묻히다니 상상이 안 돼요." 나는 말한다. 살갗이 따끔거리며 소름이 돋는다. 유령들이 오래된 수도원을 차지하고 앉아서 관광객들을 지켜보고 있을까? 그런 생각이 들자 전율이 인다. 나이를 먹을수록 지평이 넓어지고 지나간 시간이 머릿속에서 자리를 잡으면서 과거사가 훨씬 더 생생하고 흥미로워지고 있다.

"영원을 보내기에 나쁘지 않은 곳이죠?"

"상당한 장관인데요?" 수도원은 과거의 잔재만 남았지만 이토록 황폐한 상태에서도 숨이 막히도록 아름답다. "우리 둘밖에 없을 때 얼른 구경하자고요." 나는 휴대전화를 꺼내 사진을 찍으며 기네비어 왕비의 흐릿한 형상이 잡힐지 궁금해한다.

몇 시간 뒤에 우리는 관리인에게 작별 인사를 하고 맥스의 캠핑카에 올라탄다.

"배고파요?"

"쓰러지겠어요."

"글래스턴베리에 채식주의 카페가 천지인 거 알아요?"

나는 웃음을 터뜨린다. "어련하시겠어요."

"뉴에이지풍의 파격적이고 유서 깊은 마켓 도시의 유혹을
견딜 수 있겠어요?"

"뭘 먹자는 거예요, 맥스? 두부를 곁들인 글루텐 프리 빵
이요?"

"초식동물과 육식동물, 양쪽 모두를 만족시킬 수 있는 카
페가 있지 않을까요?"

나는 그의 팔을 잡고 우적우적 씹는 흉내를 내다가 얼굴이
빨개지자 얼른 손을 놓는다. 이게 도대체 뭐 하자는 짓일까?
망할, 이 남자는 심지어 피부 맛도 굿이네!

"미안해요, 한참을 걸었더니 하도 배가 고파서요."

카페에서 나는 맥스와 같이 퀴노아 샐러드를 주문한다. 버
터도 소금도 고기도 쓰지 않은 건강에 좋은 음식치고 너무
맛있어서 다시 한번 놀란다. 코코넛 오일에 천천히 볶은 채
소와 견과류가 듬뿍 들었다. 맥스의 생활방식의 장점이 눈에
들어오기 시작한다.

"캠핑카를 몰고 해외로 나간 적 있어요, 맥스?"

"네, 프랑스를 이쪽저쪽 훑고 스페인을 지나 이탈리아로 건너갔죠. 크로아티아, 독일 그리고 기타 등등을 다 가보고 싶은데 나중에 시간이 나겠죠? 하지만 거기서는 돈을 벌기가 쉽지 않더라고요."

"돈은 여기서 벌고 거기서는 캠핑카를 타고 여행만 하려고요?"

"그러면 제일 좋죠. 볼 것도 많고 할 것도 많은데 누가 일을 하고 싶겠어요?"

"맞아요." 나는 웃음을 터뜨린다. "그 정도 기간에 여행을 할 수 있을 만큼 여윳돈을 벌 수 있을지 상상이 되지 않아요."

"그럴 수 있을 거예요, 로지. 영국 하늘 아래 있건 이탈리아의 저녁놀 아래 있건 하루하루가 축복이죠."

"그러게요." 나도 맥스처럼 여유로워지는 날이 올까? 과거를 정리하는 데 필요한 것을 세상이 건네주길 느긋하게 기다리며? 내 안의 계획주의적인 기질이 허락하지 않는다.

"당신은 어때요, 로지? 당신도 다른 데 가보고 싶어요?" 그가 어찌나 강렬한 눈빛으로 나를 바라보는지 잠깐 정신이 풀릴 정도다.

"잘 모르겠어요. 자유로운 영혼의 방랑자가 되고 싶지만 대략적인 계획이라도 있어야 일이 꼬였을 때 빠져나올 방법이 있다는 걸 알고 안심하는 성격이라서요."

"우리는 정말 극과 극이네요." 맥스가 말한다. 그게 좋다는
건지 나쁘다는 건지 나로서는 잘 모르겠다.

"어느 그룹에 가든 나는 대개 돌연변이에요." 나는 농담처
럼 웃어넘기려고 한다.

"돌연변이를 다르게 표현하면 남다르다는 거고 요즘 세상
에 누가 평범한 사람이 되고 싶겠어요? 내가 보기에 당신은
베이지색으로 넘쳐나는 세상 속에서 반짝이는 한 줄기 빛이
에요."

나는 놀라서 눈만 깜빡인다. 예의상 하는 말일까 아니면
다른 뜻이 담겨 있을까? 나는 대꾸할 말을 찾다가 하마터면
사레가 들 뻔한다. "어, 음, 고마워요, 맥스. 그렇게 다정한 말
은 처음이에요."

그는 별것 아니라는 듯 어깨를 으쓱한다. "진짠데요."

어느 정도 진심인지 몰라도 그의 말에 가슴이 따뜻하고 몽
실몽실해지며 기운이 난다. 맥스는 정말이지 수수께끼 같은
인물이고 그와 좀 더 친해졌으면 좋겠다는 생각이 든다.

16

월요일이 되자 캠핑카 생활자 절반이 짐을 싸서 떠날 준비를 한다. 나머지 절반은 그 시간에 밀린 잠을 잔다. 차양이 내려지고 창문이 닫히고 고요하다. 나는 장미꽃을 우린 찻주전자를 들고(피부를 건강하고 빛이 나게 만들어준다고 한다) 포피의 손바닥만 한 덱으로 나가 햇살이 좀 더 화창해지길 바라며 멍하니 SNS를 훑는다.

페이스북을 넘기다 보니 내가 팔로하는 식도락가의 사이트에 캘럼과 클로이가 언급되어 있다. 두말하면 잔소리지만 행복한 커플이 카메라를 보며 활짝 웃는 사진도 곁들여져 있다.

그녀는 아주 조금 봉긋해진 배 위에 손을 얹었고 캘럼이 그 손을 자기 손으로 덮었다. 나는 이미 망막에 꽂힌 사진이 더 이상 각인되지 않길 바라며 휴대전화를 내려놓는다. 하지만 엎질러진 물이라 그들의 함박웃음과 사랑이 담긴 눈빛이 눈앞에서 어른거린다.

살짝 나온 내 배를 건드리며(케이크 살이다) 나도 엄마가 될 수 있을지 궁금해한다. 길을 잃은 눈물 한 방울이 뺨을 타고 흘러내리는데 옆에 아무도 없어서 다행이다.

이혼이 아직 마무리되지도 않은 상황에서 어떻게 아이를 가질 수가 있었을까? 나는 그가 좀 더 밝고 나은 미래를 향해 가는데 필요한 디딤돌에 불과했을까? 클로이는 눈에 확 들어올 정도로 예쁘고 바람이라도 불면 날아갈 듯 말랐다.

하지만 자크가 말하길 마른 셰프는 절대 믿을 게 못 된다고 했다. 특히 마른 파트 셰프는. 적어도 살짝 굴곡이라는 게 있어야지, 그렇지 않다면 자기가 만든 음식을 먹기 싫어한다는 뜻이고 그건 무엇을 의미하겠는가?

클로이는 튼 살 하나 없이 평평한 배를 과시하며 산후 프로필 사진을 찍어 여기저기 공유하는 그런 엄마가 될 것이다. 아이가 어느 날 어딘가에서 난데없이 등장하기라도 한 듯이. 질투심에 드는 생각이라 나는 애써 떨쳐버리려고 한다.

내 맞은편에서 맥스의 캠핑카 문이 흔들리고 잠시 후에 그가 요란하게 문밖으로 뛰쳐나온다. 나는 그가 알아차리지 못

했길 바라며 얼른 얼굴을 토닥인다.

"저기요, 로지." 그가 말한다. "오늘 저녁 약속 아직 유효한 거죠?"

으악, 내기를 해서 저녁을 먹기로 했지? 까맣게 잊고 있었다. "어, 네, 그럼요."

캠핑카로 다시 들어가주시죠.

맥스는 어슬렁어슬렁 다가와 나를 빤히 쳐다본다. 나는 시선을 떨어뜨리고 휴대전화를 만지작거린다.

"괜찮아요?"

"아주 끝내줘요."

"왜 그래요?"

"해가 눈에 들어와서 좀 충혈된 거예요."

"해 없는데."

"무슨 형사예요?"

맥스가 웃으며 시답잖은 농담을 던지고, 그렇게 어물쩍 지나갈 수 있길 기대하지만 그렇게 되지 않는다. 그가 내 앞에 무릎을 꿇고 앉아 내 다리 위에 손을 얹는다.

"당신 속상하게 만든 사람이 있어요?"

"왜요?" 나는 묻는다. "가서 때려주려고요?"

"나는 평화주의자예요." 그는 상대방을 무장해제하는 미소를 짓는다. "하지만 때려달라면 가서 때려줄게요."

나는 웃음을 터뜨릴 수밖에 없다. "아우, 고마워라. 기억해 둘게요."

아리아가 공터에서 달려온다. 운동을 하고 온 걸까? 아침 찬 공기를 맞아 얼굴이 빨갛다. 그녀는 남들처럼 탐험을 좋아하지만 원래는 이렇게 일찍 일어나지 않는다. 종달새라기보다 올빼미에 가깝다. "굿모닝." 내가 말한다.

"굿모닝, 이쁜이. 올리한테서 소식 있었어요?" 아리아가 숨을 헐떡이며 말한다.

"올리가 누구예요?" 맥스가 묻는다.

"아, 캠핑카에서 사는 사람들이라는 온라인 커뮤니티의 아주 잘생긴 남자 회원이에요. 우리 로지한테 조금 호감이 있거든요." 나는 쥐구멍이라도 있으면 숨고 싶은 심정이다. 지금 뭐 하자는 걸까?

맥스는 눈을 번뜩인다.

"조심해요." 그가 거의 으르렁거리다시피 경고한다.

"뭘요?" 아리아가 묻는다.

"인터넷에서 만난 사람들이요."

아리아는 요란하게 눈을 부라리고 별 한심한 소리 다 듣겠다는 듯이 콧방귀를 뀐다. "올해가 몇 년도인지 알아요? 인터넷에서 만난 사람들을 조심하라니! 인터넷이 없었다면 우리 중 절반은 여기 있지도 않았을 거예요. 지금…… 질투하는 거예요?"

맥스는 턱에 힘을 주고 일어나 아리아를 마주 본다. "질투 하다니 뭘요?"

"올리를요."

"질투하는 게 아니라 보호하려는 거예요. 직접 만나는 거 라면 모를까."

"1990년대 이후로 이제는 아무도 그러지 않아요." 아리아 는 비웃는다.

나는 티격태격하는 그들을 지켜보기만 할 뿐 뭐라고 해야 할지, 누구 편을 들어야 할지 알 수가 없다. 둘이 내 부모님이 라도 된 듯이 구는데, 어처구니가 없다. 마침내 옥신각신이 잦아들고 맥스가 나를 돌아본다. "내가 과거 속에 살고 있는 모양이네요." 그는 어깨를 으쓱한다. "그래도 조심해요, 알 았죠?"

"알았어요." 나는 가까스로 대답한다.

그는 먼지구름을 일으키며 요란하게 멀어진다. 어찌나 오 버하는지 할리우드 블록버스터급이다.

맥스가 내 말소리가 들리지 않을 만큼 멀어졌다는 확신이 들자 나는 나지막이 쏘아붙인다. "도대체 뭐 하자는 거야?"

아리아는 키득거리다가 손바닥으로 소리를 죽인다. "기발 하지 않았어요? 로맨스에 박차를 가하는 데에는 경쟁심 유발만 한 게 없죠."

"로맨스? 지금 제정신이에요? 미쳤나봐!"

그녀는 폭소를 터뜨린다. "조금 그럴지도요. 하지만 아주
좋은 방향으로 미쳤어요."

"올리하고 내가 사귀기라도 하는 것처럼 들렸다고요!" 아
리아가 이렇게 어이없는 짓을 저지르다니 믿기지가 않는다.

"알아요! 그냥 퍼뜩 생각이 났어요. 아니," 그녀의 말투가
진지해진다. "맥스가 당신 면전에 대고 그 우수에 젖은 눈빛
으로 당신을 홀리려고 하고 있길래 판을 키워야겠다는 생각
이 들더라고요. 그 사람이 당신에게 관심이 있다면 만만치
않은 경쟁상대가 있다는 걸 알아야 하지 않겠어요? 내가 지
금 읽고 있는 책에서 단짝 친구가 아무것도 모르는 두 사람
의 옆구리를 찔러 엮어주는 걸 보고 배웠어요. 게다가 나는
당신을 구제하려고 그랬던 거라고요……."

못 말리는 로맨스 소설 같으니라고! "그의 사악한 손아귀
에서요?"

"사악하다기보다는 나라면 후끈하다고 하겠어요. 저기 온
다, 화제를 바꿔요."

"하지만 나는 맥스한테 관심없다고 얘기했잖아요." 나는
속삭이며 그녀가 거짓말을 믿어주길 바란다.

맥스가 우리 캠핑카 뒤편을 지나 벌판으로 가는 길에 아리

아를 노려보자 그녀는 다시 터져 나오려는 웃음을 애써 참
는다.

　"하지만 다른 남자 얘기에 저 사람이 왜 그렇게 발끈했을
까요?" 아리아는 궁금해하는 말투로 묻는다. "이유를 자문해
봐요."

17

맥스를 위한 음식을 준비하는 것이 생각했던 것보다 훨씬 당황스럽다. 나는 왜 이것이 훌륭한 부상이라고 생각했을까? 그가 내 요리를 싫어하면 어쩐다? 그러면 옆에 앉아서 그의 어마어마한 존재감에 정신이 팔리지 않으려고 애를 쓰며 그가 고통스럽게 한 입, 두 입 해치우는 동안 기다리고 있어야 할 게 아닌가. 맥스가 워낙 원시적이고 생생하기 때문에 같이 있으면 조금 아찔해진다.

냉장고를 뒤져봐도 마땅한 게 없다. 식료품 저장실도 마찬가지다. 나는 내 요리 스타일로 맥스를 감동시키고 싶은 마음이 간절하다. 내가 남들보다 잘한다고 생각하는 게 요리인데, 가공된 탄수화물이나 설탕을 먹지 않는 채식주의자보다 더 큰 도전과제가 어디 있겠는가? 모든 음식에 설탕을 넣겠다고 농담을 하긴 했지만, 건강과 지구와 동물의 관점에서 자신의 생활방식을 아주 중요하게 생각하는 사람에게 그런 만행을 저지를 수는 없다.

한 시간 동안 인터넷을 검색한 끝에 계획을 세우고 시내 건강 식품점에 가서 내가 평소에 잘 쓰지 않는 재료를 공수하기로 한다.

건강 식품점의 여직원은 수다스럽고 친절하다. 웃으며 자기 이름이 '달라'라고 소개한다. 내가 이런 요리법은 생소하다고 말하자 달라가 내 목록상의 모든 재료를 찾아준다.

"이 새로운 생활방식에 푹 빠지면 예전을 그리워하지 않게 될 거예요, 내 말 믿어요. 나는 채식주의자로 산 지 10년이 됐는데 더 일찍 시작하지 못한 게 후회될 따름이에요."

"아, 아니에요, 아니에요. 제가 먹을 게 아니에요. 저는 다만 채식주의자가 먹을 음식을 만들려는 거예요."

달라는 눈썹을 추켜세운다. "그러고 보니 나도 처음에는 그랬는데, 채식주의자를 따라서 글루텐과 설탕과 밀가루를 자제하는 식생활을 했더니 얼마나 몸이 가뿐하게 느껴지는지 금세 깨닫게 됐어요."

나는 고개를 갸웃하며 그 많은 제한 조건 때문에 그녀가 포기해야 하는 온갖 맛난 음식들을 떠올린다. "하지만 빵다운 빵이 그립지 않아요? 오븐에서 방금 꺼내서 따끈따끈한 사워도우만 한 것도 없잖아요."

달라가 미소를 짓자 조그만 보조개가 두 개 생긴다. 그녀
는 쉰 살쯤 되어 보이는데 얼굴빛이 맑다. 정말이지 건강의
화신 같은데 이런 가게에서 근무하려면 그게 필수 조건일 것
이다.

"전혀요. 빵을 좋아하더라도 대체할 게 많거든요. 그리고
어느 정도 시간이 지나면 포기한 음식들이 생각나지 않아
요, 먹을 수 있는 맛있는 게 워낙 많아서. 먹는 것에 대해 좀
더 관심을 기울이고, 예를 들면 간단한 샐러드 같은 것을 포
만감 있고 영양가 높은 한 끼 식사로 업그레이드하는 방법을
알기만 하면 돼요."

"저는 직업이 셰프라 평생 치즈 대체재를 쓰거나 설탕 없
이 지내는 건 상상도 하지 못하겠어요."

"그래도 여기까지 이렇게 찾아왔잖아요." 그녀는 폭소를
터뜨린다.

나도 씩 웃으며 말한다. "그러게요. 이렇게 찾아왔네요."

"뭐 하나 부탁해도 될까요? 이 근사한 세 코스짜리 요리를
만든 뒤에……." 그녀는 내가 레시피와 재료를 적어놓은 종
이를 가리킨다. "이런 생활방식을 시도해보고 싶지 않은지
문자로 알려줄래요?"

나는 고개를 끄덕인다. "네, 문자 할게요." 나는 그녀가 건

네는 명함을 받는다. "하지만 말씀드렸다시피 저는 직업이 셰프고 별명이 유제품, 설탕, 사워도우 전문가예요."

이번에는 그녀가 고개를 뒤로 젖히고 폭소를 터뜨린다. 그녀는 심지어 이마저 반짝거린다. 정말이지 건강해 보인다. "손님의 요리를 먹는 남자분은 손님이 들인 노력에 분명 감동받을 거예요."

"아." 나는 손사래를 친다. "그 사람을 감동시키려고 이러는 게 아니라 그보다는……." 그보다는 뭘까? 음식을 통해 내 사랑을 보여주고 싶은 걸까? "내가 얼마나 훌륭한 요리사인지 보여주고 싶은 마음이 더 커요." 나는 어설프게 말을 마치고 머리 꼭대기까지 얼굴을 붉힌다. 관건은 뭔가 하면 맥스가 맛있게 먹어주었으면 한다는 것, 그래서 나에 대해 좋은 평가를 내려주었으면 한다는 것이다. 맛있는 채식 요리 하나 만들지 못하면서 미쉐린 별을 받은 음식점 셰프입네 할 수는 없지 않겠는가.

요리는 내가 날마다 하는 명상이고 그 안에서 나는 행복해진다. 주방에 있으면 모든 게 이해가 되는데 이렇게 배가 살살 아픈 이유가 뭘까? 에포크에서는 막후의 얼굴 없는 셰프였기 때문에 몇 번이고 자신 있게 음식을 낼 수 있었지만, 여기에서는 다른 누구도 아닌 맥스 앞에 고스란히 모습을 드러내야 하기 때문이지 않을까?

나는 달라에게 고맙다고 인사하고, 해야 하는 모든 일의 차례를 점검하며 포피로 돌아간다. 장 본 재료를 정리하고 작업에 착수해 몇 시간 뒤에 고개를 들어보니 해가 호박색 하늘 속으로 뉘엿뉘엿 저물고 있다.

나는 앞치마를 식료품 저장실 문에 달린 고리에 걸고, 얼른 샤워를 하고 머리를 감고, 오로지 편안함만을 강조한 나달나달한 청바지와 헐렁한 티셔츠로 갈아입는다. 마스카라를 좀 바르고 립밤을 잽싸게 문댄다. 이게 데이트라면 풀메이크업을 하고 더 이상 일자일 수 없는 머리에 컬을 좀 넣었을 테니, 이것이야말로 두 캠핑카 생활자가 가볍게 저녁을 먹는 자리에 불과하다는 또 다른 증거다. 귀걸이를 하려다 귀가 너무 아프다고 비명을 지르기에 다시 빼는데 이메일 알림음이 울린다.

로지에게

드디어 와이파이가 다시 잡히네요. 사놓은 데이터를 너무 금세 다 써버리는 바람에 와이파이가 되는 다른 곳을 찾아야 했어요.

당신이 보낸 이메일에 대해서라면…… 적어도 정신적인 면에서 우리는 쌍둥이라고 할 수도 있겠어요. 나도 맨 처음 이 생활을 시작했을 때 여러 면에서 당신과 똑같은 기분을 느꼈거든요. 내게 상처를 주고 신뢰를 깨뜨리고 통장 잔고에 구멍까지 낸 전처의 곁을 떠났을 때 세상에 나밖에 없는 느낌이라 계속 걷고 또 걸어도 내가 없어진 걸 알아차리는 사람이 없을 것 같았어요. 하지만 결국에는 그 자체가 해방이라는 것을, 뭐든 다시는 누군가에게 허락을 얻을 필요가 없으니 정말 자유롭다는 것을 깨달았어요. 하루 종일 잠을 자건 밤새 깨어 있건 상관이 없고, 원하는 시간에 일을 할 수 있고, 하늘색이 달라지거나 달이 뜰 때까지 차를 몰고 달릴 수도 있었죠. 나달나달한 책 한 권을 유일한 벗 삼아 별을 보며 잠을 청할 수도 있었고요.

이런 여행을 시작했을 때 맨 처음 사귄 친구들은 책 속의 등장인물이었고 그 친구들은 아직도 내 곁을 지키고 있어요. 나는 내가 왜 이런 생활을 하고 있는지 회의가 들 때면 그 친구들을 찾아요. 책장이 말리고 비뚤어졌고 비바람에 불룩해진 그 책을 집어 들면 나는 다시 완전해져요. 내가 실성한 사람 같아 보이나요? 그럴지도요! 하지만 내가 하고 싶은 말은 뭔가 하면 그 남자는 당신을 차지할 자격이 없었다는 거고, 지금은 힘들 테지만 6개월만 지나면 간혹 생각이 나더라도 더는 아프지 않을 거예요, 이 생활에 푹 빠져서.

당신에게는 이미 아리아라는 친구가 생겼고, 당신에게 관심을 받고 싶어 하는 다른 사람들도 만났을 거예요. 그걸 보면 당신이 어떤 사람인지 알 수 있어요, 로지. 아리아는 비타민 같은 친구네요. 차를 같이 마시면서 수다를 떨 수 있는 사람이 생기면 여행이 얼마나 충만해지는지 나는 알아요.

우리의 이동 경로가 더없이 가까워지면 당신을 찾아가고 싶어요. 내 다음 행선지는 에든버러고, 거기서 지역 도서관 개관식을 찍을 거예요. 프린지 페스티벌에 가나요? 갈 거면 알려줘요, 같이 시간 맞춰보게. 가지 않더라도 언젠가는 서로 만날 거예요. 이 생활을 하다 보면 그렇거든요.

전화번호를 적어놓았으니 혹시라도 대화 상대가 필요하면 연락해요. 영상 통화도 가능하지만 남의 와이파이를 빌려 쓰면 수신이 잘 안 되더라고요. 인정해요, 당신도 남의 와이파이 빌려 쓸 때가 있다고!

그때까지 잘 지내요.

올리

나는 이메일을 다시 읽어본다. 우리는 워낙 성격이 비슷하고 워낙 닮아서 올리에게서도 조심스러워하는 기미가 느껴진다. 그래서 마음에 든다. 그는 자기도 같은 길을 지나왔기에 너무 심하게 몰아붙이거나 캐묻지 않고 진심으로 관심을 보이며 응원과 공감을 아끼지 않는다. 그리고 이제는 자신의 삶에 만족하며 행복하게 살고 있다는 데 나도 엄청난 희망을 느낀다.

나는 아주 사소한 부분에까지 공을 들이고 모든 반응에 담긴 길조와 흉조를 판단하는 평소 원칙을 깨고, 맥스가 오기 전에 후딱 답장을 보내기로 마음먹는다. 마음에서 우러난 글을 쓰기 시작하자 손가락이 키보드 위를 날아다닌다.

안녕하세요, 올리.

당신도 결별 이후에 여행을 시작했다니 가슴이 아파요. 많은 사람에게 그것이 기폭제 역할을 하는 걸까요? 도피하고 달라지고 성장하고 싶은 욕구 말이에요. 내 경우에는 도망치는 것처럼 느껴졌지만 그 생각이 서서히 바뀌고 있어요. 나는 가십거리, 버림받은 여자, 수군거림의 대상이 되고 싶지 않았거든요. 캘럼은 내 미래에 대해 암울한 예언을 했고, 나는 속으로 그의 예언이 맞을지 모른다고 생각했어요. 그러니까 당연히 그의 생각이 틀렸다는 걸 입증해 보여야겠죠!

이번 주는 전보다 조금 조용했어요. 축제의 규모가 훨씬 작아졌고, 빵을 너무 많이 만들고 다 팔지 못해서 수입이 조금 깎였어요. 균형을 잘 맞춰야겠지만 변수가 워낙 많으니 무슨 수로 예측할 수 있겠어요?

우리의 다음 행선지는 웨스트 서식스에서 열리는 스피드 페스티벌이고(무려 카 레이싱이에요!) 그다음에 프린지 페스티벌 참석

차 에든버러로 건너갈 거예요.

사진 작업 다 끝나면 메시지 보내줘요. 당신도 근처에 있을 테니 에든버러에서 차 한잔 같이 마실 수 있지 않겠어요? 이제 그만 나가봐야겠어요. 맥스가 치즈케이크 시합에서 져서 오늘 저녁에 내가 만든 음식을 먹기로 했거든요!

추신. 아까 메일에서 당신이 제일 아낀다고 했던 그 책 뭐예요? 아리아한테 있는지 찾아보려고요.

조만간 연락해요.

로지

올리에게 이메일을 보내고 나면 항상 기분이 조금 좋아진다. 테이블 세팅을 하는데 이메일 알림이 울린다.

로지에게

내 오랜 친구이자 내가 가장 아끼는 여행의 동반자는 잭 케루악의 《길 위에서》예요. 고전이지만 여전히 시의적절하죠. 그들의 여정을 상상하면 전율이 느껴지고 나는 비트 세대를 사랑하거든요.

그리고 또 알렉스 가랜드의 《비치》요. 우리가 찾는 건 모두 환상이라는 것이 이 책의 전제인데…… 그렇다면 우리는 지금 여기서 손에 넣을 수 없는 걸 찾아다니고 있다는 뜻이 되지만,

나는 이게 실화가 아니라 소설이라고 스스로를 다독이며 그냥 재미있게 읽어요.

와이파이 끊길까봐 얼른 답장 보내요. 촬영 마무리되면 메시지 보낼게요. 에든버러 좋아요! 거기 가면 눈코 뜰 새 없이 바쁠 테니 당신 시간을 너무 많이 빼앗지는 않을게요. 그때까지 스피드 페스티벌 재미있게 즐겨요!

올리

추신. 부담 느끼거나 그러지 말아요! 이메일 친구끼리 차 한잔 마시자는 거니까!

추추신. 맥스가 누구예요?

이메일 친구? 나는 조금 긴장하며 다급하게 쓴 것처럼 읽히는 그의 이메일을 보며 미소를 짓는다. 아리아에게 주문하려고 그가 추천한 책을 옮겨 적는다. 하지만 맥스에 대해서 물어본 건…… 자세히 설명해야 하나? 하지만 뭐라고 설명한다? 맥스는 어쩌다 보니 우리 옆에 주차한 남자에 불과하다. 사실 아무 일도 없었는데 나조차 이해가 안 되는 걸 설명하느라 상황을 복잡하게 만들 필요가 뭐가 있을까.

나는 노트북을 닫고 곰곰이 생각해본다. 올리가 나를 보고 도망치면 어쩐다? 그가 페이스북에서 본 내 사진들은 전부 몇 년 전에 찍은 거다. 나는 셀카를 좋아하지 않는다. 붕어처럼 입을 삐죽 내민 자기 사진을 수억 장 찍어서 올리는 이유를 모르겠다. 어쩌면 내가 자신감이 부족한 것일 수도 있다. 올리의 사진이 몇 년 전에 찍은 거라면 어쩔 건가. 그는 반백의 노인일 수도 있다. 나는 그의 나이를 물어본 적이 없다. 최악의 상황을 상상하느라 정신 팔릴 겨를도 없이 맥스가 문을 쾅쾅 두드린다.

맥스는 들어오라는 소리를 기다리지 않고 상대를 무장해제하는 특유의 미소를 머금고 그냥 성큼성큼 들어온다. 그 미소에 수많은 아가씨의 다리에서 힘이 풀렸을 것이다.

"당신 집이다 생각해요." 나는 얘기하지만 그는 빈정거리는 뜻에서 한 말임을 알아차리지 못하고 냉장고로 가서, 여섯 개들이 맥주를 안에 넣고 거기서 두 개를 뜯는다.

"내가 딸게요." 그가 병따개 없이 완력으로 뚜껑을 딴다.

"손재주가 좋네요."

"노력의 결과죠." 맥스는 씩 웃으며 포피의 손바닥만 한 식탁에 앉는다.

나는 웃음이 나오려는 걸 참는다. 꼭 거인을 인형의 집에 앉혀놓은 것 같다.

"설탕이나 버터는 먹지 않지만 맥주는 괜찮아요?"

"밀을 쓰지 않은 맥주고 남자라면 나쁜 버릇이 하나쯤은 있어야죠."

"모든 인간이 그렇지 않나요?"

"그래서 메뉴가 뭐예요?" 그는 맥주병을 휙 기울여 한 입만에 병을 거의 비운다.

"뭐든 대충하는 법이 없군요?" 나는 폭소를 터뜨린다.

"맞아요."

캠핑카 안에 맥스와 같이 있으려니 비좁게 느껴진다. 아리아 말고 다른 손님은 어색하다. "앙트레는 피스타치오를 입힌 메이플 디종 두부고, 그다음은 불에 그슬려 콜리플라워 퓌레와 버섯 콤포트를 곁들인 큰느타리버섯 그리고 디저트는, 놀라지 마시라! 채식주의자용 브라우니 베이스를 가지고 맛있는 '생'호두 커피 케이크를 만들었거든요."

그의 입이 떡 벌어진다. "와우."

"진짜로 와우죠?" 그가 그 정도로 놀라워한다는 데 살짝 기분이 좋아진다. "뭘 예상했는데요?"

"우선 그렇게 공을 들일 줄 몰랐어요. 그냥 솜사탕에 설탕을 곁들일 줄 알았죠. 이러니저러니 해도 내가 내기에 동의했으니."

나는 혀를 찬다. "흠, 운이 좋은 줄 아세요. 나는 당신의……." 나는 말을 잠깐 멈추었다가 다시 잇는다. "무설탕 완전 채식주의를 존중하고 이런 요리법을 시도해보니까 재미있었어요. 대체재만 파악하면 되더라고요."

맥스의 눈이 반짝인다. 실제로 반짝인다. "이제 보니 인정이 있네요?"

"눈곱만큼이요."

"고마워요." 그는 좀 더 진지한 투로 얘기한다. "오랫동안 끊었던 설탕을 먹는다고 생각하니 불안했거든요. 엉덩이에 불이라도 난 것처럼 가만 있지 못하겠고……."

"왠지 모르겠지만 상상이 돼요."

그는 낮은 웃음을 터뜨린다. "당신도 채식주의자가 될지 모르겠네요?"

"절대 그럴 일 없어요."

"절대라는 단어는 절대 쓰지 말아요."

"절대 그럴 일 없어요."

"꼭 그렇게 자기 고집대로 해야 직성이 풀려요?"

"네."

우리는 같이 미소를 짓는다.

레드 와인을 한 잔씩 따르고 앙트레를 내는데 내 손이 살짝 떨린다.

"예전에 군인이었다고 당신 어머니에게 들었어요. 나로서는 당신의 군 생활이 상상이 가지 않아요. 당신의 성격 자체가 워낙, 워낙……." 맙소사, 내가 벌써 말을 더듬고 있다. "비폭력을 지향하잖아요. 입대를 결심한 이유가 뭐였어요?"

피스타치오를 입힌 두부를 찌르는 포크가 그의 손안에서 정말이지 작디작아 보인다. "우리 어머니하고 얘기했어요?"

"네, 당신이 노마드족으로 돌아와서 좋다고 하시던데요."

맥스는 어떤 식으로 대답하면 좋을지 고민한다. 어디까지 얘기하면 좋을지 고민하는 것이겠지. "말도 안 되는 소리처럼 들릴지 모르지만 어쩌다 보니 그렇게 됐고, 훈련이 시작된 이후에는 진정한 소속감, 동지애, 그런 게 느껴지더라고요. 우리 대 적군의 구조였고, 내 육체적인 한계를 시험하는 것도 재미있었어요. 그리고 나는 스스로 어쩔 도리가 없는 사람들을 돕고 싶었어요."

"현실판 지아이 조가 되고 싶었던 거네요?"

맥스는 입술을 실룩이며 미소를 짓는다. "그 비슷하다고 보면 돼요." 그는 좀 더 곰곰이 생각한다. "그곳에는 질서와 루틴이 있었어요. 당신도 상상이 되겠지만 방랑 생활하는 부모 밑에서 자라다 보니 나는 그런 게 별로 없었거든요. 날마다 어떤 일이 벌어질지 아는 게 좋았어요. 전쟁의 양상이 혼미해지더라도 작전은 계속 있었으니까요."

그거라면 나도 이해할 수 있다! 어쩌면 맥스는 생각보다 나와 닮은 구석이 많을지 모른다.

"그런데 왜 전역했어요?"

그의 표정이 어두워진다. "아프가니스탄에서 사고가 있었

어요. 어린아이가 전장으로 걸어 들어오는 바람에……." 그
는 말끝을 흐리고 나는 그때를 기점으로 맥스의 인생이 영원
히 달라졌음을 본능적으로 직감한다.

"설명하지 않아도 돼요." 나는 맥스의 손을 토닥인다. 그의
일그러진 표정과 괴로워하는 눈빛을 보면 결말을 예견할 수
있다.

"이후 몇 달 동안 눈을 감을 때마다 그 아이의 천진난만했
던 얼굴이 떠올라서 더는 못 버티겠더라고요. 그 아이를 제
때 구하지 못했던 그 순간이 지금도 날마다 떠올라요."

그에게 내가 생각지도 못했던 면이 어찌나 많은지 속을 잘
알지도 못하면서 피상적인 부분들을 기준으로 판단했던 것
이 미안해진다. "당신으로서는 그게 분명 최선이었을 거예
요." 나는 부드럽게 말한다.

맥스는 음울하게 고개를 끄덕인다. "내가 재단을 설립했어
요." 그가 말한다. "그 아이처럼 교전 지역에 붙잡힌 아이들
을 위해서. 그게 내가 속죄하는 방법이에요. 그런다고 그 아
이가 살아 돌아오지는 않겠지만 다른 아이는 살릴 수 있을지
모르잖아요. 전쟁으로 폐허가 된 길거리를 방황할 게 아니라
학교에 있어야 하는 아이는요."

그가 어떤 광경을 목도했을까! 거기에 비하면 내 여행은
하찮게 느껴지고, 상심과 비극적인 사건으로 괴로워하면서

도 다른 모두를 위해 꿋꿋이 버티고 있다니 내 주변의 사람들이 얼마나 강인한가 하는 생각이 든다.

"내가 재단을 도울 방법이 있을까요?" 나는 묻는다.

그는 고개를 돌려 나를 마주 본다. "진심으로 돕고 싶어요?"

"당연하죠." 나는 말한다.

"기금 모금을 도와주면 돼요."

"내가 파는 모든 블렌딩 티 수익의 일부를 기부하면 어떨까요? 다른 사람들한테도 도움을 청하고요."

"그럼 좋겠네요." 그가 말한다.

우리는 계획을 세우고 아이디어를 생각하다가 나중으로 미루고 화제를 좀 더 명랑한 쪽으로 바꾼다. 놀라는 엄청난 장난꾸러기고 그의 아버지 스펜서는 원고를 출간하지 않는 작가다. 맥스의 형제자매는 전 세계로 뿔뿔이 흩어져 지내는데, 누구는 사랑에 빠져서 눌러앉았고, 또 누구는 그 나라를 좋아하게 됐거나 장기 근무할 수 있는 일자리를 찾았다.

"형제 남매가 몇 명인데요?" 나는 묻는다.

"열 명이요." 그는 말하고 고개를 젓는다. "전부 친형제 남매는 아니에요." 맥스가 이렇게 웃음을 터뜨린다. "당신도 짐작하겠지만 우리 어머니는 일종의 사람 수집을 하기 때문에 그들이 우리와 피가 섞이지는 않았을지 몰라도 영혼으로는 연결돼 있어요."

"그런 대가족이 있다니 당신은 참 운이 좋네요."

"당신은 아니에요?"

나는 고개를 끄덕였다. "나 하나예요."

"부모님은요?"

평소 같았으면 이 시점에서 화제를 바꾸고, 실언을 하고, 말문이 막힌 척하겠지만 그건 과거의 로지다. "엄마는 내가 어렸을 때 떠나셨고 아빠는 몇 년 전에 돌아가셨어요."

"안타깝네요, 로지."

나는 어깨를 으쓱한다.

"아빠는 정서적으로 문제가 많아서 돼지우리 같은 집에서 은둔 생활을 했어요. 처음에는 신문을, 그다음에는 잡지를 모아서 아빠가 보석인 양 쟁인 쓰레기 때문에 집이 터질 지경이었죠. 하다못해 다 마신 우유 팩조차 버릴 수가 없었어요. 오래지 않아 우리 집은 웃음거리로 전락했어요. 앞마당이 녹슨 자전거와 자동차 부품으로 뒤덮였으니…… 아빠는 엄마의 빈자리를 물질적인 것으로 채우려고 했던 것 같은데, 쓰레기였지만 아빠의 마음속 깊은 곳에서는 그게 중요한 물건이었어요. 그 산더미 같았던 쓰레기가, 그 의미 없는 기념품이."

"힘들었겠어요, 로지. 하지만 그게 좋은 쪽으로 영향을 미쳐서 오늘날의 당신이 만들어진 것 같은데요?"

나는 곰곰이 생각한다. "그럴지도 모르지만 나만의 강박이 생겼어요. 어느 날 아침에 눈을 떠보면 내 삶이 터지기 직전일까봐 겁이 나서 정반대가 됐거든요. 모든 것에 기능과 자리를 부여하고 내가 정한 엄격한 스케줄에 따라 청소를 해야 해요." 나는 그 말의 무게를 덜기 위해 웃음을 터뜨린다. "내가 그런 데 좀 강박증이 있어요."

"그런데 그게 그렇게 나쁜 건가요?" 맥스가 가만히 묻는다. "그러니까 당신은 깔끔하고 체계적으로 정리하는 걸 좋아한다? 이해가 돼요. 나도 그런 게 전혀 없는 어린 시절을 보냈기 때문에 조직과 루틴을 갈망했거든요. 우리만의 진실을 찾는 게 나쁜 일은 아니잖아요?"

"어쩜 그렇게 현명해요?" 나는 미소를 짓는다. 미소가 안에서부터 나를 환히 밝히는 느낌이다.

"나는 가끔 이미 천 년을 산 것처럼 느껴질 때도 있어요." 그는 웃음을 터뜨린다. "그리고 내가 깨달은 게 하나 있다면 이 땅을 걷는 데 정도는 없고, 살아가며 만나는 사람들에게 배우고 거기서 교훈을 터득하며 계속 전진하는 수밖에 없다는 거예요."

나는 눈물 때문에 내 눈이 따끔거리는 것을 느끼고 화들짝 놀란다. 맥스는 내가 지금까지 숨겨왔던 것들에 대해, 그건 배우는 과정이고 부끄러워할 필요가 전혀 없다는 듯이 말하고 있다.

"당신이랑 같이 있으면 기분이 좋아져요, 맥스."

"그게 채식주의 식단의 매력이라는 생각은 안 들어요?" 그의 눈이 장난기로 반짝인다.

"당신의 맥스주의 때문에 현실로 다시 돌아왔잖아요."

"맥스주의라, 마음에 드네요."

"그러시겠죠."

"당신이랑 같이 있으면 나도 기분이 좋아져요, 로지."

"줄을 서요, 맥스. 내 엄청난 음식 솜씨에 매료되는 거니까."

"그리워요? 런던에서의 그 생활이?"

나는 생각해본다. "점점 덜해요."

"여행 계속할 거예요?"

"금전적으로 감당이 되면 안 할 이유가 없어 보여요. 돌아갈 데가 있는 것도 아니고 하루하루 지날수록 점점 더 좋아지거든요. 생활방식뿐 아니라 나라는 인간이 달라지는 과정이."

"노마드 생활에 수반되는 진정한 자유를 평생 맛보지 못하는 사람들도 있을 거예요. 솔직히 나는 군대라는 조직에 젖어 있는 동안에도 방랑 생활이 그리웠어요. 낯선 공간에서 눈을 떠 오늘은 어떤 하루가 펼쳐지고 어떤 사람들을 만날지 궁금해하던 게……."

"하지만 연애는 어쩌고요, 맥스? 장기적인 관계에는 도움이 되지 않잖아요." 발가락이 오그라들고 내가 이런 말을 불쑥 내뱉었다는 것이 믿기지가 않지만 맥스는 내가 갑작스럽게 불편해하는 것을 알아차리지 못한 눈치다.

"어떤 관계를 원하는지에 따라 달라지겠죠. 사람들은 당신이 그들을 필요로 하거나 그들이 당신을 필요로 할 때 당신의 삶 속으로 들어왔다가 휙 하니 떠나기 마련이에요. 거기에 시간 제한을 둘 필요는 없어요."

자기는 정착할 타입이 아니라는 뜻일까? 듣고 싶지 않은 답을 듣게 될까봐 감히 물어보지는 못하겠다.

저녁은 깊어가고 나중에 그가 떠나고 후추와 흙 냄새를 닮은 그의 체취만 남았을 때 나는 그런 식으로 웃어본 게 수백억 년 만이라는 사실을 깨닫는다. 배를 잡고 눈물을 쏟아가며 웃은 게 말이다. 맥스는 내가 생각했던 것과 전혀 다르다.

다음 날 나는 건강 식품점의 달라에게 짤막하게 문자를 보낸다.

당신들 생활방식도 뭐 그리 나쁘지만은 않은 것 같아요. 비법 알려줘서 고마웠어요. 내 레퍼토리에 채식주의 메뉴를 몇 개 추가할까봐요. 로지.

다음 날 일어나 보니 올리가 이메일을 보냈는데, 청바지를 입은 다리와 무릎 위에 펼쳐놓은 책과 그의 캠핑카에서 보이는 풍경인 게 분명한 것을 찍은 사진이 첨부되어 있다. 초록색으로 물결치는 언덕과 하늘이 저 끝까지 이어진다. 제목은 간단하다. '바쁜 하루를 마치고.'

　나는 씩 웃으며, 어느 시골 마을에서 김이 나는 찻주전자와 새롭게 몰입할 소설을 준비해놓고 고독을 즐기는 것 말고는 하루 종일 할 일이 아무것도 없는 그의 모습을 그려본다.

　나는 '답장'을 클릭한다.

　촬영을 다 마친 모양이네요? 빈둥거리며 재충전하기에 완벽한 곳을 찾은 것처럼 보여요. 여기는 계속 바쁘지만 당신의 응원을 접수한 이후로 전보다 분명 마음이 더 평화로워졌어요.

　다시 연락할게요.

　로지

7월이 느릿느릿 지나가자 습도가 높아져서 이보다 더 뻣뻣할 수 없는 내 직모까지 곱실거린다. 우리는 굿우드 스피드 페스티벌이 열리는 웨스트 서식스에 도착한다. 아리아 말로는 내가 분명 이 축제를 좋아할 거란다. 맥스도 내가 화려한 볼거리와 분위기를 좋아할 거라고 생각하는 눈치다. 그의 말에 따르면 이 축제가 분위기 면에서 몇 손가락 안에 든다고 한다.

주말 동안 인파가 15만 명 넘게 몰릴 것으로 예상된다고 하니, 지금 절실한 돈을 좀 벌 수 있으면 좋겠다. 자동차 경주 팬들이 문학작품에서 영감을 얻은 차를 좋아할지 잘 모르겠지만 내가 터득한 사실이 있다면 사람들이 뭐에 반응할지 아무도 모른다는 것, 그리고 첫인상을 믿으면 안 된다는 것이다.

경주가 시작되자 엔진의 굉음이 일상이 되고 나는 손님들에게 스카치 에그와 오븐에서 바로 꺼낸 돼지고기 파이를 판매한다. 주문을 감당하느라 정신이 없다.

첫날이 거의 끝나갈 무렵이 되자 고무 타는 냄새가 사방에서 진동한다. 포피를 세차하고 나도 씻어야겠다. 차양을 내리려는데 맥스가 고양이 같은 눈을 번뜩이며 등장한다. 이제는 나도 그게 무슨 눈빛인지 안다. 도전의 눈빛이다.

"아무 말도 하지 말아요."

"당신도 속으로는 원하잖아요!" 그는 웃음을 터뜨린다.

나는 주위를 둘러본다. 뭐가 됐든 내 평소 생활에서 한참 먼 일이 될 것이다. 나는 경주용 차를 운전할 줄 모르니—포피도 일직선으로 간신히 운전하는 수준이다—그것일 리는 없다.

"뭔데요?" 나는 호기심을 못 이기고 묻는다.

"내 친구 하나가 동산 꼭대기에서 포레스트 랠리를 할 건데 관람객 몇 명을 차에 태워준다기에 당신 이름을 적어서 넣었더니 공교롭게도 그게 뽑혔지 뭐예요."

"왜 내 이름을 적어서 넣었어요? 당신 이름이 아니라?"

"왜냐하면 어젯밤에 당신이 더는 두려움에 좌우되고 싶지 않다고, 무서워서 죽을 것 같아도 새로운 걸 경험할 기회가 생기면 도전하겠다고 했잖아요."

레드 와인, 너는 계속 나를 실망시키는구나! 맥스가 와인을 한잔하러 들렀는데 한 잔이 두 잔으로 이어졌고 얼마 후에는 우리 몇 명이 포피의 덱에서 새로운 지평을 위해 건배를 하기에 이르렀다. "경주용 차를 타고 산을 내려오겠다고한 건 아니었어요! 그냥 말이 그렇다는 거였지."

"좀 더 분명하게 했어야죠." 그는 미소를 짓는다.

내 심장이 흉곽 밖으로 터져 나올 듯이 쿵쾅거린다. 순도백 퍼센트의 공포가 나를 할퀸다. "안 돼요, 맥스! 평생 엄청난 스피드로 숲을 제멋대로 내려오는 데 쓰인 차는 절대 탈수 없어요!"

맥스는 실망한 눈빛으로 나를 노려본다. "그 자리에 앉을수만 있다면 죽어도 여한이 없겠다는 사람이 지금 14만 명은 될 텐데요."

"그러다 내가 죽으면 얘기가 달라지겠죠. 그럴 가능성이얼마나 큰지 알아요?"

그가 말도 안 된다고 손사래를 치는 순간 확성기에서 내이름이 들린다. "로지 루이스, 시범 탑승을 위해 정상으로 올라와주시기 바랍니다."

"얼른 가요." 그가 말한다. "안전 교육을 놓치면 안 되잖아요. 외워야 하는 규칙이 한두 가지가 아닌데." 그는 이래도 안

할 거냐는 눈빛으로 나를 쳐다본다.

나는 맥스를 째려본다. 그는 기다리는 사람들이 있으면 내가 반항할 도리가 없다는 것을 안다. 나는 누굴 기다리게 하거나 결례를 범하는 건 질색이다.

"나빴어요, 맥스."

"고맙다는 인사는 나중에 해도 돼요." 그는 씩 웃는다. 이런 악마 같으니라고.

나는 혼자 씩씩대며 동산 꼭대기로 올라간다. 나를 만난 진행요원들은 미소를 지으며, 나를 제 발로 죽으러 가는 사람이 아니라 세상에 둘도 없는 행운아 취급한다. 그들은 짤막하게 안전 교육을 실시하고 방화 기능이 있는 경주복과 헬멧을 건넨다.

경주복을 입는데 공포로 현기증이 나고 다리가 후들거린다. 이게 지금 무슨 짓이란 말인가!

결국 나는 자리에 앉아서 벨트를 매고, 응원하는 것처럼 보이길 바라며 운전자를 향해 엄지를 들어 보인다. "천천히 가셔도 돼요." 나는 말한다. "경치 감상하는 것도 좋거든요."

그는 껄껄대고 웃으며 엔진을 공회전하더니 차를 옆으로 틀어서, 나는 이날 이때껏 가능하다고 생각지도 못했던 각도로 산을 타고 내려가기 시작한다. 전속력으로 달리자 나무들이 흐릿한 형체로 변한다. 운전자가 운전대에 체중을 싣고 차를 180도 돌리자 나도 모르게 비명이 터져 나오지만 순전히 흥분해서 터진 비명이고, 나는 이내 지난 수십 년을 통틀어 이보다 신이 났던 적이 없다는 것을 깨닫는다.

그가 무슨 수로 계속 컨트롤을 유지하는지 나로서는 모를 일이지만 차를 이쪽저쪽으로 움직이며 흙길을 내달리자 돌멩이와 파편이 튀어 올라 조수석 차창을 뒤덮는다. 그에 대한 신뢰가 쌓이자 방향을 틀 때 내 몸에서 긴장이 풀리기 시작하는 것이 느껴진다. 웅웅거리는 엔진과 날카로운 브레이크 소리가 허공을 뒤덮은 가운데, 빗발치던 비명 소리 대신 터진 나의 정신병자 같은 웃음소리가 거기에 섞인다.

나는 운전자에게 질문 공세를 퍼붓고 싶어진다. 어느 쪽으로 가야 나무를 피할 수 있다는 걸 무슨 수로 아는지. 얼마나 배우면 이런 식으로 운전할 수 있는지. 하지만 소음이 심한데 헬멧까지 쓰고 있어서 그가 내 말을 들을 수 있을지 의심스럽고, 그의 송곳 같은 집중력을 흐트러뜨리고 싶지 않다.

숲이 빛의 속도로 지나가는 가운데 나는 맥스를 떠올리며 내가 이걸 좋아할 거라는 걸 무슨 수로 알았는지 궁금해한다. 나조차도 몰랐지 않은가.

코스가 끝나자 나는 운전자를 마주 본다. "한 번 더 해요!"

운전자는 웃음을 터뜨리고 맥스가 내 쪽 문을 열어준다. "뭐라고 해야 하죠?"

나는 씩 웃는다. "와우!"

맥스가 벨트를 풀고 차에서 내리는 걸 거들어주지만 나는 일어서야 할 때가 되자 다리에서 힘이 풀린다.

"아드레날린 때문이에요." 맥스가 나를 번쩍 안아서 일으켜 세운다. 나는 그의 위로 풀썩 쓰러져 내가 무사하다는 것을, 별 탈 없다는 것을, 걸어도 된다는 것을 내 몸에서 알아차릴 때까지 기다린다. 그의 가슴에 뺨을 대고 기대 있으려니 그의 심장박동이 느껴지는데, 신기하게도 나처럼 요란하게 쿵쾅거린다.

축제가 직선 구간을 질주하는 경주용 차량처럼 빠른 속도로 지나가고, 정신을 차려보니 어느덧 짐을 싸서 스코틀랜드로 이동할 준비를 해야 하는 시간이다. 아리아와 나는 일주일 동안 코스에서 이탈해 쉬면서 여기저기 둘러보기로 했다. 한낮이고 가이드북을 들여다보고 있는데 맥스가 등장해 노골적으로 내 어깨 너머를 들여다본다.

"스톤헨지에 가려고요?"

나는 그의 등장에 짜증 난 척한다. "항상 그렇게 남의 뒤로 몰래 다가와요?"

"내 몸에 닌자의 피가 흐르거든요."

"참견대장의 피도 흐르고요."

"정곡을 찌르다니."

아리아가 찻주전자와 비스킷 깡통을 들고 와서 합류한다. "맥스, 머그 좀 챙겨줄래요?"

그는 고개를 끄덕이고 책방에서 곰 발처럼 생긴 큼지막한 한쪽 손으로 머그 세 개를 들고 나온다. 맙소사.

아리아는 덱에 쭈그리고 앉아서 차를 따르고 우리에게 한 잔씩 나누어준다. "그래서 앞으로 계획이 어떻게 돼요, 맥스? 다음 행선지는 어디예요?"

그는 턱을 긁는다. "스톤헨지를 가볼까 생각 중인데. 당신 들은요?"

나는 미소를 감춘다. 그럴 리가!

"로지도 거기 가보고 싶어 하는데!" 아리아는 나를 보며 얄밉게 씩 웃는다. "둘이 같이 가지 그래요? 나는 유체 이탈 수업을 듣고 싶은데 로지가 좋아할 만한 게 아니거든요."

"유체 이탈? 그게 뭐예요?" 나는 그녀에게 그런 수업에 대해 들은 적이 없다고 장담할 수 있다.

"아." 아리아는 별거 아니라는 듯 손사래를 친다. "영체와 육체를 의식적으로 분리해 영체로 우주를 여행하는 거예요. 텔레파시 쪽으로 준비가 된 사람은 반드시 들어야 하는 엄청난 수업이에요."

"뭐라고요?" 그야말로 황당하기 짝이 없어서 농담인지 진짜인지 알 수가 없다. 상상의 세계에서 일정 시간 생활하는 아리아가 하는 말은 어느 쪽인지 절대 장담할 수가 없다.

"수업 듣고 와서 설명해줄게요. 맥스랑 둘이 스톤헨지에 다녀오고, 나하고는 버스에서 만나서 거기서 며칠 동안 지내면 어때요?"

아리아가 나를 다시 맥스와 엮으려고 하는 듯한 예감을 떨쳐버릴 수가 없다. 유체 이탈 수업은 아무리 그녀라도 조금 어처구니없게 느껴진다.

"좋아요." 맥스가 말한다. "내 캠핑카를 따라오면 되겠네요, 로지."

여우 같은 아리아는 이런 식으로 떠난다. 나는 한편으로는 맥스와 더 많은 시간을 보낼 수 있어서 신이 나지만 또 한편으로는 우리가 점점 가까워진다는 데 불안해진다. 맥스가 나를 자신의 인생을 들락거리는 그런 사람들 중 한 명으로 간주하면 어쩐다? 나는 어느 누구에게라도 임시방편이 되고 싶은 마음은 없다.

스톤헨지에 도착해보니 인파 때문에 돌을 거의 볼 수가 없어서 나는 조금 풀이 죽는다. 내가 뭘 기대했을까? 유네스코에서 세계 유산으로 지정한 이 웅장한 유적지에 맥스와 나, 단둘이길 바랐을까?

"좀 기다려요." 그가 말한다. "관람이 끝나고 버스들이 떠니면 여길 독차지하고서 우리만의 관람을 즐길 수 있을 테니까." 이번에도 그가 내 생각 아니면 내 실망한 표정을 읽은 것이다.

"무슨 수로 그럴 수가 있는데요?" 나는 짓궂게 묻는다.

"내가 아는 사람이 있거든요."

"어렵하시겠어요." 나도 여행이 끝나면 마을마다 아는 사람이 생길지 궁금해진다. 평범한 삶과 평범한 일을 하는 속에서 서로를 알아보고, 말 한마디 없이 서로를 챙기며, 사라진 시간과 길 위에서 뜻깊게 보낸 삶을 추억하는 어떤 특별한 그룹처럼 말이다. 이런 생각이 들자 언젠가는 이 모험도 끝이 나서 또다시 담보 대출을 받고 진정한 책임을 짊어지는 일상으로 돌아가야겠구나 하는 생각에 심장이 조여온다.

솔직히 나는 결혼도 하고 가정도 일구고 싶은데, 밝은 분홍색의 이 조그만 캠핑카에서는 무슨 수로 그럴 수 있을지 그림이 그려지지 않는다. 하지만 내가 너무 일찍부터 헛물을 켜는 건 아닐까? 그런 계획을 세우기 전에 사랑하는 사람부터 생겨야 하는 거 아닐까?

나는 로맨스 소설의 전형적인 남자주인공처럼 조각 같은 외모를 자랑하는 맥스의 옆모습을 흘끗 쳐다보며 그가 갈망하는 것은 무엇일지 궁금해한다. 그는 수시로 자유를 운운하니 아이들이 있는 결혼생활은 그와 어울리지 않을지 모른다.

엄청난 액수의 담보대출과 공과금을 부담해야 하는 주택은 그가 좋아하지 않을 것 같다.

나는 추파를 던지다가 그에게 들키자 얼른 고개를 돌리며 어울리지 않게 기침을 한다. "알레르기가 있어서요."

맥스는 눈썹을 추켜세운다. 심지어 눈썹마저 또렷하고 숱이 많고 이리저리 삐죽거려서 거친 매력에 일조한다.

우리는 관광안내센터로 들어가 온갖 터치스크린을 눌러본다. 나는 스톤헨지와 그 유산에 대해 많은 것을 배운다. 여긴 묘지고 고고학자들의 추측에 따르면 기원전 3천 년에서 2천 년 사이에 건설됐다고 한다. 또 하나의 경이로운 작품이라 어떻게 지금까지 이렇게 눈이 번쩍 뜨이고 숨이 막히는 경험을 놓치고 지내왔을까 하는 생각이 든다. 이런 경험을 통해 내가 다른 인간으로 변모하고 상상력과 가슴과 머리가 열리는 것이 느껴진다.

"나가서 일찌감치 저녁 먹고 다시 옵시다."

맥스가 내 손을 잡고 리드하는 것이 자연스럽게 느껴진다.

우리는 조그맣고 아늑한 펍을 찾는다. 담쟁이덩굴이 비바람에 씻긴 벽돌담을 휘덮어 초록색 커튼을 쳐놓은 것처럼 보인다. 안으로 들어가 보니 날이 따뜻한데도 불구하고 난로 안에서 장작이 타고 있다. 덕분에 근사한 분위기와 고풍스러운 매력이 배가된다.

우리는 음료와 플라우먼스 런치(영국의 펍에서 주로 판매하는 빵, 치즈, 피클, 샐러드로 이루어진 메뉴─옮긴이)를 주문한다. 나는 채식주의자가 먹을 수 있는 게 뭐가 있는지 속으로 꼽아보고 맥스가 조금 배가 고플 수도 있겠다는 생각을 한다. 맥스는 개의치 않는 듯이 바텐더와 요즘 유행하는 다이어트를 주제로 농담을 주고받고, 채식주의자는 내가 아니라 맥스라는 걸 알게 된 바텐더가 놀라서 껄껄 웃을 때도 아무렇지 않게 받아들이지만, 나는 바텐더의 반응에서 묘한 성차별을 느낀다.

하긴 내가 맨 처음 맥스를 만났을 때도 같은 생각을 했다. 덩치가 그만한 남자가 주로 채소만 먹으며 연명하다니 어울리지 않기는 하다.

우리는 조심스럽게 음료를 들고 창가 구석 자리로 가서 앉는다. "나는 저 사람 조금 무례하다는 생각이 들었어요." 나는 이렇게 말하지만 나도 사실상 똑같이 행동해놓고 왜 이제 와서 맥스를 변호하려 드는지 이해가 안 되긴 하다.

맥스는 윗입술에 맥주 거품을 묻힌 채 고개를 끄덕이다가 거품을 핥아먹는데, 왠지 모르게 그 동작이 살짝 선정적으로 느껴져서 나는 테이블로 시선을 떨어뜨린다. "나는 괜찮아요. 사람들이 그게 무슨 형벌이라도 되는 듯, 고기를 먹지 않으면 놓치며 사는 게 많기라도 한 듯 대하는 거 이해해요. 사실 그 사람들 잘못도 아니에요. 인식하건 하지 못하건 우리 대부분의 식습관은 길들임의 결과거든요."

"네, 무슨 말인지 알겠어요. 그래도 계속 변호하려면 짜증이 나겠어요."

"대개는 채식주의 식당을 고집하죠. 이런 곳에는 내 생활 방식에 맞는 음식이 잘 없어서."

"그런데 왜 여길 왔어요?"

"가끔 육식동물을 배려해야 할 때도 있거든요."

나는 미소를 짓는다. "어머나, 감사해라." 번번이 맥스가 나를 배려하는 느낌이라 은혜를 갚아야겠다는 생각이 든다.

이후 정적이 흐르자 나는 할 말을 찾느라 끙끙댄다. 맥스는 대화가 끊겨도 동요하지 않고 내 영혼 깊숙한 곳을 들여다보려는 듯 나를 골똘히 쳐다보기만 한다. 그러자 나는 견딜 수 없이 불안해져서 지푸라기라도 잡고 싶은 심정이 된다. "그래서, 5년 뒤에 당신의 모습은 어떨 것 같아요?" 면접이라도 보는 것처럼 딱딱하고 어째 격식을 갖춘 말투가 내 입에서 튀어나온다. 맥스가 식당 안의 모든 손님이 고개를 돌릴 정도로 크게 웃음을 터뜨리자 나는 내 옆통수를 한 대 때리고 싶어진다.

"당신 정말 귀여운 거 알아요, 로지?" 웃음이 진정되자 맥스가 말한다. 손깍지를 끼고 곰곰이 생각하다가 다시 말문을 연다. "나는 순리를 따르려고 노력 중이에요. 하지만 어떤 걸 언제 이루고 싶은지 대충 그림을 그려놓지 않았다면 거짓말 이겠죠."

"그래요……?" 우리가 이런 생활방식을 두고 예전에 나눴던 대화하고는 다르게 들린다.

여러 가지 추측으로 내 머릿속이 복잡해진다. 수도와 전기 없이 자급자족하려는 걸까? 생존주의자가 돼서 벙커를 지으려는 걸까? 에베레스트산을 등반하려는 걸까? 코뿔소 구조에 나서려는 걸까? 남극을 탐험하려는 걸까?

"내 꿈은……." 그는 한참 동안 뜸을 들인다. "결혼하고 아이들을 잔뜩 낳아서 자유롭게 뛰어놀게 풀어놓고, 추운 날 저녁에는 아내를 품에 안고, 따뜻한 날 저녁에는 아이들과 별을 구경하며 보내고, 방랑 생활을 하며 그걸 통해 아이들을 가르치는 거예요."

"그렇군요." 나는 그의 고백에 놀라워하며 이렇게 말한다. 그가 그런 소리를 할 줄은 꿈에도 몰랐다.

맥스의 아이들을 상상해본다. 긴 고수머리와 똑같이 이국적인 눈망울을 하고 닥치는 대로 뛰어노는, 까무잡잡한 피부의 예쁘장하고 건강한 천사들. 내가 호기심에 그 몽타주 안으로 뛰어들어 우리의 장점만을 닮은 금발 여자아이의 손을 잡자 아이가 격한 사랑이 담긴 눈빛으로 나를 올려다본다. 나는 너무 놀라서 사레가 드는 바람에 마시던 음료를 맥스에게 튀긴다. "근사해 보여요." 나는 냅킨으로 입을 닦으며 말한다.

어떤 여자가 그의 아내가 될지, 그의 아이들의 엄마가 될지 질투를 느낀다.

로지에게

일이 갑자기 홍수처럼 밀려드는 축복 겸 저주가 찾아왔어요. 하지만 여름이 총총히 지나가고 결혼 시장이 비수기로 접어들기 전에 일을 최대한 많이 할 수 있는 것을 감사하게 생각해야겠죠. 나는 진심으로 내가 하는 일을 사랑해요. 다만 고독도 사랑할 뿐이죠.

당신은 어떤가요? 당신도 혼자 있는 시간이 간절한가요?

프린지 페스티벌 기간에 맞춰서 에든버러에 가려고 최대한 노력하는 중이에요. 원래 계획했던 것만큼 길게 있을 수 없을 것 같긴 하지만 우리가 서로 인사는 할 수 있을 거예요! 스코틀랜드에 언제 도착하는지 알려줘요, 내가 스케줄상 그때 어디 있을지 체크하게.

고독도 좋지만 진짜 사람들과의 만남도 필요하죠. 그것도 사진 촬영을 부탁하는 사람들 말고 다른 사람들이요.

올리

스코틀랜드는 내가 기대했던 것 이상이다. 아리아와 나는 에든버러성이라는 유명한 요새 바로 옆에 캠핑카를 주차한다. 에든버러성은 까마득한 왕좌에서 신민을 내려다보기라도 하는 듯 바위 꼭대기에 당당히 자리 잡았고, 바다 위로 보이는 험준한 낭떠러지가 장관이다. 사람들이 뜰과 분수대 옆에 모여 이 상징적인 공간을 관람하고, 왕권을 상징하는 보석과 왕궁과 그레이트 브리튼과 잉글랜드 왕가의 대관식에 쓰였던 운명의 돌과 같은 으리으리한 보물을 구경할 차례를 기다리고 있다.

　아리아와 나는 책방 안에 틀어박혔다. 여름 동안 스코틀랜드는 날씨가 온화한데 오전에는 공기가 쌀쌀하다. 우리는 케이크를 먹으며 며칠 앞으로 다가온 프린지 페스티벌, 그리고 너무나도 원하는, 돈을 벌 방법에 대해 고민한다. 우리가 만났던 사람들은 대부분 햇살을 좇아 다른 지방으로 이동했다. 맥스도 다른 곳으로 바쁘게 떠났고, 나는 그를 그리워한다. 그와 함께 있으면 느껴지던 감정을 그리워한다.

이제는 어떤 곳을 떠나면 묘한 쓸쓸함이 느껴진다. 어떤 감정, 어떤 축제, 다른 길로 떠나는 어떤 무리의 노마드족과 작별하는 것에 불과하다 하더라도 작별이 어렵게 느껴지기 때문일까. 내가 좀 더 당당하고 좀 더 용감하게 굴었던 시간과의 작별이지 않은가.

여름비가 쏟아지고 나는 외투 속으로 더욱 깊숙이 몸을 파묻는다. 창밖을 내다보니 나뭇잎들이 벌써 주황색으로 물들어가고 있다. 이제 금방 가을이다.

바람이 나무 사이로 휘몰아치고 빗방울이 지붕을 때리며 대자연이 우리를 위해 교향곡을 연주하는 동안 우리는 담요를 두르고 따뜻하게 빈둥거린다. 나는 청소도 하지 않고, 리스트도 만들지 않고, 그냥 숨만 쉬는 이 고요의 순간에 점점 익숙해진다. 사람들은 모두 떠나고 우리는 다음 행선지로 이동하기에 앞서 쉬는 동안에만 찾아오는 이 명상에 가까운 시간이 참 신기하다.

"그래서." 아리아가 부스러기를 우수수 쏟아가며 접시를 바닥에 내려놓고 몸을 돌려 나를 쳐다보며 묻는다. "올리는 요즘 어떻게 지낸대요? 이메일 다시 보내서 만날 약속 확실히 정했어요?"

나는 호들갑스럽게 접시에 남은 부스러기를 포크로 찍어서 입에 넣지만 아리아는 시간을 벌려는 수작이라는 걸 알기에 내 손에서 접시를 낚아챈다. "왜 그래요!"

"뭘 왜 그래요? 그 딱한 남자한테 답장 보냈어요, 안 보냈어요?"

"뭐, 그 사람이 여기로 만나러 오겠다고 했는데 일단 내가 도착하면 연락하기로 했어요."

"맙소사, 로지. 설마 그냥 씹은 거 아니죠? 커피 한잔 마시는 거잖아요, 결혼식을 거행하는 것도 아니고!"

"여보세요." 나는 말한다. "몰랐나 본데 내가 요즘 좀 바빴거든요? 캠핑카가 저절로 세차가 되는 게 아니잖아요." 나는 말라붙은 진흙과 먼지로 덮인 차창을 두고 볼 수가 없어서 아리아의 캠핑카까지 세차하기 시작했다. 그걸 무슨 수로 견디는지 모를 일이다.

아리아는 눈을 부라리며 "이런 구제불능 같으니"라며 한숨을 토한다. "연락하기 싫으면 지금 당장 이메일이라도 보내요. 그런 다음이라야 우리 대화를 다시 시작할 수 있어요."

"지금 협박하는 거예요?"

그녀는 자기 입에 지퍼 채우는 시늉을 한다.

내가 쿠션을 던져도 그녀는 아무 말도 하지 않는다. "알았어요, 알았어, 이메일 보낼게요. 결혼식 시즌 막판이라 그 사람은 계속 바쁠 테지만." 아리아가 당분간은 맥스에 대해 잊어줄 테니 다행이다. 그녀는 미묘한 뉘앙스마다, 심지어 있지도 않은 뉘앙스에까지 의미를 부여하느라 난리다. "올리가 가만히 앉아서 답장을 기다리고 있을 것 같지는 않은데." 그리고 나는 놀랄 만큼 주기적으로 맥스를 떠올리는 와중에 올리에게 답장을 쓰려니 죄책감이 느껴지려고 한다.

아리아는 하얗게 변할 정도로 세게 입술을 꾹 다문다.

"배우가 되지 그랬어요, 아리아. 연기에 천부적인 소질이 있는데."

나는 한숨을 쉬며 휴대전화를 집어서 올리의 이메일 주소를 찾는다. 차 한잔 같이 마시다 벌어질 수 있는 최악의 상황은 뭘까? 내가 맥스에게 어떤 감정을 품고 있기 때문에 이게 잘못처럼 느껴지는 걸까? 잘 모르겠고 맥스를 보지 못한 지도 제법 됐다. 그는 우리와 같은 코스로 간다고 해놓고선 또다시 말 한마디 없이 사라졌다.

올리에게

좀 더 일찍 연락하지 못해서 미안해요! 우리 에든버러에 도착해서 프린지 페스티벌이 시작되길 기다리고 있는데 아직도 나랑 만나고 싶어요? 포피는 아주 멀리서도 알아볼 수 있어요. 하양의 바다에서 진분홍색 캠핑카를 찾으면 거기에 내가 있을 거예요. 케이크는 내가 쏠게요.

위트 있게 잘 썼어, 로지…….

"자, 됐다, 이제 입에 달린 지퍼 열어도 돼요."

그녀는 숨통이 틀어막혔던 사람처럼 숨을 들이마시고 외친다. "얼음 여왕이 드디어 녹으셨네!"

"얼음 여왕?"

"당신 좀 쌀쌀맞은 인상을 풍기는 것 같지 않아요? 이게 지금 소설이라면 당신은 얼토당토않게 거절당할까봐 두려운 마음에 연애를 차단하는 주인공이에요."

"아리아 서머스에 따르면 《내 인생》이라는 로맨스 소설이겠죠?"

"완벽한 제목 아니에요?" 그녀는 웃음을 터뜨린다. "이제 당신은 그 남자를 만나서 전기가 통하는지, 불꽃이 튀는지 확인하고 거기에서부터 진도를 고민하면 돼요. 맥스하고는 기회가 백만 번쯤 있었는데 아무것도 하지 않았잖아요."

나는 한숨을 쉰다. "왜 그래요, 아리아. 그리고 가르침 고마워요. 이제 어떻게 하면 되는지 알겠어요."

"그럴 리가. 벌써 최악의 시나리오를 목록으로 쫙 만들어

났죠?"

나는 주머니에 담긴 메모지 가장자리를 만지작거리며 얼굴을 붉힌다. "아니에요."

아리아가 그걸 눈치채고 내 재킷 주머니 쪽으로 달려들어 내 심복과도 같은 메모지를 단박에 요란하게 끄집어낸다. "소매치기 수업도 받았어요?"

"내가 숨겨진 재주가 많거든요. 어디 보자……." 그녀는 메모지를 휙휙 넘긴다. 나는 내가 전혀 당황스러워하고 있지 않다는 걸 깨닫는다. 한 달 전만 해도 누가 내 메모를 읽으면 치욕스러워했을 텐데 지금은 아리아를 신뢰한다. 누군가를 이렇게 신뢰한 적은 처음이다. 그녀는 내 괴팍한 기질을 알고 나를 놀릴지 몰라도 전부 장난이다. "장점: 귀엽다, 다정하다, 시인 기질이 있다, 창의적이다, 사진을 아주 잘 찍는다, 조용하다, 학구적이다, 책을 좋아한다 그리고 상대방의 말을 귀담아들을 줄 안다."

"뭐, 그렇지 않을까 상상한 거예요." 나는 말한다. "정확하지는 않지만."

그녀는 눈썹을 추켜세운다. "단점."

나는 얼굴을 가린다. 나는 왜 머릿속을 스치고 지나가는 생각을 전부 종이에 적지 않고는 못 배길까? 이제는 이런 걸 졸업할 때도 되지 않았나?

"연쇄살인범이거나 랩을 좋아하거나 사생활이 지저분하거나 저질스러운 용어를 쓰거나……." 그녀는 읽기를 멈추고 나를 빤히 쳐다보다가 다시 읽기 시작한다. "저질스러운 용어? 청소를 안 하거나 아침형 인간이 아닐 수 있다. 코를 골지 모른다. 맥스가 아니다."

아리아는 비아냥대듯 말한다. "맥스가 아니다?"

나는 우물쭈물한다. "아니, 맥스하고는 다르다고요."

"그러니까 둘 중에서 누가 더 좋은데요?"

"둘 다 별로예요. 솔직히 그 둘보다 내 사철쑥 화분이 더 좋아요."

"하여간 거짓말도 정말 못해요. 최소한 올리를 만나라도 봐야 하지 않겠어요? 그래야 마음이 맥스한테 있다는 결론이 내려지면 그를 후보 명단에서 지울 수 있죠." 그녀는 씩 웃는다. "하지만 아무 감정이라도 느껴지면 용기를 내서 같이 저녁 먹자는 얘기를 꺼내겠다고 약속해요. 그리고 거기 앉아서 당신에게 들이닥칠 수 있는 재앙을 하나씩 적지 않겠다고."

아리아가 자기 말을 들어주길 바랄 때처럼 나는 과장된 한숨을 쉰다. "알았어요. 어떤 식으로 잘못될 수 있을지에 집중하지 않고, 어떤 식으로 잘될 수 있을지에 집중할게요." 맥스가 머릿속에 떠오르자 나는 당황하며 얼른 지워버린다.

"잘 생각했어요!" 그녀는 결혼반지를 만지작거리고 나는 그제야 금색 액자가 보이지 않는다는 걸 알아차린다.

"TJ 사진 어디 갔어요?" 나는 묻는다.

"아." 그녀는 심드렁하게 대꾸하는 척한다. "서랍장에요. 시시각각으로 그이를 생각하면 안 되겠더라고요. 하루에도 백 번씩 사진을 끌어안지 말고 잠자기 전에 한 번으로 줄이기로 했어요."

"진전이 있네요."

그녀는 어깨를 들어올린다. "자기 보호 본능이에요."

치유를 향한 아리아의 긴 여정이 시작됐음을 알 수 있다. 그녀는 그 끝없는 어둠 속에서 천천히, 하지만 분명하게 빠져나오고 있다. 어쩌면 우리 둘에게는 아직 희망이 있을지 모른다.

20

프린지 페스티벌에서 배정받은 자리를 향해 가는데 뒤에서 아리아가 미친 듯이 경적을 울린다. 바로 다음 순간 내 전화기가 울린다.

"차 세워요!" 아리아가 흥분한 목소리로 외친다. "포피에서 연기가 나고 있어요."

"망할. 알았어요." 나는 다음 번 메뉴를 상상하는 데 정신이 팔려서 모르고 있었다. 이제 보니 시커멓고 자욱한 연기와 함께 기름 탄내가 풍기고 있다.

나는 포피를 길가에 대고 얼른 내린다. 포피가 실제로 아파하는 것처럼 연기를 토하며 쇳소리를 내자 내 심장이 요동친다. 아리아가 달려와 캠핑카를 살핀다. "어떻게 하면 좋을지 모르겠어요!" 그녀가 도움이 되는 소리를 한다.

"나도요!" 나도 외친다. 유튜브 영상에 이런 문제는 나온 적이 없었는데! 포피의 밑에서 온 사방으로 연기가 자욱하기 때문에 심지어 출처가 어딘지조차 정확하게 알 수가 없다. "우리 포피 딱해서 어쩌나! 폭발하거나…… 뭐 그러는 건 아니겠죠?"

아리아가 입술을 깨물며 서 있는 동안 나는 어쩌면 좋을지 열심히 머리를 굴린다. 연기가 난다는 건 불이 났다는 뜻이지 않을까? 뭔가가 타고 있다는 건데 어디일까? 엔진? 라디에이터? 또 뭐가 있지? 차체에 불이 옮겨붙으면 어떤다?

바로 그때 요란하게 덜커덩거리는 소리와 함께 맥스가 길가에 차를 댄다. 내 평생 누굴 만났을 때 이렇게 반가운 적은 처음이다.

"맥스!" 나는 물에 빠지기라도 한 것처럼 그를 향해 손을 흔든다. "여기요!"

"안 그래도 잘 보일 거예요. 그러니까 차를 세웠겠죠." 아리아가 말한다.

나는 못 들은 체하고 그를 향해 달려간다. 긴급한 상황이고 포피가 남들 눈에는 단순한 기계에 불과할지 몰라도 내게는 생명줄이자 친구이자 외로운 장거리 여행길의 대화 상대이자 내 모든 비밀을 간직한 심복이다.

"포피 좀 어떻게 해주세요!"

"알았어요." 그가 말한다. "진정해요. 조금 식힌 다음 내가 엔진을 체크해볼게요."

나는 속으로 통장 잔고를 확인하고 수리하려면 얼마나 들지 궁금해한다. 포피는 청년이라기보다 중년의 부인에 가깝기 때문에 부품이 비싸고 구하기 어렵지 않을까 싶다. "돈이 많이 들게 생겼네요."

"걱정하지 말아요." 그가 내 어깨를 살짝 잡았다가 놓는다. "고칠 수 없는 건 없으니까."

노마드족 특유의 말투다! 그들은 하나같이 느긋하고 태평하다. 당황하지 않고 인생사 새옹지마라고 생각하며 마음 편히 즐긴다. 나는 아직 그런 단계가 아니다. 오밤중이 되도록 이 길가에서 오도 가도 못 하는 내 모습이 그려진다. 나무 그림자가 유령처럼 도로 위에 어른거리면 죽도록 무섭겠지? 걱정해야 한다, 그렇지 않고서야 무슨 수로 이 사태를 해결할 수 있겠는가!

"여기서 있을 수는 없어요! 그러다 죽으면 어떻게 해요!"

아리아와 맥스가 눈빛을 주고받는다. 워낙 빨라서 어떤 눈빛인지 잘 모르겠지만 내가 호들갑 떤다고 생각하는 눈치다. 그건 절대 아니다. 내가 잠을 자는 동안 들짐승이 포피 안으로 들어오거나 문이 열려 있는 동안 늑대 무리가 옆을 지나가거나 흡혈귀가 실제로 존재한다면……!

맥스가 내 어깨 위에 두 손을 얹고 나를 똑바로 쳐다본다. "심호흡 몇 번 해요, 로지. 다 잘 해결될 거예요. 엔진이 좀 식으면 대충 둘러볼게요. 내가 고칠 수 없으면 견인차를 불러서 일단 페스티벌에 참여하고 출장 정비를 신청하면 돼요."

"여기서 나 혼자 밤을 지내지 않아도 돼요?"

"내가 절대 혼자 두지 않을게요."

나는 그동안 어디 있었느냐고 따져 묻고 싶지만 그가 옆에 있다는 안도감이 너무 커서 그의 품속으로 몸을 맡기고 따뜻한 그의 가슴에 고개를 묻는다. 그는 큼지막하고 튼튼한 전기담요처럼 편안하다. 나는 그에게 기대고 두근거리던 심장이 가라앉길 기다린다.

아리아가 헛기침을 한다.

"왜요?" 나는 묻는다.

"내가 자리 비켜줄까요?"

이게 무슨 짓이람! 나는 머리 꼭대기까지 얼굴을 붉히며 마지못해 맥스에게서 떨어진다. 다시 한기가 느껴지자 순간 아리아의 목을 조르고 싶어진다. "그럴 거 없어요."

"그렇다면야."

맥스는 씩 웃으며 포피 앞으로 다가가 좌석을 들어서 엔진을 들어내고 긴급 상황이 아니라 갈림길이라도 만난 듯 휘파람을 불어가며 이리저리 집적거리기 시작한다.

아리아가 내 팔꿈치를 잡고, 자신이 하려는 얘기가 맥스 귀에 들리지 않도록 멀찌감치 데려간다.

"뭐 하는 거예요!"

"뭐가요?"

"아까 그를 쓰러뜨리고 올라타기 직전이던데요?"

내 입이 떡 벌어진다. "무슨 소리예요! 고마움이 확 밀려와서 그랬을 뿐이에요! 감사의 포옹이었다고요. 추웠는데 저 사람은 따뜻하더라고요. 그렇게 얘기하니까 지저분하게 들리잖아요."

아리아는 못 믿겠다는 표정을 짓는다. "못 느끼는 모양이다, 그죠?"

"뭘요?"

"당신은 맥스를 좋아해요! 아까 강아지 같은 눈빛을 하고서는 그의 품속으로 달려들었어요. 달려들었다고요."

"그렇게 한마디, 한마디 강조할 필요 없어요! 그리고 아니에요, 나는 천천히 침착하게 그의 품에 안겼어요. 아무도 없는 길가에 나 혼자 내버려두지 않겠다고 하니까 감격해서. 유령을 주제로 흥미로운 연구가 이루어진 적이 있는데⋯⋯."

맥스가 우리 옆으로 다가온다. "엔진 문제예요." 그가 말하고 주머니에서 휴대전화를 꺼낸다. "견인차 기사 라스한테 연락할게요. 그러고 나서 정비 기사를 알아보기로 해요, 그럼 되겠죠?"

"네, 부탁할게요." 이 비용을 감당하려면 버터크림 컵케이크를 몇 개나 팔아야 할까? 정말이지 좀 더 번듯한 안전망을 구축해야겠다. 내 여행이 본격적으로 시작되면서 통장 잔고가 서서히 줄어들기 시작했고, 버는 돈은 고스란히 재료와 장비를 구입하는 데 들어갔다. 그리고 축제가 없는 기간의 생활비로도. 여행하며 밑천을 모을 수 있을 줄 알았던 내가 바보 같고 바보 같고 바보 같았다.

아리아가 내 등을 쓰다듬는다. "스트레스 받지 말아요, 로지. 누구한테나 벌어지는 일이에요."

나는 고개를 끄덕이며 뜻밖의 사고가 벌어졌을 때 그들처럼 평정심을 발휘할 수 있으면 좋겠다는 생각을 한다. 하지만 내가 할 수 있는 일이라고는 평소처럼 철저하게 계획을 세우지 않은 나를 속으로 타박하는 것뿐이다. 평생 그래왔던 데에는 합당한 이유가 있지 않은가.

"둘 다 고마워요." 생각지도 못하게 목소리가 갈라지자 나는 몸을 돌리고 포피 안에서 핸드백을 찾는 척한다. 무너지지 말자, 정신 똑바로 차리자. 이래서 돈이 있어야 하는 거다. 비상금을 일부 떼어내 맥스의 재단에 기증하는 깜짝 선물을 하고 싶었는데 당분간 포기해야겠다.

몇 시간 뒤에 견인차가 도착하고, 포피를 견인한 채 프린지 페스티벌 현장에 입성한다. 맥스는 끝까지 내 옆을 지키다 자기 캠핑카를 몰고 맨 뒤에서 따라온다. 내가 아는 캠핑카가 벌써 두어 대 보이고, 먼저 간 아리아가 저 멀리서 우리 테이블과 의자를 앞에 설치하고 준비를 마쳐놓았다.

라스가 견인차에서 포피를 분리한다.

"괜찮아요?" 아리아가 하얀 가루를 뒤집어쓴 앞치마를 입고 다가온다.

"그럼요." 나는 그녀에게 미소를 지어 보인다. "지금……빵 만드는 중이에요?" 아리아는 요리 수업에 아주 진지하게 임했지만, 스토브 위에서 뭐가 끓고 있거나 오븐 안에서 뭐가 구워지고 있든 까맣게 잊고 책 속으로 빠져들기 일쑤라 진도가 아주 더뎠다.

아리아는 얼굴을 붉힌다. "음, 해보는 중이에요." 그녀는 말한다. "여기 늦게 도착해서 시간에 쫓길 테니까 버터밀크 스콘이랑 초콜릿 칩 비스킷 한 판 만들어봤어요. 당신이 다른 준비하는 동안 그걸로 일단 대중들의 마음을 사로잡을 수 있게."

나는 울컥 치미는 감정을 삼킨다. 무슨 말을 하면 좋을지 모르겠다.

"물론 당신이 만든 버터밀크 스콘하고 똑같지는 않겠지만 잼이랑 크림을 듬뿍 바르면 아무도 모를 거예요."

내 입에서 터져 나온 웃음소리가 금세 눈물로 바뀐다.

"아우우!" 아리아가 나를 끌어안고 내 어깨가 들썩이는 동안 아무 말도 하지 않는다.

잠시 후에 우리는 포옹을 풀고 나는 눈을 훔친다. 그래도 울었던 티가 조금 나긴 하지만 괜찮다. 친구들과 함께 있다는 것에 대한 감사의 눈물이니까.

딱하게도 라스는 시선을 어디에 둘지 몰라 하며 체중을 이쪽 발에서 저쪽 발로 옮기다 소심하게 묻는다. "아, 저기…… 청구서를 들고 왔긴 한데 나중에 드리는 게 좋겠죠?"

"내가 처리할게요." 맥스가 말한다.

"아니에요, 아니에요." 나는 맥스 앞으로 나서 그와 라스 사이를 가로막는다. "괜찮아요, 미안해요. 그냥 울컥했는데 자주 있는 일은 아니에요, 진짜예요." 아, 좀! "여기까지 견인해줘서 정말 고마워요, 라스. 지금 지불할게요."

그는 겸연쩍어하며 청구서를 내밀고 나는 포피 안으로 들어가 꿍쳐놓은 비상금을 꺼내며 이후 수리 비용이 너무 어마어마하지 않기만을 바란다.

라스는 내가 건넨 돈을 받아서 주머니에 챙긴다. "또 문제 생기면 연락주세요."

우리는 손을 흔든다.

"으악, 오븐에 쿠키 넣어놓고 깜빡했다!" 아리아가 외치며 책방으로 쌩하니 달려간다.

멀어져가는 그녀를 지켜보다 내가 말한다. "고마웠어요, 맥스. 하지만 계속 나를 구제하지 않아도 돼요."

맥스는 손사래를 친다. "이게 무슨 구제예요. 나는 그냥 할 도리를 하고 있을 뿐이에요. 입장이 바뀌었다면 당신도 이랬 을 거잖아요."

또다시 눈이 따끔거리는 게 느껴진다. 어떤 식으로 감사를 표현하면 좋을까? "감사의 뜻에서 이따 빈티지 칵테일 바에 서 내가 한잔 살게요. 9시 어때요?"

"좋아요." 그는 말한다. "그거 데이트예요."

그는 내게 아니라고 바로잡을 틈도 허락하지 않고 몸을 돌 려서 사라진다.

나는 아리아에게 이 소식을 알릴 겨를도 없이 작업에 착 수한다. 해야 할 일이 너무 많기 때문에 앞치마를 입고 집중 한다.

캠핑카 생활자들이 바쁜 한 주를 앞두고 식량을 비축하는 동안 시간이 쏜살같이 흘러간다. 나는 시간이 없기 때문에 몇 가지만 간단하게 준비하는데, 다들 내 메뉴가 전처럼 다 양하지 않다는 것을 알아차리지 못하고 보이는 대로 사가는 눈치다. 아리아가 만든 돌처럼 딱딱한 스콘은 그녀가 다른 데 보고 있을 때 어쩌다 탄생했는지 배경을 얼른 설명하고 덤으로 준다. 다들 그렇게 착한 친구가 있느냐며 칭찬하는데 맞는 말이다.

나는 아침에 설탕을 입힐 컵케이크를 산더미처럼 쌓아놓는다. 네 개 묶음으로 할인판매하면 잘 팔리지 않을까 싶다. 터키시 딜라이트, 솔티드 캐러멜, 칼루아 버터크림은 식히려고 냉장고에 넣어두었다. 과육이 씹히고 술 냄새가 풍기는 트라이플(케이크와 과일 위에 포도주젤리를 붓고 그 위에 커스터드와 크림을 얹은 디저트—옮긴이)도 1인용으로 몇 개 만들었는데, 만드는 과정이 워낙 즐겁기 때문에 찾는 사람이 많았으면 좋겠다.

주방 정리와 청소가 끝나자 나는 카운터 셔터를 내리고 이메일을 체크한다.

로지에게

거의 다 도착했어요. 내가 일요일에 그쪽으로 건너가면 어때요? 당신 캠핑카를 찾아볼게요. 듣자 하니 한눈에 찾을 수 있을 것 같네요!

얼른 만나고 싶어요.

올리

헉! 이렇게 빨리, 이렇게 갑작스럽게 만나게 될 줄이야! 나는 이 소식을 아리아에게 알리려고 책방으로 건너간다.

"올리가 일요일에 오겠다는데 만나도 될지 잘 모르겠어요⋯⋯."

"왜요?"

"글쎄요, 내가 맥스를 좋아하기 때문인가? 아니면 좋아하지 않기 때문인가?"

"거창한 이유가 있는 게 아니라 그냥 차 한잔 마시자고 올리버를 만나는 거잖아요. 선택의 기회를 열어둬요! 맥스하고는 별 진전 있어요?"

"보답하는 뜻에서 오늘 밤에 한잔하기로 했어요."

그녀는 알 만하다는 듯이 눈썹을 꿈틀거린다.

"이쪽하고는 차를, 저쪽하고는 칵테일을. 내가 뭘 잘 몰랐다면 수줍음 많은 우리 로지가 껍데기를 깨고 나오는가 보다 하고 착각했겠어요."

나는 '설마' 하는 뜻이 담긴 내 특유의 눈빛으로 그녀를 쳐다본다. "같이 갈래요?"

"꼽사리 끼라고요? 절대 싫어요. 나는 여기 이 배드보이하고 만날 거예요." 그녀는 구릿빛 맨 가슴을 드러낸 남자가 모델인 책 표지를 톡톡 두드린다.

나는 웃으며 말한다. "나라면 저지르지 않을 짓은 자제해 줘요."

"알았어요. 행복해 보여요, 로지. 오늘 그런 황당한 일이 벌어졌는데도."

내가 생각해도 그런 것 같다. 오늘 친구들이 옆에 있어 주었기 때문인데, 그들은 그것이 내게 얼마나 큰 의미인지 모를 것이다. "이번에는 뭘 입어야 할지 고민할 차례예요."

"그 빨간색 원피스요!"

"그건 안 돼요, 너무 애쓴 티가 나잖아요!"

그녀는 코웃음 친다. "그게 아니라 얼마나 섹시한지 티가 나겠죠."

나는 고개를 갸웃한다. "너무 과해요."

"정장처럼 입을 수도 있고 캐주얼하게 입을 수도 있고 몸의 굴곡을 고스란히 드러내 몸매를 자랑할 수 있는 원피스잖아요! 그걸 입지 않으면 미친 거라고요."

나는 반신반의하며 미소를 짓는다. "생각해볼게요."

포피로 돌아가 타이트한 빨간색 원피스를 입어보았다가 벗고, 검은색의 심플한 원피스를 입었다가 벗고, 다시 타이트한 원피스를 입고 침대에 앉아 옷장을 훑어보는데, 이보다 작을 수 없는 벽장을 싣고 가볍게 여행하는 중이라 오래 걸리지도 않는다.

가볍게 한잔하러 나가는데 빨간색 원피스는 아무래도 과한 느낌이라 나는 검은색 짧은 치마와 파란색 홀터 톱을 택

한다. 좀 더 캐주얼하지만 충분히 몸에 붙어서 앞치마를 두르고 다니던 평소 모습과 180도 달라 보일 거라는 자신감이 생긴다. 마스카라와 블러셔를 하고 립글로스를 살짝 바른다. 마지막으로 머리칼을 헝클어뜨리고 거울을 들여다보니 놀랍게도 내가 눈을 반짝이고 있다. 이건…… 기대감 때문일까? 행복해서일까? 맥스가 계속 내 허를 찌르고 있고, 그를 향한 내 감정은 정체불명이긴 하지만 날마다 점점 자라나고 있다.

나는 밤공기 속으로 나서서, 여기저기 보이는 낯익은 얼굴을 향해 손을 흔든다. 천천히 하지만 확실하게 그들의 일원이 되어가고 있다는 데서 조그맣게 터지는 행복을 느낀다.

빈티지 칵테일 바에 가까워지자 소음이 더 크게 들린다. 재즈 밴드가 경쾌한 음악을 연주하고 손님들은 테이블 주변에서 어슬렁거린다. 이 모든 것의 중심에서는 미니 불꽃놀이를 펼치듯 불똥을 튀겨가며 장작불이 타고 있다.

맥스는 벌써 도착해 크래프트 맥주병을 한 손에 들고 사람들에게 둘러싸여 있는데, 남자 여자 할 것 없이 모두 홀딱 반한 눈빛으로 그를 올려다본다. 나도 맥스에 대해 가졌던 편견을 몇 겹 벗겨놓고 보니 그의 주변에 사람들이 몰리는 이유를 알겠다.

그는 내가 보이자 손을 흔들고 그들 틈바구니에서 빠져나온다. 후아. 장작불 그림자가 그의 몸 위에서 춤을 추며 떡 벌어진 골격을 강조하자, 정말이지 눈이 부시다는 생각이 들면서 그에게 유린당하는 상상이 펼쳐지는데……. 앞으로 아리아가 파는 로맨스 소설을 그만 읽어야겠다. 이게 다 그 부작용이다.

"내가 술 한잔 사다 줄게요." 맥스가 말한다.

"아니에요, 아니에요, 내가 사다 줄게요. 맥주? 아니면 다른 거요?"

"맥주 좋아요."

인파를 헤치고 빈티지 칵테일 바 안으로 들어가는데, 지금까지 이렇게 우아한 캠핑카는 처음이다. 짙은 파란색의 고급 벨벳으로 덮인 조그만 좌석이 있고, 짙은 색 벽은 나뭇결을 살렸으며, 무드 조명이 있어 재즈 시대로 시간을 거슬러 올라간 듯한 묘한 기분이 든다. 나는 두 명은커녕 한 명도 간신히 앉을 수 있을 만큼 조그만 소파에 앉는다. 바텐더 루이저가 다가오자 내가 마실 에스프레소 마티니와 맥스가 마실 맥주를 주문한다.

"조심해요." 그녀가 속삭인다. "그 사람한테 상처받지 않게."

나와 루이저는 오다가다 만난 사이다. "누구…… 맥스요?"

"지금처럼 홀딱 빠진 걸 본 적은 없지만 방랑자 기질이 다분하거든요."

"홀딱 빠졌다고요?"

그녀는 눈썹을 추켜세운다. "당신한테요."

칵테일 바 안이 갑자기 더워져서 내가 조그만 냅킨으로 괜히 부채질하는 동안 맥스가 들어와 루이저를 번쩍 안아 올린다. '방랑자 기질이 다분하거든요.' 그는 절대 정착하거나 한 군데 뿌리를 내릴 사람이 아니라고, 계속 뭔가를 찾고 추구하도록 태어났다고 경고하는 걸까? 그는 군 생활에 적응했을지 몰라도 그것조차 그를 계속 붙잡지는 못했다. 게다가 그의 입으로 직접 고백했다시피 결혼을 하고 아이를 낳아도 세계 여행이라는 모험은 멈추지 않을 거라고 했다. 하지만 그게 그렇게 나쁜 일일까?

루이저가 술을 들고 다시 오자 나는 최대한 시선을 피한다. 그녀는 내게 어떤 언질을 주려고 하지만 나는 거절하고 싶다.

하지만 아뿔싸, 에스프레소 마티니가 술술 넘어간다. 너무 술술 넘어간다.

두 시간 뒤에 나는 맥스에게 몸을 바짝 붙이고 달빛 아래에서 통기타 연주에 맞춰 관능적인 플라멩코 스타일의 춤을 춘다. 우리는 서로 찍어낸 듯 아귀가 딱 맞고 누군가에게 이 정도로 취한 느낌은 처음이다. 그게 아니라 마티니에 취한 건가? 나는 그 생각을 멀찌감치 떨쳐버리고 지금 여기 이 순간에 집중한다. 맥스를 올려다보니 그도 원초적인 눈빛으로 나를 똑바로 내려다보고 있다.

"당신이 채식주의자가 아니었다면 말이에요." 나는 말한다. "하룻밤 사랑을 나눌 때도 캠핑카 바닥에 짐승 가죽을 깔고 하는 타입이었을 것 같아요." 침대까지 두 걸음 허비하는 그의 모습은 상상이 되지 않는다. 그는 참을성 있는 타입으로 보이지 않는다.

"하룻밤 사랑?" 그가 캐묻는다. "그래요?"

"네, 하룻밤 정열을 불사르고 사라지겠죠. 가엾은 여자가 환한 햇살에 눈을 떠보면 전날의 사향 냄새만 남아 있고 당신은 떠난 지 오래일 거예요. 당신은 사자 떼나 뭐 그런 걸 거느리고 여자가 나갈 때까지 언덕을 달릴 거고요, 그렇죠?" 아니면 허브티를 한잔 들고 갈망하는 눈빛으로 기다리고 있으려나? 사랑은 왜 이렇게 복잡한 걸까?

"맞아요." 그는 웃으며 나를 좀 더 바짝 끌어안는다.

내 머릿속 깊숙한 곳에서 너무 헤프게 굴면 안 된다는 생각이 들지만 바짝 붙어 있는 그와 그의 격한 체취와 내 머리 위로 쏟아지는 비와 장작불 열기 때문에 정신이 하나도 없다. 절대적인 깨달음이 찾아온 눈 깜짝할 순간에 나는 까치발을 하고 몸을 길게 늘인다. 그에게 입을 맞추지 않으면 죽어버릴 것 같다.

나는 입술을 그의 입술에 갖다 대고 그 짜릿함에 이성의 끈을 놓는다. 지금까지 했던 모든 키스와 다르지만 그의 입술에 담긴 열정을 음미하고 그의 욕망을 맛보느라 어떻게 다른지 곱씹을 겨를이 없다. 내 몸이 그의 몸과 전선으로 정확하게 연결된 듯한 느낌과 더불어 나는 토끼 굴 안으로 떨어진다. 그를 향한 갈망으로 다리에서 힘이 풀리고 그 없이 무슨 수로 살 수 있을까 하는 생각이 든다. 입맞춤이 영원히 끝나지 않았으면 좋겠다는 생각이 든 순간 그가 나에게서 멀찌감치 물러나며 서글퍼 보이는 미소를 짓는다.

"이제 당신을 포피로 데려다주는 게 좋겠어요."

포피로? 하지만 짐승 가죽은 어쩌고? 옷을 찢는 건? 정열을 불사르는 밤은? 내가 신호를 잘못 읽었나?

21

다음 날 아침, 머리를 쪼아대는 두통과 함께 눈을 뜨는데, 간밤의 기억이 와르르 되살아나자 그 침묵의 비명이 더 심해진다.

'하룻밤 사랑을 나눌 때도 캠핑카 바닥에 짐승 가죽을 깔고 하는 타입이었을 것 같아요.'

설마 내가 정말 그 남자에게 이런 말을 한 건 아니겠지! 다른 기억들이 추가로 내 머리를 강타한다. 키스, 맙소사, 키스! 그리고 필연적으로 찾아온 실망, 거절. 나를 포피까지 바래다준(끌고 간) 그! 굴욕감에 내 얼굴이 시뻘게지고 혼자라 이 꼴을 아무한테도 보이지 않아 다행이라는 생각이 드는데…….

"일어나셨구먼, 늦잠꾸러기!"

실눈을 뜨고 보니 침대 저쪽 끝에서 아리아의 형체가 어른거린다. 나는 베개를 집어서 얼굴을 덮고 흔적도 없이 사라질 수 있길 바란다. 이제 무슨 수로 그의 얼굴을 다시 볼 수 있을까? 아리아가 간밤에 여기 있었을까? 내가 어느 정도로 굴욕을 겪었는지 알까?

"그러니까…… 맥스였죠?"

정답은 예스다.

"그게 다였어요, 아니면 더 있어요?"

나는 그러면 안 된다는 걸 알면서도 굴복하고 말았다. 바보처럼! 으악. 나는 대답을 머뭇거린다.

"네?"

"나 건드리지 말아요. 평화롭게 뒹굴고 싶으니까."

"미안하지만 그건 안 되겠는데요. 해야 할 일이 있어서. 한 시간 있으면 축제가 시작돼요."

"나 아파서 못 나가요. 아니, 죽어서 못 나가요. 나를 원래부터 없었던 사람으로 간주해줘요."

아리아가 웃음을 터뜨리자 머리를 망치로 두들겨 맞는 느낌이다.

"일어나요." 그녀는 죽어라 붙잡고 있는 내 손아귀에서 베개를 잡아 뺀다. "옆에 물이랑 아스피린 있으니까 그거 먹어요. 내가 어마어마하게 기름진 아침을 차려줄 테니까 그러면 일어날 수 있겠죠?"

"안 돼요. 두 번 다시 아무도 볼 수 없어요."

"왜요?"

일어나 앉았더니 사방이 빙글빙글 돈다. 나는 침대 옆에서 더듬더듬 물과 진통제를 찾아서 삼키며 그게 왜 거기 있는지 잠깐 궁금해한다. "이유를 알잖아요, 아리아."

그녀는 최대한 순진한 표정을 짓지만 나는 속아 넘어가지 않는다. "맥스가 당신을 집까지 바래다줬어요." 그녀는 말한다. "그리고 당신을 침대에 눕혔고요. 그게 뭐 어때서요?"

"그럼 키스에 대해서는 어떻게 알아요?"

"그건⋯⋯." 그녀가 씩 웃자 눈이 반짝거린다. "내가 노마 드족 몇 명이랑 늦은 저녁을 먹고 돌아오는 길에 당신 캠핑 카에서 나오는 맥스를 만났는데, 자기 입술을 만지작거리면서 당신에 대해서 어쩌고저쩌고 중얼거리더라고요. 당신한테 홀딱 반한 눈치인데."

나는 눈을 감는다. "내가 그를 덮치려다 깨물었거나 다치게 했을 거예요. 에스프레소 마티니는 법으로 금지해야 해요."

"내 생각은 달라요." 아리아는 좀 더 진지한 투로 말한다. "무슨 일이 벌어졌는지 몰라도 당신이 마티니를 너무 많이 마셨다는 걸 알고 그가 진정한 신사답게 당신을 안전하게 집 까지 데려다준 거라고 생각해요. 그런 남자를 나무라면 되겠어요?"

"아뇨, 나무라는 게 아니에요."

"그럼요?"

"그가 그래서 나를 집까지 데려다준 게 아니에요."

"그럼 뭔데요?"

"내가 그의 타입이 아닌가 봐요. 전후 상황을 종합한 바로는." 세상아, 나를 죽여다오! "문득 맥스에게 키스하지 않으면 죽을 것 같았고 술에 취해서 몽롱한 상태로 느낀 바로는 이보다 더 좋을 수 없었는데 그가 갑자기 중간에 멈추더니 멀찌감치 물러섰어요. 심지어 휘청거렸어요. 아악! 솔직히 그 사람도 내 타입이 아니라고요!"

그녀는 내 말을 못 믿겠다는 듯이 나를 빤히 내려다보고, 나는 두 번 다시 그런 실수를 저지르지 않겠다고 다짐한다.

"샤워할래요." 나는 말한다.

"그럼 내가 아까 얘기한 그 아침 준비할게요."

"고마워요."

그녀가 나간 뒤에 다른 쪽 베개 아래에 있는 쪽지가 내 눈에 들어온다. 으악, 그가 절교장까지 써서 남길 시간이 됐단 말인가!

로지,

내가 당신 옷을 벗기는 결례를 범했지만 용서해주기 바라요…….

뭐라고! 이불을 들추어 보니 내가 속옷만 입고 있다.

진흙탕에서 그런 실랑이를 벌이고 나서 그 구정물을 뒤집어쓴 채로 당신을 재우는 건 아니다 싶었거든요. 하지만 내가 훔쳐보지 않았다는 건 알아주었으면 해요. 그래요, 한두 번 훔쳐보긴 했지만 그걸 가지고 나한테 뭐라 할 수는 없겠죠? 당신 체면에 금이 가지 않게 눈을 거의 감았어요. 근사한 시간 보내게 해줘서 고마웠어요. 달빛 아래에서 당신과 춤을 추었던 건 절대 잊지 못할 거예요…….

맥스

나는 다시 이불 속으로 쓰러져 숨는다. 진흙탕에서 그런 실랑이를 벌였다고? 그가 내 알몸을 본 거나 다름없지 않은가. 나는 그의 늠름한 모습을 두 번 다시 마주할 수 없을 것이다. 됐다, 포피를 몰고 이 벌판에서 당장 떠나야겠다. 런던으로 돌아오라는 호출을 받았다고 하고…….

그러다 생각이 난다. 포피가 고장 났지! 이런 크레파스 십팔 색이 있나!

22

하루가 끝날 줄을 모른다. 진통제 약효가 떨어져가는데 인파는 점점 많아지고 이 괴로움을 아는 사람은 나 하나뿐이다. 기쁜 소식이 있다면 컵케이크가 한 시간 만에 매진됐다는 것이니, 축제에서는 단순한 게 최고일지 모른다.

아리아가 평소처럼 사람들이 정직하게 값을 지불하고 책을 들고 갈 거라는 기대 아래 자기 책방을 비워놓고, 내가 스콘을 다시 몇 판 구울 수 있게 서빙을 도우러 온다.

그녀가 여러 캠핑카 생활자가 예전에 저지른 장난을 들려주자, 줄을 서서 기다리고 있던 사람들은 눈을 동그랗게 뜨고 듣는다. 다들 어찌나 넋을 잃고 귀를 기울이는지 시즌이 끝나기 전에 노마드족이 몇 명 추가되지 않을까 싶다. 나는 또다시 아리아를 선물한 하늘에 감사 인사를 전한다. 그녀가 없었다면 안 그래도 엉망진창이었던 내 인생이 훨씬 더 엉망진창이 되었을 것이다.

그런데 내가 아스피린을 찾으러 달려가려는 찰나 앞이 어두컴컴해진다. 그건 한 가지 의미일 수밖에 없다. 맥스. 나는 스콘 반죽에 정신이 팔린 척하며 그가 가주길 바라지만 머리끝에서 시작된 홍조가 발끝까지 번진다. 내가 무슨 말을 했을지에 대해서는 생각하지 않을 테다. 그가 없는 거나 다름없는 속옷 차림의 나를 보았다는 사실도. 게다가 그는 훔쳐보지 말았어야 하는 거다. 그건 무례를 넘어서…….

"로지." 그가 부른다.

나는 생사가 걸린 문제라도 되는 듯 반죽을 섞는다. 마치 수술이라도 하듯, 아니면 마치…….

"로지!"

줄을 선 사람들이 고요해지고 나는 모두의 시선이 그에게 쏠려 있다는 걸 안다. 바로 맥스 효과다, 젠장.

"로지!"

나는 놀란 척하며 고개를 돌린다. "아, 맥스, 왔어요? 미안해요, 내가 딴 데 정신이 팔려 있었어요."

그는 '어련하시겠어요' 하는 표정으로 나를 쳐다보지만 따지고 들지는 않는다. "오늘 저녁에 정비 기사가 와서 포피를 체크할 거예요. 시간 괜찮겠어요?"

"그럼요, 고마워요."

줄을 서 있던 여자들이 입을 떡 벌린 채 맥스를 쳐다보고 있고(놀랄 일도 아니다) 그중 몇 명은 그에게서 눈을 떼 나를 쳐다보며 너무 수준 차이가 난다는 듯이 미간을 찌푸렸다고 나는 장담할 수 있다. 으윽. 그도 간밤에 그렇게 얘기한 거나 다름없지 않은가? 키스하는 나를 피해 뒤로 물러났을 때. 그 기억이 떠오르자 나는 얼굴이 벌게져서 그가 사라져주길 바라며 다시 스콘 반죽을 섞지만 그럴 리가, 그는 내게 굴욕에 선사할 기회를 놓치지 않는다, 마조히스트 같으니라고.

"시간 있을 때 잠깐 얘기 좀 할래요?"

"그건 안 되겠는데요, 맥스."

그는 잠깐 짜증 난 표정을 짓는다. "왜요?"

왜냐고? 아니, 왜냐고? 꼭 이렇게 보는 눈도 많은 데서 그래야 하나? "당신은 좋은 친구였고 포피가 고장 났을 때 많은 도움이 됐지만 우리는 서로 너무 다른 것 같아요, 맥스."

짜증 난 표정이 애처로운 미소로 바뀐다. "어젯밤의 그 일 때문에 이래요?"

심지어 아리아조차 좀 더 귀담아들으려고 서빙을 멈춘다. 잠시 후에 그녀는 한 손가락을 입술에 갖다 대 모든 사람을 조용히 시키는, 상상조차 할 수 없는 일을 저지른다.

"그게 무슨 소리예요?" 나는 몸을 동그랗게 말고 10년 동안 잠을 자고 싶어진다.

"당신 옷을 벗긴 거요."

여기저기서 헉 소리가 들리고 나는 거리가 됐다면 그를 발로 한 대 찼을 것이다.

"지금 여기서 그런 얘기는 부적절하다고 생각하는데요." 나는 발끈한다.

"우리는 신경 쓰지 마세요." 검은 머리의 예쁘장한 아가씨가 선글라스를 위로 올리며 말한다. "바쁠 것 없으니까."

나는 입술을 굳게 다물고 적절한 핑계를 생각한다. "내가 진흙탕에서 넘어졌어요." 나는 창피를 모면하기 위해 얼른 설명한다.

"우리가 진흙탕에서 레슬링을 벌였죠." 그는 좀 더 힘을 주어가며 강조한다. "당신이 고집을 부리는 바람에."

명심할 것: 앞으로 술은 절대 금지다. 나에게 주어진 수명이 다하는 그날까지.

나는 태평하고 느긋한 방랑객인 양 가짜로 피식 웃으려고 하지만 목구멍이 화끈거려서 잘 되질 않는다. "가끔은 그런 식으로 내면의 어린아이를 풀어주어야 하거든요."

"그런데 왜 저분을 쌀쌀맞게 대해요?" 검은 머리가 묻는다.

"무아(프랑스어로 '나'라는 뜻이다―옮긴이)?" 내가 이렇게 되물으며 가슴에 손을 얹는 바람에 스콘 반죽이 셔츠 곳곳에 묻는다. 내 입에서 프랑스어가 나오면 나쁜 징조다. 로봇으로 변하려고 한다는 징조다. 나는 모든 의지를 동원해 정상인처럼 행동하려고 한다. 제정신 박힌 사람처럼 행동하려고 한다.

검은 머리는 나를 노려본다. "네, 당신이요. 저분은 당신한테 관심이 있는 게 분명한데요, 맞죠?" 그녀는 고개를 돌려서 맥스에게 묻는다.

아리아가 끼어든다. "내가 보기에도 그래요. 이건 적에서 연인으로 발전하는 전형적인 시나리오예요."

그가 뭐라고 대꾸하기 전에 내가 날카롭게 쏘아붙인다. "아, 아니에요. 그건 당신의 착각이에요. 로맨스 소설을 너무 많이 읽으면 그렇게 된다니까요? 헛된 기대를 품게 되고……."

아리아가 말한다. "그건 누가 들어도 틀린 말이네. 그리고 로맨스 소설을 너무 많이 읽는다는 건 있을 수 없는 일이에요."

검은 머리가 나를 보며 실실 웃는다. "어때요?" 그녀가 맥스에게 묻는다. 그의 엄청난 존재감에 전혀 주눅 들지 않는 눈치다. "이 아가씨를 좋아해요, 아니에요?"

맥스는 뜻밖에 당황스러워하며 체중을 이쪽 발에 실었다가 저쪽 발에 실었다가 한다. "뭐, 그녀가 내게 키스한 건 맞지만……."

"그만!" 나는 한쪽 손을 든다. 이 많은 사람 앞에서 그에게 차이고 싶은 마음은 없다. "내가 저 사람한테 키스한 건 맞아요. 하지만 아주 길고 힘든 하루를 보냈다고요. 아주 스트레스가 많고 아주 긴 하루를요."

"하루가 길었다는 얘기는 이미 했어요."

나는 그녀를 노려본다. "하루 종일 감정의 기복을 심하게 겪다가 에스프레소 마티니를 세 잔 마셨어요."

"여섯 잔인데." 맥스가 자기 손에 대고 기침을 한다.

"빈속에 에스프레소 마티니를 네 잔 마시고 바보같이 충동적인 짓을 저지른 거예요."

"그러니까 저 사람한테 관심 없다는 거예요? 저 사람한테?" 검은 머리는 맥스를 가리키며 못 믿겠다는 투로 묻는다.

"저 사람한테 팬이 많은 건 알지만 안타깝게도 나는 아니에요."

"그럼 내가 기꺼이 상대할게요." 그녀가 맥스에게 추파를 던진다. 나는 갑자기 왠지 모르게 살의를 느낀다.

맥스는 그녀에게 능글맞게 웃어 보이고 나를 돌아보며 말한다. "나중에 다시 와서 여기저기 살펴볼게요."

"아니 무슨…… 그런 말도 안 되는……."

맥스는 한쪽 눈썹을 추켜세운다. "포피 말이에요."

나는 얼른 입을 다물고, 줄을 서 있던 사람들은 일제히 혀를 찬다. 오늘 하루가 언제면 끝이 날까?

프린지 페스티벌 첫날이 끝나고 나는 한시라도 빨리 침대 위로 쓰러지고 싶지만, 정비 기사 조시가 포피를 여기저기 만져보더니 자기 리프트가 있는 시내로 견인해야 할지 모른다고 한다. 그렇게 되면 나는 하루 이틀 동안 홈리스로 전락할 뿐 아니라 빵을 구워서 수리비에 보탤 수도 없다.

"안 되겠어요, 로지." 조시가 기름얼룩이 묻은 손을 걸레에 닦으며 말한다. "아무래도 포피를 정비소로 끌고 가야겠어요. 최대한 빨리 해보겠지만 부품이 오는 걸 기다리고 그러면 일주일 정도 걸릴 수도 있어요."

일주일이라니! 일주일 동안 집도 일도 없이 지내야 하다니!

내일 온다는 올리는 어쩔 건가? 캠핑카의 바다에서 진분홍색을 찾을 텐데 그게 없어지게 생겼으니 말이다. 그가 지금 어디 있는지 몰라도 와이파이가 잡히길 바라며 이메일을 보내는 수밖에 없겠다.

"알겠어요, 조시. 그리고 비용은 얼마나 들까요? 대강이라도."

그는 어깨를 으쓱한다. "지금은 몰라요. 부품을 받아봐야 알 수 있어요."

"알겠어요. 진행 상황을 계속 알려줄 수 있죠?" 내 뺨이 시뻘게진다. "모아놓은 돈이 얼마 안 돼서요. 수리비가 그보다 많이 나오면……." 어떻게 해야 할까? 돈을 빌려야 하나? 누구한테? 내가 어쩌다 이런 지경으로 전락했을까? "방법을 마련해야 하거든요."

"그럴게요." 그는 말하고 나를 보며 희미하게 미소를 짓는다. "너무 많이 나오지는 않았으면 좋겠는데. 이렇게 오래된 엔진은 알 수가 없어서요."

"고마워요."

"라스한테 연락해서 견인 부탁할게요."

그는 전화기를 귀에 대며 저쪽으로 멀어지고, 나는 우울한 발걸음을 아리아의 책방으로 돌린다. "안 좋은 소식이에요?" 그녀는 내 표정을 보고 묻는다.

"포피를 견인해 가야 하고 부품 수급 여부에 따라서 일주일이 걸릴 수도 있대요."

"망할. 일주일 동안 주방 없이 지내야 하다니."

"수입도 없이요."

"거기다 수리비를 내야 할 텐데. 여기서 작업을 하면 어때요?"

나는 책방을 둘러본다. 온갖 책들 아래에 주방이 묻혀 있긴 하지만 이런 난장판 속에서 과연 일을 할 수 있을까? 온 사방에 책이 흩뿌려져 있으니 홀라당 태워 먹을 공산이 크다. 깨끗하게 치우지 않으면 감당할 수 없을 텐데, 그건 아리아에게 부당한 처사다.

"그러게요." 나는 머뭇머뭇 대답한다. "어쩌면 가능할 수도 있겠네요."

"당연히 가능하죠!" 아리아가 명랑한 목소리로 말한다. "우리, 좀 치워서 공간을 확보하기로 해요."

"고마워요, 아리아." 우리 모두 그렇듯 그녀 또한 가끔은 혼자 보내는 시간을 좋아하는데, 일주일씩이나 그걸 포기하다니 정말 고마운 일이다. 그러고 보니 퍼뜩 생각이 난다. "헉, 잠은 어디서 자죠?"

그녀는 씩 웃는다.

"맥스의 캠핑카를 추천할 생각은 하지 말아요!"

"왜요! 그의 캠핑카가 이 일대에서 제일 크고, 사람들이 뭐라고 하는지 알잖아요. 캠핑카가 크면⋯⋯."

"안 돼!" 나는 귀를 막는다.

"공간이 많다고. 음탕한 생각 좀 그만해요!"

"안 돼요. 그건 절대 안 돼요, 절대."

그녀는 대수롭지 않은 듯 어깨를 으쓱한다. "나랑 같이 자자고 하고 싶어도 보다시피 자리가 없어서."

아리아의 침대는, 침대라고 할 수 있을지 모르겠지만, 책더미로 뒤덮여 누울 수 있는 공간이 얼마 되지 않는다. 거기서 자다가 책더미가 머리 위로 쏟아지면 압살당할 수도 있는데 걱정이 되지도 않는지 나로서는 모를 일이다.

"텐트 빌릴 사람 없을까요?

"맥스한테 물어봅시다."

"싫어요!"

내가 다른 말을 할 겨를도 없이 그녀는 밖으로 뛰쳐나가 맥스의 캠핑카를 향해 쏜살같이 잔디밭을 가로지른다.

저런 말괄량이 같으니라고!

나는 그녀를 따라서 달리다(사실상 구보였다) 잠깐 숨을 고르고 절뚝절뚝 걸음을 옮긴다.

옆으로 다가가서 보니 맥스는 고개를 끄덕이고 아리아는 만면에 의기양양한 미소를 짓고 있다.

"고마워요, 맥스. 덕분에 살았어요. 진짜로 죽을 뻔한 건 아니었지만……. 로지, 맥스가 같이 자도 된대요. 남는 침대도 하나 있고 그렇다고."

내 코에서 분명 콧김이 뿜어져 나오고 있을 것이다. "그럴 것 없어요." 나는 말한다. "텐트를 빌리면 돼요. 다정한 늑대 떼와 추운 밤을 혼자 보내면……." 아, 그러다 죽을지도 몰라!

맥스가 눈살을 찌푸린다. "로지, 죽을 일 없으니까 걱정하지 말아요."

나는 이마를 찡그린다. 그가 무슨 수로 내 생각을 읽었을까?

"나랑 같이 지내면 돼요. 그리고 약속할게요……." 그는 신호처럼 눈을 반짝인다. "바닥에 짐승 가죽을 펼치는 일은 없을 거라고. 절대 안심해도 된다고."

나는 팔짱을 낀다. "그 얘기를 안 하고 지나가면 입 안에 가시가 돋나 보죠?"

"웃으라고 하는 얘기예요, 룸메이트."

"룸메이트라니!" 나는 몸을 홱 돌려서 라스가 오기 전에 짐을 챙기기 위해 포피로 성큼성큼 돌아간다. 정말 절대 안심해도 될까? 선택의 여지가 없긴 하다. 내 주변에서 남는 침대가 있는 사람은 맥스뿐이고, 잘 알지도 못하는 사람과 한 캠핑카에서 잠을 청하기는 싫다. 아리아의 소파에 앉아서 쪽잠을 자도 되지만 그녀는 올빼미고 나는 일찍 자는 편이다. 적어도 맥스의 캠핑카 안에서는 그와 나의 공간이 분리될 수 있다.

나는 포피 안으로 들어가 꼭 필요한 짐과 노트북을 챙긴다. 그러다 말고 멈춘다. 올리가 조만간 찾아오기로 한 건 어쩐다? 그를 맥스의 캠핑카로 데리고 들어가 아몬드 밀크 라테를 대접할 수는 없지 않을까? 맥스와 치욕스러운 키스 사건을 겪고 났더니 나에게는 올리가 더 어울리게 느껴진다. 소다수를 같이 마시며 예이츠를 논하는 거다. 에스프레소 마티니는 눈에 띄게 하지 말고!

나는 노트북을 열고 올리에게 이메일을 보낸다.

올리에게.

아무 일 없는 하루를 보내면 재미가 없겠죠? 가엾은 포피가 캠핑카 병원으로 끌려가 엔진 수리를 받게 됐어요. 그래서 안타깝게도 내가 일주일 동안 집도 주방도 없이 지내게 됐지만 걱정하지 말아요! '해피 엔딩 책방'으로 불리는 아리아의 캠핑카를 찾아오면 내가 거기서 열심히 빵을 굽고 있을 테니까. 당신이 늦지 않게 이메일을 확인해서 있지도 않은 진분홍색 캠핑카를 찾아 헤매는 일은 없길 바라요.

조만간 만나요!

로지

올리에게 내가 사라졌다는 착각을 심어주고 싶지는 않다! 나를 찾지 못하면 내가 덜컥 겁이 났나 보다 하고 생각할까? 소심해져서 숨었나 보다 하고? 미리 소문을 내놓으면 그가 이메일을 제때 확인하지 못하더라도 다른 캠핑카 생활자에게 물어서 나를 찾아올 수 있을 것이다.

올리는 대개 개인 와이파이가 없다. 캠핑카 생활자들은 대부분 웬만하면 공용 와이파이를 쓴다. 비용을 아끼기 위해서이기도 하지만 외부와의 연락을 차단하고 주변 세상에 더욱 집중하기 위해서이기도 하다.

할 일도 있는데 무슨 수로 금세 소문을 낸다? 아리아가 있지!

나는 다시 책방으로 돌아가 그녀에게 내 고충을 설명한다. 예상했던 것처럼 그녀는 미끼를 덥석 문다. "키가 크고 까무잡잡하고 잘생긴 남자를 기다리고 있다고 내가 동네방네 소문내면 되는 거죠?"

나는 인상을 쓴다. "음, 키가 어느 정도인지는 몰라요. 그리고 까무잡잡하지 않고 프로필 사진상으로는 오히려 조금 하얘 보였어요, 조명 때문일 수도 있지만. 하지만 잘생긴 건 맞아요."

"그 한마디로 범위가 많이 좁혀지겠어요." 그녀는 익살을 떤다. "또 뭐가 있어요, 로지? 그 사람의 특징이요."

흠. "없어요. 그게 매력인 것 같아요. 눈빛은 믿음직스러워 보이고, 다정한 미소는 시를 읽어주는 그의 품에 안겨서 보내는 나른한 일요일의 피크닉을 연상시켜요. 옆집 아이가 훌륭한 남자로 잘 자란 느낌이에요. 늦지 않게 꽃을 들고 오는

317

그런 남자로."

"전부 그의 프로필 사진을 보고 얻은 정보예요?"

나는 고개를 끄덕인다.

"흠, 그럼 도움이 안 되겠는데. 다른 판매자들한테 그렇게 얘기할 수는 없잖아요, 안 그래요? 또 다른 거 없어요?"

"갈색 머리가 살짝 곱슬이고 눈도 갈색이고 운동선수를 닮기 한두 단계 전이지만 마르지도 않았어요."

"알겠어요. 방법을 찾아볼게요. 포피에서 짐 옮기는 거 도와줄까요?"

"아뇨, 나 혼자서 할 수 있어요. 케이크는 내일까지 버틸 수 있을 만큼 넉넉히 만들어놨으니까 당신 주방에서는 밀크셰이크 만들고, 차 끓이고, 정 급하면 차와 함께 낼 스콘만 조금 구우면 돼요."

"오븐 써도 돼요. 상태가 그 정도로 나쁘지는 않아요." 그녀는 말한다.

그녀의 오븐은 시커멓게 그을려 엉망진창이다. 마지막으로 거기서 뭘 만들었는지 몰라도 숯이 되었고 그녀는 그걸 치우지도 않았다. 내가 청소하면 되고 청소하고 싶지만 끔찍한 숙취가 계속 사라지지 않는다. "알았어요, 고마워요."

"그럼 쉬어요, 내가 동네방네 소문낼 테니까. 일찍 자야 하죠? 내일 바쁜 하루 준비해야 하니까."

"일주일 동안도 잘 수 있겠어요."

아리아가 나를 얼른 안아준다. "이제 가요. 준비하려면 아주 일찍 일어나야겠다."

"알았어요. 이것저것 다 고마워요, 아리아."

그녀는 손을 흔들며 올리에 대해 소문을 내려 달려간다. 그가 내일 도착하면 사람들을 붙잡고 수소문해주기만을 바랄 따름이다. 그가 여기까지 왔다가 내가 없어진 걸로 오해한다면 내 기분이 얼마나 처참할까.

나는 맥스의 캠핑카로 가서 문을 두드리지만 아무 대답이 없기에 조심스럽게 안으로 고개를 들이민다. 쪽지 하나가 주전자에 받쳐져 있다.

편하게 쉬어요. 냉장고에 호두 '볼로네제' 소스를 넣은 주키니 호박면이 있어요.

볼로네제 스파게티의 대안일까? 내가 그에게 차려준 저녁도 있고 해서 먹어보고 싶어진다. 맥스에게 절대 실토할 일은 없겠지만 채식주의 식단이 생각보다 맛있었다. 가공하지 않은 디저트가 그렇게 맛있을 줄 누가 짐작이나 했을까?

나는 좀 있다 들어올 거예요. 혹시 심심하면 원더링 요기로 와

요, 거기서 몸의 긴장을 풀고 유연성을 키우는 훈련을 하고 있
을 테니까.

나마스테

나는 웃으며 쪽지를 던진다. 요가를 한다는 게 정말일까?
그 거대한 몸을 복잡한 자세로 접는 광경이 어째 상상이 되
지 않는다.

피곤해서 현기증이 날 정도라 의자에 배낭을 떨구고 그가
나를 위해 꺼내놓은 싱글 베드 쪽으로 걸어간다. 잠옷으로
갈아입고 침대 속으로 들어가는 게 이렇게 신이 났던 적이
또 있을까 싶다. 부산한 도시의 낯선 침대이고 내 반나체를
본 남자와 한 공간을 써야 하지만, 베개에 머리를 대고 새로
빤 시트의 페퍼민트 냄새를 맡으며 단잠 속으로 빠져 들어가
는 데는 아무 문제가 없다.

23

다음 날 나는 새소리를 들으며 눈을 뜨지만 그 소리는 뭔가를 곤죽이 되도록 집중 공격하는 블렌더 소리에 금세 묻혀 버린다. 나는 앓는 소리를 내며 베개로 얼굴을 덮지만, 베개를 금세 내동댕이치고 얼굴 위로 등장한 맥스가 해초 같은 초록색 음료가 가득 담긴 잔을 내민다.

"아침입니다, 마드무아젤."

"나는 유동식을 먹지 않아요." 나는 눈을 부라리며 말한다.

"이 집에 온 손님으로서 내가 만든 슈퍼푸드 스무디를 마셔줘야 맞는 거 아니겠어요?" 그는 나를 노려보고 나는 이 꼭두새벽에 그가 얼마나 생기 있어 보이는지, 두 눈이 얼마나 초롱초롱하게 빛나는지 애써 모르는 체한다. 나는 아침형 인간이라도 차를 엄청 마시고 스스로 열심히 주문을 걸어야 또 하루를 시작할 수 있는데, 맥스는 원기왕성의 화신이다.

나는 혀를 차며 그가 내민 잔을 받아든다. "깎은 잔디하고 닮아도 너무 닮았는데요?"

"개밀을 좀 넣으면 좋거든요⋯⋯."

나는 한 모금 마신다.

"개밀이 없으면 교외 주택가 잔디도 괜찮고요."

나는 캑캑거리며 초록색 스무디를 내 몸 위로 뱉는다. "뭐라고요!"

"농담이에요."

"못됐다."

"과찬의 말씀이십니다."

"내가 내기에서 이겼다고 복수하는 거죠?"

맥스는 어깨를 으쓱하고 웃음을 터뜨린다. "맞아요."

"음, 사실 엄청 맛있어요." 나는 말하며 개밀을 간 게 어쩌면 이렇게 달짝지근할 수 있는지 궁금해한다.

"내 생활방식에 점점 호감을 느끼고 있죠?"

"아니거든요."

그는 나를 째려보려고 한다.

"내가 채식주의자가 될 일은 없어요."

나도 그를 마주 노려본다. 눈을 반짝이며 나를 어쩌려고 해도 안 된다는 걸 그도 알아야 한다. 하지만 뜨헉, 이 안이 너무 좁고 답답해서 찬물로 샤워를 해야겠고…… 뭐라도 해야겠다. 그는 밖으로 나가서 모든 숨구멍 안으로, 까무잡잡하고 문신이 새겨진 그의 온몸 구석구석으로 공기를 흡수하고 들어오기라도 한 듯 바람과 비 냄새가 난다. 저 문신은 어디까지 이어질까? 내 눈이 그를 위아래로 훑는데…….

"괜찮아요?"

"네, 왜요?"

"눈빛이 몽롱해져서요."

나는 고개를 저어 현실로 돌아온다. "여기에 독약 넣은 거 아니에요?" 아니면 내가 이상한 환상의 나라 비슷한 데 다녀왔거나. 이 스무디 안에 정확히 뭐가 들었을까? "아니면 내가 풀에 알레르기가 있을 수도 있고요."

"글쎄요." 맥스는 내가 해결할 수 없는 수수께끼라도 되는 듯 고개를 젓는다. "날이 밝으려면 아직 멀었으니까 다운독 자세로 하루를 시작해볼까요?"

"진심이에요?"

"진심인데요."

나는 눈을 가늘게 뜬다. 지금 추파를 던지는 건가? 그러지 않고는 못 배기는 모양이다. 자기가 보기에는 내가 키스하고 싶을 만큼 매력적인 인물이 아니라는 걸 누누이 강조했으면서 매력을 발산하지 않고는 못 배기는 거다.

"다른 용건 없으면." 빈티지 칵테일 바에서 그에게 퇴짜 맞았던 장면이 머릿속에서 영화 필름처럼 펼쳐지자 나는 조금 거만한 목소리로 말한다. "욕실 좀 빌려 쓰고 아리아의 캠핑카로 갈게요. 오늘 올리가 오기로 되어 있어서……."

"올리?" 그는 누구인지 모르는 척한다.

나는 이불을 홱 젖히고 일어나 기지개를 켠다. "네, 올리요. 근사한 사진작가이자 여행 동지이자 시를 좋아하는 재주꾼. 몽환적인 눈빛. 그 올리요. 기억 안 나요?"

"잘 모르겠는데. 몽환적인 눈빛? 기억 안 나요."

"아, 뭐, 그럼 오늘 소개해줄까요?" 내가 그를 왜 이렇게 장난처럼 대하는지 모를 일이다. 무관심한 맥스에게 받은 상처를 해소하려는 걸까? 한심하긴 하지만 기분이 조금 좋아지는 건 사실이다.

"그래요. 만나서 악수나 한번 하죠. 안 될 것 없잖아요?"

나는 맥스가 가엾은 사진작가 올리의 섬세한 손을 으스러 뜨리는 광경을 상상하며 움찔한다.

"좋아요. 이제 나 샤워할게요, 당신이 먼저 할 거 아니면."

"먼저 해요. 등 밀어줄 사람 필요하면 부르고요."

"역시 구제불능이네요."

"고마워요." 그는 씩 웃는다.

우리는 김이 모락모락 나는 블러드 오렌지 차를 사이에 두고 아리아의 책방에 앉아서 수다를 떤다. 내가 오렌지 제스트, 풋사과, 파파야, 히비스커스를 섞어서 새로 만든 블렌딩 티다. "어때요?"

"훌륭해요." 아리아는 말하며 고개를 끄덕인다.

"입 안에서 전해지는 느낌이 강렬하죠?" 한가한 시간에 맛의 균형을 찾고 독특한 조합을 찾아가며 블렌딩 티를 만드는 것이 생각보다 훨씬 재미있다.

"이름을 '위대한 개츠비'로 정해야겠어요. 널따랗게 뻗은 정원과 깔끔하게 정리된 화단, 그 화려했던 그의 저택이 연상되거든요."

"그 책을 다시 읽으면서 카드에 뭐라고 쓸지 정해야겠다."

"여기 어디 한 권 있을 텐데." 아리아는 여기저기 쌓인 책더미를 둘러본다. 그 무질서 안에서도 어떤 소설이 어디에 있는지 항상 귀신같이 찾아낸다.

우리가 호출하기라도 한 듯 엷은 햇살이 아리아의 조그만 캠핑카 안으로 스며들어 춤을 추듯 빙글빙글 도는 먼지를 비춘다. 하루가 시작되려는 참이라 나는 오래돼 쭈글쭈글한 가죽 의자에서 몸을 일으키고 앞치마를 집는다. "이제 그만 준비해야겠다."

내가 조그만 공간 안에서 젓고, 거품을 내고, 치대는 동안 아리아는 책에 코를 박고 있다.

"불안해서 그래요?" 그녀가 책 표지 너머로 빤히 쳐다보며 묻는다.

"뭐가요?"

"계속 가슴을 들썩이고 손을 파닥이면서 중얼거리는 거요."

"아, 미안해요. 크림 티를 많이 못 팔면 포피 수리비를 무슨 수로 감당할지 알 길이 없어서요. 수리비가 생각보다 많이 나올 것 같은 불길한 예감이 들거든요."

"아, 그렇구나. 나는 올리 때문에 불안해하는 줄 알았어요."

"그 말 들으니까 생각이 나버렸잖아요!"

아리아는 웃음을 터뜨린다. 이내 하루가 본격적으로 시작되고, 나는 찻주전자를 채우고 기다리는 사람들이 짜증 내지 않게 말벗이 되어주며 최대한 빨리 손을 움직이는 것 말고는 아무것도 걱정할 겨를이 없어진다.

바쁜 점심시간이 끝나자 나는 테이블을 정리하고 설거지할 머그와 접시를 얼른 챙겨 안으로 들고 들어간다. 다시 나와서 테이블을 훔치고 아무리 청소를 열심히 해도 모든 게 먼지로 뒤덮인 것처럼 보이는 것에 대해 다시 한번 걱정한다. 하지만 여기저기 제대로 닦을 시간이 없다. 축제 손님들이 조만간 들이닥칠 테니 준비를 해야 한다.

전화벨이 울리기에 울리이길 바라며 얼른 받는다. "여보세요?"

"안녕하세요, 로지. 정비 기사 조시예요."

나는 올리와의 첫 통화일 줄 알고, 상상했던 것처럼 차분하고 부드러울지 궁금해하고 있던 찰나였다.

"아, 조시. 포피는 어때요?"

그는 혀를 찬다. "수리 자체는 별문제가 없어요." 그가 말한다. "워낙 나이 많은 아가씨라 적당한 가격에 부품을 수급하는 게 문제지." 그는 어떤 식으로 정비할 예정인지 복잡하게 설명을 늘어놓고 나는 무슨 소리인지 아는 것처럼 맞장구를 치지만 결론은 이거다. 돈이 많이 들 테고 부품을 일찍 받고 싶으면 더 많이 든다는 것.

"알겠어요." 나는 말한다. "제가 보기에는 돈이 더 들더라도 부품을 급행으로 받는 게 최선일 것 같아요. 그렇지 않으면 제가 포피를 기다리느라 일도 못 하고 축제가 끝난 뒤에도 여기 남아 있어야 할 테니까요. 하지만 비용이 대략 어느 정도 들 거라고 보세요?"

그가 숫자 하나를 뱉는다.

나는 딱 1초 동안 가슴을 움켜쥐고 괴로워하다가 진정한다. "그렇군요. 오늘 엄청 많이 팔아야겠네요!"

"그래요. 수리 들어가고 변동 사항 생기면 연락할게요."

나는 침을 꿀꺽 삼킨다. 또 뭐가 불쑥 튀어나오지 않기만을 바랄 뿐이다. "고마워요."

나는 전화를 끊고 돈을 마련할 다른 방법을 찾아야겠다는 생각을 한다. 이런 일이 벌어졌을 때는 먹을거리를 파는 것 하나만으로는 안 된다. 요즘은 부업이 대세이지 않은가? 아리아가 한 손에는 책을, 다른 손에는 찻주전자를 들고 어슬렁어슬렁 건너온다. "올리였어요?"

나는 포피의 상황을 설명하고 내 계획을 말한다.

아리아는 손가락으로 자기 턱을 두드린다. "맞아요, 맞아요. 사람들 먹성을 믿으면 안 되죠. 특히 경쟁이 점점 심해지고 이 끝에서부터 저 끝까지 팝업 푸드 트럭이 이어질 때는요."

나는 앓는 소리를 낸다. "평생 계획하며 살던 내가 여기서 이 지경이 되다니."

그녀는 나를 보며 눈부신 미소를 짓는다. "여기가 뭐가 어때서요. 이보다 더 좋은 데가 어디 있다고."

나는 캠핑카 사이를 거니는 사람들을 보며 그녀의 말뜻을 이해한다. 여기에서는 모두 1분, 1초를 소중히 여기며 전혀 새로운 생활방식을 추구하고, 나는 거기에 동참하는 기회를 누렸다는 데 감사한 마음이다. 하지만 항상 만일의 사태에 대비하는 나답게 돈을 좀 더 많이 모아놓는 안전망을 구축했더라면 좋았을 텐데. 포피가 계속 고장 나면 어쩐다? 그러면 생존 자체가 힘들어질 것이다. 생각만 해도 무서운 일이다.

"하긴 그래요. 먹을거리 말고 또 팔 수 있는 게 뭐가 있을까요?"

아리아는 이가 나간 찻주전자를 들어 차를 따른다. 한때는 밝은 청록색이었다가 이제는 옅은 수레국화 색으로 빛이 바랜 그 찻주전자를 본 순간 어떤 생각이 내 머릿속에 퍼뜩 떠오르고 나는 이 빤한 해결책을 왜 진작 몰랐나 싶어 이마를 친다. "찻주전자!"

아리아가 놀라서 펄쩍 뛴다.

"미안해요! 찻주전자를 팔면 되겠어요. 축제 때는 사람들이 그걸 들고 다닐 수 없을 테니까 안 되겠지만 온라인 숍을 개설하면 어때요? 나는 블렌딩 티랑 특이한 찻주전자를 팔고, 당신은 거기에 어울리는 책을 세트로 묶어서 팔고!"

아리아는 고개를 젓는다. "우리가 그 생각을 왜 진작 못 했을까요?"

나는 웃음을 터뜨린다. 기운이 불끈 솟는다. "좋았어. 블렌딩 티는 금세 뚝딱 만들 수 있지만 특이한 찻주전자는 어디서 구할 수 있을까요? 엄청 매력적인 수공예품이었으면 좋겠는데."

아리아가 한 손가락을 든다. "아, 놀라한테 물어보면 알 거예요!"

사랑스럽고 영원히 늙지 않는 놀라. "좋은 생각이에요."

아리아가 내 어깨를 찰싹 때린다. "가서 놀라를 만나요. 일이 바빠지면 내가 호출할게요. 그분이 찾아와도."

나는 그녀의 짓궂은 놀림이 시작되기 전에 놀라를 찾아 나선다. 새로운 수입원이 생길지 모른다는 희망 덕분에 기운이 샘솟는다. 그 돈으로 궂은날과 포피에게 문제가 생겼을 경우에 대비하고 맥스의 재단에 기부해야지.

이름이 '유랑별'인 놀라의 캠핑카는 몇 줄 옆에 있고 그녀가 직접 만든 드림캐처가 희미한 햇빛을 받으며 바람에 가볍게 살랑거린다.

"어서 와요!" 그녀는 나를 기다리고 있었던 듯 이렇게 외친다. 내가 뭐라고 대꾸할 겨를도 없이 나를 끌어안는데, 백단과 햇빛 냄새가 난다.

"안녕하세요. 음, 저기, 놀라." 나는 갑자기 부끄러워진다. 그녀의 아들처럼 놀라도 존재감이 어마어마해서 그 앞에 있으면 왠지 모르게 소심해지고 로봇 같은 과거의 로지가 자꾸만 고개를 들려고 한다.

"맥스한테 당신 소식 계속 들었어요. 지난 몇 주 동안 엄청 재미있는 시간을 보낸 모양이던데."

맙소사, 맥스가 자기 어머니한테 내가 술 취해서 입술을 들이댔다는 얘기도 했을까? 그랬을 리는 없겠지?

"빵을 어마어마하게 굽고 사람들 사이에서 인기가 많다면서요? 여행을 시작한 지 얼마 되지도 않았는데 그렇다니 훌륭한 징조예요."

그 이상 아는 게 있나 싶어 그녀의 표정을 살피지만 보이는 것이라고는 숨김없고 솔직한 미소뿐이다. "네, 시험의 연속이었지만 하루하루 배워나가고 있어요. 맥스가 얼마나 든든하게 얼마나 많이 도와주는지 몰라요."

놀라는 맥스답다는 듯 손사래를 친다. "걔가 원래 그렇게 남들 돕는 걸 좋아해요, 우리도 많은 사람한테 도움을 받았듯이."

"제가 요즘 사실 그의 캠핑카에서 신세를 지고 있어요. 포피를 수리 맡겨서요."

"알아요." 그녀는 말하고 눈을 찡긋한다. "모두 다 알아요. 그 아이는 비밀이라는 걸 모르는 성격이라."

나는 앓는 소리를 낸다. "으악, 모두 다요?"

"모두 다요."

"에스프레소 마티니도……?"

"파티에 시동을 걸 때 그만한 게 없죠. 하지만 이후에 무슨 일이 있었어요? 맥스는 당신이 다른 남자를 만난다고 생각하는 눈치던데."

"어, 만나는 건 아니에요. 올리버라고 온라인 커뮤니티에서 알게 된 사람과 계속 이메일을 주고받고 있었어요." 나는 어깨를 으쓱한다.

"올리버?" 그녀는 미간을 찌푸린다.

"사진작가예요."

"아직 만난 적 없는 사람인 것 같네요."

"성격이 견실하고 믿음직하고……." 다른 누구도 아닌 놀라 앞에서 그의 장점을 늘어놓는 이유가 뭘까?

"맥스가 바람둥이로 보이겠지만 실제로는 아니에요."

"엄마로서의 희망사항 아니고요?" 나는 농담처럼 던진다. 나도 그녀의 말과 맥스를 믿고 싶지만 그는 자꾸만 멀어지려 하고 나는 내 위치가 어디인지 모르겠다. 이렇게 금세 놀림 감으로 전락하거나 다시 마음을 다치는 일은 저지르고 싶지 않다.

놀라는 미소를 짓는다. "그렇게 들리죠? 하지만 내 아들은 여자를 존중할 줄 아는 착한 아이예요. 그 아이를 둘러싼 소문을 들으면 화가 나고 어째서 그런 소문이 시작됐는지 정말 모르겠어요. 하지만 그 얘기는 이만하면 됐고 그 문제로 나를 찾아온 건 아니겠죠?"

"네, 아니에요." 나는 웃으며 화제가 바뀐 걸 다행스러워한다. "특이한 찻주전자를 팔려고 하는데요, 디자이너를 찾을 생각이지만 그전에 팔 만한 주전자를 구할 수 있을지, 아리아가 당신한테 물어보면 알지도 모른다고 해서요."

그녀는 눈을 반짝인다. "스펜서가 만들 줄 알아요! 원하는 디자인을 주면 도자기로 구워줄 수 있어요. 이 근처에 어디 가마가 있을 텐데. 그는 예술가라 거의 모든 재료를 다룰 줄 알아요."

"잘됐네요! 만드는 데 시간이 얼마나 걸릴까요?"

"디자인에 따라 달라요. 얼마나 복잡한지, 틀을 만드는 데 시간이 얼마나 걸리는지에 따라서. 하지만 기다리는 동안 프리셔스 포슬린의 마이 링한테 한번 문의해봐요. 정말 멋진 작품들을 수집하거든요. 도매가로 줄 테니까 조금이나마 이윤을 남길 수 있을 거예요."

"고맙습니다!" 우왕좌왕하며 들어가려고 애를 썼더니 세상의 문이 점점 열리고 있다! "그리고 스펜서에게 부탁할 디자인은 어느 정도 복잡한 것까지 가능할까요?"

"무제한이요."

나는 메가와트급 미소를 날린다. "조만간 다시 올게요!"

"마이는 당신 뒤편으로 몇 줄 더 가면 있어요. 파란색으로 뒤덮인 가게를 찾으면 돼요!"

나는 고맙다는 뜻에서 손을 흔들고 마이를 찾으러 달려간다. 온갖 아이디어가 미친 듯이 떠오른다. 찻주전자와 직접 만든 블렌딩 티 세트는 선물용으로 제격일 것이다. 책장, 컵케이크, 꽃, 유니콘…… 만들 수 있는 찻주전자의 모양이 무궁무진하다.

나는 파란색 장식용 깃발이 바람에 펄럭이는 남색의 깜찍한 캠핑카를 찾는다. 전면의 테이블에 전시된 동양풍의 예쁜 사기 제품들이 주인을 기다리고 있다. 내 눈에 찻주전자가 한 개, 또 한 개 들어오고 우리 둘 모두에게 이득이 될 수 있는 거래를 할 수 있으면 좋겠다고 생각한다. 내가 내 소개를 하자 그녀는 진지하게 고개를 끄덕이더니 이리저리 움직이며 계속 화분에 물을 준다. 그 조그만 매장이 어찌나 아늑한지 며칠이 아니라 오래 머물 작정으로 온 사람 같다. "놀라한테 추천을 받고 왔어요." 나는 말하고 뭘 찾으러 왔는지 설명하며 그녀가 왜 그렇게 알 수 없는 표정을 짓고 있는지 궁금해한다. 꼭 내가 옆에 있다는 걸 잊어버린 사람 같다. "혹시 저한테 넘길 만한 찻주전자가 있나요?"

"그야 모르죠." 그녀는 말한다. "차 안으로 들어갑시다, 거기가 훨씬 환하니까."

그……러죠. 나는 체구가 아담한 마이를 따라 그녀의 캠핑카 안으로 들어간다. 미니멀리스트 수준으로 가구가 거의 없고 아주 깔끔하다.

"앉아요." 그녀는 의자를 가리키고 머리 위에 달린 밝은 조명을 켠다. 나를 심문하려는 걸까? 형사처럼 수첩을 꺼내 어떤 날 밤에 어디 있었는지 행방을 물으려는 걸까? 그 생각이 들자 피식 웃음이 터지려고 하지만 얼른 삼킨다. 왜 이러는지 알 수 없지만 마이는 진지하다는 것을 느낄 수 있다.

나는 고분고분 자리에 앉는다.

"가만히 있어요."

놀라는 이 여자를 얼마나 잘 알까? 이 여자가 최면을 걸거나 그 비슷하게 엉뚱한 시도를 하면 어쩐다? 소름이 돋으면서 살갗이 따끔거린다.

그녀는 입술을 오므린 채 주름살 하나, 미묘한 분위기 하나 놓치지 않으려는 듯 내 얼굴을 뚫어져라 쳐다본다. 나는 몸을 웅크리고 싶은 충동을 참으며 왜 이러는 건지 속으로 벌벌 떤다. 그녀가 무허가 성형 시술사라 내 몸에 손을 대야겠다고 생각하는 거면 어쩐다? 납치범이면? 그것도 아니면…….

"됐어요, 끝났어요."

"뭐 하신 거예요?" 나는 조심스럽게 묻는다.

"관상을 봤어요."

"그게 뭔지……?"

"오랜 역사를 자랑하는 중국의 점술이고 얼굴을 읽는 거예요. 같이 일을 할 거면 당신이 어떤 사람이고 어떤 성격이며 앞으로 어떻게 처신할지 미리 파악해야 하니까요."

맙소사. "그렇군요."

"이목구비가 열두 개 항목, 그러니까 열두 개의 '궁'을 반영하거든요. 먼저 당신의 '복덕궁', 그러니까 타고난 복록이 어떻게 되는지 볼게요."

내 팔뚝의 털이 곤두선다.

"당신이 지금까지 아주 열심히 일을 했지만 대가는 거의 누리지 못한 이유는 사람들에게 이용당하고 있는 걸 당시에는 몰랐기 때문이에요. 어린 시절의 상처와 자신감 부족으로 계속 악연을 만났어요. 최근에도 사랑했던 사람에게 상처를 받았고요."

감히 숨을 쉴 수가 없다. 그걸 다 어떻게 알았을까? 노마드 무리에 새 얼굴이 등장하면 여지저기에서 수군대기 마련이지만, 내가 공개하는 것이 그야말로 전무하기 때문에 그들은 내 과거에 대해 알지 못한다. 그녀는 내 쪽으로 몸을 숙이고 천천히 내 얼굴의 다른 부분을 뜯어본다. 내 다른 '궁'을 체크하는 걸까?

"당신 아버지는 병이 있었지만 그건 그분의 탓이 아니었고 그걸 가지고 당신을 괴롭혔던 사람들은 나중에 자신들의 과오를 깨달을 거예요. 거기에 집착하지 말고 받아들여야 해요. 놓아야 해요."

훅 하는 소리와 함께 내 몸속에서 공기가 빠져나가고 뭐라고 하면 좋을지 생각이 나지 않는다. 다만 무슨 수로 과거를 그렇게 쉽게 놓을 수 있을까? 고삐를 단단히 틀어쥐지 않으면 나에게도 똑같은 사태가 벌어지지 않을까? 엄마가 떠났을 때 아빠가 그랬듯 인생이 걷잡을 수 없는 나락으로 치달을 수 있다. 어느 순간까지는 아무 문제없었던 아빠가 서서히, 하지만 분명하게 어떤 것들로 엄마의 존재를 대신하기 시작했다. 묵은 신문, 피자 상자, 리본 쪼가리, 헌 타이어처럼 어이없는 것들로.

예전에는 깔끔했던 집이 갑자기 흉물스러운 창고로 전락했고 우리는 조그만 도시의 놀림감이 되었다. 아버지는 바깥출입을 중단하고 혼잣말을 중얼거리기 시작했다. 나는 그 사태를 해결하고 아버지를 바꿔놓으려고 무진장 애를 썼지만 결국에는 자기 물건을 버렸다고 집에서 쫓겨났다. 모든 걸 정리하고 버리는 것이 말처럼 쉬운 일은 아니라고 나중에서야 전문가에게 설명을 들을 수 있었다. 원인은 그보다 더 근원적인 데 있다고 말이다.

아버지는 내 쪽에서 화해를 시도해보기 몇 년 전에 심장마비로 세상을 떠났고, 그 죄책감이 이후에 계속 나를 따라다녔다. 길 잃은 눈물 한 방울이 내 뺨을 타고 흐르고, 조만간 들이닥치려는 파도처럼 점점 쌓인다.

아버지의 몰락에서 내가 한 역할, 남들 보기 부끄러운 마음에 도우려고 했던 것이 오히려 독이 됐던 것. 그것이 예전부터 나의 부끄러운 비밀이었다. "잊어버릴 수가 없어요. 제 머릿속 한쪽 구석에 항상 도사리고 있어서."

"자책하면 속죄라도 될 것처럼 당신이 그걸 계속 붙잡고 있으니까 그렇죠. 하지만 그럴 일은 절대 없어요. 당신은 어린아이였고 10대였고 당신이 생각하기에 옳은 일을 했을 뿐이에요. 그건 나쁜 게 아니에요. 타인의 문제를 해결하기 위해 당신의 인생 행로를 바꿀 필요는 없어요. 그걸 계속 붙잡고 있으면 당신 스스로 당신의 앞길을 바꾸게 돼요."

"그럼 어떻게 해요? 그런 일은 없었던 척해요?" 한마디, 한마디에서 불신이 뚝뚝 묻어난다. 정리하고 지나가라고 말은 쉽게 할 수 있겠지만 그걸 실천하는 것은 다른 차원의 문제다. 우리 아버지도 더 나은 대접을 받을 자격이 있지 않았을까?

마이는 전혀 짜증 내지 않고 말한다. "그걸 두고 명상을 해요. 내 말은, 가끔 머릿속을 비우고 그런 생각과 감정을 떠오르는 대로 내버려두고 자신을 용서하세요. 어른인 지금의 모습이 아니라 어렸던 그 당시의 모습을 기억하세요."

나는 그 사태가 시작됐던 무렵을 떠올린다. 하나로 묶었지만 헝클어진 머리와 쭈글쭈글한 옷을. 불안과 공포와 우리 부모님에게 문제가 있다는 갑작스러운 자각을. 내가 소녀에서 어른으로 자라며 어떤 식으로 나는 그걸 고칠 수 없고 그 집에 남아 있을 수 없는지 깨달았는지를. 내가 얼마나 외로웠는지를.

나 자신을 용서할 수 있을까? 아니, 최소한 용서하려는 시도나마 할 수 있을까? 그러면 사는 게 얼마나 더 수월해질까?

"당신은 지금 돈 걱정을 하고 있고 앞으로도 때때로 그럴 거예요. 당신의 여행은 쉽지 않겠지만 보람 있을 거예요. 사랑에 빠지는 걸 조심해요. 그는 당신이 생각하는 그런 남자가 아니에요. 너무 쉽게 마음을 주지 말아요."

내 몸에서 힘이 빠진다. 맥스가 믿을 만한 남자가 못 된다는 건 알았지만 내가 그를 사랑하는 건 아니지 않을까? 사람들이 내게 경고했던 데에는 이유가 있을 테고 나도 속으로는 알고 있었다.

"낙담할 것 없어요." 그녀는 말한다. "좋은 일이 많이 기다리고 있으니까. 갈림길을 잘 보고 옳은 길을 찾으려고 노력해요."

"고마워요, 마이."

"그리고 당신이 믿어도 되는 좋은 사람이라는 걸 알겠으니까 거래를 해도 되겠어요."

나는 잘되는 일이 적어도 하나는 있다는 데 안도하며 얼굴을 환히 빛낸다.

"마음에 드는 찻주전자 있으면 다 가져가요. 그게 팔리면 그때 내 몫을 챙겨주고요."

너무 통 큰 제안이라 눈시울이 뜨끈해진다. "정말 감사해요."

그녀는 손사래를 친다. 그리고 나는 복잡한 머릿속을 달래며 우아한 찻주전자가 가득 담긴 상자를 들고 나온다.

24

몇 시간 뒤 저녁에 나는 아리아의 조그만 주방을 정리하고 그날의 수입을 세어본다. 컵케이크는 다 팔렸고 크림 티는 날이 어느 정도 저물어가자 포피 수리비를 최대한 충당할 생각에 할인 판매했다. 덕분에 마진이 줄긴 했지만 내 유일한 관심사는 수리비뿐이다. 하지만 지폐를 차곡차곡 정리해보니 아직도 갈 길이 멀다.

나는 한숨을 쉬며 맥스의 캠핑카로 돌아가 그가 아직 들어오지 않았음에도 우리 둘 사이를 분리하는 커튼을 친다. 마이와 대화를 나눈 뒤로 내 과거의 무게가 전보다 가볍게 느껴진다.

하지만 당사자가 더는 여기 없는데도 자신을 용서할 수 있을까? 나는 가엾은 아버지에 대해, 그리고 내 딴에는 아버지를 도우려고 열심히 노력했지만 내가 할 수 있는 일이라고는 얘기를 들어주고 돌보는 것밖에 없었던 것에 대해 생각한다. 우리가 서로 다시는 안 보고 산 건 아니었다. 나는 아버지가 살아 있는 동안 크리스마스에 꼬박꼬박 찾아갔지만 만날 때마다 분위기가 껄끄러웠다. 아버지는 내가 당장이라도 행동을 개시해 아버지의 세간을 내던지기라도 할 것처럼 매의 눈으로 나를 감시했다. 우리는 서로 절대 화해하지 못한 느낌이었다.

아버지에게서 쫓겨났을 때 나는 겨우 열일곱 살이었다. 아직 어린애였다. 나는 그때까지 워낙 아무것도 모르고 지냈다. 그런데 아버지가 런던의 어느 음식점에서 일하던 예전 동창에게 연락했고, 그렇게 해서 나는 정규교육을 수료하는 동시에 에포크에서 설거지 담당으로 아르바이트를 시작하게 됐다.

살던 데서 뿌리째 뽑힌 느낌이라 쉴 새 없이 일에 매달렸다. 런던은 너무 멀었다. 아버지가 혼자 서글프고 지저분한 은둔 생활을 누리고 싶어서 일부러 나를 이렇게 멀리 보낸 것 같았다. 따지고 들자니 너무 골치 아프고 복잡하다. 나는 온갖 상념을 머릿속 저 깊은 곳에 밀어 넣고 나중에 열어보자며 잠가버린다.

그 대신 현재에 대해 생각한다. 올리가 아직 보이지 않기에 그가 나를 찾느라 시간을 허비하는 건 아니길, 그냥 일이 생긴 것이길 바라며 노트북을 열고 그에게 이메일을 보낸다. 그가 나를 보고 도망쳤을 수도 있지 않을까? 나를 만나러 오지 않기로 생각을 바꿨을 수도 있다. 가능성은 무궁무진하다. 평소 같으면 오지 않은 이유를 하나씩 적어보았겠지만 오늘은 그러지 않는다. 그 대신 진정한 성인답게, 현실 속을 살아가는 여자답게 이메일로 이유를 묻는다.

올리에게

오늘 못 만났네요. 내가 지난번 이메일에서 포피 소식을 전했는데 확인했어요? 와이파이가 없으면 문제가 복잡해지는데. 아무튼 하루 종일 나를 찾느라 시간을 허비한 건 아니길 바라요. 당신을 보지 못했으니 그건 아니겠죠? 그리고 시간이 없어서 여기까지 올 수 없었다면 그것도 이해해요.

축제가 얼마나 정신없고 바쁘고 떠들썩한지 몰라요! 어떻게 보면 인생을 바꿀 만한 경험이에요. 아니, 눈이 번쩍 뜨일 만한 경험이라고 표현하는 쪽이 더 맞을지 모르겠지만.

그러면 이해할 것 같아서 마이에게 들은 말을 털어놓을까 망설이다가 이메일로 그런 얘기까지 하는 건 오버인 것 같아서 생략한다.

숨 돌릴 틈 없긴 하지만 축제 손님들은 참을성이 많았고 주말 분위기가 좋았어요.

당신이 이 근처에 있거나 생각이 바뀌지 않았다면 *찡긋* 차 한잔 하고 싶어요. 아직 포피 부품이 도착하길 기다리는 중이라 적어도 하루 이틀은 더 여기 있을 거예요.

그동안 맥스의 신세를 지고 있는데…….

나는 마이의 경고를 떠올리고 맥스에 대해 언급한 부분을 지운다. 어찌됐건 올리하고는 아무 상관 없는 얘기다. 그리고 내가 어디서 자는지 설명하느라 시간을 낭비할 필요가 뭐가 있을까?

조만간 소식 들을 수 있길 바라요.
로지

"이제 그 친구, 신나게 놀 준비 됐어요." 정비 기사가 전화기 너머에서 껄껄대고 웃는다.

"벌써요?"

"네. 얼른 여기서 탈출할 수 있게 열심히 매달려서 수리 끝냈어요. 세차하고 10분 정도 후에 가져다드릴게요."

"우와, 고마워요. 정말 감사합니다." 나는 감탄해서 어쩔 줄 몰라 한다. "그리고 수리비는요?" 나는 손가락을 걸어서 십자가를 만들고 모아놓은 돈으로 이 참사를 해결할 수 있길 기도한다.

"음, 저기, 그게……."

나는 눈을 감는다. 입이 떡 벌어질 정도의 거금이라 구걸하고 빌리고 훔쳐야 해결할 수 있나 보다. 이 무슨 굴욕적인 경우람.

"괜찮아요, 얘기해도 돼요. 부품이 저렴하지 않다는 거 알아요."

"사실 저렴했고 수리하는 데 오래 걸리지도 않았으니까 그냥 넘어가기로 해요, 네?"

나는 눈살을 찌푸린다. "방금 열심히 매달려서 수리 끝냈다고 하지 않았어요?"

"내가요? 내가 나이가 많다 보니 깜빡깜빡하네요."

"어떻게 된 거예요?"

한숨 소리에 이어 정적이 흐른다.

"네?" 나는 캐묻는다.

"그냥 고맙다고 하고 끝내면 안 될까요?"

"감사하지만 왜 공짜냐는 거죠. 누가 대신 돈을 냈나요?"

그는 중얼거린다. "아, 그러게 여자들은 사냥개 같아서 비밀이 있으면 귀신같이 알아차린다고 내가 그 친구한테도 얘기했구먼."

"그 친구라니 누구요?" 그러다 퍼뜩 깨닫는다. "맥스가 돈을 냈어요?"

"에?"

"괜히 나이 먹어서 기운 없는 척하지 마세요."

"아이구야, 그 친구가 아가씨한테 절대 얘기하지 말라고

346

했는데."

"얼마였어요?"

그는 중얼거린다.

"얼마요?"

"얼추 750파운드요."

"750파운드요?!"

"뭘 그렇게 놀라요. 대부분 부품값이었어요."

심장이 내 가슴 속에서 저릿저릿하게 쿵쾅거린다. "액수 때문에 그러는 게 아니에요. 그 많은 돈이 그의 주머니에서 나온 것 때문이지. 그가 도대체 무슨 생각으로 그랬는지 모르겠네요."

"친구를 도우려고 그런 거죠."

나는 마음이 누그러졌다가 마이가 한 말이 생각나자 다시 뻣뻣해진다. 너무 쉽게 마음을 주지 말라고 하지 않았던가. 어쩌면 그는 이런 식으로 여자들 마음을 녹여서 신뢰를 얻은 다음 처참하게 짓밟는지 모른다.

"고마워요. 제가 그 사람한테 이자까지 쳐서 갚을게요. 그리고 수리 마치느라 장시간 애써주셔서 감사해요."

"별말씀을. 친구들한테 소문이나 내줘요. 시골 여기저기 출장 나갈 수도 있으니까."

"그럴게요."

나는 전화를 끊고 맥스를 찾아 나선다.

맥스는 기타를 들고 모닥불가에 앉아서 20대 보석 디자이너 멜리의 흠모하는 시선을 만끽하는 눈치다. 나는 눈을 부라리고 싶은 갑작스러운 충동을 꾹 누른다.

"이게 누구신가요." 그가 프로처럼 기타를 퉁기며 나를 보고 씩 웃는다. 어찌나 사람 가슴을 설레게 만드는지, 이 남자가 못할 일이 없겠다 싶다.

"얘기 좀 해요, 맥스." 내가 말하자 멜리가 입을 삐죽 내민다. "거기서 빠져나올 수 있겠으면요."

맥스는 짜증 섞인 내 말투를 감지한다. 기타 끈을 풀고 모든 크리스마스 선물을 한꺼번에 받은 아이처럼 그를 쳐다보고 있는 멜리에게 기타를 건넨다.

"무슨 일이에요?" 그가 나를 따라 사람들에게서 멀찌감치 떨어져 나오며 묻는다.

"포피 수리비를 대신 낸 이유가 뭐예요?"

그의 얼굴에서 미소가 사라진다. "그가 얘기했어요?"

"넘겨짚기 어렵지도 않던데요."

그의 얼굴에 먹구름이 드리워진다. "당신에게 도움이 필요하다는 걸 아는데 당신은 절대 도와달라고 하지 않을 테니까 내가 돈을 냈어요, 그뿐이에요. 그깟 돈 몇 푼 가지고 왜 그래요, 로지."

"그깟 돈 몇 푼이라고요?" 나는 턱에 힘을 준다. "도움 같은 거 필요 없어요." 나 하나 건사하지 못하는 인간이 된 듯한 이 기분이 정말 싫다!

"수리비를 낼 만한 여유는 되고요?"

나는 더듬더듬 대답할 말을 찾는다. "그건 아니지만 모으는 중이에요." 무슨 인간이 이럴까? 그 수리비를 전부 낼 수 있다는 희망이라도 있었던가? 맥스가 대신 내주지 않았더라면 어쩔 뻔했나.

"그냥 받아요, 로지. 필요할 때 누가 손을 내밀면 말이에요. 우리 모두 그런 경험이 있었고 빠듯했을 때 나서준 사람이 있었어요. 이 방랑족 사회가 놀라운 게 그거예요. 그런데 당신은 씩씩대며 찾아와서 어떤 사람이 당신한테 잘해주는 이유가 뭐냐고 따져 물으며…… 있지도 않는 숨은 의도를 찾고 있잖아요."

나는 뭐라고 대꾸를 하려고 하지만 그가 손바닥을 들어 보인다. "아니라고 할 생각하지 말아요, 얼굴에 다 쓰여 있으니까. 당신이 무슨 생각했는지 알아요. 나한테 신세를 졌으니까 이제 내가 당신을 침대 위로 쓰러뜨릴 거라고, 그게 내 계략일 거라고 생각했죠?"

나는 죄책감이 눈빛으로 드러나지 않길 바라지만 분명 헛된 바람일 것이다.

"나도 어떤 소문이 도는지 알고 사람들이 뭐라고 수군대는지 내 귀에도 들어오지만 들리는 이야기를 전부 믿으면 안 되지 않나요?"

"그야 그런 말을 하는 사람이 누군가에 따라 달라지겠죠."

그는 웃으며 길고 숱이 많은 머리칼을 흔든다. "그럼 오늘 밤부터 우리 둘이 같이 자지 않겠네요?"

"언제 같이 잤다고 그래요? 그런 식으로 소문내지 말아요."

"같이 잔 거나 다름없잖아요."

"이런 뺀질이."

"알잖아요."

"저기, 고마워요, 맥스. 나 재워주고 포피 수리비 해결해줘서요. 이번 주 안으로 갚을게요."

"급할 것 없어요. 비상금 좀 모은 다음 슬슬 갚으면 돼요."

"아니에요, 안 돼요. 빚지는 거 싫어요, 그러면 안 되는 것 같아서." 그건 사실상 관리 부실이라고 외치는 거나 다름없다.

"마음대로 해요."

"가서 내 짐 챙기고 열쇠는 안에 두고 나올게요."

"알았어요, 나중에 봐요."

그는 손을 흔들며 멜리의 흠모하는 눈빛 앞으로 돌아가고 나는 잊힌다. 내가 원했던 게 그거 아니었나? 그의 시선에서,

그의 끈적끈적한 농담에서 벗어나는 거? 나는 뻐근한 가슴을 달래며 씩씩대고, 그의 캠핑카로 가서 내 짐을 챙기고 주변을 정리하고 열쇠는 두고 나온다.

우리 자리로 가보니 포피가 아리아의 책방 옆에 얌전하게 세워져 있다. 내 평생 뭔가를 보고 이렇게 기뻐 본 적은 처음이다. 이제는 포피와 떼려야 뗄 수 없는 사이가 돼서 얼마나 보고 싶었는지 모른다. 그녀는 자유로 향하는 열쇠이자 내 프라이버시다. 내 침대 안으로 들어가 혼자 있고 싶어서 좀이 쑤실 지경이다. 자기만의 공간의 소중함은 없어진 다음에야 느낄 수 있다. 우리가 살아가는 이 어항 같은 공간이 워낙 정신 없다 보니 나는 밤이 되면 커튼을 치고, 가끔은 포피가 삐걱대고 끙끙거리는 소리를 들으며 혼자만의 생각에 잠기는 시간이 얼마나 소중한지 모르고 있었다.

"드디어 왔어요!" 아리아가 자기 캠핑카 계단에서 펄쩍 뛰어내려 내 곁으로 온다. "정비 기사가 열쇠랑 작업 내역서를 두고 갔어요. 당신이 올 때까지 기다리지 못해서 미안하지만 다시 가서 일을 해야 한다면서."

"고마워라. 차를 보고 이렇게 기뻐한 적은 내 평생 처음이에요."

그녀는 미소를 짓는다. "그냥 차가 아니라 새롭게 꽃단장한 포피잖아요! 솔직히 인정합시다, 우리 모두 가끔은 약간의 관심이 필요하다고."

"맞아요. 때 빼고 광냈더니 근사하지 않아요?" 조시가 세차를 해주어서 반짝반짝 빛이 난다.

"올리는 아직이에요?"

"네, 코빼기도 보이지 않아요. 그래도 이메일로 이유를 물어봤어요."

그녀는 입을 'O' 모양으로 만든다. "어머나, 내가 몇 달 전에 만났던 그 아가씨가 아닌데요?"

나는 곰곰이 생각한다. "맞아요, 아닌 것 같아요. 그리고 나는 누군가를 사랑하고 싶어요. 사랑하고 사랑받을 수 있다는 걸 내 자신에게 증명해 보이고 싶어요. 하지만 아직까지는 욕심처럼 되질 않네요. 내가 너무 감정을 제어한다고 생각해요? 아니면 매력이 없어요? 아니면 너무 서두르고 있나?"

"이것 보세요, 매력이 없다니 무슨 말씀을! 하지만 내가 보기에는 당신도 갈팡질팡하는 것 같은데 아니에요? 어느 순간에는 올리와 차를 마시는 것에 겁을 냈다가 다음 순간에는 그의 감정을 미심쩍어하는데 아직 그를 만나지도 못한 상황이고. 중요한 건 서두르느냐 마느냐가 아니라 당신의 감정을 파악하는 건데 그건 그 사람을 직접 만나보기 전에는 알 수 없지 않나요? 전혀 아무 느낌이 없을 수도 있어요."

"맞아요. 그를 아는 느낌, 아니면 그와 같은 부류를 아는 느

낌, 우리가 너무 비슷하다는 느낌인데 이런 감정은 처음이에
요. 대개 나는 무리에서 겉도는 사람이에요. 경계선상에 서
서 다른 모두를 이해하려고 애쓰는 사람. 올리도 마찬가지고
요. 그런데 그가 나를 보고 그냥 가버린 거면 어쩌죠?" 하지
만 나와 여러 면에서 전혀 다른데도 내 심장을 뛰게 만드는
맥스가 떠오르자 이런 말들이 공허하게 느껴진다.

아리아는 내 한 손을 자기 가슴에 얹는다. "있잖아요, 로지.
당신은 항상 자신이 달라져야 하고, 자신을 고쳐야 하고, 남
들과 비슷해져야 하고, 틀에 맞추어야 한다고 생각하지만 지
금 모습 그대로 완벽하다는 걸 모르겠어요? 올리가 한마디
말도 없이 떠났다면, 과연 그랬을까 싶지만, 그건 당신의 문
제라기보다 그의 문제예요."

그냥 친구끼리 용기를 북돋워주려고 하는 말일까, 아니면
진실이 담겨 있을까? 기억이 닿는 오래전부터 단점들은 내
삶의 최전방이자 중심이었고, 항상 주지의 사실이었고, 항상
걸림돌이었고, 내 발목을 잡는 원수 같았다. 하지만 아리아
의 말을 듣고 보니 맥스가 했던 말처럼 그 단점들 덕분에 내
가 특별해진다.

내가 이번 여행을 시작한 이유는 동화되는 법, 어우러지는
법을 배우고 사회적인 근육을 키우기 위해서였다. 아리아가
어떤 생각으로 그런 말을 했는지 몰라도 그녀의 마음 씀씀

이에 나는 살짝 눈시울이 뜨거워진다. 침착하고 감정 통제를 잘하던 런던 출신의 그 셰프는 어디로 간 걸까?

아리아는 웃음을 터뜨린다. "당신 본연의 모습을 감추려 하지 말아요. 그리고 올리는 분명 타이어에 펑크가 났거나 무슨 일이 생겼을 거예요. 항상 최악의 타이밍에 그런 일이 벌어진다는 거 우리도 알잖아요. 그가 당신을 보고 도망쳤을 리는 없어요. 그럴 사람은 아무도 없어요. 포피 안으로 들어가서 좀 쉬어요. 내가 짐 옮겨줄게요."

"고마워요, 아리아. 맥스하고 언쟁을 좀 벌였더니 속이 시끄럽네요. 으윽. 솔직히 요즘 내가 왜 이러는지 모르겠어요. 그가 포피 수리비를 대신 냈다길래 시커먼 속셈이 있는 줄 알고 씩씩대며 찾아가서는……" 나는 거품을 물고서 씩씩대며 단숨에 장광설을 토해낸다.

"진정해요, 로지. 무슨 일이 있었기에 그러는지 말해봐요."

그래서 나는 이야기한다. 거꾸로 거슬러 올라가 마이를 만나서 예언을 들은 것에서부터 맥스가 포피 수리비를 대신 냈더라는 것, 그를 찾아갔더니 멜리가 옆에 바짝 붙어 앉아서 태양과 별과 달을 한데 뭉뚱그려놓은 존재를 대하는 눈빛으로 그를 쳐다보고 있더라는 것까지 이야기한다.

"어휴, 너무 많은 일이 벌어져서 그래요. 당신이 맥스를 두고 망설이는 이유는 나도 알겠지만 그래도 부딪혀보지 그래요? 올리나 맥스, 둘 중에 한 명을 꼭 선택해야 하는 건 아니잖아요! 당신이 관계를 중요하게 여긴다는 건 알지만 가끔은 개구리와 몇 번 키스를 해봐야 할 때도 있거든요."

나는 곰곰이 생각해본다. "아니에요. 맥스는 들리는 소문처럼 바람둥이일 거예요. 더 좋은 게 보이면 떠나버릴 사람과 엮이고 싶지 않아요. 뻔할 뻔 자, 뻔데기예요." 이 말을 듣고 그녀는 미소를 짓는다. "그래도 그에게 좋은 감정을 느꼈기 때문에 신경이 쓰이긴 하지만…… 어쨌거나 그는 멋진 남자니 좋은 친구로 지내고 싶어요."

"아, 로지." 아리아는 나를 꼭 끌어안는다. "당신 머릿속이 왜 그렇게 복잡한지 이해가 돼요. 계속 바쁘게 지내다 보면 저절로 해결이 될 거예요. 가서 포피 먼저 살펴보고 나중에 다시 만나서 제대로 된 대화를 나누기로 해요."

"좋아요!" 속을 털어놓을 사람이 생긴다는 건, 진심으로 귀를 기울여주고 이해해주는 사람이 생긴다는 건 인생의 엄청난 변화다. 그것도 아리아처럼 나만의 방식으로 사는 나를 이상하게 여기지 않는 특별한 친구가 생긴다는 것은 말이다.

나는 배낭을 들고 내 캠핑카로 돌아가 빨아야 하는 옷을 추려낸다. 처음에는 어떻게 이렇게 조그만 데서 살 수 있을까 싶었는데 이제는 궁궐처럼 느껴지니 신기한 일이다. 사는데 꼭 필요한 것이 몇 가지나 될까? 계절별로 옷 몇 벌, 책, 취사도구, 부엌 장비, 컴퓨터, 지도 그리고 수첩, 구급상자, 세면도구, 그거면 끝이다.

예전에 생각 없이 샀던 물건들을 떠올려본다. 없으면 안 된다던 청바지, 하지도 않으면서 충동적으로 산 화장품, 분에 넘쳤던 아파트의 인테리어 용품(이후에 기증했다), 일하는 동안 한 번도 한 적 없는 비싼 액세서리, 이제는 구닥다리가 된 전자기기. 그런 게 있으면 내 안의 구멍과 공허감을 채울 수 있을 줄 알고 힘들게 번 돈을 허투루 낭비했다. 이제 인생의 변화를 겪어보니 그런 물질적인 것들은 부족한 부분을 채워주기는커녕 내 발목을 잡고 빚을 안겼고 나는 전혀 만족스럽지 않은 생활방식을 유지하느라 계속 일을 할 수밖에 없었다는 것을 분명히 알겠다.

가진 게 훨씬 적은데도 훨씬 풍요로워졌다.

이제 보니 인생의 진정한 선물은 살아가며 만나는 사람들, 사귀는 친구, 마음속으로 들어온 사람들이다. 돈을 주고 살 수 없는 것들이다. 이런 갑작스러운 깨달음이 찾아오자 아무 조건 없이 포피 수리비를 대납한 맥스가 떠오른다.

인생이라는 이 복잡하고 엉망진창인 것에 대해 배워야 할 부분이 한두 가지가 아니지만, 마치 스위치가 켜지기라도 한 듯 내가 지금까지 엉뚱한 꿈을 좇고 있었다는 사실을 선명하게 깨닫는다.

나는 벌어질지 모르는 일에 집착하느라 벌어지지 않을 수
도 있는 일에 대해서는 생각하지 않았다. 그러니까 남들은
잘 모르는 호수, 마법의 나무, 수십 년 동안 아무도 밟지 않은
울퉁불퉁한 길 등 세상의 온갖 장관을 구경하고, 장엄한 일
출을 감상하며 서로 미묘하게 다른 주황색을 여유롭게 구분
하는 것에 대해서는 말이다.

중요한 건 이 순간, 지금 이 순간을 음미하는 것이다.

가엾은 맥스가 도움의 손길을 내밀었지만 내가 대가 없는
호의에 익숙하지 않았던 탓에 그의 면전에서 뿌리쳐버렸다.
이제 어른답게 찾아가서 사과를 해야 할 시점이다.

26

밤이 찾아오고 나는 어둠을 틈타 맥스의 캠핑카로 걸어간다. 머리 위에서 반짝이는 별들이 길을 인도한다. 노마드족이 대거 일찌감치 짐을 싸서 차가 막히기 전에 다른 곳으로 출발했기 때문에 오늘 밤에는 캠핑장 분위기가 잠잠하다.

가까이 다가가 보니 맥스의 캠핑카 안에서 왁자지껄한 웃음소리가 들린다. 그의 굵은 바리톤 음색도 그 안에 섞여 있다. 그와 멜리가 한데 뒤엉켜 있을까? 내가 방해하면 안 되는 거 아닐까? 그 둘이 거의 알몸으로 있는 모습은 보고 싶지 않다. 맨살을 드러낸 그의 넓은 어깨, 그의 팔을 따라 가슴을 뒤덮은 어떤 부족의 상징 같은 문신⋯⋯.

나는 단호하게 문을 두드린다. 세게 두드린다, 주먹이 아플 정도로. 시간은 소중한 것이지 않은가? 밤새도록 여기 서서 그들이 서로 비벼대는 소리를 듣고 있을 수는 없다.

안에서 앓는 소리에 이어 웅얼거리는 말소리가 들리고 마침내 맥스가 문을 여는데 방해를 받아서 표정이 굳은 게 분명하다.

"내가 방해한 건 아니죠?" 나는 묻는다. 상처받은 말투라 굴욕감에 내 얼굴이 벌게진다.

"전혀요. 들어올래요?"

멜리가 그의 어깨 너머로 빤히 내다보는데 담요를 몸에 둘렀다. "안녕하세요."

나는 대꾸할 단어조차 찾지 못한다.

"어, 안녕하세요." 로봇 반응이 시작된다. 탈출해야 하는데 두 발이 그 자리에서 떨어질 줄 모른다.

맥스는 내가 찾아온 이유를 모르겠다는 듯이 미간을 찌푸린다. "들어와요. 멜리하고 모르는 사이도 아니잖아요."

"내가 훼방꾼이 된 것 같아서요."

"아니에요." 그녀가 딱 잘라서 말한다. "그냥 갑자기 찾아와서 놀랐을 뿐이에요." 그녀가 담요 안에서 몸을 꿈틀거리자 손바닥만 한 브라렛(와이어가 없는 브래지어—옮긴이) 하나 걸치고 있는 것이 보인다. 이런 망할, 둘이서 비비적거리고 있었네. 그 생각이 들자 속이 뒤틀린다.

"어머, 거의 벗고 있네요! 나 그냥 갈까봐요."

맥스가 지난 몇 달 동안 나를 달래고 싶었을 때 숱하게 그 랬던 것처럼 내 어깨를 잡는다. 그녀의 어깨도 이런 식으로 잡았을까? "멜리가 새로 한 문신을 보여주고 싶다고 했어 요." 그가 말한다.

핑계를 대도 아주 그냥!

멜리가 무슨 치어리더라도 되는 것처럼 깡충깡충 뛰어온 다. "옴은 온 우주의 생명령을 상징하지만 사실상 옴은 진동 이고 소리예요. 심오하죠? 우리는 모두 이 거대한 우주의 일 부분이에요."

나는 미간을 찌푸린다. "그게 무슨 소리예요?"

그녀는 입술을 지그시 다문다.

맥스는 웃음을 터뜨린다. "나도 잘 모르겠지만 그게 문신 의 묘미예요. 나름의 독특한 방식으로 의미가 있다는 거."

멜리는 노골적으로 살의를 보인다.

"점퍼 다시 입는 게 좋지 않겠어요? 춥지 않아요?"

멜리가 분노로 눈을 번뜩인다. "사실 이제 막 가려던 참이 었어요." 그녀는 점퍼를 휙 낚아채더니 담요를 떨어뜨리고 점퍼를 입는다. 요즘 같은 날씨에 티셔츠도 없이 점퍼를 입 는 사람이 어디 있담?

"잘 가요!" 나는 말한다.

그녀는 나를 옆으로 흘겨보며 나가서 문을 쾅 닫는다.

"화가 났나봐요."

맥스는 다시 웃음을 터뜨리고 고개를 젓는다. "왜 그런지 이유를 모르겠네요?"

"왜냐고요?" 나는 묻는다. "내가 자기 문신의 의미를 몰라주니 그러죠! 뭐, 어쩌라고!"

"나의 로지는 뭐가 나올지 알 수 없는 판도라의 상자라니까요."

나의 로지?

"뭐, 그렇죠." 나는 어물어물 대답한다.

"지금 이 시각에 어인 일로 행차를 하셨는지요?"

"포피의 수리비를 대신 내줘서 고맙다고 인사하고 싶었어요."

"그럴 것 없어요, 이미 했잖아요."

"네, 하지만 그때는 진심이 아니었어요. 지금은 진심이고요."

그의 미간에 주름살이 생긴다. "아, 네에."

나는 조그만 소파에 앉는다. 거기에서도 맥스 특유의 그 톡 쏘는 흙냄새가 난다. "당신에게 부적절한 의도가 있다고 오해했는데 내 어리석음을 깨달았어요."

"당신의 어리석음이요?"

"네, 나의 어리석음이요."

"그렇군요."

"그래서 고맙고요, 아까 얘기했던 것처럼 최대한 빨리 갚을게요."

"나는 괜찮아요." 그는 말한다. "먼저 안정적인 발판을 구축하는 데 신경 써요."

"알았어요, 그럴게요. 하지만 당신이 없었다면 무슨 수로 해결했을지 솔직히 모르겠어요. 아까는 내가 바보 같고 무능력한 인간이 된 느낌이었는데, 이제는 이게 한 인간으로서 성장하는 과정이고 하루씩 하나씩 처리해나가는 과정이라는 걸 알겠어요."

그는 고개를 갸웃한다. "당신은 정말 남들하고 다르네요, 로지."

또 시작이로군.

"나도 그건 잘 알아요. 하지만 다른 건 좋은 거 아니에요?"

맥스는 자기를 어디에 묶어놓으려는 사람처럼 내 어깨에 다시 손을 얹는다. "내 말은 뭔가 하면 당신은 지금까지 내가 만난 어느 누구하고도 다르다는 거예요. 내가 보기에 당신은 말 그대로 환상적이고 나는 당신의 사고방식이 정말 좋아요. 당신은 남들과 다르기 때문에 특별해요."

"그거 무슨 영화 대사예요?" 헛소리를 남발하는 병이 맹렬히 고개를 든다.

맥스는 고개를 뒤로 젖히고 웃음을 터뜨리고 나는 그의 턱을 손가락으로 훑으며 웃음소리의 여진을 느끼고 싶은 충동이 인다. 그게 아까 말한 옴 아닐까? 맥스의 진동은 어떤 느낌일까? 힘든 날들을 보냈더니 내가 이상해지고 있다!

진동이라니!

헐!

"앞으로는 전달 방식에 신경을 좀 써야겠네요. 당신이 옆에 있으면 내가 자꾸 감성적으로 변하는데 왜 그런지 모르겠어요."

그가 지금까지 나 같은 사람은 만난 적 없을지 몰라도, 나역시 그 같은 사람은 분명히 만난 적이 없다! 어려움에 처한 사람들을 돕고 다니는 근육질의 채식주의 요가 수련생이라니, 이 얼마나 생뚱맞은 조합인가!

"내가 당신을 아주 오해했을 수도 있겠네요." 나는 혼잣말에 가깝게 중얼거린다.

그는 소파에 앉아서 옆을 토닥이며 내게 자리를 권하고 우리는 침묵 속으로 빠져든다. 그에게서 온기가 뿜어져 나오고, 이렇게 가까이 앉아 있다는 사실에 내 몸이 지글거린다. 그의 품속으로 파고들어 큼지막하고 터프한 체구를 두 팔로 감싸고 싶지만 마이의 경고가 퍼뜩 떠오른다. 결국에는 상처를 입게 될 거라는데 그래도 저지르면 바보가 아닌가. 그게 아니라 관상을 본다는 기인의 말을 믿는 게 바보인가? 하지만 그를 가까이하지 말라고 경고한 사람이 마이 하나만은 아니지 않은가.

나는 벌떡 일어선다. 그 바람에 그는 옆으로 대자로 넘어지고 놀란 표정이 그의 얼굴을 스치고 지나갔다.

"스토브에 냄비를 올려두고 왔어요!" 이렇게 외치고는 그가 달콤한 속삭임으로 내게 그를 믿어도 된다는 허상을 심어주기 전에 얼른 밖으로 나온다. 포피로 달려가는 동안 내 심장이 쿵쾅거린 이유는 달리느라 힘들어서 그런 것만은 아니다. 맥스를 멀리하는 것이 상책이다. 외로워진 내 심장이 어떤 감정을 느끼건 그와 같은 남자에게 도박을 거는 건 자살행위다.

캠핑카로 돌아가 보니 노트북이 깜빡이며 새로운 이메일이 도착했음을 알린다. 올리다. 좀 더 내성적인 타입이고 내가 다시 누군가를 만날 생각이 있다면 이쪽이 더 낫다. 내 세상에 불을 지르지 않을 안정적인 사람.

나는 이메일을 연다.

로지에게

만나러 가지 못해서 정말 미안해요! 당신이 보낸 이메일을 두 통 다 지금에서야 받았어요. 와이파이가 없는 데 있어서 현지

고객에게 막판에 의뢰를 받았는데 금전적인 측면을 감안했을 때 거절할 수가 없었다고, 당신에게 이메일로 알리지 못했어요. 결혼식 사진을 찍어주기로 한 작가가 중병에 걸리는 바람에 대안을 찾느라 안달이 났더라고요. 두 사람의 가장 특별한 날을 기념할 사진 한 장 남기지 못할 걸 생각하니 거절할 수가 없었어요.

용서해주길 바라요. 오지 않는 나를 기다리느라 하루 종일 시간을 허비한 건 아닌지 모르겠네요. 아직 생각이 있다면(그랬으면 좋겠어요!) 당신의 다음 행선지가 어딘지 몰라도 거기서 만나면 어떨까요? 이동하기 전에 이 사진을 편집해야 하지만 하루 이틀이면 될 거예요.

이 가엾은 남자가 절망의 구렁텅이에서 헤매지 않게 제발 답장 부탁해요!

올리

맥스 생각은 한쪽으로 치워버리는 것이 최선이다. 올리가 좀 더 안전한 선택이고 나도 그렇다는 걸 안다.

올리에게

그렇게 미안해할 것 없어요! 하루 종일 있지도 않은 진분홍색 캠핑카 찾느라 시간 허비하지 않아서 다행이에요. 그리고 의뢰가 들어왔을 때 일을 맡는 것도 전적으로 이해해요. 덕분에 그 커플이 아주 기뻐했겠어요. 소중한 기념으로 남길 사진이 없으면 진정한 결혼식이라고 할 수 없지 않겠어요?

그리고 당연히 당신과 만나서 차 한잔 하고 싶은 마음이 여전히 있죠. 앞으로 당분간 에든버러에 있을 거예요. 여러 축제와 마켓이 있다고 해서 여럿이 같이 가는 분위기예요.

그런 다음에는 여름 끝물에 노섬벌랜드 코스트에서 열리는 린디스판 뮤직 페스티벌에 갈 거예요.

정말 엄청난 스케줄이죠? 사람들이 왜 방랑 생활을 사랑하게 되는지 알겠어요. 이런 생활을 마다할 사람이 누가 있겠어요? 소소한 골칫거리는 있지만 말 그대로 그냥 소소한 문제죠. 예전 생활이 떠올라요. 그걸 놓으면 나락으로 떨어지기라도 할 듯 얼마나 죽을 둥 살 둥 붙잡고 있었는지. 여기에서는 그런 식으로 살 수가 없죠. 누가 허우적거리면 옆에서 꺼내주기 때문에 죽기 아니면 살기가 되질 않으니까요. 그건 새로운 깨달음이고 나는 아직도 적응해나가는 중이에요.

내가 왜 이렇게 심오하고 진지하고 수수께끼 같은 소리를 늘어놓는지 모르겠네요! 이해가 될지 모르겠지만 죽을 둥 살 둥 매달리지 않고 내 자신에게 충실하며 가벼워질 수 있어서 신선했어요. 나는 내가 달라져야 한다고, 전혀 새로운 모습으로 발전해야 한다고 생각했는데 아리아가 말하길 지금 모습 그대

로 완벽하대요. 어쩌면 나는 지금까지 엉뚱한 환경 속에 있었
는지 몰라요. 계속 나는 부적합하고 부족한 느낌이었거든요.
아무튼 생각할 거리가 많네요! 같이 차 마실 수 있길 진심으로
바라지만 부담은 느끼지 말아요.

로지

나는 답장을 기다리지 않는 척 설렁설렁 포피 안을 돌아다
닌다. 먼지를 쓸고, 정리하고, 빨랫감을 자루에 넣고. 어이없
게 들릴지 몰라도 세탁기가 없는 것이 이동 생활에서 가장
힘든 부분 중 하나다. 가끔 빨래방을 찾기 힘들 때도 있어서
원하는 만큼 자주 또는 빨리 옷을 빨아서 입을 수 없는 경우
도 있다는 데 적응해나가고 있다. 손 빨래를 하면 어느 정도
해결이 되긴 하지만 그건 정말 유사시에만 해당된다.

드디어 이메일 알림음이 울린다.

로지에게

린디스판으로 기쁘게 찾아갈게요. 그럼 여유 있게 이 사진을
편집하고 캠핑카의 수리가 시급한 부분을 몇 가지 해결할 수
있겠어요. 사진 작업을 이해해줘서 고마워요.
일이 워낙 띄엄띄엄 있다 보니 특히 결혼식처럼 돈벌이가 되
는 의뢰는 거절할 수가 없어요. 그 딱한 커플은 다른 작가에게

이미 대금을 지불했고 환불이 어떻게 될지 모르기 때문에 할인을 해주긴 했지만요. 그래도 모두 잘 끝났고 당신 말마따나 그들에게는 그날을 기념할 수 있는 아름다운 스냅사진이 생겼어요.

당신은 아무래도 여행병에 걸린 것 같아요, 로지! 우리 동호회 회원이 된 것을 환영합니다! 그렇다니 다행이에요. 왜냐하면 성격에 따라 그리고 무엇을 찾고 있느냐에 따라 이쪽이 될 수도 있고 저쪽이 될 수도 있거든요. 그리고 우리는 모두 무언가를 찾고 있잖아요, 인정하지는 않을지 몰라도. 당신이 처음에 보낸 이메일 기억해요? 불안과 두려움으로 가득했었잖아요. 그런데 당신의 사고방식이 벌써 이만큼이나 달라지다니! 이런 생활방식은 마약과도 같아서 해답을 고민하면 할수록 이보다 훌륭한 생활방식은 없다는 확신이 점점 커지죠. 도중에 어떤 흔들림을 만나더라도.

나도 다들 가족처럼 지낸다는 데 놀랐던 기억이 나요. 예전에 내가 근무했던 금융계는(맞아요, 슬픈 배경음악 부탁할게요. 내가 예전에 숫자 놀음을 하던 사람이었어요, 믿기지 않겠지만!) 남녀 할 것 없이 자기밖에 몰랐는데—승진을 향한 질주, 보너스를 향한 갈망, 경쟁, 거치적거리는 사람이 있으면 언제든 밀쳐버리겠다는 전의—여행 커뮤니티는 즐거운 충격이었어요. 다들 이런 거 저런 거 팔고 있으니 암암리에 경쟁심이 있을 줄 알았는데 아니더라고요. 오늘은 잘 안 팔리더라도 내일은 잘 팔릴 테고, 모든 건 될 대로 되는 거라고. 처음에 나는 환상의 나라에서 사는 사람들처럼 지내는 태평한 성격 때문일 거라고 생각했지만 그보다 훨씬 심층적인 이유가 있다는 걸 깨달았어요. 오랫동안 못 만난 사촌처럼 나를 모닥불 앞으로 불러서 와인을 나눠주던 그들을 내가 오해했다는 걸요.

이 인생이라는 건 배우는 과정이에요.

조만간 만나요.

올리

드디어 이런 이메일의 주인공을 만날 수 있게 됐다. 알맞은 부류의 남자를. 믿을 수 있는 남자를. 우리 둘 사이에서 뭔가가 느껴지는지 알아봐야겠다. 나는 사랑하는 사람을 만들고 싶고 이 의미심장한 저녁노을을 한 남자와 손을 잡고 함께 감상하고 싶다. 출산 계획을 다시 세우고 싶다. 그 상대가 올리이길 바란다면 너무 순진한 발상일까? 그보다 더 심각하게는 너무 절박한 반응일까?

좀 있으면 주말이고 나는 턱에서 소리가 나도록 한참 동안 하품을 한다. 내 평생 이렇게 편안하고 위로가 되는 매트리스는 처음이라는 확신과 함께 포피의 침대 위로 쓰러진다.

27

"입이 귀에 걸리도록 웃고 있네요?" 잠옷 바람으로 이가 빠진 커피 머그를 들고 건너온 아리아가 말한다.

"그래요?" 나는 듣는 둥 마는 둥 한다. 맥스 생각을 하던 중인데 그녀에게 들키고 싶지도, 이미 하고 있는 것보다 더 많이 그를 생각하고 싶지도 않다.

"이유가 뭐예요?" 그녀는 고개를 모로 꼬고 손을 허공에서 흔들어 커피를 온 사방에 쏟는다.

"올리가 몇 주 뒤에 린디스판 페스티벌로 만나러 오겠대요."

"이번에는 어디 있었다는데요?"

"일 때문에 붙잡혀 있었대요."

"흠."

"흠이 무슨 뜻이에요?"

"맥스는 어떻게 됐어요?"

"맥스가 어떻게 됐냐고요?"

아리아는 미간을 찌푸리며 말한다. "멜리가 열 받았다는 소문이 들리던데요? 당신의 연극 때문에."

"내 연극이요? 연극을 한 건 그쪽이었어요, 리허설까지 전부 마치고. '아, 우리 문신 비교해봐요, 맥스. 그런데 내 거 보여주려면 옷을 벗어야겠다.' 중간에 추파를 흘리며 어색하게 키득거릴 것. 얼마나 구역질 났는지 알아요? 속이 훤히 들여다보이기도 했고."

아리아는 실눈을 뜬다. "그걸 왜 신경 써요? 맥스하고는 아무 일도 벌이지 않기로 결정한 줄 알았는데."

나는 침을 꿀꺽 삼킨다. "알아요, 너무 갈피를 못 잡겠어서 그래요. 하지만 둘 중에서는 올리가 분명 좀 더 안전한데. 물론 맥스처럼 상대방을 무장 해제할 정도는 아니지만 10년 뒤에도 내 곁에 있을 가능성이 더 크잖아요, 안 그래요?"

"그걸 어떻게 알아요?"

나는 고개를 젓는다. "사실상 모든 사람이 나더러 그를 멀리하라고 경고했어요, 심지어 마이까지도."

그녀의 표정이 부드러워진다. "오오, 맥스를 정말 좋아하나 보다, 그렇죠?"

나는 고개를 돌린다.

"당신은 관심이 없는 줄 알고 맥스 앞에서 당신 얘기를 꺼내며 놀려댔는데 이제 보니 관심이 있었어! 그런데 뭣 때문에 마음이 시키는 대로 하지 않는 거예요? 이해가 안 되네."

나는 팔짱을 낀다. "신뢰 때문이죠. 다시는 상처받고 싶지 않거든요, 아리아."

"그런데 맥스보다 한 번도 만난 적 없는 사람에게 더 신뢰가 간다?"

나는 허공으로 손을 던진다. "당신이라면 안 그러겠어요?"

28

뮤직 페스티벌의 분위기가 거의 한 시간마다 한 단계씩 업 그레이드되고 내 온몸이 덩달아 진동한다. 전자 기타의 끽끽 거리는 소리 때문에 골이 울린다. 바보처럼 사랑과 평화 어 쩌고 하는 편안한 포크 뮤직 페스티벌일 줄 알았더니 계속 비명을 질러대고, 대놓고 가사를 난도질하니 가수가 최후의 발악을 하는 것처럼 들릴 정도다. 그래도 다양한 공연이 섞 여 있으니 조만간 물 한잔 마시며 목을 진정시켜야 하게 생 긴 저 가수 대신 편안한 포크 밴드가 무대 위에 오르길 바랄 따름이다.

"여기, 크림 추가한 애플 크럼블이요."

내 앞에서 손님이 외친다. "나 애플 크럼블 주문하지 않았 어요. 웅얼거리면 안 들린다고 했잖아요!"

뭐라는지 하나도 안 들리는 것도 죽겠는데 이제는 손님의 비평까지 감수해야 한단 말인가. 일반 음식점의 이름 모를 셰프로 지내는 데 따르는 장점이 한두 가지가 아니다! 나는 미소를 장착하지만 손님의 냉랭한 눈빛을 보건대 우거지상에 더 가깝다는 것을 알 수 있다. "그럼. 뭘. 드릴까요?" 나는 그녀가 들을 수 있게 천천히 큰 소리로 묻는다.

"애플 크럼블이요." 그녀는 능글맞게 웃으며 말한다. "크림은 빼고요, 다이어트 중이거든요." 그녀가 있지도 않은 엉덩이를 두드리자 나는 비명을 지르고 싶지만 애써 참는다.

"알겠습니다. 바로 준비해드릴게요!" 나는 애플 크럼블을 다시 한 조각 자르고 직접 거품을 낸 샹틸리 크림은 생략한다. "더 필요한 거 있으세요?"

"그냥 자요."

지금 나더러 자라고 했나? "네?"

"그냥 크럼블만 달라고요!"

나는 접시를 건네고 돈을 받으며 얼른 쉬는 시간이 되길 바란다. 손님들의 주문을 챙기기는커녕 정신이 사나워서 집중을 할 수가 없다.

드럼 독주가 시작되자 나는 머리가 폭발할 지경에 다다른다.

"내가 뭐 좀 도와줄까요?" 셔츠를 벗어젖힌 맥스가 지구상에 존재하는 모든 인간의 감탄하는 시선을 한 몸에 받아가며 어슬렁어슬렁 다가온다. 춥지도 않나?

"아뇨!" 올리가 왔을 때 셔츠를 벗어젖힌 드라마 남자주인 공처럼 후끈한 맥스가 나와 엉덩이를 부딪쳐가며 일을 돕고 있는 건 안 될 말씀이다. "그리고 짚고 넘어가자면 반나체로 주방에서 근무하는 건 보건법 위반일 거예요."

그가 웃음을 터뜨리자 눈꼬리에 주름이 생긴다.

"내가 도와줄게요. 줄이 1킬로미터예요."

"설탕이 들어간 음식을 친히 팔아주시게요?"

"내가 먹지만 않으면 상관없어요."

줄은 점점 길어져만 가고, 노려보는 그들의 눈빛과 허리춤에 손을 얹은 호전적인 자세를 보면 내 조바심이 기다리는 손님들에게 전염됐다는 것을 알 수 있다. 언제쯤 오늘이 끝날까?

맥스가 포피 안으로 점프해 들어오자 무게중심이 이동해 나는 하마터면 뿅 하고 위로 튕겨 오를 뻔한다.

"뭐 드릴까요?" 그가 까만색 립스틱을 바른 여자에게 묻는다.

"뭘 파시는데요?" 그녀는 콧소리를 낸다. 진짜다! 내 뒷머리가 쭈뼛 선다.

"쓰러져 뒹굴도록 맛있는 초콜릿 머드 케이크 어때요?"

이 정도면 자제가 안 되는 모양이라고 봐야 하지 않을까?

"그 정도라면 두 조각 살게요."

나는 그의 옆에서 내 손이 허락하는 한도 안에서 최대한 빨리 주문받은 메뉴를 준비한다.

2분 동안의 소강상태가 주어지자 나는 묻는다. "왜 당신 캠핑카에서 일 안 하고 여기 있어요?"

그는 심드렁한 척한다. "벌써 다 팔렸어요. 기록적인 시간만에."

"어딜 가든 동경의 대상이 되는 거 지겹지 않아요?"

"내가 카리스마가 있는 걸 어쩌겠어요."

"지금 나 놀리는 거죠?"

"놀리기가 좀 쉬워야 말이죠."

"겸손하신 분, 도와줘서 고마웠어요. 하지만 이제 나 괜찮아요."

"안 그래 보이는데요." 그는 한 손가락을 내 이마에 대고 천천히 가로로 선을 긋는다. "머리 아프죠? 실눈 뜨는 거 보니까 알겠어요."

맥스의 손이 닿자 찌릿한 전류가 내 몸을 관통한다. 아마 놀라서 나온 반응일 것이다. "좀 쉬는 게 좋겠어요. 내가 계속 손님 상대할 테니까 당신은 어두운 데 가서 좀 누워 있을래요?"

"어휴, 그러면 좋겠지만 올리를 기다리고 있어서……."

그의 눈이 번뜩인다. "온라인 커뮤니티에서 만났다는 그 남자요? 몇 주 전에 찾아오기로 되어 있지 않았어요?"

"내가 보낸 이메일을 제때 확인하지 못했대요. 와이파이가 안 돼서. 하지만 우리는 아주 친한…… 친구예요."

"인터넷에서 만난 친구요." 한마디, 한마디에서 비꼬는 투가 뚝뚝 묻어난다.

"요즘은 세상이 그런 식으로 돌아가거든요?" 온라인에서 만났다는 이유로 올리와 나 사이를 이런 식으로 무시하다니 참을 수가 없다. 질투하는 건가?

그는 고개를 젓는다. "뭐, 지금이야 워낙 푹 빠져 있으니." 그는 말하고 자리를 뜬다. 대체 왜 저러는 걸까? 맥스 같은 남자들은 다른 사람이 스포트라이트를 받으면 질색한다. 모든 사람이 자기들을 우러러보고 자기들 비위를 맞춰주길 바란다. 나는 그럴 생각이 없다.

한 가지 부분에 있어서만큼은 맥스의 말이 맞는다. 머리가 깨질 듯이 아파서 싹퉁머리 없는 손님을 한 명 더 만났다가는 몸을 동그랗게 말고 눈물을 흘릴 것 같기에 판매대 차양을 내리고 잠깐 쉬기로 한다. 맥스처럼 나도 거의 다 팔았다. 차이점이 있다면 나는 그에게 진 빚을 갚고 잘되면 앞으로 필요한 비용도 충당할 수 있게 좀 더 만들어서 푼돈이나

마 벌 생각이다.

올리에게 오면 연락하라는 쪽지를 차양에 꽂고 안으로 들어가 침대에 몸을 던진다. 지끈거리는 머리를 달래는 데는 파워 낮잠이 직방일 것이다. 눈을 감기 전에 이메일을 확인해보니 문제의 그 남자, 올리가 보낸 이메일이 있다.

로지에게

점심 먹고 냉장고를 채우고 기름을 넣은 다음 뮤직 페스티벌이 열리는 곳으로 출발하려고 잠깐 차를 세웠어요. 모든 게 계획대로 맞아떨어지면 해가 지기 전에 도착할 거예요.

차 대신 와인 한잔 마실까요?

올리

그가 오고 있다! 나는 커튼을 치고 한 시간 뒤로 알람을 맞추고 안대를 쓰고 베개 위로 쓰러져 이리저리 뒤척이며 잠을 잔다.

몇 시간 뒤 더 많은 캠핑족이 속속들이 도착하자 인파가 더 늘어난다. 팝업 푸드 트럭들은 점심과 저녁 중간의 소강상태로 접어들어 잠잠하고, 덕분에 나는 술꾼들을 위한 메뉴를 준비할 시간이 생긴다. 비프 앤드 기네스 파이(소고기, 감자,

버섯, 각종 야채를 기네스 맥주로 삶은 뒤 페이스트리를 얹어 오븐에 구운 파이—옮긴이), 홈메이드 토마토 처트니를 곁들인 포크 앤드 펜넬 소시지 롤. 양파, 베이컨, 아메리칸 체더 치즈, 각종 재료를 겹겹이 올린 핫도그! 이 축제를 몇 주 동안 기다렸을지 모르는 관람객들이 빠르고 간단하게 먹을 수 있는 힐링 푸드다. 한숨 자고 일어났더니 컨디션이 훨씬 좋아졌고 서빙과 병행하는 스트레스 없이 음식만 만들 수 있어서 마음이 차분해졌다.

날이 점점 어두워지자 나는 얼른 아리아의 캠핑카를 찾아가 어쩌고 있는지 확인한다. 그녀는 어떤 남자와 다른 것도 아닌 로맨틱 코미디를 주제로 웃으며 열띤 대화를 나누고 있다. 그는 안경을 쓰고 베이지색 치노 바지를 입은 학구적인 분위기고 어리바리하니 귀엽게 생겼다.

그들은 내가 온 줄 모른다. 앉아 있는 주변에 커피 머그들이 나뒹구는 걸 보니 그가 온 지 제법 된 눈치다. 아리아는 손님들에게 커피를 끓여줄 때 썼던 잔을 다시 쓰지 못하고 전부 이가 빠지긴 했어도 새 머그를 꺼낸다.

아리아가 얼마 전에 읽은 책에서 가장 마음에 들었던 키스 신을 설명하자 남자는 말을 더듬으며 얼굴을 붉힌다. 내 안의 뚜쟁이(나도 예전에 그런 경험이 있었다는 걸 아는!)가 기회를 감지한다. 아리아가 두 번 다시 누군가를 사랑하지 않겠다고 맹세하긴 했지만 그렇다고 해서 근사한 소설 속 남자주인공의 품에 안겨 매일 밤 외로운 시간을 보내야 하는 건 아니다. 그녀도 사람을 사귈 수 있지 않을까?

"방해해서 미안한데요," 나는 정신없이 바쁘고 걱정거리가 있는 사람처럼 말한다. "다시 생각해보니까 나 혼자 올리를 만나는 게 아무래도 마음에 걸려서요. 그가 어떤 남자일지 아무도 모를 일이잖아요. 밤 9시쯤에 와서 같이 술 한잔 할래요? 그 직전에 가게 문을 닫을 생각인데."

아리아는 알겠다는 눈빛으로 나를 본다. "알았어요, 로지. 그러죠, 뭐. 당신이 분위기에 적응해서 말이 많아지면 슬그머니 빠져나올게요."

나는 얼굴을 환히 빛낸다. "고마워요. 하지만 당신 혼자 오면 이상해 보이고 내가 긴장한 티가 너무 날 테니까 친구를 데려와요." 나는 그를 돌아본다. "죄송해요, 성함을 못 들었네요?"

그는 목에서부터 위쪽으로 점점 벌게지기 시작한다. "조너선이요."

"잘됐다. 조너선, 9시에 봐요, 알았죠? 난처한 상황에서 날 살리는 거예요! 얼른 가야겠다, 오븐에 케이크를 넣어놓고 왔어요!"

나는 얼른 몸을 돌리지만 놀라서 눈을 휘둥그레 뜬 아리아의 얼굴이 보인다. 날 죽이려 들 텐데! 이게 무슨 짓이람? 하지만 술 한잔인데 뭐 어떨까. 그녀도 나를 그런 식으로 몰아붙이지 않았던가. 나는 불안한 웃음을 애써 참으며 포피와 시끄러운 축제라는 안전한 곳으로 얼른 돌아간다.

9시가 점점 다가오고 나는 서 있기 힘들 정도로 지친 상태다. 하루 종일 일을 하느라 그런 것도 있지만 긴장이 풀렸기 때문이기도 하다. 나는 주방을 정리하고 테이블을 닦고 벤치에 놓인 쿠션을 부풀린다. '사무실(내 모든 서류가 놓인 의자)'을 해체해 적어도 한 사람만이라도, 그러니까 나만이라도 비좁은자 리에 나란히 앉지 않게 테이블 상석으로 옮긴다. 뭔가가 있다고, 파고 들어볼 만하다고 결론을 내리기 전까지는 올리와 바짝 붙어 있고 싶지 않다.

문을 가볍게 두드리는 소리가 들리고 아리아가 들어와서 나를 노려본다. 나는 모르는 척하며 그녀를 끌어안는다. "왔어요? 어서 와요, 어서 와요. 들어와요, 조녀선. 와서 편하게 앉아요. 아, 거긴 말고요." 그가 안전 좌석으로 가려고 하자 내가 말한다. "그 반대편이요, 네, 완벽해요."

"와인 가지고 올게요. 잠깐만요." 나는 와인 대신 휴대전화를 집어서 올리에게 연락 온 게 있는지 확인한다. 역시 아무것도 없다. 수많은 캠핑카, 텐트, 축제 관람객, 끽끽대는 음악

소리를 뚫고 열심히 나를 찾고 있을 것이다. 어디쯤에서 나를 찾으면 되는지 길을 가르쳐줄 걸 그랬다.

나는 전화기를 내려놓고 레드 와인 한 병과 잔을 몇 개 챙긴다.

"조녀선은 뮤직 페스티벌 팬이에요?"

그는 흠칫하며 기침 소리에 가까운 웃음을 터뜨린다. "아뇨, 사실 전혀 아니에요. 친구가 남는 표가 있다고 해서 따라왔는데…… 그 친구가 여기서 예전 여자친구를 우연히 만났지 뭐예요. 둘 사이에 해묵은 감정이 많이 남아 있는 것 같기에 십자포화를 피해서 도망쳤어요."

나는 웃음을 터뜨리지만 너무 요란하고 너무 격한지 아리아가 실눈을 뜬다. 올리는 어디 있담? 아리아는 가슴 위로 단단히 팔짱을 끼고 심지어 자기 와인 잔을 건드리지도 않았다. 이런 경우는 거의 처음 본다. 내가 선을 넘었나……?

마침내 노크 소리가 들린다. 올리다! 그와의 만남을 앞두고 불안한 마음이 크긴 하지만 적어도 그로 인해 방 안의 긴장이 해소될 수는 있을 것이다. 지난 한 주 동안 어찌나 대화를 많이 나누었는지 거의 죽마고우를 만나는 느낌이다. 어쩌면 내가 드디어 어른이 되어가고 있는 건지 모른다.

나는 이런 생각에 얼굴을 붉히며 캠핑카 문을 연다. "드디어 왔군요! 어서 들어와요, 어…… 맥스."

"실망한 얼굴이네요."

"다른 사람을 기다리고 있었거든요."

"인터넷 친구요?"

나는 씩씩거린다. "이름이 올리거든요?"

"그의 이름이 올리라는 건 당신 생각이고요."

"그게 무슨 소리예요?"

내 깜찍한 계략 때문에 아직까지 골이 나 있던 아리아가 내 뒤편으로 슬금슬금 다가온다. 서글서글하고 환한 표정을 짓고 있지만 그녀에게서 뿜어져 나오는 복수의 기운을 느낄 수 있다. "맥스!" 그녀가 달달한 목소리로 외친다. "들어와요! 여기 방부제 없는 와인이 있을 거예요!"

이번에는 내가 그녀를 노려볼 차례지만 사실 싸울 수는 없는 입장이다.

"좋죠." 맥스는 나를 보고 능글맞게 웃으며 비켜주길 기다린다. 나는 그가 나를 그냥 밀치고 돌진할 거라는 걸 알기에 하는 수 없이 비켜준다.

"방부제 없는 와인은 없어요. 무슨 그런 말도 안 되는 소리를!" 나는 말하고, 아리아가 안전 좌석을 슬그머니 차지하려고 하자 옆으로 밀친다.

"말도 안 되는 소리가 아니에요!" 아리아가 말한다. "그런 와인의 장점에 대해 읽은 적 있는데 엄청 흥미로웠어요."

나는 아리아를 보며 눈살을 찌푸린다. 그녀가 갑자기 맥스의 팬이 된 걸까? 그럴 리가.

맥스가 비좁은 공간으로 들어가자 테이블과 케이크가 가득 든 유리 덮개가 흔들린다. 어휴, 그가 그 자리에 얼마나 틀어박혀 있을 수 있을는지.

"맥스라고 합니다." 그는 조녀선과 악수한다.

"조녀선이에요. 만나서 반갑습니다."

"그럼 정체불명의 그 남자는 어디 있어요?"

나는 눈을 부라린다. "그게 당신이랑 무슨 상관인데요?"

"당신이 만난 적도 없는 남자한테 홀딱 빠진 것 같아서요. 어쩐지 위험해 보인단 말이죠."

"또 시작이에요?"

"그냥 당신이 걱정돼서 챙기는 거예요."

"고마워요, 보호 수단이 필요하겠다 싶으면 얘기할게요." 나는 이렇게 말했다가 그들이 내 말뜻을 오해한 걸 알아차리고 머리 꼭대기까지 벌게진다. 나는 얼른 덧붙인다. "아니, 그 보호 수단이 아니라……." 죽겠네, 정말. "무시무시하고 고압적인 기도처럼 보초를 서주는 그런 사람을……."

아리아가 끼어든다. "맥스는 당신을 생각해서 하는 얘기잖아요. 정말이지 맥스 같은 사람이 신경 써주면 고마워해야 하는 거 아니에요?" 그녀는 맥스를 보며 예쁘게 활짝 웃는다.

이게 뭐지? 가엾은 조녀선은 그렇게 환상적인 물건은 처음이라는 듯 자기 와인 잔만 쳐다보고 있다.

"흠, 고맙지만 나도 어른이고 스스로 건사할 수 있다고 생각해요. 아, 말이 나왔으니 말인데……" 나는 침대 옆 테이블로 달려가 고무줄로 묶어놓은 지폐 다발을 들고 온다. 빌린만큼은 아니지만 그래도 시작이 반이라지 않은가. "일부나마 갚을게요."

"그래도 되겠어요?" 그는 묻고 이걸 계기로 으르렁거리던 분위기가 서서히 가라앉는다.

나는 고개를 끄덕인다. "네."

맥스는 세어보지도 않고 돈을 주머니에 넣는다.

우리는 수다 모드로 돌입한다. 좀 전의 어색했던 분위기가 편안하게 바뀌고, 나는 방부제가 든 와인을 좀 더 따르고 맥스는 그걸 즐겁게 마신다. 병이 비자 나는 다른 와인을 가지러 가는 길에 슬쩍 휴대전화를 확인하고 올리가 보낸 메시지를 발견한다.

로지,

집안에 급한 일이 생겨서 못 가게 됐어요. 여유가 생기면 연락할게요.

미안해요.

올리

내 심장이 철렁 내려앉는다. 맥스의 말이 맞나? 올리가 어장관리를 하고 있나?

나는 포피의 조그만 테이블에 둘러앉은 3인방에게로 돌아간다. 조너선이 한 재미없는 농담을 듣고, 아리아는 배를 잡고 웃고 맥스는 미친 사람처럼 히죽거린다. 나는 억지 미소를 지으며 그들과 어울려 보려 하지만 오가는 대화에 집중하지 못한다. 그들은 알아차리지 못하는 눈치기에 나는 딴생각을 한다. 인터넷에서 만난 남자가 내 다음 위대한 사랑이 되길 바란다면 미친 건가? 지금 이 순간에는 그렇게 느껴진다. 맥스가 정체불명의 남자는 어디 있느냐고 묻지만 나는 못 들은 척하고 화제를 바꾼다.

자정이 찾아왔다가 지나가고 아리아가 작별 인사를 하자 조너선이 캠핑카까지 안전하게 바래다주겠다고 하는데, 서로의 캠핑카가 2미터 거리에 있으니 깜찍한 제안이다.

그리고 나자 테이블을 사이에 두고 나와 맥스만 남는다.

"자……?" 그가 말한다.

"그리고 두 명이 남았습니다."

"내가 퉁명스러웠다면 미안해요. 당신이 걱정돼서 그런 거예요."

"그런데 왜요, 맥스?"

그의 뺨이 살짝 붉어진 게 맞나?

"왜냐하면 당신은 내…… 친구니까요."

"아니, 나는 성인이에요, 맥스. 스스로 건사할 수 있어요."

"그럴지 몰라도 이 올리라는 사람을 얼른 만나보고 싶네요."

"왜요?" 이 남자의 모든 걸 알아야겠다며 그의 목덜미를 잡고 흔드는 맥스의 모습이 갑작스럽게 떠오른다. 맥스는 마음만 먹으면 세상에서 가장 터프한 남자도 혼비백산하게 만들 수 있다.

"왠지 마음에 들지 않아서요."

나는 코웃음을 친다. "그에 대해 아는 게 아무것도 없잖아요!"

"그래서 걱정이 되는 거예요."

나는 손으로 얼굴을 문지른다. "피곤하다. 이제 그만 자야겠어요, 맥스."

"바로 맞은편에 내가 있으니까 필요하면 언제든 불러요." 그는 올리가 한밤중에 도끼라도 휘두르며 나타날 것처럼 무척 진지하다.

"꼭 나처럼 얘기하기 시작하네요, 맥스. 모퉁이를 돌 때마다 연쇄살인범이 있다고 생각하고."

"당신에 대한 문제라면 운에 맡기고 싶지 않아서 그래요."

"오, 고결하셔라. 하지만 나는 괜찮아요. 그리고 올리가 왔다가 당신 때문에 무서워서 도망가지나 않았으면 좋겠어요."

그는 고개를 젓고 간다. 왜 저 사람은 딴소리만 늘어놓는 걸까?

29

다음 날 해가 뜨기도 전에 아리아가 커피 머그 두 잔을 들고 찾아와 한 잔을 내게 건넨다.

나는 담요를 두 개 챙기고 그녀와 함께 야외 테이블에 앉아 담요 속에 몸을 묻고 김이 모락모락 나는 커피잔을 손으로 감싸 쥔다. 이른 아침이라 공기가 쌀쌀하다. 떠오르는 태양이 회색과 싸우느라 잉크색 하늘이 여러 빛깔의 자홍색과 호박색과 주황색으로 소용돌이치는 것을 감상하는 이때가 내가 하루 중에서 가장 좋아하는 시간이다.

나는 겸연스레 말을 건넨다. "어제 중매쟁이 흉내 내려고 한 거 미안해요."

아리아는 얼핏 씩 웃는다. "괜찮아요. 하지만 사실 아무하고도 엮이고 싶지 않아요." 그녀는 말하고 커피를 한 모금 마신다. "아직은 그럴 때가 아니라서."

절대 그럴 일은 없다던 그녀가 이제는 가능성을 열어두었다는 사실을 깨달았을 때 내 몸에 조그만 전율이 인다. 내가 보기에는 발전한 것처럼 느껴지지만 그걸 말로 표현하지는 않는다. "그래도 조너선은 엄청 귀여워 보이던데. 좋은 친구처럼 지낼 수 있지 않겠어요?"

그녀는 혀를 찬다. "일이 너무 복잡해요. 그가 잘 자라는 뜻에서 내 뺨에 입을 가볍게 맞추려고 했는데 그것조차 너무 부담스럽게 느껴지더라고요. 게다가 그는 도시 사람이라 친구처럼 지내기도 쉽지 않아요. 귀엽고 단어 박사고 그렇긴 하던데."

조너선처럼 교감을 나누었지만 두 번 다시 만나지 못할 사람과 헤어질 수밖에 없다는 것이 캠핑카 생활의 한 가지 단점이다. 요즘은 연락할 방법이 한두 가지가 아니지만 만나는 사람마다 계속 그럴 수 있을까? 아니다. 어느 정도 시간이 지나면 그 사람은 천천히 잊고 새로운 사람들이 빈자리를 대신하며 연락이 끊긴다.

어떻게 보면 우리는 신나게 여행하느라 제한된 생활을 하고 있는 건지 모른다. 그래도 조너선과 잘될 운명이라면 결국에는 그렇게 되지 않을까? 진정한 사랑은 늘 이루어지는 법이라고 믿어야 하지 않을까?

"올리는 이렇게 됐어요? 어젯밤에 그렇게 처량한 눈빛을 하고 있었으니 남자들은 모르고 지나갔을지 몰라도 나는 아니에요."

나는 머리칼을 손으로 쓸어넘기고 숨을 토한다. "오고 있다고, 잠깐 쉬면서 기름 넣고 있다고 하더니 집안에 급한 일이 생겨서 못 온다고 하지 뭐예요." 나는 그의 메시지가 얼마나 짧았는지 모른다고 설명한다.

"그래서 당신 생각은 어때요?"

나는 어깨를 으쓱한다. "나는 그를 믿어요. 그런 거짓말을 하는 사람이 어디 있겠어요? 그리고 직접 만난 적은 없지만 나는 그를 알아요, 그가 어떤 사람인지. 하지만 오지 않아서 실망이긴 해요. 급한 일이 뭔지는 모르겠지만 너무 심각한 일은 아니었으면 하고요."

"그러게요, 별일 아니었으면 좋겠다. 그의 가족은 어디 사는데요?"

"몰라요."

"당신이 화나지 않았다는 걸 알 수 있게 답장했어요?"

"아뇨, 답장하는 게 맞겠죠? 그런데 화가 났느냐 안 났느냐보다 그에게 숨 쉴 틈을 주는 게 더 중요한 문제 같아서요. 일이 생겼는데 누가 계속 연락하면 그보다 짜증 나는 일도 없지 않겠어요?"

"그래도 그가 이메일을 체크했는데 당신한테서 아무 연락이 없으면 더 마음 쓰이지 않을까요?"

"그러게요, 그 말이 맞네요."

나는 주머니에서 휴대전화를 꺼내 답장을 쓴다.

> 올리에게
>
> 어떡해요. 너무 심각한 일은 아니었으면 좋겠어요. 우리가 언제가는 꼭 만날 수 있겠죠. 그때까지 건강 잘 챙겨요.
>
> 로지

일주일이 지나도 올리는 감감무소식이다. 나는 걱정이 되기 시작한다. 친구로서 지원 사격을 해야 할까? 그가 어두운 터널을 지나고 있을지 모르니 손을 내밀어야 할까? 주제넘게 나서고 싶지는 않지만 그에게 도움이 필요한데 나서는 사람이 아무도 없으면 어쩐다? 그에게 연락을 해야 하는지 말아야 하는지 모르겠다.

겨울이 기승을 부리자 시즌이 점점 막을 내려가고 노마드족은 다른 따뜻한 곳을 찾아 떠난다. 놀라와 스펜서는 바르셀로나, 마이는 포르투갈로 간다고 하고, 아리아와 나는 프랑스에서 이탈리아를 거쳐 스페인으로 넘어가는 장거리 자동차 여행을 고민한다.

큰 사고가 벌어질 여지가 다분한, 너무 호기로운 계획 같지만 그녀가 생각해보라고 하기에 나는 그렇게 한다. 정말로 열심히 생각해본다. 고국에서는 안심이 된다. 무슨 일이 벌어지더라도 전화기를 집어서 모국어로 말을 하면 되고, 아프면 병원에 가면 되고, 경찰과 구급차와 견인차를 부를 수 있다. 내가 다른 어디에서든 적응할 수 있다는 건 나도 알지만 굳이 그래야 할까?

우리는 안위크 푸드 페스티벌을 앞두고 열리는 퍼레이드 준비를 하느라 골목길에 차를 세운다. 낯익은 얼굴이 더러 보이지만 맥스의 캠핑카는 어디에도 없다. 그는 먼저 떠났지만 내가 아는 한 우리와 같은 코스를 밟고 있다.

포피에서 내리는데 휴대전화가 울린다. 아리아가 돌아보기에 나는 전화기를 가리킨다. 그러자 그녀는 고개를 끄덕이고, 인사하고 싶은 사람들 쪽을 손짓하며 먼저 간다.

"여보세요?"

"로지?" 누군가가 살짝 쉿소리가 섞인 목소리로 묻는다.

"네, 전데요."

"나 올리예요."

나는 훅 하고 숨을 토한다. "올리, 안녕하세요!"

번호를 주고받기는 했지만 통화는 처음이라 나는 할 말을 잃는다. 어떻게 해야 할지, 뭐라고 하면 좋을지 모르겠다.

"지금 통화하기 괜찮아요?" 터널에 있는 듯 그의 목소리가 아주 멀게 들린다.

"네, 네. 어떻게 됐어요? 방해될까봐 연락 안 했어요."

무거운 정적이 흐르고 내가 그를 의심했던 것을 후회할 것만 같은 예감을 느꼈을 때 그가 다시 말을 잇는다. "음, 그게요……." 그가 수화기를 손으로 덮었는지 웅얼거리는 것처럼 들린다. 왜 그럴까…… 마음을 진정하려고? "그게요……." 한 음절, 한 음절에서 고통이 느껴진다. "엄마가 돌아가셨어요. 나는 늦어서 임종을 지키지 못했고요. 심장 문제였어요."

나는 다른 손으로 얼굴을 덮는다. "아, 올리. 어쩌면 좋아요." 알맞은 단어를 찾아보지만 생각나는 거라고는 온통 진부한 표현뿐이다. "정말, 정말 어쩌면 좋아요." 그만. 그의 어머니도 우리 아빠처럼 심장 문제였다니.

"고마워요, 로지."

또다시 가슴 아픈 정적이 흐르고 나는 뭐라고 위로하면 좋을지 머릿속을 헤집는다. "정말 어떡해요." 그저 말이 나오질 않는다.

"고마워요. 그 술은 같이 마실 수 있길 바라요." 그의 목소리가 작아지고 나는 귀를 쫑긋 세우고 듣는다. "장례식이 어제였어요." 그의 목소리가 갈라지고 나는 옆에서 꼭 끌어 안아줄 수 있으면 얼마나 좋을까 하는 생각이 든다. "정말 가슴

뭉클하고 어머니라는 멋진 여성에게 바치는 훌륭한 찬사였어요. 장례식을 치르기 전까지 준비해야 할 것, 연락해야 하는 사람들, 협의해야 하는 사안들이 너무 많아서 기계적으로 움직이게 되더라고요. 사람들 말로는 장례식이 작별이자 종결이자 인생의 마침표라고 하지만 그렇게 느껴지기는커녕 어머니가 돌아가셨다는 게 믿기지가 않아요, 로지. 이제 손님들도 떠나고 친구와 가족들도 집으로 돌아가고 나 혼자 찢어질 듯한 가슴을 부둥켜안고 남아 있어요. 지금에서야 실감이 나는데 뭘 어쩌면 좋을지 모르겠어요."

주차하는 캠핑카가 점점 늘어나 길거리가 소음의 바다로 덮이자 나는 조용한 포피 안으로 다시 들어간다. "올리, 지금 어떤 심정일지 알아요. 그리고 이 말이 지금은 별 의미가 없을지 모르지만 그 심정 이해해요. 내가 해줄 수 있는 얘기가 있다면, 차츰 좋아지겠지만 시간이 걸린다는 거예요. 제일 좋은 방법은 계속 바쁘게 지내는 거예요. 그런다고 가슴이나 영혼의 아픔이 치유되지는 않지만 하루하루 버티는 데 도움이 되거든요."

나는 아빠가 돌아가셨을 때 너무 괴로워서 그걸 과연 극복할 수 있을까 싶었다. 나는 벌을 받아 마땅하다는 죄책감 때문에 한밤중에 아무 때고 눈이 떠졌다. 그리고 그 작은 집을 치우는 데 한세월이 걸렸다. 폐기물 컨테이너 여섯 개 분량의 쓰레기를 치운 다음에야 유품을 정리할 수 있었다. 외롭고 통렬한 시간이었다.

"그럼 그렇게 해야겠네요." 그가 체념한 투로 말한다. "엄마의 남은 일도 정리해야 하고 집과 유품은 어떻게 할지도 정해야 하고……."

나는 아빠의 집을 청소하고 처분해야 할 필요성이 있었다. 고향에 필요 이상으로 길게 있고 싶지 않았기 때문이었다. 동네 사람들이 딱하게 여기는 눈빛으로 찾아와 공허한 위로를 늘어놓았지만 아빠에게 진심으로 친구가 필요했을 때, 내게 친구가 필요했을 때 어느 누구도 옆에 있어주지 않았다. 캐서롤을 들고 온 그 사람들은 바로 자기 아이들이 학교에서 나를 놀리고 내 인생을 지옥처럼 만들도록 방치한 장본인들이었고, 나는 아무리 많은 세월이 흘렀어도 그때의 기억을 지울 수가 없었다. 앙심을 품었다기보다 그때 받은 상처가 되살아나 우울해졌다. 그 상처와 내가 아빠에게 저지른 못된 짓, 아빠의 서글픈 인생에서 내가 차지한 역할이.

"서두르지 말아요, 올리. 유품을 정리하다 보면 수많은 추억이 되살아날 텐데……." 나는 먼지투성이 상자 안에 묻혀 있던 사진을 발견한 적이 있었다. 앞니가 빠진 채로 엄마의 무릎에 앉아서 뭔지 모를 일로 깔깔대며 웃고 있는 나, 한쪽 옆에 서서 자부심이 뚝뚝 묻어나는 부모 특유의 표정으로 나를 쳐다보고 있는 아빠가 담긴 사진. 콘월의 바닷가에서 나처럼 흰색에 가까운 금발의 엄마와 아빠가 손을 잡고 바다를 쳐다보고 있는 사진. 그들은 한때 너무나 사랑했고 너무나 서로밖에 몰랐는데 어쩌다 그렇게 잘못됐는지 나는 아직도 모르겠다.

"알았어요, 알았어요. 오늘 아침에 몇 시간 동안 엄마의 책상을 정리했거든요. 묵은 일기장이 쌓여 있던데 너무 마음이 아파서 읽어보지 못했어요. 엄마가 내게 품었던 꿈과 희망, 내 성적, 나 때문에 걱정했던 일, 내가 모를 줄 알고 했다가 엄마에게 들킨 거짓말……" 그는 공허한 웃음을 터뜨린다.

올리와 나는 너무나 비슷하다. 나는 엄마 없이 자랐고 그는 아빠 없이 자랐고, 그러다 둘 다 그 부모를, 이 세상과의 가느다란 연결고리를 잃었다. 아빠가 돌아가셨을 때 나는 앞으로 내게 큰일이 벌어지더라도 진심으로 걱정해주는 사람이 아무도 없겠구나 하는 생각이 들었던 기억이 난다. 나를 위로해줄 사람이 없겠구나 하는. 바로 그때 나는 사랑을 찾아 나섰고 캘럼이 내 앞에 어찌어찌 등장했다.

"당신의 악의 없는 거짓말이 어머님 앞에서 들통 난 거라 하더라도 소중한 기념품이네요! 나도 아빠가 무슨 생각을 하며 지냈는지 알았다면 좋았을 텐데. 생각해봐요, 어머님이 당신에게 얼마나 귀한 선물을 남겼는지. 우울해질 때마다 의

지할 수 있는 유산을 남기신 거잖아요."

"맞아요, 로지. 엄마가 쓰신 글을 읽으면 엄마가 직접 읽어주시는 것처럼 음성이 들려요."

"집은 그냥 둘 생각이에요?" 내가 이걸 물어보는 데에는 이기적인 이유도 있다. 이로 인해 그가 여행을 그만하게 될까? 엄마의 집에서 다시 평범한 직장인의 삶을 살게 될까?

"당분간은요. 다른 가족도 살고 있고 해서 지금 당장은 팔 생각은 없지만 나중에는 생각이 달라질 수도 있죠."

"맞아요, 성급한 결정은 피하는 게 상책이죠."

"다시 그 집으로 들어가면 아주 간단하겠지만 그러면 퇴보하는 거라는 생각이 들어서요. 엄마는 내 여행 소식을 듣는 게 좋다며, 시류를 거슬러 가며 자기 뜻대로 사는 건 칭찬할 만한 일이라고 했으니 여행을 계속해야겠어요. 새롭게 각오를 다지면서."

"들어보니 어머님이 정말 훌륭한 분이셨네요."

그는 목이 멘 소리로 말한다. "맞아요, 최고였어요."

"아, 올리. 대화를 나눌 사람이 필요하면 언제든 연락해요, 정말로요. 밤 12시 10분이라도 상관없어요……."

"고마워요, 로지. 이것저것 다요."

우리는 작별 인사를 하고 나는 복잡한 심정을 달래며 전화를 끊는다. 정신적 지주 역할을 했던 어머니가 돌아가셨으니 올리가 얼마나 상심이 클지, 얼마나 외로울지 걱정스럽다.

도로가 활기를 띤다. 오전 퍼레이드 준비가 한창이고 아이들의 카랑카랑한 웃음소리가 허공을 가른다. 길거리 축제는 다문화를 자축하는 행사의 장이다. 토속적인 노래와 음식과 전통 의상이 넘쳐나니 얼른 팝업 매장을 설치하고 퍼레이드를 조망하고 싶다. 벌써 분위기가 시끌벅적하지만 어딘가에서 손에 머리를 묻고 슬퍼하고 있을 올리를 생각하니 오늘 하루를 생각하며 신나 하는 데 죄책감이 느껴지기도 한다.

아리아가 뺨이 발그레해지도록 달려온다. 얼굴에서 광채가 나고 부드러운 햇빛을 받으니 거의 천상의 존재처럼 느껴진다. "모퉁이를 돌기 바로 직전 길가로 캠핑카를 옮겨도 좋다고 허락이 떨어졌어요!" 그녀가 신난 목소리로 외친다. "퍼레이드 구경을 할 수 있고 길거리 축제 열리는 내내 좋은 자리를 차지할 수 있겠어요."

"따라갈게요."

나는 그녀와 나란히 주차하고 테이블과 의자를 전면에 설치한다. 인파가 도로의 4분의 3을 메울 거라 많이 꺼내놓지는 못하지만 그래도 다리 아픈 사람들에게 몇 개나마 제공할 수 있을 것이다.

설치가 끝나자 나는 앞치마를 두르고 베이킹을 시작한다. 오늘은 예전에 내가 사랑해 마지않았던 힐링 푸드에 초점을 맞출 것이다. 스카치 에그, 비프 앤드 에일 파이, 코니시 페이스트리, 브레드 앤드 버터 푸딩 등 만들기 쉽고 건강에 좋으며 든든한 전통 음식.

이내 좀 더 많은 캠핑카가 우리 옆에 주차하고 오래지 않아 세상에서 가장 맛있는 냄새가 풍겨 나오자 내 입에서 군침이 돈다. 바로 옆 인도 길거리 음식 매점에서 커민과 계피와 카엔 냄새가 풍긴다. 티카 마살라를 바른 닭꼬치를 만드나? 양파튀김을 만들고 있네! 아리아 왼편은 그리스 음식 팝업 매점인데, 그들은 웃고 노래 부르며 음식 준비를 한다. 빨간색과 하얀색으로 된 길 건너편의 나폴리 피자 매점에서는 부부로 보이는 팀이 피자 도우를 허공에 던지며 점점 늘리고 있다. 앞으로 배가 터질 것 같은 예감이 느껴진다. 슬그머니 빠져나가 그들이 파는 맛있는 음식을 한 입씩 전부 먹어볼 수 있는 여유가 생기면 좋겠다.

이후 두어 시간 동안 나는 모든 상념을 잊고 내가 가장 사랑하는 베이킹에 열중한다. 아리아가 블렌딩 티에 매달 예쁜 손 글씨 카드를 양손에 가득 들고 캠핑카 안으로 들어온다.

"어머, 고마워요!"

"별말씀을! 베이킹 마무리하는 동안 내가 티백 만들게요."

"다했으니까 내가 차 끓일게요. 그거 마시면서 같이 해요."

나는 위대한 개츠비를 찻주전자에 우리며 아리아의 옆에 앉아서 라벨 묶는 일을 돕는다.

"아까 통화한 사람 누구예요? 얼굴이 잠깐 하얘지기에 무슨 심각한 일이 생겼나 걱정했는데."

나는 전화 통화를 떠올리며 한숨을 쉰다. "올리였어요." 나는 그녀에게 슬픈 사연을 들려주고 그녀의 눈빛이 서서히 어두워지는 것을 지켜본다.

"어머나, 딱해라. 바로 옆에 있었으면서 제때 가서 임종도 지키지 못했다니."

"너무 슬프죠? 그를 의심했던 게 정말 미안해지더라고요. 하지만 우리가 만날 운명이었다는 생각이 드는 거 알아요? 우리는 서로 많이 닮았고 둘 다 부모님을 여의었고 나중에 내가 그에게 진정한 위로가 되어줄 수 있을 것 같은데…… 이런 식으로 생각하는 게 황당한 짓일까요?"

아리아는 고개를 갸우뚱한다. "당신 둘은 섬뜩할 정도로 비슷해요. 그리고 살다 보면 가장 필요한 사람이 눈앞에 짠하고 등장하는 경우도 있잖아요. 내가 보기에는 지금 같은 때 그에게 당신 같은 친구가 있으면 아주 좋겠어요."

나는 차를 마시며 고개를 끄덕인다. 갑자기 아빠가 보고 싶어진다. 늘 그렇듯 그렇게 돌아가시지 않았으면 얼마나 좋았을까 하는 생각이 든다.

아리아는 내 기분이 달라진 걸 알아차리고 내 팔을 토닥인다. "기운 내요. 할 일이 있잖아요. 잠깐 쉬는 시간에 올리한테 메일 보내서 계속 생각하고 있다고 전해요."

"그래요, 좋은 생각이에요."

사람들이 천천히 길거리를 오르내리며 퍼레이드를 구경하기 좋은 자리를 찾기 시작한다. 이내 인파가 불어나자 보이는 것이라고는 사람들의 정수리뿐이고 웃음소리, 음악 소리, 양파튀김 냄새가 허공을 가득 채운다. 웃지 않으려야 웃지 않을 수가 없다. 보이지 않는 환희가 공기 중에 맴돌고, 나는 가사도 모르는 그리스 노래를 따라 부르며 나중에 몇 시간 동안 얼굴이 아플 정도로 웃는다.

이게 현실이라면 영원히 끝나지 않았으면 좋겠다. 문득 생각해보니 나는 한참 동안 캘럼을 떠올린 적이 없고 이제는 떠오르더라도 별로 아프지 않다. 둔통에 가깝고 잘 풀리지 않았던 내 인생의 다른 시기에 얽힌 추억이다.

나중에 우리는 아리아의 책방에서 발을 올려놓고 와인 잔을 손에 들고 그날 하루를 돌아본다. 얼마나 재미있었는지, 사모사(감자, 채소, 커리 등을 넣은 삼각형 모양의 튀김―옮긴이)에서부터 포도나무 잎으로 싼 쌈, 아란치니(이탈리아식 주먹밥―옮긴이), 월남쌈에 이르기까지 온갖 것들을 내가 만든 파르페와 함께 얼마나 많이 먹었는지.

"여기서 꼼짝도 못 하겠어요." 내가 말한다.

"나도요."

"아까는 그게 좋은 생각 같았는데."

"왜 방금까지는 아무렇지도 않다가 갑자기 빵 하고 배가 터질 것 같을까요? 사전 경고도 없다니 너무해요."

나는 웃음을 터뜨린다. 아리아는 체구가 그렇게 아담하면서 먹성은 그렇게 좋으니 신진대사가 어마어마하거나 먹어도 살이 찌지 않는 체질인 게 분명하다. 내가 만약 그녀를 이정도로 사랑하지 않았다면 얄미웠을 것이다. 나는 먹을 것을 생각만 해도 재깍 엉덩이 살이 늘어난다.

음식은 잔치이자 사랑을 표현하는 방식이기 때문에 내 몸매는 고려할 게 아니다. 내가 통통한 게 무슨 상관인가. 나의 이 엉덩이에는 많은 사랑이 녹아 있다.

노크 소리에 우리 둘 다 놀라서 벌떡 일어난다. 내 잔에서 와인 방울이 튀어 손목 옆면을 타고 흐른다.

"문 열지 말아요!" 나는 나지막이 쏘아붙인다.

"왜요?" 아리아는 웃는다.

"거의 10시가 다 됐고 어딘지 모를 뒷골목에 우리 둘뿐이잖아요! 누군지 어떻게 알아요? 연쇄살인범……."

"알았어요, 알았어. 누군지 확인만 할게요. 연쇄살인범이면 내가 고릿적 로맨스 소설 묶음으로 머리를 쳐서 쓰러뜨릴 테니까 당신이 스카프로 손발을 묶어요!"

"뭐라고요? 내가 지금 스카프가 어디 있다고!" 내가 고릿적 로맨스 소설 묶음만으로 살인범을 쓰러뜨리기에 충분한지 이의를 제기하지도 못했는데 노크 소리가 점점 집요해진다.

"아가씨들?"

나는 맥스의 목소리를 듣고 안심이 돼서 하마터면 털썩 주저앉을 뻔한다. 소설 묶음으로 그를 쓰러뜨릴 수 있을 리 만무하지만 다행히 그는 위험인물이 아니라 시험할 필요가 없겠다. 그가 아까 어디냐고 문자를 보내기는 했지만 퍼레이드에 참여하지는 않았다. 지금까지 어디 있다 온 걸까?

아리아가 문을 열자 맥스가 화난 얼굴로 서 있다. "무슨 일이에요?" 그녀가 묻는다.

그는 차가운 밤공기와 함께 캠핑카 안으로 들어온다.

"당신 친구요, 로지. 올리 말이에요."

"그 사람이 왜요? 괜찮대요?" 맥스가 올리를 알 리 없는데, 아닌가?

그렇게 화가 난 맥스의 모습은 처음이다. 두 눈이 분노로 시커멓다. "그 사람 아직 못 만났어요?"

"네." 나는 자꾸만 튀어나오려는 방어적인 말투를 애써 자제한다. "도대체 무슨 일이에요?"

맥스는 뭐라고 말을 하려다 말고 머뭇거린다.

"네?" 나는 말한다. "황당하잖아요, 맥스. 이런 식으로 쳐들어와서는……."

"올리는 당신이 생각하는 그런 사람이 아니에요." 맥스는 당황한 것처럼 얼굴을 붉힌다.

"뭐라고요?" 나는 가까스로 묻는다.

"그는 자기가 주장하는 그런 사람이 아니에요. 내가 체크해봤어요, 로지. 사진작가라면서 왜 홈페이지에 연락처가 하나도 없어요? 전화번호도, 이메일 주소도, 문의란도. 그럼 무슨 수로 의뢰를 받나요? 그리고 그의 사진도 역검색하면 알 수 있겠지만 그가 찍은 게 아니라 도용한 거예요. 프로필 사진도 그가 아니라 다른 사람 사진이고요."

방 안에서 공기가 빨려 나간 느낌이다. 우리는 눈을 동그랗게 뜨고 아무 말 없이 서 있다.

"그럴 리가 없어요!" 나는 이렇게 말하지만 얼굴에서 핏기가 가시는 게 느껴진다.

맥스는 비밀을 폭로하느라 지친 사람처럼 털썩 주저앉는다. "정말 미안해요, 로지. 당신은 캣피싱을 당한 거예요."

아리아가 캣피싱이 무슨 뜻인지 조용히 설명해준다. 온라인상에서 신원을 사칭하는 행위라고 한다.

"맥스, 아니에요! 당신이 단단히 오해하고 있어요. 그의 사진과 사업은 무슨 이유가 있을 거예요. 프로필 사진은……."

나는 그날 나누었던 대화를 떠올리며 말끝을 흐린다. 그게 거짓말일 수는 없었다. 그런 감정은 가짜로 만들 수 있는 게 아니다. "그는 어머니가 갑자기 돌아가시는 바람에 끔찍한 시간을 보내고 있어요. 그래서 홈페이지에 연락처가 없는 걸 거예요. 지금은 아무 연락도 받고 싶지 않아서." 나는 올리를 안다. 우리가 나눈 대화가 진짜라는 걸 안다. 맥스는 지푸라기라도 잡으려 드는데 왜 그러는지 이유를 모르겠다.

"그의 어머니가 돌아가시기는 했지만 몇 년 전 일이에요, 로지. 올리를 사칭한 남자는 당신이랑 비슷한 나이도 아니고 훨씬, 훨씬 나이가 많아요."

나는 공포를 삼키며 통화했을 때 터널에 있는 것처럼 울렸던 올리의 음성을 떠올린다. 목소리를 변조하려고 그랬던 걸까? 아니다, 그가 그런 짓을 할 리 없다.

"그럼 당신은 그 사람의 정체를 알아요?" 아리아가 핏기없는 얼굴로 맥스에게 묻는다.

맥스는 고개를 끄덕인다. 나는 더 이상 듣고 있을 수가 없기에 맥스 옆을 얼른 지나 포피라는 안전한 곳으로 달려간다. 그럴 리 없다! 그럴 리 없다.

그러지 말고 같이 알아보자고 외치는 아리아의 애처로운 목소리를 무시한 채 문을 잠그는데 눈이 따끔거린다. 만약 그게 사실이라면 나는 세상에 둘도 없는 바보인데 망신을 당하는 현장에 목격자는 없어도 된다.

나은 지 얼마 되지 않은 가슴 속 상처가 쿡쿡 쑤신다. 런던을 떠난 게 패착이다. 외향적인 성격으로 변신하고 친구를 사귀고 거기서 한 걸음 더 나아가 사랑을 찾으려고 한 게 패착이다.

나는 휴대전화를 휙 낚아채 올리가 알려준 번호로 문자를 보낸다.

내가 그쪽으로 찾아갈까요?

올리가 어떤 식으로 반응하는지 보면 알 수 있을 것이다. 하지만 한참을 기다려도 아무 응답이 없다. 그는 잠을 자고 있거나 슬퍼하고 있을지 모른다. 두려움에 떨고 있을 수도 있다. 나를 지켜보고 있을 수도 있다.

맥스는 어떻게 그런 의심을 품었을까? 어떻게 확실히 알아냈을까?

오지 못한 이유에 대한 올리의 설명은 타당하고 그럴듯했다. 도로에서는 온갖 일이 벌어지기 마련이고 기본적으로 예측이 되지 않는다.

나는 우리의 닮은 점을 모조리 떠올려본다. 그는 전부터 나를 알았고 내가 뭘 좋아하는지 알고서 자기도 그런 척했을까? 문득 그와 페이스북에서 친구를 맺었을 때가 생각난다. 우리는 같은 음악을 좋아한다. 같은 책을 좋아한다. 음식도. 장소도. 나는 페이스북에 접속해 취미란에 내가 뭐라고 써놓았는지 확인한다. 이제 보니 옛날 옛적에 내가 작성한 취미를 누구라도 볼 수 있다. 그리고 나와 친구를 맺은 뒤에 내 이름을 인터넷에서 검색한 결과, 우리가 같은 길을 걷는 닮은 꼴이라는 착각을 불러일으키기에 충분한 정보를 입수할 수 있었을 것이다.

하지만 왜 그랬을까? 그렇게 사악하고 남에게 상처가 되는 짓을 저지른 이유가 뭘까? 뭘 노리고 그랬을까? 그가 계속 약속을 취소했을 때 의심스럽기는 했다. 내가 정체가 뭔지 전혀 알 수 없는 사람을 철석같이 믿었다는 데 소름이 돋는다. 어쩌면 그렇게 바보 같을 수 있었을까? 그 정도로 애정에 굶주렸을까?

나는 옷도 갈아입지 않고 침대 위로 쓰러져 베개로 얼굴을 덮는다. 깨어나 보면 이게 다 끔찍한 악몽이면 좋겠다. 올리가 어떤 정신병자가 만들어낸 인물이 아니라 믿음직한 눈매를 한 친근남이면 좋겠다. 나는 위험한 상태이고 그는 범죄자일지 모르지만 너무 가슴이 아파서 신경 쓰고 싶지도 않다. 나는 잠이 들지만 꿈자리가 사납다.

30

다음 날 나는 일찌감치 일어나 샤워를 하고 옷을 갈아입은 다음 휴대전화를 체크한다. 올리가 보낸 문자가 있다. 올리가 본명인지는 모르겠지만.

로지, 나도 만나고 싶어요.

내 심장이 콩닥거린다.

하지만 지금 이런 상태로는 안 되겠어요. 첫인상도 있고 해서요. 당신도 이해해주리라 믿어요. 올리

나는 마이의 예언을 떠올리다가 그게 맥스가 아니라 올리

를 두고 한 말이었다는 것을 깨닫고 마음이 무거워진다.

내 안의 어딘가가 딱딱하게 굳고, 새로운 결심이 나를 채운다. 나는 아리아를 찾아간다.

"로지! 기분은 좀 어때요?"

나는 그녀를 밀치고 지나간다. "우리가 직접 그 사람을 찾으러 나서야겠어요. 그를 만나야겠어요."

"그러니까 맥스의 말이 맞는다고 생각해요? 올리가 캣피싱을 했다?" 그녀는 얼굴을 찡그린다.

"내 평생 그렇게 황당한 단어는 처음이지만 네, 맞아요, 모든 증거를 종합했을 때 그럴지 모르겠다는 생각이 들어요. 만약 그렇다면 이유를 알아내고 그에게 자기가 저지른 짓에 책임을 지게 하고 싶어요. 브라질 주짓수나 뭐 그런 거 검은 띠만 아니었으면 좋겠는데."

"좋아요, 그럼 어디에서부터 시작할까요?"

"음, 그의 어머니 부고가 실렸는지 그것부터 확인할까봐요. 그걸 보면 주소를 알 수 있을 테니까. 지금 어머니 집에 있지 않겠어요? 아니면 다른 어디서 시작할 수 있을까요?"

"맥스한테 물어보면 되지 않겠어요? 어젯밤에 말하는 걸 들어보니 올리가 누군지 아는 눈치던데."

"안 돼요, 안 돼. 맥스는 끌어들이고 싶지 않아요. 그 사람은 꼴도 보기 싫어요."

아리아가 내 팔을 건드린다. "지금 죄를 지은 사람은 맥스가 아니잖아요."

"내가 캣피싱을 당했다는 걸 알리지 못해 안달 냈잖아요. 내가 당황하는 걸 보지 못해 안달 냈고."

그녀의 예쁜 얼굴이 울상이 된다. "그런 거 아니었어요, 로지. 걱정돼서 그랬던 거죠. 그 사람은 당신을 진심으로 아껴요."

나는 그 말을 무시한다. "우리끼리 해결해봐요."

아리아는 고개를 끄덕이고 노트북을 집는다. "성이 뭐랬죠?"

"하트먼이요." 하지만 문득 생각이 난다. "그게 본명이 아니겠죠? 그리고 맥스가 말하길 그의 어머니는 오래전에 돌아가셨다고 하지 않았어요? 그럼 부고가 없겠네요. 이건 모래밭에서 바늘 찾는 격이네."

"그게 아니고 올리가 진짜라면요? 그럴 수도 있으니까 한번 찾아보죠, 뭐." 그녀는 어깨를 으쓱하고 검색 엔진에 이름을 입력한다. 아무것도 뜨지 않는다. "지난 6개월 동안 그 이름으로 게재된 홍보나 부고는 없어요. 맞다, 올리가 어제 당신한테 전화했었죠?"

"이름이 올리인지 뭔지 모르겠지만 네, 맞아요."

"번호가 어떻게 돼요? 우리 그걸로 역검색해봐요."

"그럴 수도 있어요?"

"과학기술이라는 게 경이로운 거거든요. 음, 가끔은요…….."
그녀는 얼굴을 붉힌다. 그 과학기술 때문에 이런 사태가 벌
어졌지만 지금은 거기에 연연할 때가 아니다.

내가 번호를 불러주자 그녀가 전화번호부를 검색한다. "없
을 가능성이 커요." 그녀는 말한다. "비공개 번호라…… 어,
그런데 뜨네요." 그녀가 노트북을 내 쪽으로 돌린다.

"M. 밀러. 더럼, 스완본 웨이 42번지."

나는 헉하고 숨을 토한다. "세상에, 여기서 멀지 않네요."

아리아의 눈이 동그래진다. "무기가 필요할까요?"

심각한 그녀의 표정이 갑자기 우스꽝스럽게 느껴져서 나
는 웃음을 터뜨리고 이로써 긴장이 해소된다. "뭐가 좋겠
어요?"

"젓가락? 포크?"

"우리, 무기는 들고 가지 말기로 해요. 그냥 몸과 마음을 굳
세게 준비하는 걸로."

"좋은 생각이에요."

"좋아요, 그럼 가서 뭐라고 할까요? 그 작자는 분명 자기
는 올리가 아니라고 하겠죠? 자기는……." 나는 다시 노트북
을 쳐다본다. "M. 밀러라고. M이 뭘까요? 마이클? 매튜? 메
이슨?"

"당연히 딱 잡아떼겠죠. 그러니까 기습작전을 동원해야 해요." 그녀는 턱을 만지작거리며 깊은 생각에 잠긴다. "알겠다! 자, 우리 그 주소지로 찾아가요. 사는 곳이 바뀌질 않았길 바라면서. 가서 집 앞 덤불이나 뭐 그런 데 숨어요. 그런 다음 당신이 그에게 엄청 알콩달콩한 문자를 보내요. 방해하고 싶지 않지만 집 앞에 선물을 두고 왔다는 둥, 뭐 그런 식으로. 그럼 그가 뭐가 있는지 확인하러 밖으로 나오지 않겠어요? 나와 보면 짜잔, 우리가 기다리고 있는 거죠! 이로써 그는 문자를 받았고 올리가 아니라는 게 입증되고 우리는 현행범으로 그를 체포할 수 있죠."

"천재 아니에요?"

"내가 로맨스에 빠지기 전에 범죄 소설을 엄청 읽었거든요."

우리는 캠핑카에 짐을 싼다. 나는 포피 문을 잠그고 톡톡 두드려 작별 인사를 건네며 금방 다시 오겠다고 약속한다. 우리는 눈에 덜 띄는 아리아의 캠핑카(적어도 강렬한 진분홍색은 아니다)로 이동해 근처 자연보호구역에 세워놓고 집까지 걸어가기로 한다.

거기까지 가는 동안 나는 얼마나 화가 났는지 상기하며 긴장을 달랜다.

"그 사람이 여러 여자한테 접근했을까요?" 나는 아리아에게 묻는다.

그녀는 인상을 쓴다. "아마도요. 그런 사람들이 원래 그러잖아요. 가짜 세상 속에 살면서."

"왜 그런 짓을 저지르는지 지금도 이해가 안 돼요. 거기서 얻는 게 뭘까요?"

아리아는 고개를 젓는다. "자신감이 부족한 게 원인이닐까요? 자기 인생이나 외모나 뭐 그런 게 마음에 들지 않으니까 온라인상에 전혀 새로운 인물을 만들어놓고 그 허상으로 유혹하는 거죠. 평소 같으면 그들을 거들떠보지도 않을 여자들을."

"슬프다, 그죠? 불쌍해요."

"상대방의 약한 구석을 찾아서 거기부터 공격하는 거예요."

나는 우리가 어떤 식으로 만났는지 생각해본다. 올리가 알맞은 각도를 찾기까지 오래 걸리지도 않았다. "내가 정말 바보 같았어요."

"전혀 아니에요. 그들은 조작 전문가인걸요. 그리고 생각보다 훨씬 자주 벌어지는 일이에요. 요즘은 온라인 세상에 하도 장시간 몸담고 있다 보니 사람을 믿기가 쉽죠. 특히 그들이 뒷조사까지 마친 상태면 얼마나 쉽게 속일 수 있겠어요?"

"그러게요." 내가 어쩌다 그렇게 쉽게 넘어갔을까 생각한다.

우리는 자연보호구역을 찾아서 캠핑카를 주차한다. 나는 집중하기 위해 심호흡을 하고 떨리는 손을 애써 달랜다.

"진짜로 이러고 싶은 거 맞아요?" 아리아가 묻는다.

나는 침을 꿀꺽 삼킨다. "맞아요."

우리는 평범한 시골집의 번지수를 확인해가며 살금살금 모퉁이를 돌아나간다. "저기예요, 42번지." 내가 말했다. "빨간색 차가 있는 곳." 다행히 울창한 나무가 한 그루 있어서 우리 둘이 그 뒤에 숨어 그가 집 밖으로 나오는지 지켜볼 수 있겠다.

"문자 준비해놓고 저쪽으로 건너가서 자리 잡은 다음 문자 보내요."

올리, 이렇게 슬플 때 방해하고 싶지 않아서 당신 집 앞에 선물 두고 왔어요. 로지.

당연히 선물은 없지만 그는 확인하느라 밖으로 나올 수밖에 없을 것이다.

"키스 마크를 추가해요." 그녀가 말한다. "그럴듯하게."

나는 X를 추가하고 그녀와 같이 살금살금 알맞은 자리로 걸어간다.

"보낼게요." 나는 속삭이고 전송을 누른다.

아리아가 내 팔을 잡고 내가 까치발을 하고 섰을 때 문이 눈곱만큼 열리는 것이 보인다. 그러다 잠시 후에 문이 다시 닫힌다. 그녀는 한 손가락을 자기 입술 위에 얹고 나는 고개를 끄덕인다. 심장 박동이 귓전을 두드린다. 그는 나올까, 나오지 않을까? 한 시간처럼 느껴지는 5분이 지났을 때 문이 활짝 열리고 트레이닝복을 입은 남자가 나온다. 예순 살은 되어 보인다! 그는 현관을 내려다보며 있지도 않은 선물을 찾다가 우편함으로 걸어간다.

우리는 숨어 있던 곳에서 나와 그를 기습한다. 그와 정면으로 부딪칠 상상을 하니 내 심장이 두방망이질 친다.

"안녕하세요, 올리." 나는 빈정거리는 투로 말한다. 이 남자는 나이가 내 아버지뻘은 되겠다!

그는 입을 벌렸다가 다시 다물고 한참 만에 말을 꺼낸다. "미안하지만 사람을 잘못 보신 것……."

"일을 더 크게 벌이지 말아요, M. 밀러 씨!" 아리아가 말하고 그를 노려본다.

"이름이 뭐예요?" 나는 묻는다.

"실례하겠습니다." 그가 몸을 돌린다. 나는 그의 팔꿈치를 잡는다.

"어딜 가시려고요." 이 말이 너무 영화 대사 같아서, 이 상황이 너무 현실 같지 않아서 나는 하마터면 씩 웃을 뻔한다.

히스테리 반응이다. "왜 그랬어요?"

그가 아무 대답도 하지 않자 아리아가 주머니에서 휴대전화를 꺼낸다. "경찰이 직접 물어보고 싶어할 것 같네요."

"전화해요, 아가씨. 마음대로 해요. 도대체 무슨 소리를 하는지 나는 도무지 모르겠으니까. 경찰서에 연락한들 당신들이 뭘 잘못 알았다고 하고 사유지에서 나가라고 할 거요."

나는 전화상으로 들은 목소리가 맞는지 파악해보려고 하지만 알 수가 없다. 순간 자신감이 사라진다. 그는 감출 게 아무것도 없는 사람처럼 두 손을 내민다. 나는 아리아를 돌아보지만 그녀는 그에게 넘어가지 않는다. "좋아요, 그럼 이름을 얘기해봐요. 경찰에 확인하게."

"미안하지만 내 개인 정보는 넘길 수가 없는데……." 그는 미소를 짓지만 그 미소가 눈까지 번지지는 않는다.

"좋아요. 그럼 경찰을 여기로 부를게요! 경찰에서는 당신이 로지한테 보낸 이메일을 전부 확인하겠다고 할 거예요. 문자도. 가짜 블로그도. 캠핑카에서 사는 사람들 커뮤니티의 다른 관리자에게 문의해 당신이 또 누구와 메시지를 주고받고 있었는지 확인할 수도 있고요!"

그녀의 말이 정곡을 찔렀는지 휘둥그레 뜬 그의 눈에 공포가 번뜩인다. "알았어요, 알았어요. 경찰은 부르지 말아줘요. 전부 얘기할 테니 경찰은 부르지 말아줘요. 내가 사실 잘못한 건 없잖아요? 아름다운 아가씨를 사랑하게 된 것 말고는."

내 뱃속이 울렁거린다. "사이버 범죄를 저지른 것 말고는, 이겠죠." 캣피싱 짓은 분명 범죄이지 않을까? 나는 잘 모르겠지만 그를 협박해 자백을 받아내고 싶다.

"그래, 왜 그랬어요?" 아리아가 추궁한다.

그가 얼굴을 일그러뜨리자 늙고 약한 사람처럼 보인다. 이 자가 올리라니, 이 자가 내게 그토록 아름다운 이메일을 보낸 남자라니 받아들여지지 않는다. 역겹고 슬프고 여러 복잡한 감정이 교차한다. 그의 쭈글쭈글한 얼굴과 움푹 들어간 고독한 눈을 바라보자 연민이 느껴진다.

"로지처럼 아름다운 아가씨를 만나면 누군들 사랑하지 않을 수 있겠어요?" 그가 조용히 말한다. "로지와 대화를 나누면 내가 살아 있고 열정적이고 중요한 인물이 된 것처럼 느껴졌어요. 나는 결혼을 한 적도 아이를 낳은 적도 없어요. 그래서 좋았던 시절이 다 지난 것 같았는데 그녀를 만났고, 그 뒤로 더는 외롭지가 않았어요."

"헛소리는 집어치워요." 아리아가 말한다. "이런 짓을 저지른 게 이번이 처음도 아니잖아요."

이 말에 처량했던 그의 표정이 좀 더 표독스럽게 바뀐다. 맙소사, 나는 또다시 하마터면 그를 믿을 뻔했다! 아리아가 같이 와줘서 다행이다.

"그래서요?"

"그래서 온라인으로 사람들을 스토킹하고 그들의 시시콜콜한 정보를 모조리 알아낸 다음 다른 사람을 사칭하며 기만해도 괜찮다는 거예요?"

"그렇다면 어쩔 건데?" 그가 갑자기 공격적으로 나오자 나는 오싹한 공포를 느낀다. 이 남자는 우리가 생각했던 것보다 더 위험한 인물일 수 있었다.

아리아는 휴대전화를 만지작거리며 어깨를 으쓱한다.

"여기 이 로지는 상처를 받은 적이 없어. 그러니까 그녀가 내게 흉금을 털어놓았다 한들 나는 사실 그녀에게 아무 짓도 하지 않았잖아? 그녀가 간절히 원한 남자가 되어준 것 말고는. 다른 남자의 블로그에서 본 문장을 보내주었더니 그런 노글노글한 글을 보고 환장하더군." 그는 허공에 대고 손가락으로 따옴표를 만든다. "'태양이 다음 날을 기약하고 주황색으로 하늘을 물들이며 저무는 동안 캠핑카에 앉아 있으면 살아 있는 기분, 전에 없던 활기로 충만해서……' 솔직히 고백하시지, 로지. 이런 달콤한 헛소리에 홀딱 반하지 않나?"

내 심금을 울린 문장이 훔친 거였다고? 아름답고 시적이며 진실한 영혼이 느껴졌던 그 문장이 그가 쓴 게 아니라 내가 그런 말을 듣고 싶어 한다는 걸 알고 다른 데서 복사해다가 붙인 거라고? 분노로 내 눈앞이 캄캄해진다.

"이것 보세요. 당신은 로지의 아버지라고 해도 될 만한 나이인데 '데이트' 약속까지 잡았어요. 그녀는 믿을 수 있다고 생각한 사람에게 사적인 정보를 털어놓았고요. 뭘 어쩌려고 그랬어요?"

"사진."

"그게 무슨 소리예요?"

"가까워져서 사진을 주고받기 시작하면 이 사진이 저 사진으로 이어질 테고……."

그가 어떤 사진을 말하는지 생각만 해도 구역질이 치밀어오른다.

"이런 저질." 아리아가 내뱉듯이 말한다.

"다 먹고살겠다고 하는 일인데 나무라면 쓰나."

"왜 못해요? 이건 비도덕적이고 말 그대로 소름 끼치는 불법 행위인데."

그는 누가 봐도 불안해한다. 도망치고 싶은 생각이 하늘을 찌르는 눈친데 왠지 몰라도 아리아가 앞을 가로막고 꿈쩍하지 않는다. 나는 이제 그만 가자는 뜻에서 그녀의 팔을 잡아당긴다. 무섭고 구역질이 나는 한편으로 사기를 당했다는, 이 정신 나간 인간의 속임수에 홀랑 넘어갔다는 엄청난 충격 때문에 정신을 차릴 수가 없다.

오토바이가 포효하며 달려오는 소리에 그의 대답이 묻히

고 잠시 후에 그가 보인다. 다른 사람의 오토바이를 빌려 탄 맥스다. 헬멧 아래로 사자 갈기 같은 머리칼을 나부끼며 우리를 향해 달려오는 모습이 꼭 반신반인 같다.

"맥스한테 얘기했어요?" 나는 아리아에게 묻는다.

"당연하죠. 백업이 필요하니까."

아, 이런 개나리 같은 일이 있나. "맥스가 저 사람을 죽이지는 않겠죠?"

맥스가 단박에 오토바이를 세우고 내려서 헬멧을 벗는다. 우뚝 서서 고양이 같은 눈을 번뜩인다. 나는 그를 잘 몰랐더라면 겁에 질렸을 것이다. 분노가 그에게서 사방으로 뿜어져 나온다.

"이 자예요?" 그가 으르렁거린다.

"이 사람이에요." 아리아는 씩 웃는다.

"맥스, 해치지 말아요!" 나는 말한다.

우리가 뭐라고 더 얘기할 겨를도 없이 M. 밀러가 카랑카랑하게 비명을 지르며 집 쪽으로 달려가는데, 중간에 발을 헛디뎌 넘어졌다가 마침내 안으로 들어가 쾅 하고 문을 닫는다.

맥스는 웃음을 터뜨린다.

"해칠 생각 없어요. 나는 평화주의자인 거 기억 안 나요? 조금 겁을 주고 싶었을 뿐이에요."

아리아가 씩 웃는다. "내 아이디어였어요."

"여기 찾아온다고 맥스한테 왜 얘기했어요?"

"안전책 삼아서요. 당신이 계속 얘기하는 것처럼 M. 밀러가 연쇄살인범일 수도 있잖아요."

이제 안전하다는 것을 알게 되자 내 몸에서 스트레스가 빠져나간다. 맥스도 있고 아리아도 있고 나는 나를 걱정해주는 좋은 사람들과 함께 있다.

"그래도 경찰서에 가야 해요." 맥스가 말한다. "신고해서 이 남자를 조사해야죠. 다른 아가씨들은 당신처럼 운이 좋지 않을 수 있잖아요."

"그러게요." 나는 몸서리친다. "그가 가짜일 줄은 꿈에도 몰랐어요."

"어떤 점에서 의심이 생겼어요?" 아리아가 맥스에게 묻는다.

"만나자고 해놓고 로지를 바람맞힐 사람은 없으니까요, 절대."

나는 머리 꼭대기까지 벌게진다. 인터넷에서 만난 예순 살 짜리 소시오패스에게 속내를 털어놓은 나의 자존심을 지켜주기 위해 그가 거짓말을 하는 게 분명하다. 하지만 내가 올리를 사랑했던 건 아니지 않을까? 다만 그를 만나볼까 생각했을 뿐이다. 솔직히 내 심장을 뛰게 만드는 사람은 내 앞에

서서 미리칼을 바람에 나부끼며 강렬한 눈빛으로 나를 바라보고 있다.

"이제 돌아가요." 나는 맥스의 손을 잡고 고맙다는 뜻에서 세게 쥔다. 캣피싱 사건의 후폭풍을 처리해야 하지만 지금은 M. 밀러의 집에서 최대한 멀어지고 싶은 마음뿐이다.

"아리아, 괜찮으면 로지를 내가 태우고 가도 될까요?"

"그럼요." 아리아는 이렇게 말하고, 그가 등을 돌렸을 때 나를 보고 눈을 찡긋거린다.

"하지만…… 하지만……." 나는 말을 더듬는다. 오토바이가 아닌가!

"날 믿어요, 로지. 그리고 꼭 잡아요."

나는 그가 건넨 헬멧을 쓰고 오토바이 뒷자리로 올라타 맥스를 있는 힘껏 끌어안는다. 그가 굉음과 함께 출발할 때 뒤로 나가떨어지면 큰일이다. 그의 셔츠를 통해 뜨끈한 체온이 느껴진다. 나는 안전을 위해서라는 핑계 아래 그에게로 몸을 기울인다.

맥스를 끌어안는 것 자체가 안전책이다. 고요한 도로를 달려 캠핑장으로 돌아가는 동안 나는 맥스와 함께했던 달콤한 순간들을 떠올린다. 그는 항상 나를 우선시했다. 나는 그에게 시키면 속셈이 있는 줄 알고 거부했지만 그건 해묵은 두려움 때문이었다. 캘럼은 내게 내 세상에 불을 지르는 사람을 만나라고 했고, 그 당시에 나는 그걸 한시라도 빨리 도망치려는 핑계로 여겼지만 그의 말이 맞았다. 나는 맥스에게서 느끼는 끌림을 어느 누구에게도 느낀 적이 없다.

맥스와 있으면 안에서부터 환해지고 내가 그를 믿을 수만 있다면, 나 자신을 믿을 수만 있다면 얼마나 좋을지 희망하고 상상하게 된다. 걱정은 바람결에 날려버리고 내 마음속의 진실이 이끄는 대로 살아야 하지 않을까? 누구와 사랑에 빠질지 미리 계획을 세우는 건 불가능하다. 큐피드가 잘 알 거라고 믿는 수밖에 없다.

맥스.

캠핑장에 도착하자 그는 포피 옆에 오토바이를 세운다.

"얘기 좀 해요." 그가 얘기한다. 그냥 하는 말이라기보다 명령에 가깝다.

"알았어요." 여기서 나에게 다시는 그렇게 바보 같은 짓을 저지르지 말라며 작별 인사를 하려는 걸까?

나는 안으로 들어가 차를 끓이고, 내게 홍보를 전하려는 사람처럼 포피 안을 왔다 갔다 하는 그를 보며 기다린다. 하지만 내 감정을 믿는다면 그가 내게 뭐라고 하건 그걸 표현해야 한다. 늘 진실을 앞세워야 한다. 그 수밖에 없다.

"맥스, 앉아요. 그러다 비닐 닳겠어요."

그는 한 손으로 머리칼을 쓸어넘기며 나를 보고 씩 웃는다. "미안해요, 불안해서요."

진실의 순간. "얘기해요, 맥스. 나는 감당할 수 있어요."

"로지, 당신을 겁주고 싶지는 않아요. 가뜩이나 오늘 그런 일까지 벌어진 마당에."

나는 맥스라는 모순을 바라본다. 덩치가 크고 건장하며 문신을 새겼고 거칠고 자유롭지만 누군가를 배려할 수 있다면, 행복하게 만들 수 있다면 무엇이든 마다치 않는 순수한 마음의 소유자. 자기 자신에서부터 시작해 세상을 좀 더 나은 곳으로 발전시키기 원하는, 나의 유쾌한 채식주의자. 우리가 지금 여기 이렇게 마주 앉아 서로를 향한 감정을 털어놓기 직전이라는 걸 생각하면 가슴이 부풀어 오르지만, 그가 자기는 나와 같은 감정이 아니라고 하면 모든 게 와르르 무너질 수 있다.

"로지, 이걸 쉽게 설명할 방법이 없으니까 그냥 얘기할게요. 나는 당신이 내 자리에 주차한 그 순간 당신에게 반했고 이후로 그 마음은 점점 커져만 갔어요. 내가 계속 떠났던 이유는 당신은 나와 같은 마음이 아니라고 생각했기 때문이에요. 이 올리라는 남자가 대화 중에 계속 등장하고 당신은 내게 별 감정이 없는 것처럼 행동했으니……."

그가 계속 사라졌던 게 작별 인사를 할 마음이 없어서가 아니었단 말인가. 그동안 나를 냉대하고 있었던 게 아니었다. 내가 이렇게까지 맥스를 오해하고 있었다니.

"이 올리라는 남자의 이름이 점점 더 자주 들릴수록 왠지 모르게 이상하다는 직감이 들더군요. 전반적인 상황 자체가 어딘지 모르게 의심스러웠어요. 당신은 죽도록 싫어했지만 나는 당신을 보호하지 않을 수 없었어요."

내 몸에 소름이 돋는다. 맥스의 보호 본능이 맞았는데 나는 사사건건 그와 싸웠다.

그는 손으로 얼굴을 문지른다. "당신을 위해서라면 뭐든 할게요. 내 삶에는 당신이 있어야 해요, 당신이 필요해요. 당신을 생각하면 아침마다 침대에서 벌떡 일어나고 싶어지고, 달려서 산을 오르며 세상에 대고 외치고 싶어져요. 환자처럼 청소하고, 설탕을 들이부어서 빵을 구우며, 내 품에 맞춘 듯 딱 맞고, 와인을 많이 마시면 키득거리며 웃고, 끝까지 한 치의 양보도 없는 이 황당하고 특이한 여자를 만났다고 말이에요. 내 모든 것을 다해 당신을 사랑하고 싶어서 정신을 차릴 수가 없어요, 로지."

내 모든 소원이 이루어진 느낌이고 사랑으로 심장이 터져버릴 것만 같다. 다리가 흐물거리지만 나는 똑바로 서서 맥스의 눈에 비친 내 모습을 물끄러미 바라본다. "아니, 진작 말을 하지 왜 안 했어요?"

"당신 고집을 꺾어가면서요? 당신을 상대로 그게 가능하다고 생각해요, 로지?"

나는 웃음을 터뜨리며 그에게로 몸을 숙인다. "천만의 말씀이죠!" 그의 품에 몸을 맡기자 내가 있어야 할 자리를 찾은 느낌이다. "어쩌면 우리는 때가 되길 기다려야 했던 건지 몰라요. 아니면 먼저 서로에 대해 좀 더 파악해야 했을 수도 있고요. 어느 쪽이 됐건 나는 당신에게 취했어요, 맥스."

"그럼 이제 어떻게 할까요?" 그가 묻는다.

그의 눈빛을 보면 우리의 미래에 대해 묻는 것임을 알 수 있다. "당신은 어떻게 했으면 좋겠어요?"

"나는 태양을 따라다니며 바람이 부는 대로 다녔으면 좋겠어요. 어때요?"

내 기준에서는 조금 애매모호하다. 나는 말을 꺼내려고 하지만 그가 내 입술에 자기 손가락을 갖다 댄다. "하지만 나는 당신을 알아요, 로지. 당신은 계획이 갖추어져야 하죠. 그러니까 그걸 염두에 두고 나는 우리 관계가 어떤 식으로 발전할지 지켜보고 싶어요. 그리고 1년 정도 뒤에도 당신이 여전히 나를 사랑한다면 당신과 결혼하고 싶어요. 아이 계획도 세우고."

나는 이마를 찰싹 때린다. "내가 아이 얘기도 했어요?"

"잠꼬대로요."

맙소사, 포피를 수리 맡긴 동안 맥스의 캠핑카에서 자면서 내가 뭔 소리를 늘어놓은 걸까? 헝클어진 고수머리와 지혜로운 부엉이 얼굴을 한 아이들이 풀밭을 자유롭게 뛰어다니고, 그동안 우리는 서로 꼭 끌어안고 멀리서 아이들을 지켜보며 우리 생각대로 삶을 살아가는 광경을 그려본다.

"정착해도 되고, 계속 여행해도 되고, 당신 마음대로 해요. 나는 당신이 있는 곳이면 어디든 행복할 거예요, 로지."

내가 우리 일상을 1천 분의 1초 단위로 계획해도 그는 상관없어 할 것이다. 나는 지금 모습을 바꿀 필요가 없고, 어떤 틀에 맞출 필요도 없고, 그냥 지금 모습 그대로 지내도 그에게는 충분하다. "나도 당신이 있는 곳이면 어디든 행복할 거예요, 맥스."

달빛 아래에서 별을 구경하는 맥스와 나의 모습을 그려본다. 외국의 시골에서 길을 잃고, 미지근한 싸구려 맥주를 마시고, 숨어 있는 골목길을 찾으면 내가 그의 손을 잡고 무너져가는 벽돌담에 기대고서 그에게로 몸을 내밀어 도둑 키스하는 모습을 그려본다. 말이 나왔으니 말인데…….

"로맨스 소설에서는 이쯤 되면 남자가 허리를 숙여서 여자한테 키스하는데."

"하지만 이건 로맨스 소설이 아니잖아요."

"누가 아니래요? 나한테 키스해봐요. 그럼 알 수 있을 거예요."

맥스가 나를 안아 올리자 퍼즐의 마지막 한 조각이 딱 맞아떨어진다. 그가 입술을 내 입술에 대고 세게 누르자 그야말로 평생 기다렸던 그 사람인데 내가 그동안 몰랐었다는 깨달음과 함께 갈망으로 현기증이 난다. 스파크가 튀는 게 아니라 무지갯빛의 엄청난 폭죽이 터진다. 한참 만에 우리는 입술을 떼고 숨을 고른다.

"어때요……." 그가 말한다. 그의 짓궂은 미소에 내 다리에서 힘이 풀린다.

"한 번 더 해줘요." 그리고 또 한 번 더. 또 한 번 더.

인터넷에서 만난 사람과 사랑에 빠질 수는 없을지 몰라도 키스를 하고 난 뒤에는 사랑에 빠질 수 있다.

감사의 글

  아름다운 보헤미안 '놀라'의 이름은 페기 셰퍼드의 할머니
인 놀라 벨 새년에서 따왔다. 내가 할머니의 캐릭터를 잘 살
렸길 바라요, 페기!

잠시 현실과 담을 쌓고 허구의 세계 속으로 뛰어들어주신 독자 여러분, 감사합니다. 집 안에서 편안하게 두루두루 여행하며 짜릿한 모험을 즐기셨길 바라요.

저는 가족들과 이야기를 나누는 도중에 이름을 들먹일 정도로 상상 속의 친구들과의 대화에 열중하느라 살짝 정신이 나간 거 아니냐는 걱정을 사곤 하는데…… 독자 여러분 덕분에 그런 대화를 계속 유지할 수 있으니 다시 한번 감사드려요!

여러분이 이 작품 속 등장인물들과 함께 울고 웃으며 응원하고(악당들도 막판에는 잘못을 뉘우쳤으니 같이 응원해주세요) 그들이 여러분의 친구도 되었으면 하는 것이 저의 가장 큰 바람이에요.

작가들에게 서평은 천금과도 같답니다. 만약 이 책을 읽고 감동을 받으셨다면, '해피 엔딩'을 느끼셨다면 서평을 남겨주세요!

로지의 움직이는 찻집

지은이 레베카 레이즌
옮긴이 이은선
펴낸이 정규도
펴낸곳 황금시간

초판 1쇄 발행 2021년 11월 15일
초판 2쇄 발행 2022년 8월 8일

편집총괄 권명희
편집 조창원
디자인 ALL designgroup

황금시간
Golden Time

주소 경기도 파주시 문발로 211
전화 (02)736-2031(내선 360)
팩스 (02)738-1713
인스타그램 @goldentimebook

출판등록 제406-2007-00002호
공급처 (주)다락원
구입 문의 전화 (02)736-2031(내선 250~252)
　　　　　팩스 (02)732-2037

값 14,000원
ISBN 979-11-91602-13-5　03840